Souvenirs
de la
banlieue

Catalogage avant publication de Bibliothèque et Archives nationales
du Québec et Bibliothèque et Archives Canada

Souvenirs de la banlieue
Sommaire: t. 2. Michel.
ISBN 978-2-89585-232-2 (v. 2)
I. Titre. II. Titre: Sylvie. III. Titre: Michel.
PS8623.A24S68 2012   C843'.6   C2011-942894-6
PS9623.A24S68 2012

Image de la couverture : © Iofoto, iStockphoto

Les Éditeurs réunis bénéficient du soutien financier de la SODEC
et du Programme de crédit d'impôt du gouvernement du Québec.

Nous remercions le Conseil des Arts du Canada
de l'aide accordée à notre programme de publication.

Nous reconnaissons l'aide financière du gouvernement du Canada
par l'entremise du Fonds du livre du Canada pour nos activités d'édition.

Édition :
LES ÉDITEURS RÉUNIS
www.lesediteursreunis.com

Distribution au Canada :   *Distribution en Europe :*
PROLOGUE   DNM
www.prologue.ca   www.librairieduquebec.fr

 Suivez *Les Éditeurs réunis* sur *Facebook.*

Pour communiquer avec l'auteure : rosette.laberge@cgocable.ca

Imprimé au Canada

Dépôt légal : 2012
Bibliothèque et Archives nationales du Québec
Bibliothèque nationale du Canada
Bibliothèque nationale de France

ROSETTE LABERGE

Souvenirs
de la
banlieue

Tome 2
Michel

LES ÉDITEURS RÉUNIS

De la même auteure

Souvenirs de la banlieue – tome 1. Sylvie, roman, Les Éditeurs réunis, 2012.

Maria Chapdelaine – Après la résignation, roman historique, Les Éditeurs réunis, 2011.

La noble sur l'île déserte – L'histoire vraie de Marguerite de Roberval, abandonnée dans le Nouveau Monde, roman historique, Les Éditeurs réunis, 2011.

Le roman de Madeleine de Verchères – Sur le chemin de la justice, roman historique, Les Éditeurs réunis, 2010.

Le roman de Madeleine de Verchères – La passion de Magdelon, roman historique, Les Éditeurs réunis, 2009.

Sous le couvert de la passion, nouvelles, Éditions du Fada, 2007.

Histoires célestes pour nuits d'enfer, nouvelles, Éditions du Fada, 2006.

Ça m'dérange même pas!, roman jeunesse, Éditions du Fada, 2005.

Ça s'peut pas!, roman jeunesse, Les Glanures, 2001.

Ça restera pas là!, roman jeunesse, Les Glanures, 2000.

À Maxime,

Ce jeune homme extraordinaire qui ensoleille ma vie
chaque fois qu'il m'honore de sa présence.
Je t'aime de tout mon cœur de mamie.

Chapitre 1

Longueuil, le 3 avril 1967

Sylvie se dépêche de finir de ranger la cuisine, puis elle file à sa chambre. Elle prend son sac à main et son manteau de printemps en vitesse et, une fois devant le miroir de l'entrée, elle replace une ou deux mèches de ses cheveux en faisant la moue. Une fois de plus, elle n'aime pas ce qu'elle voit. Elle échangerait volontiers ses cheveux aussi raides que de la broche pour quelques boucles. Insatisfaite, elle hausse les épaules et met son manteau.

Elle se sent aussi énervée qu'une puce. Elle va prendre le métro à Longueuil pour se rendre à Montréal. Elle croyait que ce jour n'arriverait jamais. «Depuis le temps qu'on nous le promettait ce métro! C'est une vraie bénédiction pour nous pour sortir de notre banlieue», pense-t-elle avec un brin de sarcasme. Depuis qu'elle conduit, elle peut facilement se déplacer en auto ou encore prendre l'autobus comme avant. Mais depuis qu'elle a pris le métro sur l'île, elle a un petit faible pour ce moyen de transport. Rapide et économique, il n'y a jamais de problème de stationnement avec lui. Montréal étant ce qu'elle est, c'est-à-dire une grande ville avec peu d'espace, garer sa voiture tient parfois de l'impossible. À moins d'accepter de payer le prix d'un stationnement, ce qui n'est pas toujours dans les moyens de Sylvie.

C'est seulement la quatrième journée que le métro de Longueuil est en service. Au bulletin de nouvelles, le journaliste a dit qu'il y avait une file interminable le premier jour. «Jamais je ne croirai que je vais devoir faire la queue», songe Sylvie. Même Michel et Paul-Eugène étaient étonnés de voir autant de personnes attendre en ligne. «Mais pourquoi tous ces gens se pressent-ils tant? Avec tout ce que le métro a coûté aux pauvres contribuables que nous sommes, il n'est pas près d'arrêter ses opérations. Moi, ça me dépasse de voir la foule se précipiter comme ça… » a confié Michel à son beau-frère. Il y avait tellement de monde que cela leur a pris une demi-heure de plus pour revenir à la maison ce jour-là, même si le chantier sur lequel ils travaillent est juste à côté du métro de Longueuil.

Au moment où Sylvie met la main sur la poignée de la porte, des petits coups secs la font sursauter, tellement qu'elle en laisse tomber son sac à main. D'un geste impatient, elle écarte le rideau en soupirant. Quand elle aperçoit sa sœur Ginette, elle est soudain prise d'une envie irrésistible de hurler de toutes ses forces. Sylvie lâche rageusement le rideau et ouvre la porte en se disant qu'il n'est pas question qu'elle la laisse entrer, pas maintenant.

— Salut, ma sœur ! lance Ginette d'une voix mielleuse, ce qui ne lui ressemble guère.

— Tu vas m'excuser, répond sèchement Sylvie, mais tu tombes mal. J'allais justement partir. Je suis attendue à Montréal.

— Tu refuses de me laisser entrer ? s'indigne Ginette. Ce n'est pas une façon de recevoir sa sœur !

— Écoute-moi bien : je dois absolument partir, sinon je vais être en retard.

— Tu n'as qu'à avertir que tu vas avoir un retard de quelques minutes, suggère Ginette, un petit sourire narquois sur les lèvres.

En même temps qu'elle sourit, Ginette avance d'un pas et parvient à faire reculer Sylvie suffisamment pour pouvoir entrer. Une fois à l'intérieur de la maison, elle poursuit :

— Aussi bien te faire à l'idée tout de suite. Je ne partirai pas d'ici tant et aussi longtemps que tu ne m'auras pas appris ce que je veux savoir.

Sylvie sent une grande bouffée de chaleur lui traverser toute la colonne vertébrale. Elle savait que sa sœur débarquerait chez elle un jour ou l'autre sans crier gare ; c'était inévitable. Elle savait aussi que quel que soit le jour, ça ne lui plairait pas. Mais aujourd'hui, Ginette tombe particulièrement mal. Hier soir, Sylvie a téléphoné à son amie Shirley. Même si celle-ci l'a assurée que tout allait bien, une petite voix a soufflé à Sylvie qu'elle devait aller vérifier par elle-même au plus vite. Quand Shirley lui a finalement avoué qu'elle était en congé maladie pour quelques jours, elle a décidé que rien ne pourrait l'empêcher d'aller la voir pour constater la gravité de la situation. Shirley n'est pas du genre à prendre des congés pour rien ; il s'est sûrement passé quelque chose. Si elle en juge par ce que son amie a fini par lui raconter, les choses sont loin de s'être améliorées avec John, elles semblent même s'être détériorées. Il arrive à Sylvie de prier, elle qui prie le moins souvent possible, pour que les choses n'aillent pas trop loin. Elle a demandé à Sonia de s'occuper de ses frères jusqu'à ce que Michel rentre. Ainsi, elle pourra prendre tout son temps… à condition qu'elle finisse par partir.

Voyant qu'elle ne se débarrassera pas de sa sœur facilement, Sylvie expose d'un ton ferme :

— Je t'accorde une demi-heure, pas une minute de plus. Viens, on va s'installer à la cuisine. Le temps de faire un téléphone et je t'écoute.

Depuis le jour où Sylvie a sorti sa sœur de chez leur père, celle-ci n'a plus jamais raté une occasion de parler dans son dos. Même si Chantal et Paul-Eugène – les seuls membres de la famille avec qui Sylvie est en relation – ne prêtent aucune attention aux ragots, cette situation lui fait très mal. Chaque fois qu'elle entend un commentaire, elle a l'impression de recevoir une petite flèche en plein cœur. C'est à un point tel que l'autre jour, Paul-Eugène lui a dit qu'il ne lui en parlerait plus, ce à quoi Sylvie a répliqué qu'elle préférait être au courant de tout ce qui se racontait sur elle. Ce qui la désole le plus, c'est qu'elle a sacrifié une partie de sa vie pour élever ses frères et sœurs à la mort de leur mère et que, au bout du compte, seulement deux d'entre eux lui sont fidèles. Elle ne s'est pas occupée d'eux dans le but qu'ils lui soient redevables éternellement, mais elle juge qu'ils pourraient au moins la respecter et respecter leur père aussi. Les attaques à l'égard de l'homme qui leur a donné la vie font beaucoup souffrir Sylvie. Comment ses propres enfants peuvent-ils se permettre d'être aussi méchants envers lui ? Même si Ginette ne va plus le harceler chez lui, elle téléphone très souvent et revient toujours à la charge avec ses sempiternelles questions d'héritage. La dernière fois que Sylvie est allée rendre visite à son père, elle lui a suggéré de changer de numéro de téléphone ; il a répondu que ça ne se faisait pas. Elle a répliqué que ce que ses enfants lui faisaient endurer ne se faisait pas non plus mais que, pourtant, ils ne se gênaient pas.

Dans ses moments de doute, il arrive à Sylvie d'espérer de tout son cœur que sa famille ne ressemble jamais à celle d'où elle vient. Elle ne le supporterait pas. Pour le moment, à part quelques tirades entre certains de ses enfants, elle peut se réjouir de la bonne entente qui règne dans sa maison. Pour le reste, seul l'avenir le dira.

Aussitôt qu'elle repose le combiné du téléphone sur son socle, Ginette reprend du service.

— Tu pourrais au moins m'offrir un café, râle-t-elle.

— Si tu y tiens, je peux t'en faire un, mais je t'accorde une demi-heure en tout et pour tout. Alors, libre à toi de perdre ton temps en civilités.

— Tu es donc bien rendue à pic. Depuis que tu es payée pour chanter, tu n'es plus pareille. J'espère que ce ne sont pas les applaudissements qui te montent à la tête…

— Arrête ton petit manège et viens-en aux faits, lance Sylvie. Je vais te faire un café si c'est tout ce que ça prend pour te rendre heureuse.

— Laisse donc faire. À bien y penser, je n'ai pas envie de courir le risque que tu m'empoisonnes. Plus vite tu vas répondre à mes questions, plus vite tu vas pouvoir te débarrasser de moi. J'ai vu tante Irma hier. Elle m'a annoncé que ta famille et toi alliez déménager.

— Et après?

— N'essaie pas de te défiler. Moi, ce que je veux savoir, c'est où vous trouvez l'argent pour déménager? À ce que je sache, ce n'est pas avec le peu d'argent que tu reçois pour chanter – tu n'es quand même pas une vedette – ou avec les vieilleries que vend Michel que vous pouvez vous payer une nouvelle maison. Il paraît même qu'elle est plus grande que celle-ci.

Sylvie connaît si bien sa sœur qu'elle pourrait lui conseiller de ménager sa salive. Dès qu'elle l'a aperçue, elle a deviné le but de sa visite. En même temps, elle a envie de la faire patienter et, par la même occasion, de se payer un peu sa tête.

— Au fond, tu veux juste t'assurer que ce n'est pas papa qui me donne l'argent, riposte Sylvie, un sourire en coin.

— Oui, répond sans aucune gêne Ginette. Je t'ai dit que je veillerais au grain et je le fais.

— Eh bien, tu peux dormir sur tes deux oreilles. Papa n'a rien à voir avec le fait qu'on déménage.

Ginette pousse un grand soupir de soulagement. Sylvie la regarde d'un air découragé. Décidément, elle ne comprendra jamais rien à cette femme au visage d'ange mais au cœur de pierre dès que quelque chose ne sert pas ses propres intérêts.

Remise de ses émotions, Ginette revient vite à la charge.

— Il y a autre chose que j'aimerais savoir. D'où vous vient tout cet argent?

— Je ne suis pas certaine de vouloir te répondre. D'abord, parce que ça ne te regarde en rien. Ensuite, parce que je t'ai appris ce que tu voulais savoir.

— C'est comme tu veux, mais je te l'ai dit tout à l'heure : plus vite tu me répondras, plus vite je te laisserai tranquille.

Sylvie réfléchit quelques secondes. Elle pourrait inventer n'importe quoi. Mais comme tout finit toujours par se savoir, elle opte pour la vérité.

— Je vais tout te raconter parce que je le veux bien. Te souviens-tu de mon amie Jeannine ?

— Penses-tu vraiment qu'on peut oublier une fille aussi nulle ? s'écrie Ginette, l'air moqueur. Et aussi laide qu'un pichou ? Comme tu vois, je me souviens parfaitement d'elle. Je n'ai jamais compris que tu sois amie avec cette Jeannine… Tu en avais sûrement pitié.

— Eh bien, la pauvre fille dont tu riais chaque fois qu'elle venait chez nous m'a laissé tous ses biens en héritage.

— Elle est morte ? demande Ginette d'un air surpris.

— Oui. Mais j'imagine que tu ne te mettras pas à pleurer sa disparition.

— Sûrement pas ! Alors, c'est vraiment grâce à elle que vous déménagez ?

— Tu as tout compris. Jeannine, cette amie que je n'avais pas vue depuis le jour de mon mariage, m'a couchée sur son testament comme dirait papa.

Ginette se passe une main sur le front. Elle se sent prise d'une grande bouffée de chaleur. Elle qui croyait que ce genre d'histoires n'arrivait que dans les livres, voilà qu'elle est confondue. Elle se dit que ce n'est pas juste.

— Je n'en crois pas mes oreilles. Et tu ne l'avais pas vue depuis près de vingt ans ? C'est incroyable ! Mais elle n'a pas dû te laisser grand-chose…. Même si elle était ton amie, elle n'avait rien d'exceptionnel. C'était une pauvre fille sans grande envergure.

— Peut-être, mais elle avait épousé quelqu'un qui avait de l'envergure pour deux. En tout cas, toujours est-il que j'ai hérité. Bon, maintenant que tu sais tout, il faut que j'y aille.

— Mais attends, je suis loin de tout savoir ! De combien as-tu hérité ?

— Aussi bien te faire une raison tout de suite. Même si tu me cuisines pendant des heures, jamais tu ne le sauras.

— Qu'est-ce ça peut bien changer dans ta vie si je le sais ? Après tout, je suis ta sœur.

— Pour que tu te dépêches de tout rapporter à tes supporteurs ? Et qu'ils débarquent ici chacun leur tour pour me quémander de l'argent ? Non merci ! Disons simplement que j'ai hérité suffisamment pour acheter une nouvelle maison et qu'elle est bien plus grande que celle-ci.

— Ça signifie que tu pourrais me prêter un peu d'argent, déclare Ginette d'un air innocent. Il faut absolument qu'on refasse le toit de la maison ; c'est rendu qu'il mouille dans le salon par jour de grande pluie. Je suis même obligée de mettre des serviettes sur la télévision pour éviter les courts-circuits.

— N'y pense même pas. Tant que je serai vivante, jamais je ne te prêterai un seul sou, pas plus que je ne t'en donnerai d'ailleurs. Ça vaut pour toi et pour les autres membres de la famille, à l'exception de Chantal et de Paul-Eugène.

— Tu as toujours eu tes préférés.

— Là-dessus, tu te trompes royalement, déclare Sylvie. J'ai toujours été juste avec vous tous et tu le sais très bien. Bon, ajoute-t-elle en se levant, ton temps est écoulé. Si toutefois ça t'intéresse, je te ferai connaître la date des spectacles de la troupe. Cette année, j'ai deux solos.

— S'il faut que je paie mon billet, ce n'est pas la peine de me prévenir.

— Alors, on n'a plus rien à se dire pour cette fois. Viens, je t'accompagne dehors.

Une fois assise dans l'auto, Sylvie se retient de fondre en larmes. Elle aurait tellement voulu que sa famille soit unie et solidaire, ce qui est loin d'être le cas. Comme il aurait été agréable de prendre le téléphone pour annoncer à Ginette et aux autres tout ce qui lui arrive de beau. Mais elle a dû se contenter d'en parler seulement à quelques membres de sa famille. Elle croyait naïvement que le fait d'avoir élevé ses frères et sœurs lui donnerait en quelque sorte une longueur d'avance, qu'elle serait plus qu'une sœur pour eux. Erreur ! Alors qu'elle a sacrifié une bonne partie de sa vie pour sa fratrie, à part Paul-Eugène et Chantal, aucun ne lui a permis d'entretenir une relation privilégiée avec lui. Elle a toujours dû se contenter d'échanges polis, au mieux.

Ses rapports avec Ginette se sont tellement détériorés ces derniers temps qu'elle réalise tout à coup qu'elle n'a même pas pris la peine de prendre des nouvelles de son neveu. Peut-être est-il encore en prison ? À cette pensée, Sylvie s'en veut de ne pas s'être montrée plus charitable. Ginette a beau être ce qu'elle est, elle n'a pas grand-chose à voir avec les problèmes de son fils. On a beau être les meilleurs parents que la terre ait portés, on ne sait jamais quel chemin vont emprunter nos enfants. Il suffit parfois d'une mauvaise relation et tout chavire. Sylvie se souviendra toujours de la belle Lana, cette charmante jeune fille qui habitait la maison voisine de la demeure de son enfance. Elle avait l'air d'un ange. Tous les parents du voisinage se plaisaient à la citer en exemple ; ils auraient tous voulu l'adopter. Un matin de printemps, Lana avait à peine dix-sept ans, elle est partie avec son amoureux. Ses parents n'ont pas reçu de nouvelles d'elle pendant des années. Un jour, le facteur leur a apporté une enveloppe. Elle contenait une seule photo : celle de leur fille en train de danser nue dans un bar de Vancouver. Les pauvres ne s'en sont jamais remis. Tant qu'ils ne savaient pas ce qui était arrivé à Lana, ils gardaient espoir de retrouver leur petite fille adorée. Mais là, en voyant dans quel monde elle avait échoué, ils étaient désespérés. Comment une fille d'aussi bonne famille avait-elle pu tourner aussi mal ? Sylvie se souvient que son père avait dit aux parents de Lana qu'ils n'avaient rien à se reprocher, qu'ils avaient fait le maximum, que c'était un sale coup du destin, tout simplement.

Sylvie se ressaisit. Elle démarre l'auto et sort de la cour avant de prendre la direction du métro. Avec un peu de chance, sa sœur Ginette ne débarquera pas chez elle de sitôt, en tout cas pas avant le déménagement. Là, elle viendra sûrement pour essayer d'en savoir plus. Sylvie et sa famille emménageront dans leur nouvelle maison le 1er juillet. Ils seront enfin libérés de leurs charmants voisins, ce qui n'est pas rien. Même après plusieurs tentatives, ni elle, ni Michel, ni personne de la rue ne sont parvenus à se rapprocher d'eux, ou plutôt de leur choix musical et de leur mode de vie turbulent. Chaque fois que les gens du quartier se croisent à l'épicerie du coin, ils finissent toujours par parler des indésirables.

Dans trois mois, la famille Pelletier habitera à deux maisons de Paul-Eugène, ce qui rend celui-ci très heureux. Depuis qu'il s'est installé à Longueuil, il s'est beaucoup attaché à la famille de Sylvie. D'ailleurs, tous les enfants de cette dernière le lui rendent bien. Ils ne manquent jamais une occasion de l'inviter. Pour eux, l'oncle Paul-Eugène fait partie de la famille.

Au début, Michel a eu du mal à croire que sa femme venait d'hériter d'autant d'argent. Il ne cessait de répéter qu'il devait rêver, que c'était impossible que cela leur arrive. Chaque fois, Sylvie lui mettait sous le nez la copie du chèque remis par le notaire. Michel tenait le bout de papier dans ses mains un moment et souriait. L'héritage de Sylvie allait leur permettre de sortir la tête de l'eau. Du jour au lendemain, leur maison est « tombée claire » comme on dit, et ce, même s'ils se sont permis d'en acheter une plus grande.

Quand ils ont appris la nouvelle, les enfants ont fait toutes sortes de demandes à leurs parents : une bicyclette, des chaussures, une collection de bandes dessinées, des patins, des vêtements… Tout y est passé. Mais Sylvie et Michel leur ont vite fait comprendre qu'à part le fait qu'ils allaient avoir une nouvelle maison, leur vie ne changerait pas, en tout cas pas beaucoup.

— Vous allez continuer à vivre le même train-train, leur a expliqué Michel. Que je n'en voie pas un seul lâcher son travail. La vie continue comme avant.

— Oui mais, papa, a lancé François, si on a les moyens de changer de maison, on doit bien avoir les moyens de s'acheter quelques petites gâteries.

— Ce n'est pas ainsi que ça marche, a répondu Michel. Votre mère est déjà assez bonne de nous permettre d'acheter une nouvelle maison avec son argent.

— Moi, je trouve ça normal, a déclaré Luc. C'est parce qu'elle nous aime, c'est tout.

— Arrêtez ! s'est écriée Sylvie. Ça suffit ! À ce que je sache, vous n'avez jamais manqué de rien. Pour le moment, c'est tout ce qui compte.

Depuis cette discussion, Sylvie a été tentée plusieurs fois de faire plaisir aux enfants, de leur offrir un petit cadeau pour marquer ce moment si rare dans une vie. Elle s'est promis de le faire à la fin des classes. Elle va leur donner un peu d'argent de poche pour leurs visites à l'Expo. Ils ont beau avoir chacun une passe, une fois sur le site, ce sera sûrement tentant de faire quelques petites folies. Grâce à Jeannine, elle pourra les gâter un peu. En attendant, elle se fait un point d'honneur de servir un rosbif le dimanche soir. Chaque fois c'est la fête, surtout qu'elle le prend suffisamment gros pour que tous puissent se servir deux fois, ce qu'ils ne manquent pas de faire.

Sitôt son auto stationnée, Sylvie jette un coup d'œil dans le rétroviseur. Elle tente une fois de plus d'améliorer sa coiffure. Elle prend ensuite son sac à main et sort de sa voiture. Elle a de la chance, il ne semble pas y avoir de file, du moins pas à l'extérieur. Elle marche d'un bon pas jusqu'au comptoir où on vend les billets. Quelques secondes plus tard, elle tient fièrement un billet entre ses doigts. Ce simple petit bout de papier la fait sourire. Il la rend heureuse, surtout après le passage de sa charmante sœur Ginette. Elle suit les indications jusqu'au quai et attend. Si l'horaire est respecté, le métro devrait arriver dans moins d'une minute.

Quand elle l'aperçoit au loin, elle jubile. Sa coupe effilée est magnifique et il brille comme un sou neuf. Quand il s'arrête juste devant elle, Sylvie attend impatiemment que les portes s'ouvrent, puis elle monte vite à bord comme si elle avait peur qu'il reparte sans elle. Elle prend place sur le bord d'une fenêtre et sourit bêtement, comme si on venait de lui offrir un trésor. Elle se laisse ensuite porter par le tangage propre aux trains. Une fois sur l'île, elle sort une lettre de son sac à main ; celle-ci est froissée car elle l'a lue de multiples fois. Sylvie a suffisamment de temps devant elle pour la relire avant de descendre. Elle s'attelle à la tâche pour la centième fois au moins.

Québec, le 15 septembre 1966

Ma chère Sylvie,

Quand tu liras cette lettre, ce sera parce que j'aurai quitté ce monde. Non, je ne veux pas que tu sois triste pour moi. J'ai eu une très belle vie. Comme tu le sais, j'ai été mariée à un homme merveilleux. Tu te rappelles sûrement de lui ; il m'a accompagnée à ton mariage. Tu ne peux même pas t'imaginer à quel point j'ai été heureuse à ses côtés. En réalité, il y a eu une seule ombre au tableau : nous n'avons pas eu d'enfants. Pourtant, Dieu sait à quel point je voulais être mère. Pendant plusieurs années, on a pensé sérieusement à en adopter un, mais finalement on s'est dit que c'était sûrement mieux ainsi. Alors, on a beaucoup voyagé. J'ai vu tant de belles choses au cours de nos voyages que j'ai le cœur rempli de beaux souvenirs. Quand l'envie d'avoir un enfant nous tenaillait trop, on allait visiter les enfants malades à l'hôpital. Tu aurais dû nous voir, on arrivait les bras chargés de cadeaux. On berçait les petits malades pendant des heures. On leur racontait des histoires. Sur le chemin du retour, on essuyait quelques larmes et on poursuivait ensuite notre vie. Il y a deux ans, mon mari est mort d'une crise de cœur pendant son sommeil. Ce jour-là, j'ai bien pensé que la terre venait de s'écrouler. Je ne m'imaginais pas vivre sans lui. J'ai prié de toutes mes forces pendant des semaines. Un jour, j'ai enfin vu la lumière au bout du tunnel. J'ai repris ma vie en main et je me suis fabriquée une nouvelle existence du mieux que j'ai pu. J'ai augmenté le nombre de mes visites à l'hôpital. Certains jours, je pensais que c'était par pur égoïsme que j'agissais ainsi. Quand j'en ai parlé au curé de la paroisse, il m'a conseillé de cesser de m'en faire, que je faisais au moins autant de bien que j'en recevais. Le simple sourire d'un enfant me rendait heureuse, me donnait une raison de vivre jusqu'à la visite suivante.

Il y a un mois, mon médecin m'a annoncé que j'étais atteinte du cancer et qu'il me restait moins de six mois à vivre. Je ne pourrais pas te dire à quel point cette nouvelle m'a renversée. Ces coups-là sont indescriptibles. J'ai pleuré pendant des jours sans être capable de m'arrêter. Ce n'est que lorsque j'ai été à court de larmes que j'ai décidé que je n'avais pas le droit de gâcher le peu de temps qu'il me restait à vivre. J'ai pris rendez-vous chez ma coiffeuse. Je suis allée m'acheter de nouveaux vêtements. Je me suis ensuite préparé un souper de fête et je me suis promis de ne plus prononcer le mot cancer *une seule fois jusqu'à ce que la mort vienne me chercher. Je sais que je vais y arriver. J'ai l'intention d'offrir le temps qu'il me reste à tous ces petits êtres qui souffrent, prisonniers dans leur lit d'hôpital.*

Il me fallait léguer mes biens. J'ai tout de suite pensé à toi. On ne s'est pas vues depuis près de vingt ans, mais tu as toujours été présente dans mon cœur. Au moment où personne ne s'intéressait à moi, toi tu étais là. D'une certaine manière, t'avoir pour amie m'a sauvé la vie. Je ne t'en ai jamais parlé, mais j'étais loin de m'aimer avant de me marier. Je n'arrivais pas à voir le respect, l'estime, la tendresse dans le regard que les gens posaient sur moi. Sauf dans le tien! Avec toi à mes côtés, j'avais l'impression d'être quelqu'un. En tout cas, c'est ce que je lisais dans tes yeux et je ne veux pas penser, ne serait-ce qu'une seconde, que j'aurais pu me tromper. Non! Tu étais mon phare, ma force, mon amie. La seule amie que j'aie eue de toute ma vie, à part mon mari, et je t'en remercie. Demain, j'irai chez le notaire pour faire mon testament. Je te laisse tout ce que je possède. Ce n'est pas la mer à boire, je suis loin d'être millionnaire, mais ça devrait te permettre de te gâter un peu et de gâter les tiens.

J'ai un dernier souhait. Promets-moi de ne pas t'apitoyer sur mon sort, de te rappeler seulement la dernière fois que nous nous sommes vues alors que nous nagions toutes les deux dans le bonheur. Crois-moi, le reste n'a aucune importance. Sois heureuse!

Ton amie pour l'éternité,

Jeannine

Sylvie essuie deux petites larmes au coin de ses yeux et se dépêche de ranger la lettre dans son sac à main. Dans moins d'une minute, elle va devoir descendre pour aller rejoindre Shirley. De la station de métro jusque chez son amie, elle devra marcher une bonne dizaine de minutes. Si elles le peuvent, elles iront prendre un café dans le quartier afin de pouvoir parler en toute tranquillité. À moins que Shirley ne soit pas en condition pour sortir…

Chapitre 2

— Juste à penser qu'on va devoir les endurer encore pendant trois mois, ça me donne mal au cœur ! s'écrie Michel d'une voix exaspérée en entrant dans la maison, sa boîte à lunch à la main. Je ne sais pas si c'est parce que j'ai oublié, mais on dirait vraiment que leur choix de musique est pire que l'année passée.

— Console-toi, tu es ici seulement le soir ! s'indigne à son tour Sylvie. Moi, je les entends à cœur de jour dès que j'ai le malheur d'ouvrir une fenêtre. Sincèrement, j'espère que la chaleur ne viendra pas trop vite cette année. Comme ça, on pourra vivre enfermés sans trop souffrir. C'est rendu que je me prive d'aller étendre mon linge sur la corde pour ne pas entendre leur musique de malade. Seulement, au lieu d'entendre les voisins, ce sont les enfants que j'entends chialer parce que le sous-sol a l'air d'un endroit miné avec toutes les cordes remplies de linge qui s'entre-croisent au-dessus de leurs têtes. Hier, Martin m'a dit qu'il n'arrivait pas à se réchauffer tellement c'est humide au sous-sol.

— Il vaut mieux prendre notre mal en patience. Aussitôt qu'on va avoir déménagé, on ne les entendra plus. Je n'ai jamais eu aussi hâte qu'un 1er juillet arrive. Mais ce n'est pas normal que la ville laisse faire ça. On a pourtant déposé plusieurs plaintes depuis l'arrivée des voisins et rien n'a changé, à part le fait que la police vient faire son tour de temps en temps, chaque fois à la suite d'une nouvelle plainte. Tout ce qu'on réussit à obtenir, c'est que les voisins baissent le son, mais ça repart de plus belle le lendemain. Ils agissent comme s'ils étaient seuls au monde. Mon père dirait que ça prend de tout pour faire un monde.

— En tout cas, on a frappé le gros lot ! ironise Sylvie.

— Tu as bien raison! Mais changeons de sujet. J'ai réfléchi à tout ce que tu m'as raconté sur Shirley.

— Je n'arrête pas de penser à elle. Je suis hantée par tout ce qu'elle m'a confié. Chaque fois que le téléphone sonne, j'ai peur qu'il lui soit arrivé quelque chose de grave.

— Moi, je trouve que la situation est déjà bien assez grave. On ne peut pas laisser faire ça.

— Que veux-tu qu'on fasse? demande Sylvie. J'ai tout essayé pour la convaincre de sortir de là, mais elle ne veut rien savoir. Elle prétend qu'elle doit attendre que les enfants vieillissent encore un peu, qu'elle n'a pas les moyens de s'en aller…

— Ça n'a aucun sens. Si ça continue, John va finir par la tuer. Moi qui pensais le connaître… J'ai bien envie d'aller lui rendre une petite visite en fin de semaine.

— Crois-tu qu'il va vouloir te parler?

— Je n'en sais rien, mais je ne perds pas grand-chose à tenter le coup. Je pourrais toujours le menacer de le dénoncer à la police s'il refuse de m'entendre.

— Pour ça, il faudrait que Shirley accepte de porter plainte.

— Ouais, reconnaît Michel. Je t'avoue que j'ai de la misère à comprendre. Elle est victime de violence et elle refuse de dénoncer son mari. Voyons donc, il y a des limites au pardon! Mais j'ai pensé à quelque chose, et je voudrais avoir ton avis.

Michel marque une pause.

— Vas-y, je t'écoute, le presse Sylvie.

— Bon, je me sens un peu mal à l'aise de t'en parler, peut-être que ça n'a aucun bon sens… Je me suis dit qu'on pourrait lui louer notre maison au lieu de la vendre. De toute façon, tant que nos voisins sont là, on n'obtiendra pas un bon prix. On pourrait lui louer pas trop cher, même que je suis prêt à assumer une partie des coûts le temps qu'elle se remette sur les rails. Qu'en dis-tu ? termine-t-il d'un air inquiet en se frottant le menton.

À mesure qu'elle écoutait son mari, Sylvie se sentait revivre. Une fois de plus, la vie lui prouve à quel point elle a de la chance d'être tombée sur Michel. Des hommes comme lui, elle en connaît très peu.

— Il n'y a que toi pour penser à une telle chose ! s'écrie-t-elle. Ce que j'en pense ? C'est une excellente idée. De cette façon, on pourrait veiller sur elle et sur les enfants. Mais…

Sylvie réfléchit. Au bout de quelques secondes, elle poursuit :

— Oui, mais les voisins ? On dirait presque un cadeau empoisonné. Une belle maison avec des voisins dont personne ne voudrait à des milles de chez lui, et surtout pas nous.

— On ne sait jamais, peut-être bien que ça ne dérangera pas Shirley. Entre toi et moi, si j'avais le choix entre des voisins légèrement bruyants et un mari violent, mon choix serait vite fait. Tu ne crois pas ?

— Tu as raison, approuve Sylvie. Si tu veux, après le souper, on pourrait faire nos comptes pour savoir combien on pourrait louer. Avec le métro, ce ne sera pas un problème pour Shirley de se rendre à son travail. Il y a une station à deux pas de l'hôpital. Je suis certaine que les enfants seraient fous de joie de retrouver leurs anciens amis. Je pourrais inviter Shirley et les enfants à souper vendredi. Oui, mais il reste encore trois mois avant qu'on déménage ; je trouve ça pas mal long. Mais j'y pense : elle m'a dit que sa mère lui avait offert d'aller vivre chez elle un moment. Et si jamais John refuse qu'elle parte ?

— Il va bien falloir qu'il se rende à l'évidence, maugrée Michel. En la laissant partir avec les enfants, c'est lui qu'il protège.

— J'espère que tu as raison. Penses-tu que tu pourrais donner quelques meubles à Shirley au cas où elle ne pourrait rien prendre ?

— Quand il ne restera qu'à trouver des meubles, ce ne sera pas un problème.

— Je te remercie. Tu es vraiment quelqu'un de bien. Je ne te le dis pas assez souvent, mais je n'aurais pas pu tomber mieux. Tu es le mari dont toutes les femmes rêvent en secret.

— Veux-tu bien arrêter ces niaiseries-là ? réplique Michel en riant alors qu'il a le visage en feu. Tout le monde ferait la même chose. Quand on sait que la vie de quelqu'un est en danger, on n'a pas le droit de faire comme si on l'ignorait.

— Profite donc du compliment pour une fois et, surtout, ne m'enlève pas mes illusions, émet Sylvie en lui faisant un clin d'œil. J'aime trop croire que j'ai épousé le meilleur homme du monde. Bon, ajoute-t-elle d'un ton sérieux, assez parlé. Il faut que je me dépêche de finir de préparer le souper avant que tout le monde rentre.

Au moment où elle passe devant lui, Michel l'attrape par un bras et la colle contre lui. La seconde d'après, ils s'embrassent avec passion. Ce n'est que lorsque les jumeaux font leur entrée dans la cuisine qu'ils se résignent enfin à se séparer.

— Est-ce que vous vous êtes embrassés avec la langue ? demande Dominic d'un air dédaigneux.

Pour toute réponse, Sylvie et Michel éclatent de rire. Sans crier gare, celui-ci soulève son fils dans ses bras et lui dit d'une voix enjouée :

— Je vais te le montrer, moi, ce que c'est que d'embrasser avec la langue…

— Au secours! Au secours! crie le garçon. Lâche-moi! François, Luc, Prince 2, venez vite me libérer. Au secours! Papa veut m'embrasser avec la langue.

Michel se retrouve vite encerclé par ses deux autres fils et par Prince 2 qui le lèche allègrement en branlant la queue. Prenant leur rôle très au sérieux, les garçons se mettent à chatouiller leur père pour qu'il lâche Dominic, ce qui ne tarde pas à se produire. Depuis qu'il est tout petit, Michel n'a jamais été capable de supporter qu'on le chatouille. Chaque fois, il perd tous ses moyens.

— Je vous en supplie, arrêtez, sinon je ne réponds plus de moi!

Trop contents de leur coup, les trois garçons, au lieu d'obtempérer, redoublent d'ardeur. Quant à Michel, il se tord de tous les côtés, essayant tant bien que mal de reprendre son souffle.

Appuyée sur l'évier, Sylvie regarde la scène en souriant. C'est si rare que son mari s'amuse avec les enfants. En fait, si elle pouvait changer une chose chez lui, ce serait qu'il prenne plus souvent le temps de jouer avec leur marmaille.

Michel est de plus en plus rouge. Il a beau chercher à se libérer, il n'y arrive pas. Heureusement, l'entrée de Junior fait diversion et il saisit l'occasion pour se sauver dans le salon. Ses trois attaquants sur les talons, il se laisse tomber sur son fauteuil et lance d'une grosse voix:

— Laissez-moi tranquille, je ne joue plus.

Puis, il lève les bras en l'air et ajoute d'une voix plus douce:

— Vous avez gagné, je me rends. Si ça continue, je vais être obligé de prendre une petite dose du sirop rouge de Luc pour reprendre mon souffle.

— Veux-tu que j'aille le chercher ? offre Luc. Moi, je n'en prends presque plus.

— Ce ne sera pas nécessaire. Je devrais m'en sortir, à condition que vous me laissiez tranquille, par exemple. Vous devriez aller donner un coup de main à votre mère.

Au moment où il termine sa phrase, la sonnerie du téléphone retentit. Vu l'heure qu'il est, Michel croit qu'il s'agit sûrement de son frère. Depuis qu'ils ont repris contact, ils se parlent chaque semaine, même jour, même heure. Alors que, comme plusieurs hommes, Michel déteste parler au téléphone, il ne manquerait pas un appel d'André pour tout l'or du monde. Chaque fois, les deux frères échangent pendant au moins une demi-heure. Quand il raccroche, Michel a toujours le cœur heureux. Le retour de son frère dans sa vie lui a donné des ailes. Il serait même tenté de prétendre qu'André lui porte chance, mais pour ça, il faudrait qu'il croie à la chance. Selon lui, tout se mérite dans la vie et rien n'arrive sans efforts. Néanmoins, il doit admettre qu'auparavant sa vie était on ne peut plus ordinaire, alors que depuis un certain temps plusieurs bonnes choses sont arrivées à sa famille et à lui.

Dans moins d'un mois, Paul-Eugène et lui ouvriront les portes de leur magasin d'antiquités. Si quelqu'un lui avait dit qu'un jour, lui, Michel Pelletier, deviendrait commerçant, et d'antiquités de surcroît, il lui aurait ri au nez. Pour une fois, il se trouvait à la bonne place, au bon moment. Au début, le magasin ne sera ouvert que les jeudis et vendredis soir et le samedi. Michel et son beau-frère ont l'intention de prendre leur temps avant de se lancer à corps perdu dans l'aventure ; de toute façon, pour le moment, ni l'un ni l'autre n'a les moyens de quitter son emploi. Au fil des mois, les deux hommes se sont bâti une clientèle fidèle parmi laquelle plusieurs personnes ne regardent pas à la dépense quand elles veulent une pièce, ce qui ne cesse de les étonner. Michel est toujours surpris de voir que lorsqu'on a de l'argent, on peut tout obtenir… enfin, presque tout. De plus en plus, les deux associés partent à la recherche d'objets et de meubles bien précis dans l'espoir de combler les désirs parfois très particuliers de certains de leurs clients, ou plutôt de leurs clientes, puisqu'ils traitent avec des femmes la plupart du temps. D'ailleurs, il arrive régulièrement à Michel de se faire faire les yeux doux, ce qui fait sourire son beau-frère. Chaque fois qu'il est témoin de l'attirance d'une femme pour Michel, Paul-Eugène lui fait le coup de la victime que personne n'aime. Il lui arrive aussi de le prévenir en riant : « Si j'étais à ta place, je resterais sur mes gardes. N'oublie pas : la chair est faible et c'est avec ma sœur que tu es marié. » Chaque fois, Michel lui répond qu'il n'a pas à s'en faire, qu'il aime trop sa Sylvie pour aller voir ailleurs.

Il y a des semaines que les deux associés cherchent un nom pour leur magasin. La veille, quand ils en ont parlé – pour la centième fois au moins ! – pendant le souper, ils étaient tellement à bout qu'ils étaient prêts à accepter la première proposition venue. Alors qu'ils allaient se lever de table, Sonia a lancé tout bonnement : « Arrêtez de vous casser la tête ! C'est simple. Vous vendez des antiquités. Vous n'avez qu'à appeler votre commerce Antiquités Pelletier & Belley. » Mus par on ne sait quelle énergie, Michel et Paul-Eugène se sont précipités pour embrasser Sonia chacun sur une joue, ce qui a bien fait rire la jeune fille. La seconde d'après, les deux hommes argumentaient comme des enfants pour savoir quel nom apparaîtrait en premier dans la raison sociale.

La visite d'André au Saguenay a bouleversé ses parents, à un point tel que la semaine suivante, son père a été victime d'une attaque. Michel a attendu que ce dernier soit complètement rétabli pour annoncer la nouvelle à son frère. Le médecin a conseillé à monsieur Pelletier d'éviter les émotions fortes, ce à quoi le patient a répondu que jamais il ne se priverait d'éprouver des sentiments, même si ceux-ci étaient si forts qu'ils pourraient causer sa mort. Michel aurait voulu être là quand son frère a fait son entrée dans la vieille maison familiale. Depuis les Fêtes, André a téléphoné trois fois chez ses parents pour prendre de leurs nouvelles. Si leur santé le leur permet, ils iront passer Noël chez leur fils, à Edmonton, cette année. Ça risque d'être tout un événement. Ni l'un ni l'autre n'a encore pris l'avion, même pas un petit, et ce n'est pas faute de ne jamais avoir reçu d'invitations. Laurier, un de leurs neveux, a proposé à son oncle plus d'une fois de l'accompagner avant que son avion n'aille percuter un cap des monts Valin, alors qu'il ramenait des gens d'affaires de Montréal. Michel se souvient encore de l'émoi causé par cet horrible accident dans la famille. La perte d'un être cher est toujours difficile à accepter. Mais quand elle se produit dans des conditions extrêmes, le choc s'ajoute à une peine sans borne. Malgré ce souvenir omniprésent dans la mémoire familiale, monsieur Pelletier n'a pas hésité une seconde quand André les a invités, sa femme et lui, pour Noël. Il lui a même appris qu'il avait l'intention d'en profiter pour aller à Vancouver et à Victoria, ce à quoi son fils a répondu qu'ils pourraient rester tout le temps qu'ils voulaient chez lui, qu'ils pouvaient même déménager à Edmonton s'ils le souhaitaient.

Ce ne sont pas toujours les plus grandes choses qui améliorent la vie. Depuis que Sylvie conduit, pas une seule journée ne se passe sans que Michel remercie le ciel. Maintenant, quand il est en congé, il peut vraiment en profiter. Enfin, il serait plus juste de dire qu'il dispose de tout son temps pour travailler à autre chose, alors qu'il n'y a pas si longtemps, il devait conduire Sylvie et les enfants ici et là et attendre patiemment dans son auto leur retour. Sylvie fait encore son épicerie chez Metro, même si elle sait qu'on y vend plus cher. Mais tant qu'elle respectera le budget alloué, Michel ne s'en mêlera pas, d'autant plus que maintenant, elle rapporte de l'argent elle aussi. Chanter la rend heureuse. Michel est bien placé pour le savoir. Depuis que monsieur Laberge lui a offert de se joindre à son groupe lyrique, elle n'est plus la même. Elle est plus joviale, plus détendue. Et elle rit plus. Certes, il y a des semaines où elle est très occupée, mais elle y arrive plutôt bien avec l'aide des enfants. À l'exception de Sonia, aucun ne rouspète quand vient le temps de faire les travaux qui lui sont assignés. Elle a pris beaucoup d'assurance aussi. Avant, jamais elle ne se serait permis de sortir sa sœur de chez son père, ni de refuser de lui prêter de l'argent, même pour payer la caution de son fils. Michel croit qu'elle voit enfin les gens comme ils sont et non comme elle aimerait qu'ils soient. C'est un grand pas dans son cas.

Comme d'habitude, Michel sourit quand il raccroche le combiné du téléphone.

— Bon, déclare-t-il d'un ton faussement bourru, est-ce qu'on pourrait avoir à manger dans cette maison ? Il est plus de six heu…

Avant même qu'il ait terminé sa phrase, Sylvie lui lance le linge à vaisselle qu'elle tient dans ses mains. Elle s'écrie d'une voix forte mais remplie de sourire :

— Michel Pelletier, tu es aussi effronté qu'un bœuf maigre ! Je te rappelle qu'on attendait tous que tu termines ton appel pour commencer le repas. Pour ta punition, tu devras essuyer la vaisselle.

— Est-ce que ça veut dire que j'ai congé ? demande joyeusement Sonia.

— Ça a bien l'air que oui, répond tristement Michel. Ne me remercie surtout pas, parce que ce n'est pas de gaieté de cœur que je vais faire la vaisselle à ta place.

— Merci papa !

— Je n'ai rien à voir là-dedans. Je suis seulement une pauvre victime tombée dans les griffes de ta mère.

Sylvie jette un regard gentil à son mari.

— Est-ce que je vais pouvoir aller chez Lise ? s'enquiert Sonia.

— Tu connais la condition, affirme sa mère pour toute réponse.

— Oui, répond sans tarder Sonia. Il faut que je sois rentrée avant neuf heures. Si tu veux, maman, je peux servir tout le monde.

— Avec plaisir, ma grande ! acquiesce Sylvie d'un air surpris.

— Ce n'est pas juste, se lamente François. Pourquoi…

— Si tu veux, le coupe son père, tu peux essuyer la vaisselle avec moi.

— Je ne parle pas de la vaisselle et tu le sais bien. Moi aussi, je veux aller chez mon ami Serge, et vous ne voulez jamais.

— On t'a déjà expliqué pourquoi plusieurs fois, précise Sylvie. Serge reste trop loin pour que tu ailles chez lui les soirs de semaine. Tu peux y aller quand tu veux les jours de congé. C'est pourtant facile à comprendre.

— Ce n'est pas juste. On dirait que parce qu'elle est la seule fille de la famille, Sonia a tous les droits.

Surprise, celle-ci regarde son frère. De son point de vue, elle se trouve plus souvent qu'autrement lésée justement parce qu'elle est la seule fille de la famille. Pour une fois, elle ne revient pas à la charge. Elle a trop à perdre si elle intervient. Elle s'applique à servir chaque membre de la famille en chantonnant. Cette petite faveur lui fait très plaisir, surtout que Lise et elle projettent d'aller voir un spectacle à Montréal la fin de semaine suivante. Comme leur première et seule virée a été un échec fulgurant, la punition dont elles ont écopé est encore bien présente à leur esprit ; elles ont donc l'intention de s'y prendre autrement cette fois-ci. Sonia a demandé à Langis de les accompagner, mais il a refusé, prétextant que son père aurait sûrement besoin de lui. Sur le coup, Sonia n'a pas compris pourquoi il ne voulait pas venir. Ce n'est qu'à force de l'interroger qu'il a fini par lui dire qu'il n'aimait pas ce genre de musique, qu'il en écoutait quand ils étaient ensemble seulement pour lui faire plaisir, qu'il préférait de loin la musique classique. Elle aime beaucoup Langis, mais ils sont loin d'apprécier les mêmes choses. Alors qu'elle adore faire la fête, Langis préfère discuter tranquillement. Alors qu'elle raffole de la musique de son temps, il préfère celle d'hier et d'avant-hier. « Tant pis, j'irai toute seule avec Lise, a-t-elle fini par décider. Tout ce que je demande à Langis, c'est de tenir sa langue. On trouvera bien une manière de nous échapper sans lui. » Malgré cette petite différence d'intérêt, Sonia adore passer du temps avec son amoureux. Et il embrasse tellement bien !

Dès que tout le monde est servi, Alain se racle la gorge avant de prendre la parole.

— J'ai une grande nouvelle à vous annoncer, lance-t-il d'une voix joyeuse. Lucie et moi allons nous marier le samedi 27 mai.

Michel se sent en feu, comme s'il venait d'être plongé en plein incendie. Il redoutait ce moment depuis la première fois où son fils a parlé de son projet. Il espérait de toutes ses forces que ce n'était qu'une passade. Erreur ! Voilà qu'il revient à la charge. Et en plus, cette fois, il a même arrêté une date.

Michel repousse son assiette, se lève de table et s'écrie d'une voix forte en pointant Alain :

— Ne compte pas sur moi pour te donner ma bénédiction. Je refuse totalement qu'un de mes enfants se marie pour une question d'argent. Et je ne veux plus en entendre parler.

Surpris par les propos de son père, Alain jette un coup d'œil à sa mère, espérant trouver un appui de ce côté. À voir son expression, il comprend vite qu'elle n'interviendra pas en sa faveur, en tout cas pas maintenant. Se retrouvant tout seul, il déclare à son père d'un ton légèrement provocateur, alors que celui-ci s'apprête à quitter la cuisine :

— Si tu ne veux pas que je me marie, c'est simple : tu n'as qu'à payer mes études. Je n'ai pas envie de sortir de l'université avec des dettes que je mettrai toute ma vie à rembourser. Moi, je veux miser sur les bourses et non sur les prêts.

Michel se retourne.

— Il n'est pas question que je paie les études de qui que ce soit, ni les tiennes ni celles de personne d'autre dans cette maison. J'espère que je me suis bien fait comprendre. Je ne vous empêcherai pas d'aller à l'école, votre mère me tuerait, mais vous allez devoir vous débrouiller.

— C'est justement ce que j'essaie de faire… Mais pour ça, il faut que je me marie.

— Tu n'as qu'à faire comme tout le monde : va travailler.

— Je ne fais que ça, travailler ! s'insurge Alain, la voix remplie de reproches. Je ne peux pas faire plus que ce que je fais présentement. J'ai vingt-cinq heures de cours par semaine et je travaille toutes les fins de semaine à l'usine. Il m'arrive même de remplacer à l'épicerie les soirs de semaine. Il me reste juste assez de temps pour faire mes travaux et voir ma blonde à travers ça. C'est tout à ton avantage que je me marie. Penses-y : en échange d'une petite signature, tu n'aurais même plus à me nourrir.

— Reste poli, mon garçon ! s'exclame Michel sur un ton cassant. Tu connais mon point de vue et je ne changerai pas d'idée. La discussion est close.

Jusque-là, personne n'a osé parler. Tous ont suivi la conversation en se faisant leur propre opinion au passage. Sonia trouve les propos de son père bien sévères. D'une voix remplie de douceur, elle intervient :

— Papa, je crois que tu devrais parler avec les parents de Lise. L'autre jour, ils racontaient qu'un de leurs neveux vient de se marier pour augmenter le montant de ses prêts et bourses, comme Alain souhaite le faire.

— Ne te mêle pas de ça! ordonne Michel. Ça se passe entre ton frère et moi.

— Mais, papa, tu sembles oublier un détail important: Lucie et Alain s'aiment.

— Jusqu'ici, j'ai juste entendu parler d'argent. Bon, ça suffit!

Michel se dirige vers l'entrée. Il est furieux! Il prend son manteau et sort de la maison sans même voir que Prince 2 ne demande qu'à l'accompagner. Il lui claque la porte au nez. Ce n'est qu'en entendant la plainte de l'animal qu'il réalise ce qu'il vient de faire, mais il poursuit son chemin. Il prend la direction de la maison de Paul-Eugène. Une fois sur place, il entre directement dans le garage et, sans prendre le temps d'enlever son manteau, il s'assoit pesamment sur une petite chaise en bois. Il met ses coudes sur ses genoux et pose sa tête sur ses mains. Le regard dans le vide, il réfléchit à ce qui vient de se passer avec Alain. Il ne comprend pas les jeunes d'aujourd'hui. Pire encore, il ne comprend pas son fils. Depuis que celui-ci est au monde, Michel lui transmet ses valeurs et lui montre l'exemple. Comment peut-il penser à se marier seulement pour avoir plus d'argent? Michel n'en démordra pas: le mariage n'est pas un jeu, c'est un engagement à vie. Il a entendu assez d'histoires d'horreur de mariages manqués quand il était jeune. À l'époque de ses parents, un grand nombre de gens se mariaient parce qu'il fallait fonder une famille à tout prix. Ils devaient apprendre à s'aimer avec le temps. Évidemment, plusieurs n'y parvenaient jamais. Certains se détestaient, alors que la majorité faisaient avec, tout simplement. Il aurait fallu être aveugle pour ne pas voir la détresse dans le regard de certains amis de son père et de son grand-père. Pour sa part, Michel aurait préféré rester vieux garçon plutôt que de faire un mariage de raison. Quand il a demandé à Sylvie de l'épouser, c'était parce qu'il voulait passer sa vie avec elle. Vingt ans plus tard, il pense toujours la même chose. Et c'est ce qu'il souhaite pour chacun de ses enfants. La vie est déjà assez compliquée et difficile, sans en plus être obligé d'apprendre à aimer quelqu'un. Pour lui, l'amour ne se commande pas. Il arrive sans s'annoncer au moment où on ne l'attendait plus. On se réveille un matin en se disant qu'on en a assez de vivre seul. Puis un beau jour, quelqu'un croise notre route et nous voilà en amour. Elle est un peu ronde, il les aime minces. Elle est courte, il les aime grandes. Elle est brune, il les aime blondes. Allez donc savoir pourquoi, c'est pour elle que son cœur bat la chamade et pour personne d'autre.

Signer pour qu'Alain puisse se marier est au-dessus des forces de Michel; il ne peut pas endosser un tel gâchis. Un mariage sans amour est voué à l'échec. À voir l'impatience et l'ambition des jeunes d'aujourd'hui, il y a fort à parier que si les couples ne mettent pas toutes les chances de leur côté, plusieurs unions risquent d'éclater. Ce qui étonne le plus Michel, c'est que jamais son fils n'a parlé d'amour. La seule qui y a fait allusion, c'est Sonia. La pauvre, elle s'est vite fait rabrouée alors que, pour une fois, elle avait fait montre de douceur. «J'espère que mon départ ne l'a pas privée de son congé de vaisselle. Elle était si contente de pouvoir sortir», pense Michel.

Perdu dans ses pensées, Michel n'entend pas arriver Paul-Eugène. Il sursaute quand celui-ci déclare :

— Il me semblait bien avoir entendu du bruit… Tu es chanceux que je ne t'aie pas pris pour un voleur. Pourquoi tu n'es pas passé par la maison ?

— J'avais besoin de réfléchir un peu. Si tu avais quelque chose à manger, je serais preneur.

— Tu n'as pas soupé ?

— C'est à peu près ça.

— Viens, j'ai du porc froid.

Ce soir-là, il est près de minuit quand Michel rentre chez lui. Ironie du sort, il arrive en même temps qu'Alain. Les deux hommes se toisent du regard en silence. Au moment où Michel va entrer dans sa chambre, son fils chuchote :

— Je ne te l'ai pas dit, mais Lucie est la femme de ma vie. Bonne nuit, papa !

— Bonne nuit, mon fils ! murmure Michel.

Chapitre 3

Sonia et Lise ont vraiment tout essayé pour trouver un moyen d'aller voir le spectacle à Montréal. Elles ont demandé à Martin de les accompagner, mais il a refusé. Même après qu'elles eurent déployé toutes leurs ressources, il est resté sur ses positions, surtout quand il a su que les filles voulaient aller entendre le groupe Les 409. Bien qu'il ne l'ait jamais entendu, il a dit qu'il n'avait aucune envie d'aller le voir. « C'est un groupe pour les filles. Non, merci pour moi ! » Sonia et son amie se sont ensuite tournées vers le frère de Lise. Il ne leur a même pas donné la chance de tenter de le convaincre. Dès qu'il a entendu le nom du groupe, il a éclaté de rire et leur a annoncé de ne pas compter sur lui, ni maintenant ni plus tard. En désespoir de cause, Sonia a une idée.

— Je vais demander à ma tante Chantal de nous couvrir.

— Crois-tu qu'on ait des chances qu'elle accepte ? demande Lise.

— On n'a rien à perdre. Une chose est certaine : je n'ai pas envie de recevoir une punition comme la dernière fois. Le pire, c'est que je suis à peu près certaine qu'on n'aurait pas eu de problèmes si Langis avait accepté de venir avec nous. Ma mère l'adore. Mais non, monsieur n'aime pas ce genre de musique. Et moi, est-ce que j'aime la musique classique ?

— Est-ce qu'il t'en fait écouter ?

— Mais non ! Il sait bien que je ne le supporterais pas. Bon, assez parlé, je vais appeler ma tante. Tout ce que je souhaite, c'est qu'elle ne soit pas en voyage parce que, sinon, je ne sais vraiment pas ce qu'on va pouvoir inventer pour aller à Montréal. Pour ma part, il n'est pas question que je manque ce spectacle. Ce groupe est tellement bon que je ferais n'importe quoi pour le voir.

— Commence par appeler ta tante, on verra après. Fais-le tout de suite et, après, on reviendra dans ma chambre ; on sera plus tranquilles pour parler. Je pourrai même ouvrir la radio pour que mes parents n'entendent rien.

— Pourvu qu'elle soit là ! s'exclame Sonia.

Ce n'est qu'à la quatrième sonnerie que Chantal décroche enfin. Un peu plus et Sonia raccrochait. Réveillée en sursaut, la jeune femme répond d'une voix tellement rauque que, sur le coup, Sonia ne la reconnaît pas.

— Tante Chantal, c'est bien toi ?

— Oui ! Qui parle ?

— C'est Sonia.

— Ah ! Bonjour, Sonia. Peux-tu me dire quelle heure il est ?

— Il est huit heures du soir.

— Une chance que tu m'as téléphoné parce que j'aurais passé tout droit. En arrivant de travailler, je me suis couchée en prévoyant me reposer une demi-heure et ça fait trois heures que je dors. Il faut croire que j'ai du sommeil à rattraper. Je ne pourrai pas te parler longtemps, j'ai un rendez-vous dans une heure.

— Ce que j'ai à te dire ne prendra que quelques minutes. J'imagine que tu te souviens de mon amie Lise. Eh bien, elle et moi nous voulons aller voir le spectacle des 409 en fin de semaine, mais personne ne veut venir avec nous. Alors, j'ai pensé que tu accepterais peut-être de nous couvrir. On pourrait dormir chez toi après le spectacle…

Bien qu'elle ait plus que le double de l'âge de sa nièce, le simple fait d'entendre le nom du groupe l'a réveillée net. Elle adore ce groupe et sa chanson *Reviens, reviens.*

— J'ai une bien meilleure idée! lance-t-elle d'un ton joyeux. Je pourrais y aller avec vous…

— C'est vrai? se réjouit Sonia. Je ne demande pas mieux.

— Parfait! Je m'occupe d'aviser ta mère. J'achèterai les billets aussi. Mais j'y pense. Je suis certaine que tante Irma aimerait venir avec nous. De cette façon, vous ne seriez pas obligées de rester toute la soirée avec ta vieille tante…

La jeune fille est enchantée par tout ce qu'elle vient d'entendre. Lise la regarde sans trop comprendre. Sonia demande à sa tante d'attendre un instant et raconte tout à son amie. Les deux filles sautent de joie.

— Dans ces conditions, finit par dire Lise, mes parents ne refuseront sûrement pas de me laisser y aller. Crois-tu que ta tante pourrait les appeler?

Sonia reprend le combiné et transmet tout de suite la demande à sa tante.

— Aucun problème pour moi. Tu n'as qu'à me donner le numéro de téléphone. Avant que tu raccroches, il faut que je te dise quelque chose. Il va falloir qu'on parle de notre voyage en Belgique. On a beau avoir les billets d'avion, maintenant il faut qu'on sache ce qu'on veut aller voir. Je t'ai trouvé une grosse pile de dépliants.

— J'ai déjà ma petite idée là-dessus; je t'en parlerai en fin de semaine. Merci, ma tante, pour le spectacle. Sans toi, je ne sais pas ce que je ferais.

— J'imagine que tu trouverais une solution. Quand on tient à quelque chose, on s'arrange toujours. Bon, il faut que je te laisse.

Ce soir-là, c'est le cœur léger que Sonia revient à la maison. Son problème est réglé. Elle est assez lucide pour savoir qu'elle devra négocier chacune de ses sorties avec ses parents. Et sa tante ne pourra pas toujours l'accompagner. Si Sonia était un garçon, tout serait beaucoup plus facile. Même si elle prend la pilule depuis un moment déjà, c'est loin d'être un synonyme de liberté dans la tête de ses parents. Elle se console en se disant qu'un jour ça pourra lui servir. Elle n'a encore rien fait avec Langis. Si ce n'était que d'elle, elle aimerait bien aller plus loin. Plus les jours passent, plus elle se sent attirée par l'amour physique, mais le jeune homme est tellement accroché à ses valeurs, ou plutôt aux valeurs de ses parents, que tout ce qu'elle peut tirer de lui pour le moment ce sont des baisers. Là-dessus, au moins, elle est loin d'être en reste. Il y a quelques semaines, si ce n'avait été que d'elle, ils auraient plongé la tête la première. Mais alors que Langis venait de poser une main sur un de ses seins, il a reculé comme s'il venait de recevoir un choc électrique. Évidemment, Sonia n'a rien compris à son comportement. Elle a dû se contenter de cette maigre explication : « Je suis vraiment désolé, mais je ne peux pas faire ça. » Elle a répliqué tout de go : « On dirait que tu as cent deux ans. À notre époque, personne ne se gêne pour faire l'amour, même les vieux. » Les jours suivants, Sonia a essayé de ramener le sujet sur le tapis, mais chaque fois elle s'est butée à un mur.

Elle ne sait vraiment pas comment elle va pouvoir s'arranger pour sortir en toute liberté avant d'être majeure. Elle a beau imaginer tous les scénarios possibles pour s'éclipser de la maison, elle n'ignore pas qu'au bout du compte elle risque d'écoper de punitions à répétition dès qu'elle franchira la porte sans la permission de l'autorité suprême. Bien sûr, elle mise sur l'Expo pour bénéficier de plus de liberté, d'autant que sa mère a offert à chacun une passe pour la durée totale de l'événement. De toute la famille, c'est sûrement Sonia qui apprécie le plus ce cadeau. Ce sera une occasion unique de partager avec le monde entier. C'est fou : Sonia et sa famille n'auront qu'à traverser le fleuve pour rencontrer des gens de partout, de toutes les nationalités et de toutes les couleurs aussi. La jeune fille est impatiente que la fin avril arrive. Elle espère convaincre sa mère d'aller à l'Expo dès la première journée. On n'a pas le droit de manquer un tel événement. À la télévision, les commentateurs ont prévenu la population : ce sera peut-être le seul événement de cette envergure qui se tiendra à Montréal.

* * *

Sylvie fait ses vocalises quand les jumeaux rentrent de l'école. De nature habituellement bruyante, ces derniers paraissent l'être doublement aujourd'hui, ce qui annonce sûrement quelque chose. Des éclats de rire cristallins parviennent à la mère de famille, ce qui la fait sourire. Quelques secondes plus tard, elle entend la voix de Luc, vite couverte par celle de ses frères au moindre commentaire qu'il ose faire. Sylvie va rejoindre ses fils. Quand elle les voit, les bras chargés de boîtes de carton, elle leur dit :

— On croirait que vous déménagez…

— Voyons, maman ! s'écrie Dominic en soulevant les épaules. Tu devrais t'en souvenir, c'est toi qui as choisi notre nouvelle maison !

— Je m'en souviens très bien, mais on déménage seulement dans trois mois.

— On le sait, renchérit François. Mais si on attend trop, on ne sera pas capables d'avoir des boîtes de carton. Tout le monde déménage le 1er juillet. Dominic, Luc et moi, on en a discuté en revenant de l'école. On a décidé que rien ne nous empêchait de faire nos boîtes tout de suite.

Sylvie regarde ses trois fils d'un air découragé. Elle imagine déjà les boîtes empilées le long des murs dans leur chambre pendant trois longs mois.

— Vous êtes vraiment sérieux ? Vous allez faire vos boîtes tout de suite ?

— Oui, répond Luc. Comme ça, quand viendra le temps de déménager, on sera prêts.

— Même que, si tu veux, on pourra t'aider pour faire celles de la cuisine, propose François.

— C'est bien beau, tout ça, mais où allez-vous mettre toutes vos boîtes ?

— Où veux-tu qu'on les mette ? demande Dominic. Sur le plancher, voyons !

— Mais si vous avez besoin de quelque chose d'ici le déménagement...

— Ce n'est pourtant pas compliqué, maman ! s'impatiente Luc. On va prendre nos affaires dans les boîtes au lieu de les prendre dans nos tiroirs.

À court d'arguments, Sylvie sourit avant de commenter :

— À bien y penser, c'est sûrement une bonne idée. Croyez-vous que vous pourriez rapporter d'autres boîtes de temps en temps ?

— On peut en rapporter tous les jours, si tu veux, se dépêche de répondre François. L'épicier nous a dit qu'on pouvait en prendre autant qu'on en voulait.

— Je vais regarder ce que vous pouvez avoir comme collation pendant que vous allez porter vos boîtes dans vos chambres.

— Il faudrait que ce soit quelque chose qui se mange en marchant, lance Dominic, parce qu'on a promis à nos amis d'aller les retrouver au parc.

— On va emmener Prince 2, affirme Luc. Comme ça, il va pouvoir courir.

— C'est vrai, on allait oublier de t'annoncer que madame Parapouil est morte la semaine passée, déclare Dominic. Il paraît que son propriétaire l'a trouvée dans son appartement en allant chercher le chèque du loyer.

— Pauvre vieille ! s'écrie Sylvie. C'est bien triste de mourir toute seule comme un rat.

— Tu oublies qu'elle était loin d'être gentille avec nous, dit François.

— Ce n'était pas une raison de lui vouloir du mal, formule Sylvie.

— Ne me demande pas d'être triste parce qu'elle est morte, rouspète François.

— Moi non plus, renchérit Dominic.

— Faites ce que vous voulez, intervient Luc, mais n'oubliez pas que les gars nous attendent au parc. Moi, j'y vais tout de suite.

Quelques minutes plus tard, la maison redevient aussi silencieuse qu'avant le passage des garçons. Sylvie reprend ses vocalises. Comme le souper est déjà prêt, elle peut se permettre de travailler encore une demi-heure. La prochaine vague déferlera à ce moment-là seulement, en marquant l'arrivée de Sonia et de Junior. Elle est très contente de voir que la bonne entente dure entre ces deux-là ; ils sont même de plus en plus proches l'un de l'autre. Hier, Junior lui a dit qu'il aimerait prendre encore des cours de danse cet été. Sylvie trouve que ses enfants vieillissent trop vite : à part les trois derniers, tous sont en train d'entrer dans l'âge adulte, ce qui la fait vieillir, elle aussi.

À la mi-mai, la troupe lyrique dont Sylvie fait partie donnera une demi-douzaine de spectacles à Longueuil et à Montréal. La semaine dernière, monsieur Laberge a avisé les membres que si la vente des billets se poursuivait à cette vitesse, il faudrait ajouter des représentations supplémentaires. À mesure que les jours passent, Sylvie sent la nervosité la gagner. Elle en a parlé à quelques chanteurs de la troupe ; tous lui ont affirmé que sa réaction était tout à fait normale, qu'une fois sur scène tout irait très bien. Elle espère de tout son cœur qu'ils ont raison parce que faire deux solos lui met beaucoup de pression. Elle est capable de relever le défi. Mais il y a des jours où Sylvie songe qu'elle n'est peut-être pas à sa place, que c'est une trop grosse responsabilité, qu'elle ne pourrait plus se regarder dans le miroir si elle échouait. L'autre jour, l'inquiétude devait se lire sur son visage parce que monsieur Laberge lui a dit au moment où elle allait sortir : « Vous avez toute ma confiance. » Quand le doute l'envahit plus qu'à l'habitude, Sylvie se répète cette petite phrase dans sa tête. Le stress diminue jusqu'à être tolérable, mais il ne tombe jamais complètement.

Jacques est revenu à la charge il y a quelques semaines. Il a téléphoné à Sylvie sous prétexte qu'il voulait connaître les dates des spectacles. Il l'a retenue au téléphone une bonne dizaine de minutes. Avant de raccrocher, il l'a invitée à prendre un café. Une fois de plus, Sylvie a gentiment décliné son offre. Certes, il lui a déjà fait un certain effet, mais c'était avant que Michel et elle se retrouvent comme au début de leurs fréquentations. Depuis qu'il a gagné le pot de hockey au travail, son mari n'a jamais failli à son intention d'organiser des petites sorties juste pour eux deux. Ce n'est pas toujours quelque chose de grandiose, ils sont plus occupés que jamais chacun de leur côté, mais passer du temps en tête à tête leur fait le plus grand bien. Depuis, aux sorties habituelles du samedi soir se sont ajoutées ici et là quelques activités en semaine. D'ailleurs, Sylvie réserve à Michel pour son anniversaire une surprise qu'il ne sera pas près d'oublier.

Chapitre 4

Bien installé dans son fauteuil, les jambes allongées sur le petit pouf, Michel écoute le bulletin de nouvelles. Il commente systématiquement chacune de celles-ci, ce qui lui fait perdre tous les débuts – sauf, bien sûr, celui relatif à la première nouvelle. Mais dès que Sylvie ouvre la bouche, il lance un gros « Chut ! » en fronçant les sourcils. Loin d'impressionner celle-ci, le petit geste d'autorité de son mari la fait sourire chaque fois. Le pire, pour elle, c'est qu'il ne réserve pas ses commentaires uniquement aux nouvelles. Non, ce serait trop beau. En fait, tout y passe dès que la télévision est ouverte. C'est un feu roulant de commentaires aussitôt qu'un téléroman prend l'antenne. Là, au lieu de faire sourire Sylvie, ça la fait grincer des dents. Alors qu'elle essaie de toutes ses forces d'écouter son émission et d'entrer dans l'émotion, il y a toujours une voix en arrière-plan qui dérange sa concentration. Elle a beau demander à Michel de se taire, il n'y a rien à faire. Même si elle monte le ton, et s'enrage parfois, c'est peine perdue. Les seuls moments où elle peut écouter *Rue des Pignons* tranquille, c'est lorsque sa tante Irma est à la maison. Ces soirs-là, Michel se dépêche de se sauver. En fait, il n'y a que lorsque *Moi et l'autre* joue que Michel se retient de parler, mais il rit si fort que ce n'est pas beaucoup mieux. Parfois, il rit tellement qu'il en a les larmes aux yeux et finit par attraper le hoquet. L'autre jour, il a expliqué au père de Sylvie à quel point il aime Dominique Michel et Denise Filiatrault. Sylvie est d'accord ; ces deux comédiennes sont vraiment drôles. D'ailleurs, tout le monde les aime. Peu importe où se trouvent les enfants et ce qu'ils sont en train de faire, dès qu'ils entendent le thème de l'émission, ils arrivent en courant. *Moi et l'autre* est devenue en peu de temps une émission culte pour les petits comme pour les grands.

— C'est quasiment pas croyable quand on pense à tout ce que l'Expo nous a obligés à faire pour « recevoir le monde », comme les journalistes disent, lance Michel avant même que le présentateur donne le mot de la fin. C'est grand le monde. On n'aura jamais assez d'une vie pour tout voir. Dire que j'aurai la chance d'aller dans l'Ouest canadien et en Égypte. Sais-tu à quel point on est privilégiés ?

Sans laisser le temps à Sylvie de répondre, il poursuit sur sa lancée :

— En tout cas, je n'aurais jamais pensé qu'on était aussi capables, nous les petits Québécois. On a fabriqué une île de toute pièce. Je pense même que j'aurais de la misère à le croire si je n'y avais pas travaillé moi-même. On a bâti un métro, un tunnel. Et tout ce qu'il faut pour recevoir les visiteurs de l'Expo. Si quelqu'un m'avait dit tout ce qu'on ferait en si peu de temps, je lui aurais ri en pleine face. Et je ne suis pas le seul à penser comme ça. On en parlait justement avec les gars hier midi. Tous étaient d'accord pour reconnaître que c'est du beau travail, sur toute la ligne. On va payer longtemps tout ça, mais je suis certain que, pour une fois, ça va nous rapporter au centuple.

— N'oublie pas le site lui-même, indique Sylvie. Si on se fie à ce qu'on voit à la télévision et dans les journaux, ça promet. Elle n'est même pas encore commencée et on prétend que ce sera une des plus belles expositions de ce genre. En tout cas, j'ai très hâte d'y aller. Même que si je ne me retenais pas, j'irais dès le premier jour. Ils attendent des milliers de personnes pour l'ouverture. C'est extraordinaire ! Imagine un peu, on va pouvoir visiter 62 pays juste en traversant le fleuve ! J'en ai des frissons rien qu'à y penser.

— Ouais, c'est vrai qu'on est chanceux que ça se passe ici, dans notre pays, et au Québec par-dessus le marché. L'autre jour, ils ont dit à la télévision que l'Expo avait changé le Canada tout entier pour toujours. Entre toi et moi, je pense que c'est nous autres au

Québec qu'elle a changés le plus. On vient de prouver au monde qu'on est autre chose que les porteurs d'eau des Anglais. Les maudits, un par un je n'ai pas de misère avec eux – sauf avec ceux comme John qui osent lever la main sur leur femme –, mais quand on parle d'eux en masse, c'est une autre paire de manches. Ça fait des années qu'ils nous gardent dans leur ombre, qu'ils ont les meilleurs emplois, qu'ils se pensent au-dessus de nous. Mais le pire, c'est qu'on les croit. Parfois, je trouve qu'on est bien trop bons, nous, les francophones. Il était temps qu'on se prenne en main et qu'on montre à toute la planète qui on est et de quoi on est capables. Là, il n'y a plus de doute pour personne. L'Expo et tout ce qu'il y a autour vont parler pour nous. On a de quoi être fiers ! On va peut-être finir par être vus autrement que comme des producteurs de blé et des joueurs de hockey. Je te le dis, plus personne ne va pouvoir rire de nous. Maintenant, tout le monde va savoir où se trouve le Canada, et le Québec aussi.

Après une pause, Michel reprend :

— On a beau raconter tout ce qu'on veut sur le maire Jean Drapeau, c'est un sacré bon homme. Aujourd'hui, j'ai passé la journée à faire la navette entre Longueuil et Montréal. Comme il fallait que je me rende dans l'est, j'ai emprunté le tunnel. Je n'en reviens pas. Chaque fois que j'entre dedans, je me sens comme un enfant à qui on vient d'offrir un nouveau jouet. Pas plus tard qu'hier, j'ai lu dans le journal que c'était le plus grand tunnel sous-marin au Canada. Imagine : on roule en dessous du fleuve, ce n'est pas rien. Il paraît qu'il y a 42 caméras de surveillance. Mais entre toi et moi, j'aime mieux ne jamais être pris au beau milieu. Juste à penser qu'on a de l'eau au-dessus de la tête, ça me donne la chair de poule, surtout que je nage comme une roche. En plus, avec trois voies de chaque côté, ce n'est pas demain la veille qu'on va avoir des problèmes de circulation pour entrer sur l'île ou en sortir.

— Moi, je pense plutôt que si Montréal continue à se développer à cette vitesse-là, ce ne sera pas long qu'on va en avoir, expose

Sylvie. Au fait, quand est-ce que tu m'emmènes essayer le tunnel ? demande-t-elle joyeusement.

— Quand tu veux ! On pourrait en profiter pour aller faire un tour au Jardin botanique. Que dirais-tu de dimanche ?

— C'est parfait pour moi, accepte Sylvie, pourvu qu'on revienne assez tôt pour que j'aie le temps de préparer le souper. Les enfants vont être fous de joie. Mais pendant qu'on est seuls, j'aimerais qu'on parle du mariage d'Alain et de Lucie, ajoute-t-elle sur un ton sérieux mais tendre. As-tu pris le temps d'y réfléchir ?

Le mot *mariage* suffit à lui seul à changer l'humeur de Michel. Il se rembrunit instantanément. Sylvie le connaît assez pour savoir qu'il va falloir qu'elle use de diplomatie pour parvenir à le sortir de cet état.

— Écoute-moi bien, dit-elle doucement. Que ça te plaise ou non, il va bien falloir qu'on en parle à un moment donné. Je comprends ton point de vue, mais je pense que notre fils ne mérite pas d'être traité comme tu l'as fait l'autre jour. C'est un bon garçon, travailleur et responsable. Jamais il ne nous demande un sou. Je sais que tu aimerais mieux qu'il lâche le cégep, mais c'est peine perdue. Jamais je ne permettrai qu'un de mes enfants abandonne l'école avant d'avoir un bon métier.

— À ce que je sache, lance Michel d'une voix chargée de reproches, personne n'a jamais manqué de rien dans cette maison. Et ce n'est certainement pas à cause de mon instruction parce que ça a tout pris pour que je finisse mon primaire.

— Ne mélange pas tout ; il n'est pas question de toi. C'est vrai qu'on n'a jamais manqué de rien. Je te le dis souvent, je n'aurais pas pu trouver un meilleur mari que toi. Je te rappelle aussi que tu as la chance d'aimer ce que tu fais, ce qui n'est pas le cas de la plupart des hommes de notre génération.

Comme Michel s'apprête à argumenter, Sylvie poursuit :

— N'essaie pas de prétendre le contraire. Demain, quand tu iras travailler, fais un petit sondage pour voir combien de camionneurs aiment ce qu'ils font. Moi, j'ai plutôt l'impression que plusieurs sont camionneurs parce que la paie est bonne et que, comparativement à d'autres métiers, ce n'est pas si dur que ça, à condition qu'on aime conduire. Dans notre temps, on faisait ce qu'on pouvait avec ce qu'on avait, c'est-à-dire bien peu pour la majorité d'entre nous. Crois-moi, je suis bien placée pour le savoir.

Sylvie prend une grande respiration avant de continuer :

— On a la chance d'avoir des enfants intelligents, qui apprennent bien et qui ont de l'ambition. On a aussi la chance de vivre près de Montréal, ce qui nous permet d'avoir accès aux meilleures écoles, et même aux universités. Alors, quand tu me demandes d'inciter nos enfants à aller sur le marché du travail avant la fin du secondaire, c'est non et ce n'est pas négociable. Au contraire, je vais tout faire pour les aider à aller au bout de leurs capacités. Ce qu'on vit avec notre aîné, on risque de le vivre avec les autres, et peut-être plus vite que tu penses. Je ne comprends pas que tu te butes à ce point-là. Tout ce qu'Alain te demande, c'est une petite signature pour pouvoir se marier. Je comprends que c'est loin de ta vision du mariage. Si ça peut te rassurer, c'est la même chose pour moi. Mais il faut se rappeler que chacun d'entre nous voit les choses différemment, que nous ne sommes pas les seuls à détenir la vérité. Alain n'en a pas parlé au souper, mais je sais que Lucie et lui s'aiment profondément. Il suffit de les regarder pour le savoir.

Alors que Sylvie fait une pause, Michel en profite pour lancer d'une voix sourde :

— Il m'a confié que c'était la femme de sa vie.

— Tu vois bien que tu t'en fais pour rien. Je t'en prie, ne sois pas aussi intransigeant. Je te le répète, c'est un bon garçon. Il travaille fort pour réussir. Si ça prend juste un mariage pour lui faciliter la vie, je ne vois pas pourquoi on lui refuserait ça. De toute façon, Alain et Lucie en arriveront sûrement là un jour ou l'autre.

Sylvie observe son mari. La tête légèrement penchée, il se mord la lèvre supérieure. Elle respecte son silence. Au moment où il va enfin ouvrir la bouche, Dominic fait irruption dans le salon. En voyant l'air de ses parents, il demande :

— Pourquoi êtes-vous aussi sérieux ? On dirait que quelqu'un est mort...

Sylvie sourit à son fils avant de s'adresser à lui :

— Va dans ta chambre quelques minutes. J'irai te chercher dès que papa et moi aurons fini de parler. Allez, tout de suite !

Puis elle se tourne vers Michel.

— Je t'écoute.

— Je vais signer, mais ce n'est vraiment pas de gaieté de cœur. Je continue à croire que le mariage est une des choses les plus sérieuses de la vie et qu'on ne devrait pas s'en servir pour obtenir plus d'argent. Comme je ne peux pas lui payer ses études, je vais me rendre.

— Arrête un peu de jouer à la victime, lance joyeusement Sylvie. On croirait que tu viens d'être condamné à mort !

La seconde d'après, Sylvie s'approche de Michel et lui dépose un baiser sur les lèvres. Ensuite, elle lui chuchote à l'oreille :

— Que dirais-tu d'aller au lit plus tôt ce soir ?

Pour toute réponse, Michel l'attire à lui et l'embrasse longuement.

* * *

Quand Junior revient de l'école, sa mère lui remet une enveloppe. Il devine que celle-ci contient des photos qu'il a prises. Comme il avait épuisé le montant envoyé par son parrain pour le développement et qu'il avait utilisé tous ses films aussi, il a dû ramasser de l'argent pour acheter un film et le faire développer, ce qui lui a demandé de nombreux efforts et beaucoup de patience. Plus ça va, plus il est passionné par la photographie. Il aime tellement ça qu'il songe à en faire son métier plus tard. Il sait que son grand-père comprendra, même s'il lui faudra trouver quelqu'un d'autre pour prendre sa relève. Il pensait vraiment à lui succéder quand il lui en a parlé, mais maintenant les choses ont changé.

Ce que Junior préfère de la photo, c'est que, sur une seule image, une scène de vie est figée pour l'éternité avec tout ce qu'elle comprend d'émotions, bonnes et mauvaises. La photo capte l'instant présent sans aucun jugement et sans aucune restriction. Reste ensuite à celui qui la regarde de se faire sa propre idée de ce qu'il voit. Depuis qu'il a un appareil photo, Junior scrute à la loupe toutes les photos qui paraissent dans le journal pour mieux comprendre cet art en apparence simple et à la portée de tous, mais pourtant si complexe. Il aime photographier tout ce qui l'inspire : un coup de vent qui soulève la poussière sur le trottoir ; un jeune enfant qui a de la difficulté à marcher mais qui fonce droit devant, le sourire aux lèvres ; une araignée qui peine à tisser sa toile continuellement défaite par le passage des gens. Il aime transposer la vie sur la pellicule pour ensuite observer la photo sous toutes ses coutures afin d'améliorer sa technique. S'il en avait les moyens, il ne sortirait jamais sans son appareil photo. Il a déjà emprunté tous les livres qui traitent de photographie à la bibliothèque de son école. En constatant son intérêt marqué pour le sujet, son professeur de sciences lui a indiqué qu'il possédait plusieurs ouvrages sur la photographie chez lui et qu'il les lui prêterait. Il l'a informé des écoles dans lesquelles on enseigne cet art. Il a aussi évoqué plusieurs possibilités liées à ce métier, ce qui a eu pour effet de redoubler l'intérêt de Junior pour sa future carrière. Le garçon s'imagine très bien parcourir le monde, son appareil à la main.

Junior n'a parlé de ses projets à personne. À voir comment son père a réagi à l'annonce du mariage d'Alain et de Lucie, il a jugé qu'il valait mieux attendre. De toute façon, il a tout son temps. Malgré son jeune âge, il sait déjà qu'il vaut parfois mieux garder certaines choses pour soi jusqu'à ce que se présente le bon moment. Il y a quand même une personne avec qui il aimerait aborder la question, et c'est Sonia. La veille, alors que Junior s'apprêtait à plonger, sa sœur et lui ont été dérangés par l'arrivée subite des jumeaux. Il aura sûrement la chance de se reprendre cette semaine. Il a pensé que ce serait possible en revenant de l'école, mais il trouve le sujet trop important pour en discuter en marchant. Il est très content de sa relation avec sa sœur, ça le rend même heureux que tout se soit arrangé entre eux. Il sait qu'elle ne lui raconte pas tout, mais il ne s'en offusque pas. C'est normal que les filles ne disent pas tout aux garçons – enfin, c'est ce qu'il croit – et que les garçons ne confient pas tout aux filles. L'essentiel, actuellement, c'est que Sonia et lui reviennent de l'école ensemble.

La seule ombre au tableau, c'est qu'il risque de se ruiner à force d'acheter des petits gâteaux au caramel. Junior est chaque fois surpris de voir à quel point sa sœur aime ces pâtisseries – peut-être même plus que lui, ce qui n'est pas rien. Hier, il a dit à Sonia qu'il serait grand temps qu'elle fasse sa part, qu'il ne pouvait plus tout assumer. Elle l'a regardé en souriant avant de répondre : « J'attendais juste que tu me le demandes. Je te le répète souvent : tu es trop généreux, ça va te perdre. Si tu veux, je vais payer tous les gâteaux du mois prochain, mais à une condition. Je vais demander à maman de m'acheter des boîtes complètes à l'épicerie. Ça reviendra beaucoup moins cher. Je m'engage à nous apporter chacun notre part chaque jour. Tu comprends, il faut que je ramasse le plus d'argent possible pour mon voyage en Belgique. Pour bien faire, il faudrait que je vende au moins deux toiles ce mois-ci… »

Le sourire aux lèvres, Junior ouvre l'enveloppe que vient de lui remettre sa mère. Il se dépêche d'en sortir les photos. Il les regarde rapidement une première fois. Alors qu'il s'apprête à refaire l'exercice, cette fois en prenant tout son temps, sa mère lance :

— J'aimerais les voir. Est-ce que tu me le permets ?

— Bien sûr ! répond-il en lui tendant la pile. Je suis assez satisfait de moi. Si tu veux, je te dirai laquelle je préfère quand tu auras fini de les regarder.

Sylvie est enthousiasmée par les photos, à tel point qu'elle repasse toute la pile.

— Les photos sont vraiment très belles. Je ne connais pas grand-chose à la photographie, mais selon moi, tu as beaucoup de talent. Veux-tu maintenant savoir laquelle je préfère ?

— Je t'écoute !

— Eh bien, j'hésite entre celle du joli papillon sur les cheveux de Francine et celle de monsieur Masson, les baguettes en l'air. Je ne sais pas trop comment l'exprimer, mais je trouve que tu as la capacité de saisir la vie dans toutes les situations. Tes photos sont vraiment très belles.

À la grande surprise de Junior, Sylvie le prend par le cou et l'embrasse sur la joue. Puis, elle poursuit :

— Je suis très fière de toi. Tu devrais envoyer quelques photos à ton parrain et à ta marraine. Je suis certaine qu'ils seraient contents de voir tout ce que tu peux faire avec le cadeau qu'ils t'ont offert. Et toi, quelle photo préfères-tu ?

— C'est celle de la goutte d'eau qui coule dans la fenêtre du salon.

— C'est un excellent choix ! Il faudrait que tu montres tes photos à tante Irma la prochaine fois qu'elle viendra nous rendre visite.

* * *

Alors que Sylvie s'apprête à éteindre la lumière de la chambre des jumeaux après les avoir embrassés tous les deux pour leur souhaiter bonne nuit, elle entend une petite voix :

— Maman, on a quelque chose à te dire.

Pas certaine d'avoir bien entendu, elle rallume la lumière et demande :

— Est-ce que l'un de vous vient de parler ?

— Oui, moi, répond François.

— Qu'est-ce qu'il y a ? l'interroge-t-elle en s'approchant de son lit.

— Tu ne seras pas contente, lance-t-il. On a eu nos bulletins et…

— Ils sont vraiment mauvais, enchaîne Dominic.

— Où sont-ils ? demande Sylvie.

— On les a cachés en dessous de notre oreiller, avoue François. Tiens.

Sylvie prend le bulletin de son fils dans ses mains. Plus elle le regarde, plus elle sent la colère l'envahir. Aussitôt qu'elle finit de lire celui de François, elle tend la main sans prononcer un seul mot pour prendre celui de Dominic. À l'exception du nom qui a changé, c'est du pareil au même. Elle n'est pas contente du tout. En fait, elle est tellement en colère qu'elle décide d'attendre au lendemain avant de parler à ses fils, sinon ses paroles risqueraient fort de dépasser sa pensée. Elle éteint la lumière et lance d'un ton contenu :

— On parlera de tout ça demain soir avec votre père.

Alors qu'elle va fermer la porte, Dominic déclare :

— Mais il faut que tu signes nos bulletins. On doit les rapporter à l'école demain.

— Vous n'aviez qu'à me les donner avant. Je ne veux plus entendre un seul mot. Bonne nuit !

Chapitre 5

Sonia ne tient plus en place. C'est ce soir qu'elle va enfin voir le spectacle du groupe Les 409. Elle est énervée comme jamais. Elle s'est dépêchée de faire la vaisselle, alors qu'elle venait à peine d'avaler sa dernière bouchée, afin d'avoir plus de temps pour se préparer. Tous ses vêtements sont étalés sur son lit. Elle les a tous essayés et les a ensuite lancés à bout de bras en direction de son lit. C'est dans de telles occasions qu'elle se rend compte qu'il serait urgent de renouveler sa garde-robe. Facile à dire, mais pas si facile à faire. Même si elle a gardé des enfants cet été et qu'elle a vendu plusieurs toiles au restaurant, il n'est pas question qu'elle dépense son argent pour s'acheter des vêtements. Et malheureusement, elle n'a pas le temps de coudre non plus. Son père ne cesse de lui répéter : « Si tu veux aller en Belgique avec ta tante, ramasse ton argent parce que ce n'est pas moi qui vais t'en donner, ni ta mère. » D'ailleurs, ce soir, Sonia va en parler avec Chantal. D'après la jeune fille, elle a maintenant suffisamment d'argent, mais elle préfère vérifier avec sa tante pour s'en assurer. S'il lui en manque encore, elle disposera de deux mois pour peindre quelques toiles et essayer de les vendre.

La semaine dernière, Sonia a reçu son passeport. Elle était tellement excitée que malgré la recommandation de sa mère de le ranger en lieu sûr, elle l'a traîné dans son sac d'école pendant plus d'une semaine. Si Sylvie ne s'en était pas aperçue et ne l'avait pas obligée à le lui remettre pour le ranger en lieu sûr, il y a fort à parier que Sonia le porterait encore avec elle. Même si elle déteste sa photo – sa tante lui a juré qu'elle était loin d'être la seule à ne pas aimer la photo de son passeport –, elle montre le document à tout le monde. À l'école, tous ceux qui savent qu'elle s'envolera pour la Belgique sitôt l'école terminée l'envient.

Sonia a tellement feuilleté les brochures que sa tante lui a données qu'elles ont l'air de vrais torchons. L'autre jour, la jeune fille a dressé la liste de tout ce qu'elle veut voir : Bruxelles, Bruges, Dinant, Anvers, les Ardennes, la butte du Lion, les grottes de Han... Elle se promet aussi de visiter tous les châteaux, les jardins, les églises et les chocolateries qu'elle croisera. Pas question qu'elle passe devant une seule chocolaterie sans entrer à l'intérieur pour, au moins, jeter un coup d'œil aux friandises. Elle n'a encore jamais goûté à un seul chocolat belge, mais si elle se fie à ses lectures sur le sujet, ça promet. De plus, sa tante Chantal lui a confié que ça n'a vraiment rien à voir avec le chocolat qu'on mange au Québec, que celui de la Belgique est nettement meilleur. Elle lui a aussi dit qu'après y avoir goûté, Sonia préférerait se priver de chocolat plutôt que d'être obligée de manger une Caramilk. Évidemment, pour l'instant, tout ça ne fait aucun sens pour Sonia, pour la seule et unique raison qu'elle adore la Caramilk. Dans l'une des brochures, on montre une espèce de grosse crêpe garnie de fraises et de crème fouettée. Les Belges appellent cela une gaufre. Sonia veut aussi goûter à cette pâtisserie. Elle se promet de profiter de chaque instant au maximum. Junior a offert de lui prêter son appareil photo. Elle hésite un peu ; s'il fallait qu'elle le brise ou, pire encore, qu'elle le perde...

Tante Irma n'a pas encore donné sa réponse pour le voyage en Belgique. Chantal l'a prévenue : il est urgent qu'elle se décide si elle veut être sur le même vol que Sonia et elle. L'ancienne religieuse a confié à Chantal qu'elle a peur de les gêner, d'être un poids pour elles. La tante Irma a beaucoup voyagé, mais elle a toujours fait des voyages organisés. Elle a mis du temps à s'habituer à surveiller constamment sa montre pour ne pas perdre le groupe de vue. Elle est si curieuse qu'elle veut tout voir. Mais maintenant ça va, cette façon de faire lui plaît même beaucoup. Chacun de ses voyages lui a permis de connaître des gens fort intéressants. Quand elle est sortie de sa congrégation, elle n'avait plus un seul ami, à l'exception de sa famille. Ses voyages lui ont permis de se créer un petit groupe de connaissances qu'elle voit régulièrement. Sonia se promet de tout faire pour convaincre tante Irma de venir en Belgique. Elle a toujours eu un faible pour celle-ci – il en était déjà ainsi lorsqu'elle était religieuse. Même lorsqu'elle portait sa « capine », ses petits yeux rieurs trahissaient son caractère bon enfant. Chaque fois qu'il y avait une fête à organiser au couvent, elle était toujours la première à proposer de se charger de tout. Aucun doute, si elle est du voyage en Belgique, ce sera le plaisir garanti.

Sonia n'est pas encore prête lorsqu'elle entend la sonnette de la porte d'entrée ; c'est sûrement Lise. La mère de son amie va les conduire au métro. Soudain prise de panique, Sonia regarde le fouillis sur son lit. Sans réfléchir, elle enfile à toute vitesse une jupe longue et une blouse gitane. La jeune fille fourre ensuite son maquillage dans sa poche, ramasse son sac à main et son petit manteau et se dépêche d'aller rejoindre son amie.

— J'allais justement te chercher, lui dit Sylvie en la voyant. Il vaut mieux vous dépêcher, les filles, si vous voulez arriver pour le début du spectacle. N'oubliez pas, Chantal et tante Irma vous attendront à l'entrée de la salle. Vous n'avez qu'à me téléphoner demain matin quand vous arriverez à la station de métro et j'irai vous chercher.

Puis, sur un ton plus autoritaire et teinté de reproches, elle ajoute :

— Et ne vous avisez pas de dormir ailleurs que chez Chantal. Sinon, vous allez vous en souvenir toute votre vie, je vous le jure. Allez, bonne soirée ! À demain !

Dès qu'elle s'assoit dans l'auto, Sonia jette un coup d'œil à sa tenue.

— J'aurais dû mettre mon autre jupe avec mon chandail… et mon grand collier multicolore. Regarde de quoi j'ai l'air…

— Il va faire tellement noir dans la salle que personne ne va remarquer quoi que ce soit, la rassure Lise. Tu aurais une grosse tache en plein sur la poitrine que personne ne la verrait. Crois-moi, tu t'en fais pour rien.

— Tu es vraiment la pire des rabat-joie que je connaisse. Contrairement à toi, moi j'aime mieux penser que tout peut arriver, surtout au moment où on s'y attend le moins.

— Tu es trop fleur bleue. Un jour, ça va te jouer des tours.

La mère de Lise, qui n'a parlé jusqu'ici que lorsqu'elle a salué Sonia à son arrivée dans l'auto, se permet de commenter :

— Moi, je pense comme Sonia. La vie est déjà assez difficile ; on ne doit pas s'empêcher de rêver un peu. Elle a raison quand elle dit que tout peut arriver. Et je l'approuve de vouloir se montrer à son meilleur. On ne sait jamais ce que la vie nous réserve.

— Voyons, maman, tu sais autant que moi que toutes ces belles choses n'arrivent que dans les livres et les films.

— Je ne suis pas d'accord avec toi. Moi, je crois que si on en parle, c'est que c'est déjà arrivé à quelqu'un et que ça peut arriver encore. Et pourquoi ce quelqu'un, ce ne serait pas moi ? Tu es bien trop jeune pour déjà tuer tes rêves.

Lise a écouté le dernier commentaire de sa mère sans l'interrompre. Une partie d'elle sait que cette dernière a raison, alors que l'autre estime qu'au bout du compte elle a bien plus de chances d'être déçue que le contraire. Malgré son jeune âge, la vie le lui a déjà prouvé de nombreuses fois. Ainsi, le lundi précédent, son professeur lui a préféré une autre fille qui, selon Lise, a beaucoup moins de talent qu'elle, pour tenir le premier rôle dans la pièce de théâtre que les élèves joueront à la fin de l'année. Des exemples comme celui-là, elle en a toute une liste. Chaque fois qu'un événement de ce genre se produit, elle en a pour des jours à s'en remettre. Elle est passée maître dans l'art de s'apitoyer sur son sort. C'est plus fort qu'elle. Contrairement à Sonia, elle met du temps à retomber sur ses pieds quand quelque chose la blesse. Sans son amie, elle ne se serait probablement pas encore remise de la fois où quelques garçons lui ont fait un sale coup en lui faisant croire que le nouveau de l'école avait le béguin pour elle alors que celui-ci ne l'avait même pas remarquée. Lise se revoit encore en train de répéter ce qu'elle allait lui dire. Elle n'a pas oublié l'air du garçon quand elle s'est plantée devant lui et a commencé à lui livrer son baratin. À la fin, il s'est même permis de rire. Elle était si humiliée qu'elle ne voulait plus retourner à l'école. Au bout de trois jours, Sonia est venue la chercher dans sa chambre et lui a dit qu'elle avait intérêt à se lever parce que, sinon, elle la traînerait de force à l'école, en pyjama et en pantoufles de Phentex.

La mère de Lise se gare devant la station de métro. Elle souhaite une très belle soirée aux deux jeunes filles. Puis, à l'image de Sylvie, elle leur fait un petit rappel :

— Je compte sur vous pour faire les choses comme il faut, cette fois. Si par malheur Sylvie ne pouvait pas aller vous chercher, téléphonez-moi. À demain !

Les deux amies viennent à peine de passer le tourniquet qu'elles entendent le métro au loin. Elles descendent l'escalier en vitesse et ont juste le temps de faire quelques pas sur le quai avant que le wagon de tête passe devant elles. Dès que la porte s'ouvre, elles se dépêchent de monter à bord. Comme il y a peu de gens, elles ont l'embarras du choix. Elles s'assoient côte à côte et lâchent un grand soupir presque en même temps, ce qui provoque instantanément un fou rire commun.

— Crois-tu que nos mères vont finir par se remettre de notre petite escapade ? demande Sonia.

— Comme je connais ma mère, elle n'est pas près d'arrêter d'en parler. Et mon père est pire.

— En tout cas, on n'est pas sorties de l'auberge avec nos parents. Il va falloir qu'on agisse finement, si on veut sortir de temps en temps parce que ce n'est pas eux qui vont nous faciliter les choses. On est bien mieux d'avoir de l'imagination…

— Toi, au moins, tes parents te laissent aller en Belgique avec ta tante. Ta mère t'a même offert une passe pour l'Expo. Tu peux être certaine que moi je n'en aurai pas.

— Il va pourtant falloir qu'on trouve un moyen de t'en procurer une parce que sinon, je vais pouvoir y aller seulement avec mes frères, surtout les plus jeunes évidemment.

— En tout cas, moi, je n'ai pas d'argent pour ça. Vous n'avez pas l'air de vous en rendre compte, tes frères et toi, mais c'est tout un cadeau que votre mère vous a fait.

— C'est vrai que c'est un beau cadeau, mais c'est aussi une sorte de cadeau empoisonné. Je mettrais ma main au feu que ma mère va en profiter pour me coller les jumeaux et Luc le plus souvent possible. Tant que Junior pourra venir avec moi, c'est un moindre mal. À nous deux, on devrait s'en tirer, mais tenir les plus jeunes en laisse dans une foule, ce ne sera pas de tout repos, crois-moi. À eux deux, les jumeaux déplacent plus d'air que le reste de la famille réunie.

Le métro n'est pas encore entré en gare que les filles sont debout près de la porte, prêtes à sortir. Il reste peu de temps avant le début du spectacle. Dès qu'elles mettent le pied sur le quai de la gare, elles pressent le pas en direction de la sortie.

Quand elles arrivent enfin à la salle de spectacle, elles aperçoivent Chantal et tante Irma qui les attendent dehors, comme prévu.

— Vous voilà enfin ! s'écrie Chantal. On va entrer tout de suite, car le spectacle est sur le point de commencer. Il va falloir que vous jouiez du coude si vous voulez être près de la scène, car la salle est pleine à craquer. Comme convenu, tante Irma et moi nous vous attendrons ici à la fin de la soirée. À plus tard ! lance-t-elle avant que sa voix soit enterrée par le bruit qui règne à l'intérieur de la salle.

Sonia tend la main à Lise. Les deux jeunes filles foncent tête baissée dans la foule. Celle-ci est si dense qu'il leur faut parer des coups à plusieurs reprises. Certains leur crient même des injures au passage, mais elles font mine de ne rien entendre. Lorsqu'elles arrivent enfin au pied de la scène, elles jouent des coudes pour se faire une petite place. Il fait si chaud que l'eau leur perle au front. Sonia constate que finalement elle a fait un bon choix en mettant sa blouse gitane. Le coton est si fin qu'elle ne risque pas de suer à grosses gouttes. D'un geste assuré, elle repousse ses cheveux vers l'arrière et baisse légèrement les épaules de sa blouse. Là, elle se sent d'attaque.

À l'instant où le spectacle commence, les commentaires désobligeants à l'égard de Sonia et de son amie cessent instantanément. Le groupe Les Gendarmes, qui assure la première partie, entonne un de ses succès. *Ne me quitte pas* envahit toute la salle. Les filles deviennent hystériques dès la première mesure. Sonia et Lise se laissent vite entraîner par la foule, elles aussi. Sonia essaie de dire à son amie que le batteur est un cousin de son père, mais celle-ci n'entend rien tellement tout n'est plus que musique et cris dans la salle. Une épaisse fumée blanche remplit déjà l'espace au-dessus des têtes et il fait de plus en plus chaud. La majorité des gens présents sont des femmes dont l'âge varie entre celui de Sonia et de Lise et celui de tante Irma. Tous les spectateurs connaissent la chanson par cœur et la chantent à tue-tête, enterrant presque le groupe sur scène. Vêtus de leurs beaux costumes de gendarmes, les membres du groupe entonnent leurs chansons les unes après les autres, sans laisser le temps à la foule de reprendre son souffle. Quand ils terminent leur dernière chanson, l'auditoire se met à applaudir à tout rompre et à scander le nom du groupe. Il n'est pas question de laisser partir les vedettes sans au moins deux ou trois rappels. Bien que les membres du groupe se tiennent en retrait, plusieurs filles parviennent à les toucher malgré la rangée de gros bras qui veillent au bien-être des artistes juste devant la scène.

Pendant les quelques minutes qui séparent les deux parties du spectacle, la foule scande sans arrêt le nom du groupe qu'elle est venue entendre. Lorsque Les 409 font enfin leur entrée, les cris de la foule redoublent d'intensité. Le lendemain, ils risquent d'être nombreux à ne plus pouvoir émettre un son à force d'avoir trop crié. Dès que les quatre beaux et grands jeunes hommes aux cheveux longs attaquent leur succès *Reviens, reviens,* de gros « Chut ! » se font entendre. Peu à peu, la foule se tait. Sonia ferme les yeux et se laisse bercer par cet air qu'elle aime plus que tout autre. Seul le haut de son corps s'accorde à la musique et bouge dans une ondulation semblable à celle des vagues. Chaque fois qu'elle ouvre les yeux, elle fixe son regard sur le chanteur ; il est encore plus beau que sur les affiches. Les 409 ne font pas exception à la règle : leur répertoire est formé majoritairement de chansons anglaises traduites. Mais leur seule présence suffit à enjôler la foule. Alors que partout dans le monde les Beatles se font de plus en plus entendre, ici, au Québec, de nombreux groupes voient le jour grâce à l'engouement qu'on porte à la formation britannique. Avec les groupes d'ici, au moins, les francophones sont bien servis.

À part le temps qu'a duré la première chanson, les cris ont rempli la salle du début à la fin du spectacle des 409. Lorsque le groupe sort de scène, le public continue d'applaudir à tout rompre, espérant ainsi obtenir un autre rappel. Après le deuxième rappel, leur demande reste lettre morte. Un silence de plomb tombe brusquement sur la salle. Comme elle a écouté une bonne partie du spectacle les yeux fermés, Sonia revient difficilement sur terre. Le visage du jeune homme est si bien gravé dans sa mémoire que même s'il n'y a plus personne sur scène, elle pourrait reproduire trait par trait son beau visage. À ses côtés, énervée comme une puce, Lise essaie de lui parler. Mais nul son ne franchit ses lèvres, ce qui fait sourire Sonia.

— Parle plus fort, se moque-t-elle, je ne t'entends pas. Viens, on va aller retrouver mes deux tantes dehors. Un peu d'air frais va nous faire le plus grand bien.

Au moment où Sonia s'apprête à se diriger vers l'arrière de la salle, elle sent une main sur son épaule droite. Surprise, elle se retourne ; elle tombe nez à nez avec un agent de sécurité. Celui-ci lui tend un bout de papier en lui disant :

— C'est de la part du chanteur du groupe Les 409.

En silence, Sonia saisit le papier et le dépose au fond de son sac à main. Elle le lira plus tard.

Chapitre 6

Alors que tout le monde est attablé, Sylvie profite d'un temps mort pour annoncer :

— Alice m'a téléphoné aujourd'hui.

— Papa avait promis qu'on irait la voir, et on n'y est jamais allés, se plaint François.

— On s'ennuie beaucoup d'elle, ajoute Dominic. Vous avez l'air d'oublier qu'elle était une vraie grand-mère pour François et moi.

— J'ai une idée, formule François. On pourrait y aller en fin de semaine.

— C'est impossible pour moi en fin de semaine, répond Michel. Il nous reste encore un tas de choses à faire avant l'ouverture du magasin. Mais comment va Alice, au fait ?

— Elle va très bien, répond joyeusement Sylvie. Je lui ai raconté les nouvelles prouesses de nos charmants voisins et elle n'a pas cessé de s'excuser. C'est chaque fois pareil, j'ai beau lui dire qu'elle n'a rien à voir là-dedans, elle me répète que c'est quand même un peu sa faute parce que c'est elle qui a accepté de leur vendre sa maison. Si elle avait su comment ils étaient réellement, elle aurait attendu un autre acheteur. Il y a des chances qu'elle vienne voir mon spectacle. Elle pense que les dates coïncident avec le prochain voyage d'affaires de son fils. Dans ce cas, il faudra attendre à la fin mai pour la voir.

— À moins que tu ailles lui rendre visite, lance Michel. Il ne faut surtout pas te priver pour moi parce que je risque d'être de plus en plus occupé. Si j'étais à ta place, je m'offrirais quelques jours de congé avant le début des spectacles. Tu peux y aller en auto, si tu veux. Ou si tu préfères, tu pourrais prendre l'autobus.

— Je veux y aller avec toi, émet François d'un air décidé.

— Moi aussi, renchérit Dominic.

— Est-ce que je vais pouvoir y aller, moi aussi ? demande gentiment Luc.

Sylvie réfléchit quelques secondes. Elle meurt d'envie de rendre visite à Alice ; il y a si longtemps qu'elle ne l'a pas vue. Et si elle n'y va pas avant les spectacles de la troupe lyrique, elle ne pourra probablement pas aller à Gatineau avant l'automne. Certes, Alice devrait venir l'entendre chanter, mais Sylvie ne sera pas suffisamment disponible pour s'occuper de la vieille dame comme elle a l'habitude de le faire. Et puis, elle aura beaucoup d'occupations cet été, avec le déménagement et tout ce que cela implique. De plus, il y aura l'Expo ; d'ailleurs, plusieurs membres de la famille de Michel se sont déjà annoncés. Soudain, elle regarde ses deux plus jeunes et leur sourit. Un éclair de génie vient de lui traverser l'esprit. Elle tient une occasion en or de leur démontrer à quel point il est important de bien travailler à l'école.

— C'est une excellente idée. Je vais téléphoner à Alice et, si elle a une petite place pour moi, je vais aller la voir. Reste à savoir si je vais me rendre là-bas en auto ou en autobus.

— C'est toi qui décides, déclare Michel. Mais si j'étais à ta place, je prendrais l'auto. Comme ça, tu serais plus libre d'aller où tu veux. Tu pourrais même aller voir la relève de la garde à Ottawa ; un des gars avec qui je travaille m'a dit que c'était très beau. Si je ne me trompe pas, tu devrais arriver dans le temps des tulipes. Il paraît qu'il en a partout dans la ville et qu'il faut voir ça au moins une fois dans sa vie. Il y a aussi plusieurs musées à visiter. En tout cas, moi, j'aimerais bien visiter le Musée canadien de la guerre et celui de l'aviation aussi.

— Crois-tu que je vais y arriver? Je n'ai jamais conduit dans une autre grande ville que Montréal…

— Ne t'en fais pas avec ça. Je suis certain que c'est beaucoup plus simple de conduire là-bas qu'à Montréal.

— Maman, est-ce qu'on peut y aller avec toi? s'enquiert François.

— Dis oui! supplie Dominic. Il y a si longtemps qu'on n'a pas vu madame Alice!

Sylvie regarde tour à tour les jumeaux droit dans les yeux avant de répliquer:

— Avec le bulletin que vous avez eu, il n'est pas question que je vous récompense en vous emmenant avec moi. La prochaine fois, peut-être…

— Ce n'est pas juste! s'écrie Dominic. Un mauvais bulletin, ce n'est pas la fin du monde.

— On te promet d'étudier, lance François. Je t'en prie, maman, tu ne peux pas nous priver de voir madame Alice.

— Non seulement je le peux, mais je vais le faire, rétorque Sylvie. La prochaine fois que vous aurez envie de vous asseoir sur vos lauriers, vous y penserez à deux fois.

Sylvie se tourne ensuite vers Luc.

— Est-ce que ça te ferait plaisir de venir avec moi? On partirait juste tous les deux…

Touché, Luc sent une bouffée de chaleur lui monter au visage. Il est tout rouge. De peur que sa mère change d'idée, il se dépêche de répondre.

— Merci maman. Vas-tu pouvoir me prêter ta petite valise?

— Oui. Mais attends que j'aie parlé à Alice avant de faire tes bagages.

— Je pourrais te prêter mon appareil photo, si tu veux, propose Junior à son frère.

— Pour vrai? demande Luc d'un air surpris.

— Il faut juste que tu me promettes d'en prendre bien soin… Tu dois fournir le film, bien sûr, et faire développer tes photos aussi.

— J'ai sûrement assez d'argent dans ma banque pour acheter un film, enfin je pense. Il faudrait d'abord que je sache combien ça coûte. Pour le développement, dans le pire des cas, je n'aurai qu'à attendre d'avoir l'argent.

— Après le souper, je regarderai tout ça avec toi, déclare Junior. Je te montrerai aussi comment l'appareil fonctionne.

Dès qu'ils ont entendu le verdict de leur mère, les jumeaux se sont tus. Dans les circonstances, ils savent très bien qu'ils ont tout intérêt à se faire oublier. Certes, leur mère vient de leur passer un voyage à Gatineau sous le nez, mais compte tenu de leurs bulletins lamentables, ils sont heureux qu'elle ne soit pas plus sévère à leur égard.

Sylvie s'adresse ensuite à Sonia.

— Je vais avoir besoin de toi. Il faudra que tu t'occupes de tes frères et de l'ordinaire pendant que je serai partie.

Sans attendre la réaction négative de sa fille qui ne saurait tarder, elle précise :

— Rassure-toi, je vais préparer tous les repas avant de partir. Comme ça, tu n'auras qu'à les faire réchauffer.

Même si elle se doutait qu'elle écoperait de cette tâche, Sonia ne peut s'empêcher de soupirer un bon coup et de lever les yeux en l'air. En voyant sa réaction, sa mère lance :

— Je te donnerai un peu d'argent pour ton voyage, en échange…

Ces seuls mots suffisent à redonner le sourire à Sonia.

— À moins que tu aies déjà tout ce qu'il te faut…

— Non, répond rapidement la jeune fille. J'ai besoin de tout l'argent que je peux ramasser. Il va aussi falloir que je m'achète quelques vêtements avant de partir, car j'ai peur de manquer de temps pour coudre.

— J'ai une meilleure idée. Si tu veux, la semaine prochaine, on ira magasiner à Montréal ensemble. Au lieu de te donner de l'argent pour garder tes frères, je te paierai quelques vêtements.

— Merci maman ! s'exclame Sonia, ravie.

Elle n'est pas plus heureuse à l'idée de garder ses frères et de s'occuper de la maison pendant l'absence de sa mère, mais au moins, pour une fois, elle va recevoir une compensation en retour.

— Bon, vous allez m'excuser, dit Michel. Paul-Eugène m'attend.

Puis, à l'intention de sa femme, il ajoute :

— Ne m'attends pas, je risque de rentrer tard. On s'est promis de finir le ménage dans son garage ce soir. Ne cherchez pas Prince 2, je vais l'emmener avec moi.

Sur le chemin qui le mène jusque chez son beau-frère, Michel en profite pour réfléchir. Le grand jour approche à grands pas. Il a hâte, mais un grand sentiment d'inquiétude l'habite depuis que Paul-Eugène et lui ont signé le bail de leur magasin. Il a beau essayer de penser à autre chose, rien n'y fait. Habitué à travailler sous les ordres d'un patron, il ne sait pas trop comment il s'adaptera. Pour lui, tout est nouveau.

Chaque fois qu'il parle avec André, celui-ci l'encourage et lui dit qu'il n'a rien à craindre. L'autre jour, son frère a pris le temps de l'écouter lui raconter toutes les démarches qu'il a faites jusqu'à ce jour. À mesure que Michel parlait, André en profitait pour lui donner quelques conseils au passage. Aussitôt qu'il a raccroché le combiné, Michel s'est assis à la table de la cuisine et a noté toutes les recommandations. Il est ensuite allé voir Paul-Eugène et, ensemble, ils ont pris le temps de considérer chacun des conseils avant de décider lesquels étaient applicables dans l'immédiat.

De toute sa vie, jamais Michel ne s'est senti aussi vulnérable. D'aussi loin qu'il se souvienne, l'inconnu lui a toujours fait peur, mais jamais à ce point-là. Parfois, il se sent comme une bouée perdue en pleine mer. Dans ces moments-là, comme André le lui a suggéré, il se dépêche de penser à tout le chemin qu'il a parcouru depuis la première antiquité qu'il a achetée dans une ferme des environs. Il n'avait alors aucune idée ni de la valeur de l'objet, ni du montant qu'il devait offrir au vendeur, ni du prix de vente à fixer. D'ailleurs, les premières pièces qu'il a vendues ne lui ont pratiquement rien rapporté; et s'il calcule le coût de son essence et son temps pour aller les chercher, elles lui ont même coûté de l'argent. Le temps faisant son œuvre, il s'est fait la main petit à petit autant pour acheter que pour vendre. Hors de tout doute, l'association avec Paul-Eugène est venue solidifier son commerce. De tempérament plus calme, son beau-frère a un flair infaillible pour tout ce qui touche les objets rares. On dirait qu'il a un sixième sens pour repérer les bonnes affaires. À ce jour, aucune des antiquités qu'il a achetées n'est restée sur les tablettes plus de quelques jours.

Le magasin est pratiquement prêt. C'est pourquoi Michel et Paul-Eugène concentrent leurs efforts à faire le ménage dans le garage de ce dernier, afin de savoir ce qu'ils vont déménager et ce qu'ils vont devoir mettre aux rebuts. Demain soir, ils feront le même exercice dans le garage de Michel. Si sa famille et lui n'avaient pas déménagé, Michel aurait probablement laissé traîner un peu les travaux dans le sien, mais là, il n'a pas le choix. Le plus beau de l'affaire, c'est qu'il pourra enfin ranger son auto dans le garage pendant quelques semaines. « Ça aurait été bien pratique cet hiver. Mais je n'ai pas l'intention de faire la même erreur avec notre nouvelle maison. Je jure que le garage va servir à mon auto et à rien d'autre. »

Les deux hommes se sont fait faire un bandeau publicitaire qu'ils iront déposer avec les enfants dans toutes les boîtes aux lettres du quartier et sur le pare-brise des autos dans le stationnement du Metro, de la Coop, du Miracle Mart… Ils feront aussi publier une annonce dans le feuillet paroissial. Michel aurait bien aimé mettre une publicité dans le *Dimanche-Matin*, mais c'est trop cher – du moins pour le moment. De toute façon, selon André, la meilleure publicité est celle qui se fait de bouche à oreille. Il suffit d'être confiant et de donner le temps aux choses d'arriver. Lorsqu'il est envahi par l'inquiétude, Michel se rappelle que tout a toujours bien tourné pour lui, et ce, depuis son premier battement de cils. Comparativement à certains de ses collègues, il peut dire qu'il a la main heureuse.

La veille, Paul-Eugène et lui ont installé l'enseigne de leur magasin. Lorsqu'ils l'ont admirée de l'autre côté de la rue, ils étaient émus comme deux vieilles filles qui viennent de recevoir des fleurs.

Pris dans ses pensées, Michel ne s'est pas rendu compte qu'il a passablement ralenti sa cadence, ce qui est loin de convenir à Prince 2. Se sentant de plus en plus tiré vers l'avant, Michel éclate de rire et s'écrie :

— Tu veux courir ? Eh bien, prépare-toi, c'est parti !

Évidemment, le maître arrive au bout de son souffle bien avant son chien. Plié en deux, Michel a peine à reprendre sa respiration, tellement que même s'il n'est qu'à deux maisons de chez Paul-Eugène, il prend quelques bonnes inspirations avant de poursuivre sa marche. Il serait grand temps qu'il fasse un peu d'exercice. Jouer aux quilles, c'est bien beau, mais c'est loin d'être suffisant pour garder la forme.

* * *

Pendant ce temps, à la maison des Pelletier, un événement malheureux et subit vient de se produire. Alors que le père de Sylvie venait juste de franchir la porte de la maison, il a été terrassé par une attaque. En le voyant s'écrouler, Sylvie hurle si fort que ses cris doivent s'entendre jusqu'au coin de la rue. Ses enfants accourent à ses côtés.

— Sonia, ordonne-t-elle, va chercher un oreiller dans ta chambre. Fais vite. Et toi, Martin, appelle une ambulance. Le numéro est juste à côté du téléphone.

Monsieur Belley a perdu connaissance en tombant. Les larmes aux yeux, Sylvie lui flatte les cheveux en lui parlant d'une voix autoritaire :

— Papa, tu n'as pas le droit de t'en aller. Je ne te laisserai pas faire. Tu ne peux pas…

Sitôt son appel terminé, Martin revient.

— Les ambulanciers vont être ici dans quelques minutes. Veux-tu que j'appelle grand-maman ?

Sylvie est toujours surprise quand ses enfants appellent Suzanne « grand-maman » alors qu'elle ne leur a rien demandé. C'est vrai que cette dernière est tellement gentille que, pour eux, il va de soi qu'elle est leur grand-mère, d'autant plus qu'ils n'ont pas connu la mère de Sylvie.

— Oui. Le numéro de téléphone est dans le petit carnet, qui se trouve dans le meuble du salon. Dis-lui que je vais la rappeler aussitôt que je saurai à quel hôpital les ambulanciers vont emmener mon père. Après, il faudrait que tu ailles demander à ton père de revenir.

— Je peux lui téléphoner, suggère Martin.

— Tu peux essayer. Mais si Michel et Paul-Eugène sont dans le garage, ils n'entendront pas la sonnerie du téléphone.

Les minutes d'attente semblent une éternité à Sylvie. Son père n'a toujours pas repris conscience. De temps en temps, elle penche son oreille sur la poitrine de celui-ci pour s'assurer que son cœur bat toujours. De grosses larmes coulent sur les joues de Sylvie ; elle ne cherche même pas à les essuyer. Tout ce qui la préoccupe pour le moment, c'est la vie de son père. Elle l'aime tant qu'elle ne supporterait pas qu'il meure.

Serrés les uns contre les autres, les enfants assistent à la scène en silence, le regard rempli de tristesse. Ils aiment leur grand-père plus que tout.

Quand les phares de l'ambulance parviennent jusqu'à la fenêtre de la cuisine, Sylvie lance :

— Junior, va vite ouvrir la porte et dis aux ambulanciers de se dépêcher.

Pendant que les ambulanciers s'affairent autour de monsieur Belley, un autre drame se prépare dans la pièce. Caché par ses frères et sa sœur, Luc râle de plus en plus fort, mais personne ne s'en est rendu compte jusqu'à maintenant. Alors que les ambulanciers s'apprêtent à sortir avec monsieur Belley, un des hommes demande à Sylvie :

— Avez-vous un autre malade dans la maison ?

Sur le coup, Sylvie fait signe que non. Tout de suite après, elle réalise que quelque chose ne va pas. Elle était si absorbée par son père qu'elle n'entendait plus rien autour d'elle. Elle regarde en direction des enfants. Elle les balaie du regard comme si elle était en train de les compter. Quand elle réalise qu'elle ne voit pas Luc, elle s'approche d'eux. Le bruit vient de derrière. Elle écarte ses enfants. C'est là qu'elle aperçoit son fils écroulé sur le plancher. La seconde d'après, elle hurle à l'intention des ambulanciers :

— Venez vite, mon fils est en pleine crise d'asthme !

Les deux hommes déposent le malade dont l'état semble stable et accourent près du jeune garçon.

— Est-ce qu'il prend des médicaments ? demande l'un des ambulanciers.

— Oui, répond Sylvie. Il prend un sirop.

— Donnez-lui-en vite une dose et emmenez-le tout de suite à l'hôpital. Il vaut mieux le faire examiner par un médecin. Ne tardez pas.

Ce soir-là, Sylvie et Michel passent la soirée à l'hôpital au chevet de leurs malades. Heureusement, aucun des deux ne gardera de séquelles.

Sur le chemin du retour, Sylvie songe qu'ils l'ont échappé belle. Mais il vaudrait peut-être mieux qu'elle commence à se faire à l'idée que son père va mourir un jour. Toutefois, pour le moment, elle en est incapable. Appuyée sur la portière, la tête collée contre la vitre, elle peut enfin laisser libre cours à sa peine. De grosses larmes coulent sur ses joues. Michel caresse doucement une joue de Sylvie. Puis, il pose sa main sur la cuisse de sa femme. Il y a des situations où les mots sont inutiles.

Chapitre 7

Depuis qu'elle a lu le papier que lui a remis l'agent de sécurité, Sonia ne tient plus en place. Elle ne le montre pas à beaucoup de monde, mais quand elle est avec Lise, elle ne parle que de cela. Normand Boucher, le chanteur du groupe Les 409, la trouve de son goût. C'est incroyable !

Ta façon de danser a rendu ce spectacle inoubliable. J'aimerais te revoir.
396-4642.
Normand

Elle a lu tellement de fois le court message que celui-ci est tout froissé. Elle l'emporte toujours avec elle. Chaque soir, elle le sort d'une de ses poches et le dépose délicatement sous son oreiller. Pas question que sa mère ou que quelqu'un de la famille tombe dessus, ou pire encore que le morceau de papier passe dans la laveuse.

Le lendemain du spectacle, alors que Lise et elle mangeaient tranquillement leurs céréales chez sa tante Chantal, Sonia s'est risquée à en parler à celle-ci. Elle lui a d'abord fait promettre de ne rien dire à personne, surtout pas à Sylvie. Quand Chantal a lu le petit mot, un large sourire a illuminé son visage.

— Je n'en crois pas mes yeux ! Tu as vraiment de la chance, ma belle fille. Je ne sais pas si tu es consciente du nombre de filles de ton âge, et même du mien, qui rêvent qu'une telle chose leur arrive. Pour ma part, je donnerais cher pour qu'un beau jeune homme comme ton Normand s'intéresse à moi. Mais j'y pense, il me semble que tu as un ami…

— Oui, a répondu la jeune fille d'un air gêné, et c'est bien ça le problème. Enfin, un des problèmes.

— Comment peux-tu en avoir autant ? lui a demandé sa tante.

— Si tu veux savoir, j'aimerais bien avoir tes problèmes, a émis Lise.

— C'est simple, a déclaré Sonia. D'abord, j'ai un petit ami et il est très gentil. Je l'aime bien. Je n'ai pas envie de lui jouer dans le dos. Ensuite, je tiens dans mes mains une invitation du chanteur de mon groupe de musique préféré. Et pour finir, j'ai des parents aussi. Jamais ils ne vont me permettre de sortir, ne serait-ce qu'une fois, avec un garçon de cet âge, un musicien de surcroît.

— C'est vrai que tu es un peu jeune, a admis Chantal, mais je ne vois pas ce qu'il peut y avoir de mal à fréquenter un musicien. J'ai été près de trois ans avec un musicien et ça a été de loin le meilleur de tous les hommes que j'aie connus. De toute façon, d'après moi, ton Normand ne doit pas avoir plus de dix-huit ans.

— Oui mais, j'ai seulement quatorze ans. Et tu sais tout le branle-bas de combat que notre petite sortie a provoqué il y a quelques semaines. Pourtant, on n'a rien fait de mal… Lise et moi, on est juste allées voir un spectacle. Imagine un peu quand je vais leur dire que j'ai une sortie avec un musicien. D'ailleurs, si tu avais refusé de nous accompagner hier, jamais on n'aurait pu venir.

— C'est vrai ce que tu dis, a appuyé Lise. Je pense même que mes parents sont pires que les tiens.

— Franchement, si tu veux mon avis, c'est du pareil au même, a répliqué Sonia.

— J'ai écopé d'une punition bien plus sévère que toi. Si tu l'as oublié, moi pas.

— En tout cas, a ajouté Sonia, je suis vraiment dans de beaux draps. Pourquoi la vie est si compliquée ?

— Veux-tu arrêter de te plaindre ? l'a grondée sa tante. Il y a toujours une solution. D'abord, il faudrait qu'on sache ce que tu penses du beau Normand.

Le simple fait d'entendre ce prénom rend Sonia heureuse. Lorsqu'elle a vu le sourire qui a fleuri sur le visage de sa nièce, Chantal a réagi :

— Ma pauvre petite fille, je pense que ton beau chanteur a réussi à toucher ton cœur. On voit bien qu'il te fait de l'effet.

— Il m'en fait bien plus que je ne le souhaiterais, s'est plainte Sonia. Chaque fois que j'ouvrais les yeux pendant le spectacle, c'était pour les fixer sur lui. Je pourrais même faire son portrait tellement son visage est resté gravé dans ma mémoire. Je fais quoi maintenant ? J'arrête avec Langis sans même savoir ce qui va se passer avec Normand ? Ou j'attends pour lui dire que c'est fini ? Dans les deux cas, je risque gros.

— J'ai une idée, a lancé Lise. À ta place, moi je ne dirais rien à Langis pour le moment. J'appellerais Normand et j'essaierais d'en savoir plus sur lui. De toute façon, actuellement, tout ce que tu connais de lui, c'est sa voix et ses talents de guitariste. Peut-être même qu'une fois devant lui, tu vas trouver qu'il n'est pas aussi beau que tu le croyais – après tout, il faisait très noir dans la salle. Peut-être aussi vas-tu décider que c'est avec Langis que tu veux être. Ma grand-mère maternelle avait l'habitude de répéter que toute vérité n'est pas bonne à dire, qu'on a juste besoin d'être diplomate.

— C'est bien beau tout ça, a rétorqué Sonia, mais je me connais assez pour savoir que je ne pourrai pas jouer sur deux tableaux. Je peux bien ruser pour aller voir un spectacle, mais pas pour ça. Ou je suis avec Langis, ou je suis avec Normand.

— Lise a raison, a tranché Chantal. Pour l'instant, ce serait inutile de laisser Langis alors que tu ne sais pas du tout comment vont tourner les choses avec ton nouveau prétendant.

— De toute façon, on parle pour rien. Même si j'obtiens un rendez-vous avec Normand, je ne pourrai pas y aller. Maman n'acceptera jamais.

— Pas si vite, est intervenue Chantal. Je suis là.

— Qu'est-ce que tu veux dire? a demandé Sonia d'une voix plaintive.

— Écoute bien. D'abord, il faut que tu ailles au fond de l'histoire, sinon tu vas te demander toute ta vie si tu as fait le bon choix. Dépêche-toi d'appeler Normand. Une fois que vous aurez fixé un rendez-vous, fais-moi signe. On trouvera une bonne raison pour que tu viennes me voir.

Envahie par l'espoir, Sonia a lancé joyeusement :

— Dis-moi plutôt quand cela te conviendrait. Déjà que ça va me demander tout mon petit change pour téléphoner à Normand, pas question que je joue au yo-yo avec la date.

— D'accord. Fais-moi penser de t'indiquer mes temps libres avant que tu partes.

Plusieurs jours se sont écoulés depuis et Sonia n'a pas encore trouvé le courage de composer le numéro de téléphone du beau Normand. Si ça continue, elle va être obligée de demander à sa tante de lui fournir de nouvelles dates, ce qui l'embêterait beaucoup. Ce matin, alors qu'elle avait à peine ouvert les yeux, elle s'est promis de passer à l'action. Elle y a pensé toute la journée, tellement qu'elle n'a pas arrêté de prier Langis de répéter tout ce qu'il disait. Près de l'autobus qui le ramènerait chez lui, il a lancé : «Je ne sais pas à qui tu penses, mais j'ai bien l'impression que ce n'est pas à moi.» Heureusement qu'il s'est tout de suite tourné pour monter à bord du véhicule parce qu'il aurait vu à quel point elle était mal à l'aise. Demain, Sonia fera son possible pour faire oublier tout ça à Langis.

Fidèle à son habitude, Junior babille pendant tout le chemin du retour de l'école, sauf que cette fois, aucune de ses paroles ne reçoit de résonance. Alors que Sonia et lui approchent de la maison, il lance subitement à sa sœur, au beau milieu d'une phrase :

— Je ne sais pas où tu es depuis qu'on est partis de l'école, mais tu n'es sûrement pas avec moi. J'ai l'impression de parler tout seul.

Tout ce que Sonia trouve pour sa défense, c'est :

— Excuse-moi. Je ne sais pas ce que j'ai aujourd'hui, j'ai la tête ailleurs. Langis vient de me faire le même commentaire.

— C'est toi la pire, rétorque Junior, le sourire aux lèvres. Tu as manqué des tas de choses intéressantes, mais ne compte pas sur moi pour te les répéter.

Quand tous deux entrent dans la maison, Sonia dit à peine bonjour à sa mère. La seconde d'après, elle fonce sur le téléphone. Après avoir décroché le combiné, elle compose en vitesse le numéro de Normand. Puis, la jeune fille prend la direction de sa chambre et referme la porte derrière elle. Elle s'assoit en indien sur son lit, respire profondément et se racle la gorge. L'idée de sortir le message avant de composer le numéro ne l'a même pas effleurée, car elle le connaît par cœur. Chaque sonnerie a l'effet d'une bombe sur elle. D'un côté, Sonia souhaite de tout son cœur que Normand décroche parce qu'elle sait qu'elle n'aura pas le courage de refaire l'exercice de sitôt. D'un autre côté, la jeune fille prie pour qu'il ne réponde pas parce qu'elle ne sait vraiment pas ce qu'elle va dire. Finalement, quelqu'un répond d'une voix chaleureuse.

— Allo !

Sonia donnerait cher pour être ailleurs, et passe à deux doigts de raccrocher. Mais, mue par une force inconnue, elle prend son courage à deux mains et souffle d'une petite voix :

— Je voudrais parler à Normand, s'il vous plaît.

— C'est moi, répond joyeusement l'interlocuteur. Je pensais que tu ne m'appellerais jamais. Je ne sais même pas ton nom.

Ces quelques mots suffisent à eux seuls à faire tomber toute la pression de Sonia. Elle se lance dans une conversation qui ne cesse que lorsqu'un des jumeaux vient lui annoncer que le souper est prêt.

Lorsque Sonia prend place à la table, toute la famille cesse de parler et la regarde d'un air surpris. Dès que la jeune fille s'en rend compte, elle s'écrie :

— Qu'est-ce que vous avez tous à me regarder comme ça ?

— C'est parce que tu as l'air bizarre, répond François en faisant un geste avec ses mains pour manifester son incompréhension. On dirait que ce n'est pas toi.

— D'habitude, on ne voit jamais tes dents quand tu souris, précise Dominic.

— Même Prince 2 te regarde avec un drôle d'air ! s'exclame Luc.

Voyant la tournure que la discussion prend, Sylvie se hâte d'intervenir. Elle aura tout le temps d'apprendre ce qui a mis sa fille d'aussi belle humeur. Elle trouve plutôt agréable de la voir dans cet état.

— Laissez votre sœur tranquille et mangez avant que ça refroidisse.

Sonia profite de l'accalmie pour reprendre ses esprits. Elle fait tout ce qu'elle peut pour ne pas penser à Normand, mais c'est très difficile. Elle a discuté près d'une heure avec lui au téléphone et elle n'a pas vu le temps passer. Ils ont parlé d'un tas de choses et se sont découvert une foule de points en commun. Jamais Sonia n'aurait pensé qu'elle serait aussi à l'aise avec lui alors qu'elle ne le connaît même pas. Quand elle a raccroché, elle a eu l'impression de laisser un vieil ami. Ils ont convenu de se voir en fin de semaine. Même si c'est proche, Sonia sait qu'elle va trouver le temps long.

Dès que la jeune fille termine la vaisselle, elle compose le numéro de sa tante Chantal et se précipite dans sa chambre. Il faut vite qu'elles planifient toutes deux la suite des choses.

* * *

Pendant ce temps-là, Sylvie écoute les nouvelles avec Michel dans le salon, mais son esprit est ailleurs. Depuis que son père a fait une attaque, elle n'arrive pas à chasser de son esprit la pensée qu'il aurait pu y rester. Même si le médecin a dit à Suzanne que tout était rentré dans l'ordre, Sylvie ressent un sentiment d'inconfort qui ne la quitte pas une seconde. Elle pense aussi à Luc. Alors qu'elle croyait que son état de santé s'était amélioré car il n'avait pas fait de crises d'asthme depuis plusieurs mois, la vue de son grand-père a provoqué une crise aiguë, à tel point qu'il a dû rester deux jours à l'hôpital. Le pauvre, il avait une peur bleue de ne pas pouvoir aller voir Alice.

Depuis toujours, Sylvie vit mal la maladie des siens. C'est qu'en plus d'être une mauvaise patiente, elle déteste ressentir cette sensation d'impuissance qui l'envahit chaque fois qu'elle est confrontée à la maladie. Le corps est une machine complexe, mais elle trouve toujours que ça prend trop de temps avant qu'il retrouve son état normal. Elle déteste par-dessus tout les hôpitaux, tellement que chaque fois qu'elle a accouché, elle priait le médecin de la laisser rentrer chez elle alors qu'elle venait à peine de sortir de la salle d'accouchement. Évidemment, elle n'a jamais eu gain de cause. « Il faut que vous restiez cinq jours à l'hôpital », lui répondait le médecin avec un petit sourire en coin. Chaque fois, elle a dû prendre son mal en patience, mais à quel prix. Personne ne peut même soupçonner ce que ça lui a pris d'énergie seulement pour se faire à l'idée qu'elle n'avait aucun moyen de s'échapper. Ça a été pareil du premier au sixième accouchement. Dès que Michel entrait dans sa chambre, elle commençait à se plaindre de tout et de rien. «La nourriture n'est pas bonne, ils réussissent même à manquer le Jell-O.» «Il fait tellement chaud qu'on pourrait élever des poulets ici.» «La femme d'à côté ronfle comme un train.» La première fois, Michel ne savait comment réagir. Mais au deuxième accouchement, il a commencé à plaisanter. Après chaque récrimination de sa femme, il citait un exemple frappant de misère dans le monde pour lui montrer qu'elle n'avait aucune raison de se plaindre. Et puis, chaque jour, il lui apportait quelque chose : un millefeuille, un ventilateur, des bouchons pour ne plus entendre sa voisine… Sylvie a continué à se plaindre de la même façon jusqu'à la naissance des jumeaux et Michel a conservé la même attitude, variant quelques éléments selon les jérémiades de sa femme.

Michel répète sa question pour la deuxième fois, mais Sylvie ne réagit toujours pas. Las de voir qu'il parle tout seul, il allonge le bras et secoue l'épaule droite de sa femme.

— Je ne sais pas où tu es en ce moment, mais à voir ton air tu dois être pas mal loin. Ça fait deux fois que je te pose la même question et tu n'as pas bronché. Si tu as des problèmes, tu peux m'en parler, tu sais.

Surprise, Sylvie sursaute avant de répondre.

— Excuse-moi. Je pensais à mon père et à Luc. Je n'ai jamais eu peur comme ça.

— Il va falloir que tu arrêtes de t'en faire maintenant qu'ils sont réchappés tous les deux. Je sais bien que tu n'aimes pas la maladie, mais là tu te fais du mal pour rien.

— Tu as raison, mais c'est plus fort que moi. J'ai tellement eu peur que mon père rende l'âme que je n'arrive pas à penser à autre chose. Mais, au fait, qu'est-ce que tu voulais me dire ?

Tout sourire, Michel s'enquiert :

— Accepterais-tu de venir au cinéma avec moi demain soir ?

— Au cinéma ? C'est certain que j'accepte. À quelle heure veux-tu y aller ?

— Je préfère assister à la deuxième représentation. Ça nous évitera de courir comme des malades pour le souper. C'est aux alentours de huit heures et demie, il me semble, mais je vais vérifier dans le journal.

— Parfait !

Il sourit. Le seul fait de passer une partie de la soirée seul avec Sylvie le rend heureux. Au nombre qu'ils sont dans la maison, le seul endroit où ils sont seuls tous les deux reste leur chambre à coucher, et encore. Il arrive parfois aux jumeaux d'entrer sans prendre la peine de frapper. Il y a des jours où Michel est en manque d'intimité. Il se souvient très bien des quelques mois avant que Sylvie tombe enceinte. C'était le bon temps. Non pas qu'ils avaient une vie bien différente de celle qu'ils ont aujourd'hui, mais ils pouvaient tout se permettre alors que, maintenant, ils doivent toujours faire attention. La naissance de leur premier enfant a tout changé. D'un seul coup, le bébé est devenu l'unique point d'intérêt. C'est alors que le samedi soir est devenu le moment sacré pour faire l'amour. Il lui arrive de sourire quand il regarde ses enfants. À part Alain, il y a fort à parier que les six autres ont été conçus un samedi soir. Il pourrait même aller jusqu'à dire que cela s'est passé entre neuf heures trente et dix heures. Il y a de quoi sourire. Il n'est pas pressé de voir partir les enfants, mais plus la vie passe et plus il aimerait avoir du temps avec Sylvie, comme avant, comme lorsqu'ils étaient de jeunes mariés. Ce n'est pas qu'il veuille retourner en arrière ou qu'il ait des regrets, mais il sent quelque chose de nouveau monter en lui, quelque chose qu'il ne peut pas nommer ni expliquer. Certaines nuits, ça le garde même éveillé. Alors que dans ces moments, il meurt d'envie de réveiller Sylvie et de lui faire l'amour, il se contente de la regarder dormir en songeant qu'elle doit se lever tôt et qu'elle n'a pas à subir ses humeurs. Il lui arrive de plus en plus souvent de devoir étouffer ses pulsions sexuelles en travaillant encore plus fort. L'autre jour, il s'est risqué à en parler à Fernand. Son ami lui a confié qu'il vivait exactement la même chose. Certes, ils n'ont pas trouvé de solution à leur problème, mais le simple fait d'en parler ensemble leur a fait le plus grand bien. Il y a des jours où Michel songe qu'il devrait en discuter avec Sylvie, mais il faudrait d'abord qu'il puisse traduire en mots ce qu'il ressent.

Perdu dans ses pensées, il tressaille quand Sylvie met une main sur son épaule.

— On dirait bien que tu n'as pas la conscience tranquille ! plaisante-t-elle.

Pour toute réponse, Michel lui fait son plus beau sourire et lance :

— Je t'écoute.

— Je voulais juste savoir si tu veux un café.

— Pour être franc, je prendrais plutôt une bonne bière froide.

Chapitre 8

C'est un grand jour pour Michel et Paul-Eugène : c'est ce soir qu'ils ouvrent leur magasin d'antiquités. Ils sont aussi énervés que deux adolescents. Ils n'ont même pas pris le temps de souper. Ils ont seulement changé de vêtements et sont vite partis à leur local. Ça fait des jours qu'ils attendent ce moment mais, maintenant qu'il est arrivé, ils ne savent pas trop comment se comporter. Ils ont eu toutes les misères du monde à passer à travers leur journée. Sylvie ne les a jamais vus aussi nerveux. Ils sont partis si vite qu'ils ont oublié leur carnet de factures, leur calculatrice, leurs crayons… Heureusement, elle doit aller les rejoindre aussitôt que la cuisine sera rangée. Elle est très fière de ses hommes. Si on lui avait dit un jour que son Michel et son frère allaient ouvrir un magasin d'anti-quités, ensemble de surcroît, elle aurait éclaté de rire. Mais jusqu'à l'année précédente, rien de les prédestinait à partir en affaires. Ils aimaient tous les deux leur travail et il n'était pas question pour eux de faire autre chose. Comme la vie nous réserve souvent des surprises, voilà qu'un beau jour la fièvre des antiquités est apparue dans la vie de Michel puis, peu de temps après, dans celle de Paul-Eugène. Pour le moment, il n'est pas question que l'un ou l'autre quitte son emploi pour se consacrer totalement au commerce, mais Sylvie croit que ce n'est qu'une question de temps avant que cela arrive. Elle connaît suffisamment son mari et son frère pour savoir qu'ils vont prendre goût à la liberté d'action, au plaisir de construire quelque chose et de le voir croître, un peu comme on regarde grandir un enfant. Enfin, pour le moment, les deux hommes s'amu-sent comme des enfants et ont de nombreux projets en réserve pour leur petit commerce, et c'est tout ce qui compte. D'ailleurs, Sylvie est très impressionnée par la progression de leurs affaires. De plus en plus, ils dénichent de belles pièces, ce qui leur permet de faire de meilleurs profits. Elle n'est pas au courant de tout, côté financier, mais elle se doute que Michel et Paul-Eugène ont déjà empilé plusieurs billets à la banque. « Il n'y a pas si longtemps, on arrivait à peine à couvrir nos dépenses d'une semaine à l'autre, alors que maintenant, autant Michel que moi, on parvient à épargner. On est vraiment chanceux », se dit-elle.

Ce matin, alors que Michel allait partir travailler, André l'a appelé pour lui souhaiter bonne chance avec son magasin. Il a fait promettre à son frère de lui envoyer des photos, ce à quoi Michel a répondu qu'il allait demander à Junior d'en prendre pour lui.

Évidemment, tout le monde veut être de la fête. En fait, il ne manquera que Martin. Il a bien essayé de changer ses heures de travail avec un collègue, mais sans succès. Il était très déçu. Chez les Pelletier, on se soutient dans le plaisir comme dans la peine. Voyant à quel point Martin était malheureux quand il a appris la nouvelle à la famille la veille au soir, son père lui a demandé d'aller marcher avec lui. Ils ont vite pris la direction du magasin. Une fois devant le commerce, Michel a proposé, l'air fier :

— Si tu veux, je peux te faire visiter.

— Avec plaisir, a répondu Martin. Je suis vraiment déçu de ne pas pouvoir être là demain.

— Ne t'en fais pas avec ça. Ce ne sera pas la dernière fois que tu devras faire des concessions. Comme dirait mon père : « Quand on est valet, on n'est pas roi. » Malheureusement, il y a souvent quelqu'un pour décider à notre place, quand ce n'est pas la vie elle-même. Plus vite tu vas t'habituer, mieux tu vas être.

— Je suis loin d'être certain de vouloir m'habituer.

— Alors, tu sais ce qu'il te reste à faire… Choisis un métier en conséquence.

— C'est bien mon intention.

Quand Sylvie arrive au magasin avec les enfants, tout est beaucoup trop tranquille pour un soir d'ouverture. Assis derrière un vieux bureau en chêne, les deux complices ont la mine basse.

— Allez, dépêchez-vous de vous accrocher un sourire dans le visage ! s'écrie Sylvie. Tous les deux, vous avez des faces d'enterrement...

— Je voudrais bien t'y voir, dit Michel. On a investi tellement d'efforts pour ouvrir notre magasin et on n'a pas encore vu un chat.

— Si j'avais su que c'était pour se passer comme ça... murmure Paul-Eugène.

— Vous allez m'arrêter ça tout de suite ! s'écrie Sylvie. Ça ne fait même pas une heure encore que le commerce est ouvert...

— Il ne faut pas te décourager, déclare Dominic en flattant le bras droit de son père. Tu vas voir, les gens vont finir par venir acheter toutes tes choses. En tout cas, je le trouve très beau ton magasin.

— Et moi ? lance Paul-Eugène d'un air faussement offusqué.

— Désolé, je me suis trompé, se dépêche de s'excuser Dominic. Je le trouve très beau votre magasin.

— Moi aussi, renchérit François. Si j'étais assez grand et que j'avais une maison, je viendrais tout acheter chez vous.

Puis, sur un tout autre ton, il s'informe auprès de sa mère :

— Est-ce qu'on peut s'en aller maintenant ?

— Qu'est-ce qui te presse autant ? lui demande-t-elle.

Pour toute réponse, le garçon hausse les épaules en levant les yeux au ciel.

— S'il te plaît, maman, implore Dominic. On a un travail de recherche à finir pour demain.

— Et ce n'est que maintenant que vous m'en parlez ! s'emporte Sylvie. Allez-y avant que je change d'idée. Luc va vous accompagner.

— Mais je ne veux pas m'en aller tout de suite, se plaint Luc.

— On n'a pas besoin de chaperon, affirme Dominic. On est bien assez grands pour retourner à la maison tout seuls.

— Je peux rester alors ? demande Luc.

— Oui, répond Sylvie.

Puis, à l'adresse des jumeaux, elle ajoute :

— Allez ! Partez si vous voulez avoir le temps de faire votre recherche avant d'aller vous coucher. N'oubliez pas, verrouillez la porte dès que vous arriverez.

— Arrête de t'inquiéter, maman, dit Sonia, je vais rentrer avec eux. J'ai promis à Lise de l'appeler.

— Ça me rassure, émet Sylvie.

Ensuite, elle fait ses dernières recommandations aux jumeaux :

— Vous deux, vous êtes mieux d'écouter votre sœur. Sinon, vous allez avoir affaire à moi.

Quelques minutes plus tard, c'est au tour d'Alain de partir. Il a rendez-vous avec Lucie. Il est ensuite imité par Luc et Junior, qui emmènent Prince 2 avec eux.

Une fois seule avec Michel et Paul-Eugène, Sylvie s'assoit. Puis, elle rassure son mari et son frère :

— Bon, maintenant qu'on est juste tous les trois, vous allez m'écouter. D'abord, vous allez me faire le plaisir d'arrêter de vous tracasser. Donnez-vous une petite chance. Ce n'est pas parce qu'on ouvre un magasin que les gens se bousculent à la porte le premier jour. Accordez-vous un mois avant de vous faire une idée. Ensuite…

Mais Sylvie n'a pas le temps de finir sa phrase. La porte s'ouvre sur une jeune femme et son mari.

— Bonsoir, se dépêche de dire Michel en se levant de son siège comme si quelqu'un lui avait donné une poussée dans le dos. Cherchez-vous quelque chose en particulier ?

— Oui et non, répond la femme avec un accent. Je cherche des vieux meubles pour la chambre d'amis.

— Suivez-moi, j'ai quelques belles pièces à vous montrer.

Sylvie observe Michel du coin de l'œil. Elle est très fière de lui. On croirait qu'il a toujours fait ce travail. Il se déplace dans le magasin avec assurance, désignant ici et là les plus belles pièces. Une vingtaine de minutes plus tard, le couple sort du magasin avec une toute petite lampe à huile à la main. Et c'est avec le sourire aux lèvres que Michel revient s'asseoir.

— Ce n'est pas grand-chose, mais c'est notre première vente. Ils m'ont dit qu'ils allaient revenir demain soir. Ils ont pris des mesures pour vérifier si certaines choses conviennent pour leur chambre d'amis. Il faut fêter ça. Je paie le café.

— Tu ne vas pas commencer à dépenser tout notre argent ! s'écrie Paul-Eugène d'un air faussement indigné.

— Rassure-toi, répond Michel en souriant, je vais payer de ma poche.

Au moment où il va sortir, il arrive face à face avec tante Irma. Elle n'est pas seule. Deux femmes de son âge l'accompagnent. Tante Irma ne peut s'empêcher de faire étriver Michel.

— Je pensais qu'au moins j'aurais plus de chance de te voir à ton magasin. C'est quand même curieux : chaque fois que j'entre quelque part, toi tu en sors…

Michel se contente d'esquisser un demi-sourire.

— Laisse-moi au moins te présenter mes amies avant que tu partes, reprend Irma.

Une fois les présentations terminées, Michel déclare :

— J'allais chercher des cafés. Est-ce que je peux vous en offrir un ?

— Ce ne serait pas de refus, répond vivement tante Irma. J'ai apporté une bouteille de whisky pour fêter l'ouverture du magasin. On pourra en mettre un peu dans le café.

Paul-Eugène fait faire le tour du magasin à sa tante et aux amies de celle-ci. À plusieurs reprises, les femmes s'extasient devant la beauté des pièces qu'il leur montre. Quand Michel revient, toutes trois lui disent que son associé et lui ont de quoi être fiers d'eux, qu'ils ont vraiment de belles choses et que, bien sûr, elles vont parler du magasin à toutes leurs amies. Ils discutent quelques minutes en buvant le café. Avant de partir, une des amies d'Irma demande à Michel :

— Avez-vous un crayon et un papier ?

— Oui.

— Parfait. Alors, notez. Je vais prendre la tête de lit en pin, celle qui est appuyée contre le mur, le petit bureau à trois tiroirs avec le pot de chambre, les chandeliers en cristal et les coupes à vin en verre taillé. J'habite au 342, rue Laferrière. Je peux vous donner un acompte, si vous voulez, et je paierai la balance quand vous viendrez me livrer le tout.

S'il ne se retenait pas, Michel hurlerait de plaisir. Mieux encore, il prendrait Sylvie dans ses bras et la ferait tourner jusqu'à ce qu'elle l'implore d'arrêter. Toutes ses craintes viennent de fondre comme neige au soleil grâce à cette seule vente. Son petit doigt lui dit que Paul-Eugène et lui vont faire des affaires en or. Il est tellement content qu'il s'approche de tante Irma et l'embrasse sur une joue. Surprise par cet élan d'affection à son égard, elle s'exclame :

— Pour recevoir des becs comme ça, je suis prête à t'amener des clientes chaque jour !

Tous éclatent de rire.

Même s'il ne se présente aucun autre client, le moral de Michel et de Paul-Eugène est à son maximum. À neuf heures précises, ils mettent la clé dans la porte et reprennent le chemin du retour le cœur léger, satisfaits de leur soirée. Sylvie les regarde et sourit. Ils sont beaucoup plus beaux à voir maintenant que lorsqu'elle est arrivée au magasin. Paul-Eugène les accompagne jusqu'à la maison.

— Entre, lui dit Michel, il faut fêter ça. J'ai mis de la bière au frais avant de partir.

— Je suis partant pour une mais pas plus.

Fidèle à son habitude, Sylvie fait le tour de la maison pour voir si tous ceux qui sont supposés y être sont là. Quand elle vérifie dans la chambre des jumeaux et qu'elle voit que leurs lits ne sont même pas défaits, elle sent aussitôt une grande inquiétude l'envahir. Ils sont censés dormir depuis une heure déjà. Elle allume la lumière et parcourt la pièce d'un seul regard. Elle referme la porte et se dirige aussitôt vers la chambre de Sonia. Elle est si nerveuse qu'elle ne prend même pas le temps de frapper. Surprise par cette intrusion, Sonia sursaute. Elle est au téléphone avec Normand. À un autre moment, Sylvie aurait remarqué à quelle vitesse sa fille est devenue toute rouge en la voyant.

Sonia pose sa main sur le combiné. Sur un ton impatient, elle demande à sa mère :

— Il y a quelque chose qui ne va pas ?

— Sais-tu où sont les jumeaux ?

— Dans leur chambre, répond Sonia. Où veux-tu qu'ils soient ? On n'était pas sitôt rentrés qu'ils ont filé dans leur chambre. Ils m'ont dit qu'ils ne voulaient pas être dérangés.

— Les petits chenapans ! s'écrie Sylvie. Eh bien, ils ne sont pas là et leurs lits ne sont même pas défaits. Je voudrais bien savoir ce qu'ils ont encore inventé cette fois.

— Ils ne peuvent pas être bien loin, la rassure Sonia.

Sylvie ressort aussi vite qu'elle est entrée de la chambre de sa fille et court à la cuisine rejoindre Michel et Paul-Eugène. Sans même laisser le temps à Michel de finir sa phrase, elle lance :

— Les jumeaux ont disparu ! Leur chambre est vide !

Surpris, les deux hommes la regardent.

— As-tu fait le tour de la maison ? s'informe Michel. Tu les connais, ils sont capables de nous jouer un tour.

— Non, répond-elle d'un ton impatient, je n'ai pas fait le tour de la maison.

— Moi, j'ai vérifié au sous-sol, dit Sonia en entrant dans la cuisine. François et Dominic n'y sont pas.

— J'appelle la police, déclare Sylvie en se dirigeant vers le téléphone.

Michel lui barre le chemin.

— Attends un peu. On va commencer par essayer de les trouver par nous-mêmes avant d'appeler la police. On ne sait même pas depuis combien de temps ils ont disparu. Paul-Eugène et moi, on va aller faire le tour du quartier.

— En attendant qu'on revienne, dit doucement Paul-Eugène à sa sœur, tu pourrais téléphoner chez leurs amis. Ils sont sûrement chez l'un d'entre eux. Je ne sais pas ce qu'ils ont inventé cette fois, mais je suis certain que dans quelques minutes on en rira.

— J'espère de tout mon cœur que tu as raison, confie Sylvie. Mais en attendant, je suis morte d'inquiétude.

Sylvie donnerait sa vie pour sa famille. Chaque fois qu'un des siens a mal, elle souffre au centuple. Même si ce n'est pas la première fois que les jumeaux manquent à l'appel, elle sent son cœur se serrer jusqu'à ressembler à une pomme séchée. Elle a mal, tellement mal qu'elle en a la nausée. C'est fou de voir à quel point l'amour peut parfois nous faire souffrir. Il va falloir qu'elle se montre sévère avec les jumeaux. Elle ne pourra pas résister éternellement à leurs coups. En même temps, elle sait pertinemment qu'elle ne pourra pas les changer non plus. Quand on met un enfant au monde, seul le temps nous permet de savoir qui il est réellement. Et bien qu'on ait influencé sa personnalité, plusieurs aspects de celle-ci lui sont propres et n'ont pas grande chance de changer. De ses sept enfants, aucun ne ressemble en tous points à Michel et à elle. Ils ont chacun un petit quelque chose de différent qui les distingue du reste de la famille. Quand tout va bien, les parents sont contents de voir que leurs enfants ont du caractère ; dans le cas contraire, ils préféreraient avoir un enfant plus docile et surtout plus prévisible.

Elle compose un dernier numéro de téléphone. Jusqu'ici, personne n'est au courant de rien. Sylvie est désespérée. Elle a fait promettre à tous les amis de ses fils de la rappeler s'ils viennent à savoir quelque chose. Ne se contentant pas de parler aux enfants, elle s'est aussi adressée aux parents de ceux-ci, s'assurant ainsi que le message soit bien clair.

Alors que la première sonnerie se fait entendre à l'autre bout du fil, elle perçoit du bruit à la porte arrière. Mue par un vent d'espoir, elle raccroche et se dépêche d'aller vérifier. Quand elle voit les jumeaux, elle se précipite vers eux et les serre dans ses bras en pleurant. Surpris par l'attitude de Sylvie, François et Dominic ne réagissent pas. Alors qu'ils étaient certains de se faire tomber dessus, voilà que leur mère les embrasse. Décidément, ils ne comprendront jamais rien aux adultes.

— Arrête, maman, dit Dominic. Mon épaule est toute mouillée.

— La mienne aussi, renchérit François. Ne t'inquiète pas, on va tout t'expliquer.

Ces quelques mots suffisent à faire revenir Sylvie à la réalité. D'un geste brusque, elle essuie ses larmes du revers de la main et recule un peu pour mieux voir ses deux petits chenapans. De seconde en seconde, elle sent une grande colère monter du plus profond d'elle-même. Si elle ne se retenait pas, elle leur lancerait une grande claque en pleine figure pour leur faire réaliser à quel point elle était inquiète de ne pas savoir où ils étaient. Mais elle parvient à se contenir et lance :

— Vous avez une minute pour me dire où vous étiez.

Les jumeaux se grattent la tête en faisant la moue. Ils détestent au plus haut point quand leur mère est en colère. Prenant son courage à deux mains, Dominic répond d'une petite voix :

— On était au parc.

— Que faisiez-vous au parc à cette heure alors que vous devriez être au lit depuis presque deux heures ?

— Ouais, on a un peu oublié l'heure, avoue François.

— Vous appelez ça « un peu » ? Continuez !

— Eh bien, on est allés ramasser des vers de terre, annonce Dominic d'un air renfrogné.

— Mais c'est pour les vendre, se dépêche de compléter François.

— On veut s'acheter des chips Fiesta, lance Dominic. La dernière fois qu'on est allés à l'épicerie, on a vu qu'ils vendaient des vers de terre.

— Et on a demandé à l'épicier s'il voulait qu'on lui en apporte. Comme il faut les ramasser à la noirceur…

— Tu sais tout maintenant, conclut Dominic. Demain, on ira les porter à l'épicerie en revenant de l'école.

— Des vers de terre ? s'enquiert Sylvie d'un air dédaigneux. On aura tout vu ! Pendant que j'étais morte d'inquiétude, vous cherchiez des vers de terre… Dépêchez-vous d'aller dormir, on reparlera de tout ça demain. Pour l'instant, j'en ai assez entendu.

De retour à la cuisine, Sylvie se laisse tomber sur une chaise. Elle se repasse en boucle les paroles des jumeaux. Ils sont allés ramasser des vers de terre pour s'acheter des chips. Décidément, ils n'ont pas fini de lui en faire voir, ces deux-là. « Des vers de terre », ne cesse-t-elle de se répéter. Vient un moment où elle ne peut s'empêcher de rire ; de grosses larmes se mettent à couler sur ses joues. Au bout d'un moment, elle décide de rappeler tous les amis des jumeaux. C'est ce qu'elle est en train de faire quand les autres reviennent. Quand elle leur annonce que les jumeaux sont rentrés et qu'elle leur explique la raison de leur absence, ils s'esclaffent si fort que leurs rires se transportent jusque dans la chambre de François et de Dominic. Bien à l'aise sous leurs couvertures, un grand sourire s'installe alors sur les visages des deux petits garnements.

— On devrait bien s'en tirer cette fois encore, chuchote François.

— C'est aussi mon avis, affirme Dominic. Si mes calculs sont bons, on devrait avoir assez d'argent pour s'acheter chacun une boîte de chips. On laissera les vers à l'épicerie avant d'aller à l'école. Comme ça, on pourra téléphoner chez Fiesta quand on va venir dîner.

— C'était dégoûtant !

— Oui, mais ça valait le coup. Moi, je suis prêt à le refaire pour avoir une pleine boîte de chips rien que pour moi.

Chapitre 9

Installé à la table de cuisine, Michel lit son *Dimanche-Matin* en sirotant son deuxième café. Évidemment, l'Expo 67 occupe une bonne partie des colonnes du journal. En première page, on fait état du nombre impressionnant de visiteurs qui ont franchi les tourniquets pendant la journée d'ouverture. Michel n'en croit pas ses yeux, tellement qu'il relit deux fois la nouvelle avant d'en faire part à Sylvie.

— C'est incroyable! s'écrie-t-il. Il y a eu 250 000 visiteurs à l'Expo la première journée. J'avais raison de te dire que ce n'était pas une bonne idée d'y aller ce jour-là. Il paraît que les tramways et les autobus étaient bondés. Ma foi, les gens devaient se marcher sur les pieds. Le site a beau être grand, il ne l'est pas assez pour qu'autant de personnes se déplacent à leur aise.

— Tu es bien certain de ce que tu avances? demande Sylvie en s'approchant. Un quart de million, ce n'est pas rien.

Après avoir lu par-dessus l'épaule de son mari, elle observe, étonnée:

— C'est bel et bien ce qui est écrit. D'habitude, j'ai tendance à trouver que les journalistes exagèrent quand il s'agit d'évaluer une foule. Mais là, ils doivent savoir combien de personnes sont entrées sur le site, car chaque visiteur doit passer aux tourniquets. Ce n'est pas croyable qu'une exposition attire autant de gens. Et les commentaires sont très élogieux. J'ai vraiment hâte d'y aller. Mais j'y pense, on pourrait faire ça aujourd'hui. Qu'en penses-tu?

Michel fait la moue avant de répondre.

— Pas aujourd'hui. Je te l'ai dit, j'ai un tournoi de quilles ce soir. J'aurais trop peur d'être en retard. Et puis, les expositions ce n'est pas mon fort – pas plus que les musées, d'ailleurs.

— Pourtant, un peu de culture ne te ferait pas de tort… déclare Sylvie, déçue de la réponse de son mari. J'espère que je ne t'ai pas acheté un passeport pour rien, parce que je ne trouverais pas ça drôle du tout.

— C'est certain que je vais y aller. Je ne veux pas rater ça. Ce n'est pas tous les jours qu'on a une exposition universelle à quelques milles de chez soi.

— En tout cas, ne compte pas sur moi pour t'en parler ! assure-t-elle d'un air indigné.

— Ne le prends pas comme ça. Je te promets qu'on ira ensemble, au moins une fois.

Contrariée plus qu'elle ne veut le laisser paraître, Sylvie prend une grande respiration avant de parler.

— Je vais téléphoner à Chantal, d'abord. Je ne sais même pas si elle est en ville.

Pendant que Michel poursuit la lecture de son journal, elle compose le numéro de sa sœur. À la sixième sonnerie, elle en conclut que celle-ci est probablement en voyage. Déçue, elle raccroche plus fort que nécessaire, ce qui fait sursauter Michel.

— Chantal n'est pas là ? demande-t-il.

— Qu'est-ce que tu en penses ? riposte-t-elle d'un ton sec. Je vais téléphoner à tante Irma. J'aurai peut-être plus de chance avec elle.

Cette fois encore, Sylvie se résigne à raccrocher après la sixième sonnerie. « Elle doit déjà être à l'Expo. Oui mais, comment la trouver dans toute cette foule ? » se demande-t-elle. Si Alice vivait encore à côté, elle aurait sûrement accepté de l'accompagner, mais comme ce n'est pas le cas, Sylvie fouille dans sa mémoire pour trouver quelqu'un qui accepterait d'aller à l'Expo avec elle. Cela lui fait réaliser qu'elle n'a pas beaucoup d'amis. En fait, elle n'a que Shirley. Mais avec ce que la pauvre traverse, inutile de lui téléphoner, elle a bien d'autres chats à fouetter que d'aller traîner à l'Expo.

Sylvie se laisse pesamment tomber sur une chaise. Du coin de l'œil, Michel la regarde. Un petit sourire s'installe au coin de ses lèvres. Chaque fois qu'elle n'obtient pas sur-le-champ ce qu'elle veut, elle fait la moue et a tendance à s'apitoyer sur son sort. D'habitude, il cède, mais pas cette fois. Il a besoin de son dimanche pour reprendre son souffle. Il songe même à arrêter de jouer aux quilles. Travailler à temps plein et tenir commerce lui demandent beaucoup d'énergie. Hier, il était si fatigué quand il est revenu du magasin qu'il s'est endormi dans son fauteuil après le souper. Il a même dormi pendant la partie de hockey, ce qui n'est pas dans ses habitudes, ne se réveillant que lorsque les enfants criaient parce que les Canadiens venaient de compter un but. Pour lui, une partie de hockey, c'est sacré.

Michel est si fatigué qu'il pense sérieusement à aller voir son médecin. Peut-être pourrait-il lui prescrire un petit remontant pour l'aider à traverser cette phase ? Pour l'instant, Michel se sent pris en otage. Il ne peut pas laisser son travail de camionneur tant que les ventes au magasin ne seront pas suffisantes pour lui assurer un revenu décent, c'est-à-dire au moins aussi bon que celui qu'il tire de son travail. Mais il a réfléchi. Depuis qu'ils ont ouvert leur magasin, Paul-Eugène et lui sont toujours là tous les deux alors qu'ils pourraient se répartir les heures. Il pourrait travailler le jeudi soir et Paul-Eugène, le vendredi soir. Et le samedi, ils pourraient faire chacun la moitié des heures. Ainsi, ils disposeraient tous les deux d'un peu de répit, mais aussi d'un peu de temps pour aller chercher de nouvelles pièces. La veille, une femme de Saint-Hyacinthe est venue au magasin et a acheté au moins dix articles. À ce rythme-là, il est urgent que Paul-Eugène ou lui partent à la chasse aux trésors. Après tout, rien de mieux qu'un client satisfait pour faire la promotion d'un commerce !

— Jamais je ne croirai que je vais être obligée d'y aller seule… déclare Sylvie.

— Tu n'as qu'à y aller avec les enfants. Je suis sûr que les jumeaux seraient très contents. Et Luc aussi !

— Je n'ai pas très envie de faire plaisir aux jumeaux après ce qu'ils nous ont fait vivre cette semaine.

— Voyons donc, tu ne vas quand même pas leur en vouloir jusqu'à la fin de leurs jours !

— Non, mais de là à les récompenser, il y a une frontière que je refuse de franchir. Et je te rappelle qu'ils n'ont pas encore eu de punition. Si ça continue, ça n'aura plus aucun sens.

— Justement, j'ai pensé à quelque chose en revenant du magasin hier. Les jumeaux ont dit que c'était pour s'acheter des chips Fiesta qu'ils étaient allés chercher des vers au parc ?

— Oui. Ils ont même téléphoné pour commander leurs chips vendredi midi. D'ailleurs, je suis surprise qu'ils ne les aient pas encore reçues… Mais j'imagine qu'ils les auront demain.

— Voici ce que je suggère pour les punir. Tu les laisses d'abord payer leur boîte de chips.

— Ils n'en ont pas commandé une, mais deux.

— Dès qu'ils les auront payées, tu leur confisques les boîtes.

Sylvie aime l'idée. Elle imagine déjà l'air des jumeaux en voyant s'envoler leurs boîtes de chips Fiesta. Elle mettrait sa main au feu qu'ils vont même aller jusqu'à verser une petite larme.

— C'est vraiment une excellente idée ! s'exclame-t-elle. Ils sont probablement morts de rire parce qu'ils croient s'en tirer sans punition, et je ne serais pas étonnée qu'ils répètent l'expérience aussitôt qu'ils auront reçu leurs chips. À ce compte-là, je peux leur offrir de venir à l'Expo avec moi. Oui, mais j'y pense… Il faudrait prendre une bouchée sur place… et j'avais prévu faire un rosbif.

— Laisse faire le rôti pour une fois, tu le feras cuire demain. On est capables de se débrouiller, ne t'inquiète pas pour nous.

— Je vais préparer le dîner plus tôt. Comme ça, dès que les garçons vont rentrer, on mangera et on partira tout de suite après. Je vais proposer à Luc de venir aussi.

De meilleure humeur, Sylvie se lève. Elle met son tablier et s'affaire à préparer le dîner en chantonnant. Le temps de quelques secondes, Michel lève la tête de son journal et sourit. Il se dit une fois de plus qu'il a bien de la chance que cette femme partage sa vie. Le fait de la regarder lui donne des papillons dans l'estomac. Il aime par-dessus tout son caractère joyeux. Sylvie est faite pour le bonheur. Il lui arrive d'être contrariée de temps en temps, comme tout à l'heure, mais avec elle ça ne dure jamais longtemps. Elle parvient toujours à revenir à de meilleures dispositions dans un court laps de temps. Il sait qu'il est béni des dieux. Au travail, les gars râlent souvent à propos du mauvais caractère de leur femme. Il y en a qui sont vraiment mal pris. L'autre jour, l'un d'entre eux racontait que ça faisait plus d'une semaine que la sienne ne lui avait pas adressé la parole, sauf pour les affaires concernant les enfants. Michel était démonté. Comment est-il possible de faire la tête à son mari aussi longtemps ? Comment des adultes peuvent-ils se comporter comme des enfants ? En plus, quand il a appris la raison de la bouderie, il a été doublement chamboulé. Monsieur avait osé dire non à madame alors qu'elle lui avait demandé de l'argent pour s'acheter un chapeau. Le pauvre homme n'avait pas les moyens de le payer. Il l'avait avoué à sa femme, mais malgré tout, elle lui battait froid depuis. «Au moins, avec Sylvie, je peux discuter. C'est une femme intelligente et elle sait compter. »

La sonnerie du téléphone tire subitement Michel de ses pensées. Il ne peut s'empêcher de grogner :

— Cette maudite sonnerie, elle me fait sursauter chaque fois.

— C'est peut-être parce que tu as quelque chose à te reprocher, lance Sylvie d'un air taquin.

Elle n'a pas sitôt décroché le combiné qu'elle fait un drôle d'air.

— Oui, Ginette, dit-elle d'un ton froid. Qu'est-ce que je peux faire pour toi ?

— D'abord, je vais bien, merci. Et toi ?

C'est à contrecœur que Sylvie lui répond :

— Je vais très bien…

— À ce que je vois, tu es toujours d'aussi belle humeur. Je n'irai pas par quatre chemins. Papa m'a dit que tu avais acheté un passeport à chacun des membres de ta famille pour aller à l'Expo.

— Et après ?

— Eh bien, peut-être que tu pourrais m'inviter.

Sylvie se retient à deux mains de raccrocher sur-le-champ. Décidément, les choses ne sont pas parties pour s'améliorer avec Ginette. Chaque fois que celle-ci vient les voir ou qu'elle appelle, c'est pour faire une nouvelle demande. Sylvie lève les yeux au ciel et respire un bon coup avant de répondre :

— Pas de chance, ils sont tous pris. Et de toute façon, le seul que tu pourrais emprunter c'est le mien et encore, on ne se ressemble pas tellement.

— Dis plutôt que tu ne veux pas. Je serais étonnée qu'ils prennent le temps de regarder chaque photo. Et puis, que ça te plaise ou non, on a quand même des airs de famille.

— Libre à toi de penser ce que tu veux.

— Avec tout l'argent que tu as, tu pourrais même me payer un passeport, lance méchamment Ginette.

— Si j'étais toi, je n'y compterais pas trop. Je te rappelle que j'ai sept enfants à nourrir et un mari.

— N'essaie pas de me tirer les larmes, c'est peine perdue. S'il y en a une à plaindre, c'est bien moi. Mon fils passera cinq ans en prison. Mon mari a perdu son travail la semaine dernière. Et hier, le docteur m'a annoncé que je faisais de l'arthrose. Je suis bien trop jeune pour être malade…

— Je compatis avec toi, c'est vrai que c'est triste, mais c'est tout ce que je peux faire. Si c'est tout ce que tu avais à me dire, je vais devoir raccrocher parce que j'ai un dîner à préparer.

Ginette est si furieuse qu'elle se met à crier, tellement fort que Michel l'entend même s'il se trouve à une bonne distance du téléphone.

— Tu es la pire des égoïstes. Rassure-toi, je ne te laisserai pas la chance de raccrocher la première.

À ces mots, Ginette met fin à la conversation. Pendant quelques secondes, Sylvie reste figée sur place. Quand elle reprend ses esprits, elle se tourne vers Michel.

— C'était ma sœur Ginette.

— J'avais remarqué. À ce que je vois, elle reste égale à elle-même.

— En effet. C'est plus fort que moi, je n'arrive plus à être gentille avec elle… Je ne me reconnais plus.

— Cesse de te faire des reproches, elle ne le mérite pas.

Chapitre 10

Chaque fois que Sylvie repense à l'air des jumeaux quand elle leur a confisqué leurs boîtes de chips Fiesta, elle rit toute seule. Ça valait son pesant d'or. Comme elle l'avait deviné, ils ont versé une larme. Mais étant donné que les autres membres de la famille étaient là et se sont mis à rire dès qu'ils ont su qu'ils avaient deux boîtes de chips à manger – avec interdiction formelle d'en donner une seule aux jumeaux –, François et Dominic ont filé dans leur chambre. Ils se sont même passés de souper.

Les spectacles du groupe lyrique approchent à grands pas. Et plus le temps avance, plus Sylvie a des brûlures d'estomac. Dorénavant, « la petite vache », le sel Eno et le lait de magnésie reposent en permanence sur le comptoir. Elle essaie de ne pas abuser, mais quand le mal la prend, elle n'a pas d'autre choix que d'essayer de se soulager avec l'un ou l'autre de ces produits miracles. Pourtant, elle est fin prête. La semaine dernière, monsieur Laberge l'a louangée devant tout le monde pour sa performance. Sylvie était tellement gênée qu'elle devait être rouge jusqu'aux oreilles. Heureusement, dans le groupe, il ne semble pas y avoir de jalousie, du moins en apparence. Tous l'ont félicitée à la fin de la répétition. Sylvie doit reconnaître qu'elle se tire plutôt bien d'affaire, en réalité mieux que plusieurs chanteurs qui font partie du groupe depuis de nombreuses années. Mais elle n'a pas vraiment de mérite. Elle fait toujours de son mieux ; c'est dans sa nature, surtout quand il s'agit de chanter en public, devant une salle pleine à craquer de surcroît. Déjà trois supplémentaires ont dû être ajoutées, alors Sylvie ne peut pas être autrement qu'excellente.

Parfois, quand elle revient d'une répétition, elle songe que si sa mère n'était pas décédée si tôt, elle aurait peut-être pu étudier le chant et, qui sait, devenir une chanteuse professionnelle. Ça lui plaît de croire qu'elle aurait pu réussir en faisant ce qu'elle aime le plus au monde. Elle aussi, elle aurait parcouru le monde comme les grandes chanteuses. Elle aurait été applaudie sur les plus grandes scènes. Elle aurait dormi dans les plus grands hôtels… Sylvie est très satisfaite de la vie qu'elle mène avec Michel, elle n'y changerait rien, mais il n'est pas interdit de rêver de temps en temps. Quand elle chante, c'est comme si elle était ailleurs, là où personne ne peut l'atteindre. Dès qu'elle lance la première note, elle se sent portée par son art, elle qui a si peur d'oublier les mots de sa chanson avant de commencer à chanter. C'est comme si elle devenait une autre personne quand elle se laisse envahir par la musique dès les premières mesures et que quelqu'un lui soufflait les mots à l'oreille.

Alice lui a promis de venir l'écouter, ce qui lui fait très plaisir. Sylvie aura un peu l'impression que sa mère est présente dans la salle. La perte d'un être cher n'est jamais facile, mais perdre sa mère alors qu'on est encore une enfant est pathétique. Et cela l'est davantage encore quand cette enfant doit passer des années à jouer à la mère alors que sa peine est aussi grande que le fleuve Saint-Laurent tout entier.

Ce soir, Shirley vient souper chez eux avec les enfants. Ils vont venir en métro. Elle doit annoncer à Michel et à Sylvie si elle accepte leur offre. Sylvie espère de tout cœur que son amie va louer leur maison. Il y a déjà trop longtemps que John fait la pluie et le beau temps, mais surtout la pluie – et parfois même la grêle – dans sa vie et celle des enfants. Au cours des six derniers mois, la pauvre Shirley n'a pas travaillé la moitié du temps. Parfois, à cause d'un œil au beurre noir. Tantôt, à cause d'une lèvre tuméfiée. D'autres fois, à cause de trop de courbatures…

Pour l'occasion, Sylvie préparera du porc à la jardinière. C'est Alice qui lui a donné cette recette quand elle est allée lui rendre visite à Gatineau ; elle lui a promis que tous allaient en redemander. Ce matin, Sylvie est allée acheter un gros morceau de porc frais. Quand elle a dit au boucher combien de livres de viande elle voulait, il a sourcillé. Pour être certain d'avoir bien compris, il l'a même fait répéter.

Sylvie a rassuré l'homme :

— Ne vous inquiétez pas, nous serons assez nombreux pour y faire honneur.

— Je ne m'inquiète pas. Je me suis simplement fait la réflexion que ça vous prendrait une très grande casserole pour cuire ce bloc de viande.

— Je vais me servir de ma rôtissoire, ça devrait faire l'affaire.

Sylvie sort le porc, sa planche à découper et son meilleur couteau. Il faut qu'elle coupe toute la viande en petits cubes. Elle aurait pu demander au boucher de s'en charger, mais elle préfère faire cette tâche elle-même. Comme ça, elle taille les morceaux de la grosseur qu'elle veut, c'est-à-dire petits, pour que ça prenne moins de temps à cuire. Elle peut aussi contrôler la quantité de gras qu'elle laisse sur la viande, soit le moins possible. Elle chantonne en travaillant. « Il est bien beau ce porc, j'espère que tout le monde va aimer le repas. Chaque fois que je fais une nouvelle recette, je me sens aussi nerveuse qu'un enfant à son premier jour d'école. Non, cette fois je suis certaine que tous vont adorer. Ça ne peut pas être autrement, je vais suivre la recette d'Alice à la lettre », se dit-elle. Pour dessert, je ferai des croquis, une autre recette d'Alice. » Elle coupe ensuite les oignons, l'ail, les carottes et les pommes de terre.

Au moment où elle s'apprête à faire revenir la viande, on sonne à la porte. Elle s'essuie les mains sur son tablier et se dépêche d'aller répondre.

— Papa ! s'écrie-t-elle en se jetant au cou du visiteur. Quelle belle surprise !

— Je commençais à me trouver pas mal sans-cœur. Et tu me manquais sérieusement.

— Venez, suivez-moi à la cuisine, j'ai quelque chose sur le feu. Prendriez-vous un café ?

— Ça ne serait pas de refus, mais finis d'abord ce que tu as commencé. Je peux attendre.

— J'espère que ça ne vous dérange pas, mais je vais être obligée de cuisiner pendant un petit moment. Shirley vient manger avec ses enfants et il faut que mon plat cuise au moins deux heures.

— Pas de problème ! Comment va-t-elle, la belle Shirley ?

— Disons qu'il est grand temps qu'elle sorte de chez elle. Vous savez, les choses sont loin de s'améliorer pour elle.

— Je ne comprendrai jamais comment un homme peut oser lever la main sur sa femme, surtout à notre époque.

— Tant qu'à moi, il n'y a jamais eu de bonne époque pour qu'un homme batte sa femme. Tout ce que je souhaite, c'est que Shirley sorte de là avant que son mari la tue.

— Elle pourrait porter plainte.

— Ce n'est pas aussi simple. Chaque fois qu'il la roue de coups, il menace de la tuer si elle porte plainte, ce qui fait qu'elle est morte de peur.

— Je ne peux pas croire que la justice ne peut rien faire dans un cas pareil. Dans quel monde vit-on ?

— Vous le savez comme moi, la justice ne peut malheureusement pas faire de miracles. Si Shirley déménage ici, au moins il y aura une certaine distance entre elle et John. Et puis, Michel et moi, on sera plus proches pour l'aider si elle a besoin de nous.

— Vous êtes bien bons, Michel et toi.

— Vous feriez la même chose, papa. On ne peut pas regarder souffrir quelqu'un sans rien faire, surtout quelqu'un qu'on aime.

— Ah! ne me dis pas ça! J'ai refusé de payer la caution d'un de mes petits-fils et je le regarde maintenant souffrir en prison. Tu sais, il y a des jours où j'ai de la misère à me regarder dans le miroir.

— Arrêtez-moi ça. Vous n'allez pas revenir là-dessus encore une fois. D'abord, je vous rappelle qu'il a volé des personnes sans défense, des personnes comme vous et Suzanne. Ensuite, sa mère est loin d'être une sainte et elle vous en a fait voir de toutes les couleurs. L'avez-vous oublié? Moi, non. Depuis que Ginette sait que j'ai hérité de mon amie Jeannine, elle a toujours quelque chose à me quémander.

— J'espère que tu ne te laisses pas avoir.

— Ne vous inquiétez pas, je la vois venir avec ses gros sabots. La dernière fois qu'elle m'a appelée, elle voulait que je lui paie un passeport pour l'Expo.

— Pauvre Ginette!

— Vous pouvez le dire.

— Il sent vraiment bon, ton plat.

— J'espère surtout que ça va être délicieux. Vous savez comment les nouvelles recettes me portent malheur.

— Cesse de te mettre de la pression sur les épaules. À en juger par l'odeur, je suis certain que le repas va être un pur délice. J'ai même envie de te demander de m'en mettre une portion au congélateur.

— Vous n'avez qu'à rester manger avec nous. Les enfants seraient si contents.

— Je te remercie, mais je vais vous laisser tranquilles avec votre visite.

— C'est un souper tout simple. Paul-Eugène est supposé se joindre à nous. Restez donc, pour une fois… À moins que Suzanne ne puisse se passer de vous ?

— Tu sais bien que je suis un homme totalement libre depuis que je suis avec elle. Ça me tente vraiment de rester. Laisse-moi l'avertir. Pendant que ça cuira, on pourrait aller marcher sur le bord du fleuve.

— C'est une excellente idée. Mais avant, il faut que je prépare le dessert car il faut qu'il ait le temps de refroidir. Ça s'appelle des croquis. C'est une autre recette d'Alice. Je pense bien que je vais faire une double recette. Au nombre qu'on va être, cela vaudrait mieux.

— Et ça ressemble à quoi, des croquis, quand ce n'est pas des dessins ?

— Tenez, répond Sylvie en lui tendant la recette. Donnez-moi les ingrédients, pas trop vite par exemple, que j'aie le temps de les mesurer.

1re préparation
- *3 tasses de gruau*
- *½ tasse de beurre d'arachide*
- *1 cuillère à thé de vanille*

2e préparation
- *2 tasses de sucre*
- *½ tasse de lait*
- *¼ tasse de beurre*
- *4 cuillères à table de cacao*

— Et après ?

— Après ? On fait fondre la deuxième préparation à feu doux et on y ajoute le premier mélange. On verse dans un moule beurré et on place au réfrigérateur.

— Est-ce que je vais pouvoir lécher le plat ? demande le père de Sylvie d'une petite voix.

— Seulement à la condition que vous me laissiez y goûter.

— Je pourrais te donner la cuillère en bois…

La seconde d'après, le père et la fille rient de bon cœur.

— Te souviens-tu, demande monsieur Belley, quand vous étiez jeunes, tes frères, tes sœurs et toi, vous vous battiez pour lécher le plat chaque fois que ta mère ou tes grands-mères faisaient un dessert ? Parfois, vous alliez jusqu'à sortir les poings.

— Comment voulez-vous que j'oublie ça ? Ces moments font partie des rares souvenirs que j'ai du temps où maman vivait.

Comme Sylvie n'a aucune envie de tomber dans la nostalgie, elle se dépêche d'ajouter :

— Mes enfants font exactement la même chose. Vous auriez dû voir Luc et les jumeaux quand il n'y avait qu'un plat mais trois volontaires. Ils s'obstinaient tellement pour savoir qui allait avoir la cuillère de bois, le bol ou les malaxeurs que j'ai fini par imposer un tirage au sort pour attribuer les objets.

— Et cela a-t-il mis fin aux disputes ? demande monsieur Belley d'un air sceptique.

— Non, car figurez-vous qu'ils se plaignent maintenant des résultats du tirage, d'autant plus que Dominic gagne presque toujours le bol. L'autre jour, il l'a mis aux enchères. Je ne sais vraiment pas ce qu'on va faire avec les jumeaux. Il y a des jours où ils ne savent plus quoi inventer.

— Tu n'as pas à t'inquiéter pour eux. Ils vont faire leur chemin dans la vie.

— Pour ça, pas de problème. Ce qui m'inquiète, c'est comment ils vont le faire et aussi combien de temps je vais pouvoir les suivre tous les deux.

Sylvie adore ces moments avec son père. Depuis qu'il s'est remarié, elle le voit moins souvent qu'avant et, la plupart du temps, ils ne sont pas seuls. Elle adore Suzanne, mais son père lui manque. Elle ne lui en a jamais parlé ; elle n'ose pas le faire de peur de le chagriner. Ils ont été si proches pendant toutes les années où elle s'est occupée de ses frères et sœurs qu'il s'est créé entre eux deux un lien hors du commun. Sylvie sait qu'elle ne pourra jamais être totalement sevrée de son père, ce qui lui convient très bien.

Le regard insistant de ce dernier la tire de ses pensées.

— Est-ce que je t'ai déjà dit à quel point j'étais fier de toi ? lance-t-il.

— Des dizaines de fois, mais j'aime toujours l'entendre.

— Je sais bien qu'un père ne doit pas avoir de préféré parmi ses enfants, mais moi j'avoue que j'ai un faible pour toi. Parce que tu es l'aînée de la famille, mais surtout pour tout ce que tu as fait pour moi parce que je n'y serais jamais arrivé sans toi. Et aussi pour tout ce que tu es devenue.

— Arrêtez, vous allez me faire pleurer, le supplie Sylvie.

— Tu sais, les larmes ne coulent pas seulement quand on est triste… Alors, on va la prendre cette marche ?

— Tout de suite, mon capitaine ! Je nettoierai la cuisine quand on reviendra.

Pour une fois, Sylvie reçoit une note parfaite pour son souper, autant pour le plat principal que le dessert, ce qui est très rare lorsqu'elle essaie de nouvelles recettes. Même si elle avait acheté beaucoup de viande, il reste à peine assez de porc à la jardinière pour le dîner des jeunes du lendemain. Quant au dessert, la recette double a été engloutie dans un claquement de doigts.

Ce repas a fait le plus grand bien à Shirley. Plus le temps passait, plus elle prenait des couleurs et devenait lumineuse. À son arrivée, elle avait le teint plutôt gris, mais la joie se lisait sur son visage et dans son attitude.

Une fois les enfants sortis de table, Sylvie lui demande sans aucun préambule :

— Alors, qu'as-tu décidé ?

Shirley laisse passer quelques secondes avant de répondre :

— Eh bien, si votre offre tient toujours, je l'accepte.

— Je suis si contente ! se réjouit Sylvie en posant une main sur le bras de son amie. Mais que comptes-tu faire jusqu'au déménagement ?

— On va s'installer chez ma mère dans deux jours.

— Est-ce que tu as besoin d'aide ? demande Paul-Eugène.

— Non, mon père va se charger de tout. Il a emprunté le camion d'un de ses amis. Mais vous savez, je pars seulement avec les vêtements. Comme ça, John aura une raison de moins de me poursuivre.

— Ton mari sait-il que vous allez partir, les enfants et toi ? s'enquiert Michel.

— Il vaut mieux qu'il ne le sache pas. Après son départ pour le travail, on va se préparer. Si on m'avait dit qu'un jour je partirais comme une voleuse de ma propre maison, jamais je ne l'aurais cru.

— Arrête d'y penser, tu te fais du mal inutilement, conseille Sylvie.

— Mais je n'ai plus rien ! J'ai payé toute ma vie pour avoir une maison, des meubles et je n'ai plus rien.

— Tu as le principal, lance monsieur Belley : tu es en vie. Pour le reste, laisse-toi aider. À nous tous, on va la meubler, ta maison. Moi, je peux fournir la cuisinière, le réfrigérateur et la laveuse. J'ignorais pourquoi je les gardais dans le garage, mais maintenant je le sais.

— Et pour les meubles, on va t'arranger ça, Paul-Eugène et moi, lance Michel.

— Je ne sais pas comment vous remercier, murmure Shirley, les larmes aux yeux.

— Tu n'as qu'à accepter notre aide, tout simplement, émet Sylvie.

Chapitre 11

— Junior, tu as reçu du courrier ! annonce Sylvie dès que son fils met un pied dans la maison.

— Ça doit venir de mon parrain, répond le garçon sans se presser. C'est le seul qui m'écrit.

— Non, non, ça vient de Montréal, précise Sylvie, mais il y a juste l'adresse sur l'enveloppe. Dépêche-toi de l'ouvrir, ajoute-t-elle d'une voix enjouée, j'ai très hâte de savoir de qui ça vient.

— Laisse-moi au moins le temps de déposer mon sac d'école et d'enlever mon manteau. Tu es pire qu'un bébé. De toute façon, je n'ai écrit à personne…

— Allez, arrête de me faire souffrir et ouvre ta lettre !

Entrée en même temps que son frère, Sonia écoute sans prendre part à la conversation. De son côté, elle a beaucoup de sujets de réflexion ces jours-ci. Junior déchire l'enveloppe plus qu'il ne l'ouvre.

— Attention de ne pas abîmer ce qu'il y a à l'intérieur ! lance sa mère. Je t'ai pourtant montré comment ouvrir une enveloppe. Tu es bien le fils de ton père !

Lorsque Junior déplie la lettre, un bout de papier tombe par terre. Sylvie le ramasse et se dépêche d'y jeter un coup d'œil. Surprise par ce qu'elle voit, elle s'écrie d'une voix remplie de joie :

— C'est un chèque de 50 dollars. Qui peut bien t'avoir envoyé cela ?

— Un chèque? répète Junior, tout étonné. Attends, je vais lire la lettre.

(…) Il nous fait plaisir de vous annoncer que vous avez gagné le deuxième prix de Photographie nature, édition 1967. Vous remportez donc 50 dollars. Félicitations, monsieur Pelletier. Surveillez notre prochain concours.

— Je n'y comprends rien! s'exclame Junior. Comment ai-je pu gagner un concours auquel je n'ai pas participé? C'est un vrai mystère.

— Tu es certain de ne pas t'être inscrit? lui demande sa mère.

— Je ne connaissais même pas l'existence de ce concours… En plus, je ne sais même pas avec quelle photo j'ai gagné. C'est fou!

Sonia intervient:

— Peut-être que quelqu'un d'autre t'a inscrit?

— Qui veux-tu que ce soit? À part vous, il n'y a pas grand monde qui a vu mes photos… Je n'en ai même pas envoyé à mon parrain.

— Et si je te disais que c'est moi qui t'ai inscrit?

— C'est toi? Mais pourquoi?

— Parce que j'adore ce que tu fais. Veux-tu savoir quelle photo j'ai envoyée?

— C'est sûr.

— Celle des petites cerises, couvertes de gouttelettes d'eau, qui pendent au bout de leur tige. C'est ma préférée.

— C'est vraiment toi qui m'as inscrit? s'enquiert Junior, les yeux pétillants. Tu es la meilleure des sœurs! ajoute-t-il en prenant

Sonia par le cou. Merci ! Jamais je n'aurais osé envoyer une de mes photos à un concours.

— Tu dois une fière chandelle à ta sœur, affirme fièrement Sylvie. Mais comment as-tu su que ce concours existait ? interroge-t-elle sa fille.

— Il était annoncé dans une revue que j'ai lue chez tante Chantal. Je lui ai demandé si je pouvais prendre la page. J'ai pensé que je n'avais rien à perdre sauf une photo, une enveloppe et un timbre. Junior, si tu veux récupérer la photo qui t'a fait gagner, c'est possible. J'ai tous les détails.

— Quelle bonne idée tu as eue, ma fille ! la félicite Sylvie.

— Je suis tellement content ! se réjouit Junior en dansant sur place. Est-ce que tu vas pouvoir changer mon chèque, maman ? Je vais m'acheter des films avec cet argent.

— Je n'ai pas 50 piastres dans mon porte-monnaie, mais je peux aller à la banque demain. Tu devrais envoyer quelques photos à ton parrain et lui raconter ce qui vient de t'arriver.

— J'ai une bien meilleure idée : je pourrais l'appeler.

— Tu ferais mieux d'attendre après le souper. Il ne doit pas être rentré du travail encore.

— En attendant, je vais aller annoncer la bonne nouvelle à Francine.

Au souper, toute la famille ne parle que du concours de photos. Junior sourit tellement qu'il en a mal aux mâchoires. Comme prévu, il téléphone à son parrain. Celui-ci veut absolument que le garçon lui envoie quelques photos. Junior contacte ensuite son grand-père Belley.

Pendant ce temps, Sonia est étendue sur son lit, le regard fixé au plafond. Il faut pourtant qu'elle se décide. Ou elle court le risque que ça marche avec Normand malgré tout ce qui les sépare – dont leur différence d'âge –, sans compter que ce ne sera pas facile avec ses parents. Ou elle reste avec Langis et elle fait tout pour oublier son beau prince charmant. Cela semble plus facile à dire qu'à faire, d'autant plus que tout s'est très bien passé quand ils se sont rencontrés, Normand et elle, tellement que Sonia a eu l'impression qu'elle le connaissait depuis toujours. Ils ont discuté pendant des heures sans voir passer le temps, s'arrêtant à quelques occasions pour se regarder dans les yeux. Avec Normand, Sonia se sent bien. Elle a l'impression d'être vivante. C'est normal, car il est un artiste tout comme elle. Ils aiment la même musique et sortir, danser, rire… Ils se ressemblent. Elle a discuté longuement avec son amie Lise, mais sans arriver à faire un choix. Elle en a aussi parlé avec sa tante Chantal. Celle-ci lui a dit : « Toi seule peux prendre la décision. Écoute ton cœur. Si tu te trompes, eh bien tant pis. Au moins tu auras essayé. »

Mais Langis dans tout ça ? Avant qu'elle assiste au fameux spectacle, ils étaient heureux tous les deux ; enfin, la plupart du temps. Certes, ce n'était pas le paradis, mais une relation agréable et tranquille comme en vivent la plupart des adolescents. Avec lui, pas de montagnes russes. Une vie tout en douceur meublée de petites activités. Avec Normand, rien ne sera pareil : elle ne le verra pas pendant de longues périodes, parce qu'il partira en tournée ; de plus, des centaines de filles seront à ses pieds à chaque spectacle. Ce ne seront pas des amours reposantes. Si elle choisissait avec sa tête ou, mieux, d'après ce que sa mère lui dirait, elle continuerait avec Langis sans aucune hésitation. Langis, c'est le jeune homme idéal pour tout parent qui veut protéger sa fille des gros méchants loups. Si elle écoutait son cœur, elle opterait pour Normand pour son côté extravagant et la nouveauté qu'il représente. Il la fait vibrer jusqu'au plus profond d'elle-même. Sonia se frotte les yeux et s'assoit sur le bord de son lit. Elle songe : « Demain, je dirai à Langis que c'est fini entre nous. »

Dans le salon, Michel écoute les nouvelles. Même s'il est seul, Sylvie étant à sa répétition de chant, il commente chacune des nouvelles à haute voix comme il a l'habitude de le faire. Alors que le commentateur commence à parler d'un sujet qui le passionne, soit les retombées de l'Expo, la sonnerie du téléphone se fait entendre. Il laisse sonner dans l'espoir qu'un des enfants ira répondre. Au quatrième coup, il se lève de sa chaise en bougonnant et répond d'un ton plutôt sec.

— Michel ? dit la voix au bout du fil. C'est bien toi ?

— Oui. Qui parle ?

— C'est Madeleine, ta sœur. Je ne t'avais pas reconnu. Est-ce que je te dérange ?

— Non, ment-il. Comment ça va par chez vous ?

— Chez nous, tout va bien. Je t'appelle au sujet de papa.

— Il n'est pas malade, j'espère ?

— J'aimerais te répondre que ce n'est pas le cas. Mais il est allé voir le médecin cet après-midi pour obtenir le résultat des tests qu'il a passés. Tu te souviens, la dernière fois qu'on s'est parlé, je t'ai dit qu'il avait une vilaine toux qui ne partait pas. Eh bien, il a une tumeur aux poumons.

— Tu n'es pas sérieuse ? réplique Michel d'un ton désolé. Est-ce que c'est grave ?

— Plutôt, oui. Le médecin pense qu'il pourrait vivre encore plusieurs années, mais ce n'est pas garanti. Il lui a conseillé d'arrêter de fumer. Tu connais papa, c'est tout juste s'il ne fume pas en dormant.

— Dans son état, es-tu certaine que ça va changer quelque chose s'il cesse de fumer ?

— Je ne suis pas médecin, mais il paraît que ça peut faire une différence.

— Et le père, qu'est-ce qu'il en pense ?

— Pas plus tard que tout à l'heure, il m'a confié qu'il préférait vivre moins longtemps plutôt que d'arrêter de fumer. D'habitude, c'est loin d'être facile de le faire changer d'idée.

— Ouais ! Et maman, dans tout ça ?

— Que veux-tu qu'elle fasse ? Elle fume autant que lui. Si elle réussit à le convaincre d'arrêter, ce qui m'étonnerait, elle va devoir cesser de fumer elle aussi. Et je ne suis pas certaine qu'elle en ait envie.

— As-tu averti André ?

— Pour être franche, je comptais sur toi pour le faire... à moins que ça te dérange.

— Pas de problème, je m'en charge. Et maman, comment a-t-elle pris la nouvelle ?

— Tu sais comme moi que tout ce qui arrive à papa la touche beaucoup. Elle répète toujours qu'il ne faudrait pas qu'il meure avant elle.

— Ouais, mais on n'a pas grand contrôle là-dessus. Je vais l'appeler.

— Tu fais ce que tu veux. Mais si j'étais toi, j'attendrais un jour ou deux, histoire de laisser retomber la poussière.

— C'est une bonne idée. À part ça, de ton côté, comment ça va ?

— Plutôt bien. On travaille comme des fous, mais on est en forme. Les enfants font leur possible pour nous compliquer la vie, mais je suis certaine que je ne t'apprends rien.

— Ah! On doit avoir une bonne étoile au-dessus de la tête parce que, franchement, on ne peut pas dire qu'on ait des problèmes avec les nôtres. Les jumeaux font des mauvais coups de temps en temps, mais jusqu'à présent c'est plus drôle qu'autre chose.

— Considère-toi chanceux, alors! Bon, il faut que je te laisse, je dois ranger la cuisine.

— Tu n'as pas une belle grande fille pour t'aider?

— Ma belle grande fille est enfermée dans sa chambre. Elle est sûrement en train de se faire les ongles. J'aime mieux ranger la cuisine toute seule plutôt que de l'entendre râler sans arrêt. Allez! On se tient au courant.

Michel raccroche et retourne s'asseoir dans son fauteuil. Ça lui a donné un coup d'apprendre que son père est malade, lui qui a toujours été en excellente santé. En fait, Michel n'a jamais imaginé qu'un jour il ne sera plus là. Il ne voit pas souvent son père, mais savoir que ce dernier peut être au bout du fil en quelques secondes le rassure. Et cela lui fait toujours très plaisir de le recevoir, même si ce n'est qu'une fois par année. On oublie que nos parents vieillissent et que, tôt ou tard, ils ne vivront plus que dans nos souvenirs.

Quand Sylvie rentre, Michel est encore assis dans son fauteuil. Ce n'est qu'après avoir discuté longuement avec elle qu'il décide d'aller se coucher. Il met beaucoup de temps à s'endormir.

Chapitre 12

— Je suis tellement contente! s'écrie Sonia. Tu avais raison, papa: oncle André vient de me commander une grande toile pour son bureau.

— Je savais que j'avais raison, déclare Michel d'un ton légèrement offusqué. Pourquoi aurais-tu voulu que j'invente une chose pareille? Ce n'est pas mon genre. Tu devrais me connaître suffisamment pour savoir que je ne fais pas ce genre de blague, encore moins à un de mes enfants.

— Je sais bien, mais c'était trop beau pour être vrai. Ça va vraiment m'aider à ramasser de l'argent pour mon voyage en Belgique.

— Je pensais que tu avais tout ce qu'il te fallait.

— Oui. Mais comme je n'ai jamais voyagé, je ne sais pas de combien d'argent j'aurai besoin.

— Ta tante peut te renseigner, elle. Au nombre de voyages qu'elle a faits, elle le sait sûrement.

— Elle me l'a dit. Mais tu me connais, j'aime mieux en avoir plus que moins. Ce ne sera plus le temps de courir après mes cennes quand je serai de l'autre côté de l'océan.

— Tu as raison là-dessus. J'espère que tu es consciente de la chance que tu as. Ta mère et moi, le plus loin qu'on est allés c'est au Saguenay, et c'est parce que mes parents habitent là. Sinon, j'ai bien peur qu'on ne se serait jamais éloignés autant.

— C'est certain que j'en suis consciente, affirme Sonia. À l'école, tout le monde me trouve chanceuse. J'ai quelque chose à te demander, ajoute-t-elle d'une petite voix gênée. Oncle André va me payer seulement quand il va venir, mais je serai déjà partie. Vas-tu pouvoir m'avancer une partie de l'argent?

Avant de répondre, Michel se frotte le menton d'une main. En fait, il le fait exprès pour taquiner sa fille. Au bout de quelques secondes, Sonia revient à la charge d'une voix plaintive.

— Si tu ne veux pas, ce n'est pas si grave. Je vais m'arranger avec ce que j'ai.

— S'il te plaît, laisse-moi donc le temps de te répondre. J'ai bien le droit de réfléchir, à ce que je sache.

Il regarde sa fille droit dans les yeux et lui sourit. Pas certaine de ce que son père va décider, Sonia finit par lui rendre son sourire.

— Si ta toile est finie et que je la trouve belle, je t'avancerai toute la somme.

La jeune fille saute au cou de son père. Alors qu'elle aurait déjà été satisfaite qu'il accepte de lui avancer une partie de l'argent, voilà qu'elle pourra disposer du montant total. Elle est folle de joie.

— Merci papa! crie-t-elle en embrassant son père sur les deux joues.

— Veux-tu bien arrêter? l'intime Michel en reculant comme si sa fille l'avait brûlé à vif. À l'âge que tu as, on ne saute plus au cou de son père comme ça.

Après que ces mots sont sortis de sa bouche, Michel se trouve vraiment bête de les avoir prononcés. Ce n'est pas totalement sa faute, c'est à cause de ce qu'il a vu dans sa famille. Dès que ses sœurs atteignaient leurs douze ans, son père les repoussait chaque fois qu'elles voulaient lui manifester un peu de tendresse. Il se souvient particulièrement de la dernière fois où Madeleine a voulu s'asseoir sur son père. Elle n'avait pas encore passé un bras autour de son cou qu'elle s'était retrouvée sur le plancher de la cuisine sans aucun avertissement. Elle était si surprise, et sonnée, qu'elle s'était mise à pleurer. Sa mère était venue à sa rescousse et l'avait aidée à se relever. Chez les Pelletier, le père ne manifestait pas de tendresse à ses filles, sauf à distance. Michel s'est longtemps questionné sur le pourquoi de la chose, mais il n'a pas réussi à trouver une explication logique, à part peut-être la crainte de son père que ses gestes d'affection à l'égard de ses filles soient mal perçus. Avant d'avoir des enfants, Michel s'était promis qu'il ne serait pas comme son père, mais aujourd'hui il a la preuve qu'il n'est pas différent de lui, ce qui le peine beaucoup.

Sylvie observe son mari à distance. Elle sait qu'en ce moment il essaie de trouver une solution pour réparer son geste qui ressemble étrangement à du rejet, ce qui était pourtant loin d'être son intention. Elle voudrait l'aider, mais il y a des difficultés dont il faut se sortir seul. Elle espère de toutes ses forces qu'il va faire quelque chose pour que Sonia ne reste pas sur une mauvaise impression. Au bout de quelques secondes qui lui ont semblé une éternité, Michel se racle la gorge avant de s'adresser à sa fille :

— Viens ici que je te serre dans mes bras comme du monde. Je suis désolé de t'avoir repoussée. J'ai réagi comme mon père avec mes sœurs et ce n'est pas ça que je veux, loin de là.

Craintive, Sonia s'approche lentement de son père en le regardant. Une fois qu'elle se trouve à sa hauteur, il l'attire à lui et dit, assez fort pour que Sylvie l'entende :

— Mes bras seront toujours là pour te serrer chaque fois que tu en auras besoin. Je suis très fier de toi, ma petite fille.

— Merci papa, tu es le meilleur. Et moi aussi, je suis fière de toi. Quand je dis à mes amis que tu as ouvert un magasin d'antiquités, ils ont les yeux grands comme des 25 cents tellement ils sont impressionnés. Bon, maintenant, il faut que j'aille appeler Lise.

Content de lui, Michel rejoint Sylvie dans la cuisine et s'assoit. Celle-ci lève les yeux de ses timbres-primes et lui sourit.

—   Tu es vraiment un bon père.

—   Je suis loin d'être parfait et je le sais. C'est tellement dur de ne pas répéter ce qu'on a vu faire pendant toute notre enfance. Mais il n'est pas question que je sois comme mon père.

—   Moi, je l'aime bien ton père.

—   Mais tu n'as pas goûté à son système d'éducation et c'est bien mieux ainsi, crois-moi. Si mes sœurs étaient ici, elles te diraient comment elles ont trouvé ça dur d'être des filles chez nous. Je les ai vues souvent pleurer. Mon père était intransigeant avec elles, et froid, autoritaire, distant. Tout, sauf aimable et surtout pas aimant. Il était loin d'être agréable avec elles. Étant donné que c'est tout ce que j'ai vu, j'ai parfois tendance à être comme lui avec Sonia et ça, je ne le veux pas pour tout l'or du monde. Je me déteste quand j'agis comme mon père.

—   Je te trouve bien dur envers toi. On a droit à l'erreur quand on est parent. On ne reçoit pas de mode d'emploi quand on sort de l'hôpital avec notre bébé. Moi aussi, j'en fais des erreurs. C'est sûr que je m'en veux un peu, mais pas longtemps. Pourquoi? Parce que je suis loin d'être parfaite et que, tant et aussi longtemps que je ferai mon possible, personne ne pourra rien me reprocher.

—   C'est vrai, mais il faut faire attention de ne pas aller trop loin. Je n'ai pas envie que ma fille ait peur de moi, comme mes sœurs avaient peur de mon père – d'ailleurs, je ne serais pas surpris que ce soit encore le cas. Je veux que Sonia sache que je ne suis pas là pour réaliser tous ses caprices, mais pour la protéger. Je ne vois pas quel mal il y a à ce qu'elle me saute au cou parce qu'elle est contente ou parce qu'elle a de la peine. Un père ne doit pas être là seulement pour sévir, il doit être là pour consoler aussi.

— Je suis du même avis. Moi, j'ai toujours eu une excellente relation avec mon père et je sais que ce n'était pas le cas de la majorité des filles avec qui j'allais à l'école. Les hommes avaient la patte dure avec leurs filles. Je n'ai jamais compris pourquoi exactement, mais la plupart des pères jouaient la carte de la terreur pour se faire écouter. C'est tout en ton honneur de ne pas vouloir être comme ça. C'est une bonne fille que nous avons. Mais je trouve qu'elle grandit trop vite.

— Tu as raison. Il me semble que c'est hier qu'on est revenus à la maison avec elle. Te souviens-tu à quel point elle était délicate ? J'avais peur de la casser tellement elle était petite, surtout que les garçons étaient tous joufflus et bien-portants. Elle était si menue qu'elle tenait au creux de ma main et sur mon avant-bras.

— Au début, tu ne voulais même pas la prendre. J'avais beau te répéter qu'elle était solide, mais tu me répondais chaque fois que tu préférais attendre qu'elle prenne un peu de poids.

— J'ai vite changé d'idée, par exemple. Avec ses petits yeux, ça n'a pas été trop long avant qu'elle me fasse craquer. J'étais fou d'elle. J'avais toujours voulu avoir une fille et je l'avais enfin. Et elle était tellement belle.

— Elle l'est toujours, tu sais. D'ailleurs, j'ai un peu peur pour elle. Quand on est aussi jolie que Sonia, on ne peut pas faire autrement que souffrir. Elle va briser des tas de cœurs, j'en suis certaine, mais elle va sûrement se faire écorcher au passage. En plus, c'est une artiste, alors elle ne se contentera pas d'une petite vie tranquille.

— Que veux-tu dire ?

— Cela ne sera pas suffisant pour elle de se marier et d'avoir des enfants. Elle le dit de plus en plus souvent. Elle veut parcourir le monde et je sais qu'elle va le faire. Elle est tellement habile de ses mains que ça risque de devenir un problème. Quand quelqu'un est trop talentueux, il finit par toucher à tout et a beaucoup de misère à arrêter son choix. Ce sera la même chose avec ses amours. D'ailleurs, j'ai l'impression que sa relation avec Langis tire à sa fin.

— Pourquoi penses-tu ça? Ils ont l'air de plutôt bien s'entendre…

— Je vois que ça ne suffit plus à Sonia. Et puis, elle parle de moins en moins de Langis. Hier soir, quand il a téléphoné, elle m'a demandé de lui dire qu'elle n'était pas là. Je suis certaine qu'il y a un autre garçon dans les parages. C'est une question de temps avant qu'elle annonce à Langis que c'est fini. Dommage, c'est un gentil garçon.

— Elle est jeune, c'est normal qu'elle change de copain. Les filles ne sont pas obligées de se marier avec le premier homme de leur vie comme plusieurs de notre génération l'ont fait. Tu conviendras avec moi que cette recette est loin d'avoir réussi à tout le monde.

— Je sais bien, mais je ne voudrais pas notre fille souffre.

— Ça, c'est une chose sur laquelle on n'a pas de contrôle. L'important, c'est qu'on soit là quand elle aura besoin de nous. Tu ne penses pas? Il y a une chose qui me chicote, par exemple, et plus elle vieillit, plus j'y pense. Qu'est-ce qu'on va lui dire le jour où elle va vouloir savoir qui sont ses vrais parents?

— La dernière fois que j'ai soulevé la question avec elle, elle m'a répondu qu'on était ses vrais parents et qu'elle ne voulait plus en entendre parler.

— Pour le moment, ça va, mais un jour elle voudra savoir…

— Je ne sais pas. J'essaie de ne pas y penser.

Puis, sur un ton plus léger, Michel commente, en regardant la pile de timbres-primes devant sa femme :

— Tu me fais rire avec tes timbres-primes. Tu ressembles à Séraphin quand il comptait son or.

— Je t'interdis de me comparer à ce vieil avare ! fulmine Sylvie. Je ne compte pas de l'or, seulement des bouts de papier qui vont peut-être me permettre de m'offrir une petite gâterie. Vous, les hommes, vous ne comprenez jamais rien aux femmes !

Michel ne peut s'empêcher d'éclater de rire. Il ne l'avouera jamais, mais il trouve ça ridicule de perdre du temps à accumuler des bouts de papier pendant des mois avant d'être capable de s'offrir une petite douceur. Sans compter que plus souvent qu'autrement, entre le moment où Sylvie choisit un article et celui où elle a suffisamment de points pour le commander, l'objet n'est même plus disponible. L'autre midi, ses compagnons et lui en ont parlé au travail. Il s'est vite consolé en entendant les gars parler de leur femme. Georges racontait que la sienne va même jusqu'à acheter des choses inutiles pour avoir plus de points. Évidemment, chaque fois qu'il essaie de lui en parler, elle s'emporte et boude ensuite. Comment se fait-il que les femmes ne réalisent pas qu'elles paient leurs primes à prix d'or ? Pourtant, cela est si évident.

— Et si c'était les femmes qui ne comprenaient rien aux hommes ? lance Michel d'un air taquin.

Peu à peu, un sourire s'installe sur le visage de Sylvie. Elle lève la tête, regarde son mari et répond gentiment :

— Je l'ai toujours dit : les hommes et les femmes sont aussi différents que le sucre l'est du sel, mais on a besoin de vous et vous de nous. Je te laisse aller jouer aux quilles et pourtant, Dieu seul sait à quel point je déteste les quilles, en particulier la petite tape que vous vous donnez allègrement après chaque boule lancée. Moi, j'aime collectionner les timbres-primes. Alors, laisse-moi m'amuser, c'est tout ce que je demande.

— Oui, mais…

Comme elle a deviné ce qu'il s'apprête à dire, elle ne le laisse pas finir et attaque :

— Je sais, je les paie mes gâteries, mais ça ne me fait rien. À chacun son plaisir ! En bout de ligne, je ne suis pas certaine que le mien coûte beaucoup plus cher que le tien. Et même si c'est le cas, cela ne me dérange pas du tout.

— Tu ne comprends pas. Tu paies l'épicerie beaucoup trop cher.

— Je te rappelle que l'épicerie, c'est mon rayon. Et tant que ce sera le cas, je ne laisserai personne me dicter l'endroit où je dois aller faire mes achats. Est-ce que c'est assez clair pour toi ?

— Oui, mon commandant ! affirme Michel. Je te promets de ne plus t'achaler avec ça.

Il s'étire le cou pour regarder l'heure et ajoute :

— J'ai presque envie de faire un saut chez Paul-Eugène. On doit discuter de quelques affaires. Penses-tu qu'il est trop tard ?

— Tu n'as qu'à l'appeler, il te le dira lui-même !

Chapitre 13

— Prends l'auto, propose Michel. Paul-Eugène va passer me chercher.

— Tu es certain ? demande Sylvie d'un ton trahissant sa nervosité. Parce que sinon, il faut vite qu'on parte, je ne peux pas me permettre d'arriver en retard.

— Arrête de t'en faire, conseille Michel à sa femme en prenant ses mains dans les siennes. Tout va bien aller, comme d'habitude. Pars tranquille et ne pense à rien d'autre qu'à ton spectacle.

— C'est justement le spectacle le problème. Mais pourquoi j'ai accepté de chanter en solo deux fois ? J'ai vraiment le don de me mettre les pieds dans les plats. Regarde de quoi j'ai l'air ! Mes cheveux sont tout croches. J'ai tiré un fil à mon bas de nylon. J'ai même fait un faux pli sur une manche de mon chemisier en le repassant.

— Rien de tout ça ne va paraître, tu t'en fais pour rien. Allez, va-t'en ! On ira te rejoindre un peu plus tard.

— Promets-moi que cette fois, tu vas t'installer à ta place, même si tante Irma est assise à côté de toi.

Surpris par ce qu'il vient d'entendre, Michel ne peut s'empêcher de s'écrier :

— Au nombre de places qu'il y a dans la salle, jamais je ne croirai que je vais être encore pris avec ta tante Irma à côté de moi ? Dis-moi que je rêve ?

— Tu es vraiment toqué. À mon tour de te recommander d'arrêter de t'en faire. Je t'ai placé tout seul dans une rangée, et j'ai placé le reste de la famille deux rangées plus bas. J'espère que ça fait ton affaire…

— Si c'est une blague, je ne la trouve pas drôle du tout. Je vais avoir l'air de quoi, moi, tout seul dans mon coin ?

— Veux-tu bien cesser de râler ? C'est une blague. Sérieusement, au moins cinq personnes te séparent de tante Irma.

— J'aime mieux ça, répond Michel.

— Moi qui croyais que depuis que tante Irma t'a amené du monde au magasin, vos rapports s'étaient améliorés.

— Un peu, mais quand même pas jusqu'à passer toute une soirée à côté d'elle pendant laquelle je recevrais des coups de coude dans les côtes et me ferais parler dans le creux de l'oreille sans arrêt. Ça paraît que tu n'as jamais écouté un spectacle à côté d'elle.

— Bon, il faut que j'y aille, ajoute simplement Sylvie.

Elle s'approche de son mari, l'embrasse et tourne les talons. Quelques secondes plus tard, la porte d'entrée claque et tout redevient calme dans la maison.

Michel va s'asseoir dans son fauteuil et ferme les yeux. Il a le temps de faire une petite sieste avant que Paul-Eugène vienne le chercher.

* * *

Plus Sylvie approche de sa destination, plus elle souffre. C'est comme si quelqu'un lui broyait l'estomac tellement elle est nerveuse. Elle n'a pratiquement rien mangé de toute la journée. Elle a préparé les repas sans grand entrain. La seule vue de la nourriture lui donnait des haut-le-cœur, à tel point qu'elle ne s'est même pas assise à la table. Elle s'est contentée de servir les siens et de les regarder manger. D'après la vitesse à laquelle ils engloutissaient leur repas, ça ne devait pas être si mauvais même si elle n'avait rien goûté avant d'assaisonner les plats.

Si elle le pouvait, à cette seconde précise, Sylvie disparaîtrait là où personne ne pourrait la retrouver et elle ne reviendrait qu'après le spectacle. La seule pensée que dans moins de deux heures elle va chanter devant une salle comble la fait frémir. Elle a beau essayer de se raisonner, elle n'y arrive pas. Même si elle se répète constamment que tout ira bien, le doute la tenaille. La dernière fois qu'elle a vu sa sœur Chantal, celle-ci lui a reproché d'être trop exigeante envers elle-même. « Tu es ta pire ennemie. Il va pourtant falloir que tu finisses par te faciliter la vie au lieu de te la compliquer. Chanter est supposé être un plaisir pour toi, pas un châtiment. Ma parole, on croirait que tu t'en vas à la potence. » C'est exactement ainsi que Sylvie se sent à cet instant. Les yeux rivés sur la route, elle prend de grandes respirations pour essayer de retrouver son calme. Elle habituellement si sensible aux couchers de soleil, elle ne remarque même pas celui de ce soir qui est magnifique. Les paroles de ses deux solos tournent en boucle dans sa tête sans qu'elle puisse rien y faire. S'il fallait que les mots ne lui viennent plus une fois sur scène…

Sylvie s'engage dans le stationnement de la salle de spectacle, choisit la place la plus éloignée – marcher un peu lui fera le plus grand bien. Elle éteint le moteur de l'auto et range la clé dans son sac à main. Elle se regarde dans le rétroviseur, replace distraitement ses cheveux, vérifie son rouge à lèvres. Après avoir respiré un bon coup, elle songe : « Il vaut mieux que j'y aille, sinon je risque de me transformer en statue de sel. Si, au moins, cela m'arrivait… Farce à part, j'ai tellement travaillé que je ne serais plus capable de me regarder dans le miroir pour le reste de mes jours si je n'allais pas au moins essayer. Bon, j'y vais ! » Elle pose une main sur la poignée. Une minute plus tard, elle est toujours assise derrière le volant. Des gouttes de sueur commencent à perler à son front. Elle soupire de toutes ses forces et cherche désespérément la force de sortir de son auto. C'est alors que des petits coups secs frappés sur la vitre de son côté la font sursauter. Quand elle aperçoit monsieur Laberge, elle s'efforce de lui sourire. Avant même qu'elle ait le temps de faire quoi que ce soit, il ouvre la portière et l'invite à descendre en lui tendant la main. Gênée, elle saisit la main offerte et se retrouve instantanément dehors. Xavier Laberge n'a pas besoin de regarder longtemps Sylvie pour savoir dans quel état celle-ci se trouve.

— Venez avec moi. Je vous promets que tout va bien se passer.

— Comment pouvez-vous en être aussi certain?

— Parce que je suis passé par là. Je ne veux pas vous relancer, mais chaque fois que j'avais un solo à faire, je vomissais jusqu'au moment d'entrer en scène.

— Cela a-t-il disparu avec le temps?

— Malheureusement non. Mais vous n'êtes pas obligée de faire comme moi; c'était un peu extrême, mon affaire. Pour la plupart des gens, les choses s'améliorent avec le temps. Parlez-en avec Monique. Vous verrez que vous n'êtes pas la seule à ressentir le trac. Au début, on devait pratiquement la pousser sur la scène.

— On ne le croirait jamais à la voir aujourd'hui. On dirait qu'elle est née sur une scène.

— Demandez aussi à Georges. Lui, il transpirait tellement avant de commencer un solo qu'on aurait pu tordre ses vêtements. Maintenant, il a encore un petit stress, c'est certain, mais cela ne se compare pas à ce qu'il vivait auparavant.

Monsieur Laberge arrête brusquement de marcher. Il prend les mains de Sylvie dans les siennes et déclare, en la regardant dans les yeux:

— Vous avez toute ma confiance. Vous êtes parmi les meilleures chanteuses que j'aie eu le plaisir de diriger. Je vais même aller plus loin. Si je vous avais connue avant, j'aurais fait de vous une diva parce que vous avez tout ce qu'il faut.

Plus il parle, plus Sylvie se sent défaillir. Elle ne sait pas comment nommer ce qu'elle ressent, mais elle n'a pas vraiment envie de le faire pour le moment. Elle se sent heureuse et comblée. Les paroles de monsieur Laberge lui font tellement de bien qu'elle sent son estomac se desserrer tranquillement.

Elle est si émue que tout ce qu'elle arrive à faire, c'est de murmurer « merci ».

— Vous n'avez pas à me remercier, car je pense tout ce que je viens de vous dire. Venez. Mais j'y pense, avez-vous mangé ?

— Non ! Tout ce que j'ai avalé aujourd'hui c'est un café.

— Il faut que vous preniez quelque chose, au moins quelques petits biscuits au beurre. Il y a ce qu'il faut dans la loge. Croyez-moi, vous n'êtes pas la seule à avoir jeûné. Je ne pourrais expliquer le phénomène, mais le fait que tous les membres de la troupe soient ensemble donne de l'appétit à plusieurs.

Avant qu'il ouvre la porte, il ajoute :

— Vous allez être merveilleuse ce soir, j'en suis certain. Et comme vous le conseillerait mon père, n'oubliez surtout pas de vous amuser.

Dès qu'ils sont à l'intérieur, elle prend le chemin de la loge alors que monsieur Laberge se rend à son bureau.

Quand elle entre dans la loge, Sylvie est radieuse. Une de ses collègues s'exclame :

— Ma parole, je n'ai jamais vu quelqu'un, surtout une nouvelle, à qui le trac va aussi bien ! Je t'envie, tu sais. Moi, je n'ai pas dormi de la nuit tellement je suis nerveuse.

Pour toute réponse, Sylvie se contente de lui sourire. Elle avance jusqu'au buffet et se sert une petite assiette de biscuits. Elle va s'asseoir dans un coin et pense à tout ce que monsieur Laberge vient de lui dire. Elle est flattée, mais aussi rassurée. Savoir qu'elle a toute sa confiance lui fait du bien. Certes, ce n'est pas la première fois qu'il lui fait de tels compliments, mais de cette façon, oui. Toute la pression qui l'habitait l'a quittée d'un seul coup.

Ce soir-là, c'est la tête haute que Sylvie s'avance pour chanter son premier solo. Aveuglée par les réflecteurs, elle prend place sur la scène. Dès qu'elle pousse la première note, elle se sent propulsée dans un autre monde, ce monde qu'elle aime tant. On pourrait entendre voler une mouche tellement la salle est silencieuse ; il n'y a pas le moindre petit reniflement ni aucune toux sèche. Le temps paraît être en suspension. Quand Sylvie chante sa dernière note, quelques secondes s'écoulent avant que le premier applaudissement se fasse entendre. Aussitôt, tous se lèvent pour rendre hommage à la soliste. Celle-ci accueille ce moment de gloire avec bonheur. Elle a l'impression d'être sur un nuage rose où rien de fâcheux ne peut l'atteindre. Elle réalise une fois de plus à quel point elle aime chanter. Elle adore être applaudie et se sentir aimée comme maintenant. Elle sourit et reçoit tout cet amour jusqu'à la dernière goutte.

Quand elle revient sur la scène pour son deuxième solo, elle ressent un peu plus d'assurance. Les gens se mettent à l'applaudir dès qu'elle se montre. Sylvie attend patiemment que la musique commence avant de s'élancer comme jamais elle ne l'a encore fait. Le même scénario qu'après sa première prestation se répète. Les spectateurs sont en feu. Ils en redemandent. De grosses larmes coulent sur les joues de Sylvie ; celles-ci vont finir leur course sur son chemisier. Ce qu'elle vit actuellement est tellement fort qu'il y a bien peu d'événements à lesquels elle pourrait comparer ce moment – à part bien sûr le jour de son mariage et ses accouche-ments, et aussi le jour où Michel et elle sont allés chercher Sonia à l'orphelinat. Sylvie gardera un souvenir indélébile de la présente soirée. Elle sait maintenant, hors de tout doute, que jamais elle n'arrêtera de chanter et cela la rend joyeuse.

Quand toute la troupe revient saluer à la fin du spectacle, l'auditoire est debout et manifeste son contentement bruyamment. Réjouis d'avoir pu profiter d'un aussi bon spectacle, les spectateurs espèrent un autre rappel. Dès que le rideau tombe, tous les chanteurs se donnent l'accolade. Certains pleurent alors que d'autres rient aux éclats. Ils peuvent être fiers, car ils ont fait de l'excellent travail.

Comme c'est la coutume après la première d'un spectacle, la troupe se rassemble dans les coulisses. On sable le champagne. Les bouchons sautent l'un après l'autre jusqu'à ce que chacun ait reçu un verre du précieux nectar.

— J'aimerais avoir votre attention, s'il vous plaît ! sollicite monsieur Laberge d'une voix forte. Ce ne sera pas long, c'est promis. Je tiens à vous féliciter de votre excellente performance. Je ne serais pas étonné que l'on doive ajouter d'autres supplémentaires. Vous avez été très bons, au-delà de mes espérances même. Bravo ! Je lève mon verre à nos succès à venir. Santé !

Au cours de sa vie, Sylvie n'a pas eu l'occasion de boire du champagne très souvent. Cela ne lui a jamais manqué, mais le champagne servi aujourd'hui est bien différent de celui qu'on sert dans les baptêmes ou les mariages. Il a juste ce qu'il faut pour qu'on ait envie d'en reprendre, ce qui est très nouveau pour elle. Si elle ne se retenait pas, elle le boirait d'un trait. Est-ce à cause de ce qu'il représente ou parce que c'est un champagne de qualité ? « Sûrement un peu des deux », pense Sylvie, le sourire aux lèvres.

Au moment où elle va partir, monsieur Laberge vient la voir. D'un signe de la tête, il lui indique de le suivre, ce qu'elle fait sans hésitation. Dès qu'ils sont en retrait, il lui dit :

— Vous avez été absolument fabuleuse. On va parler de vous dans tous les journaux demain. Et je suis certain que je vais recevoir plusieurs offres pour vous.

— Vous connaissez mes conditions, répond gentiment Sylvie dont la tête tourne légèrement. Je ne peux pas me permettre d'en faire plus.

— Je sais cela et je le respecte, soyez sans crainte. Mais il est de mon devoir de vous informer que, malgré votre âge, vous pourriez connaître encore une grande carrière si vous le vouliez.

— Dites plutôt « si je le pouvais »… Mais je n'ai pas de regrets. Ça me comble déjà de pouvoir chanter dans votre groupe. Grâce à vous, ma vie a changé du tout au tout.

— J'espère que vous resterez longtemps avec nous. Vous savez, il y a bien peu de directeurs de groupe lyrique qui peuvent s'enorgueillir d'avoir dans leurs rangs une chanteuse de votre calibre. Vous avoir chez nous ne peut être que bénéfique. Venez, je vais vous raccompagner à votre auto.

— Vous avez sûrement mieux à faire. Je peux très bien m'en tirer toute seule.

— Laissez-vous donc gâter un peu. Ce ne sont pas quelques pas de plus qui vont me tuer.

Une fois à côté de la voiture de Sylvie, il ouvre la portière et se pousse pour la laisser s'asseoir. À partir de là, les choses se bousculent. Sans qu'elle ait le temps de se rendre compte de ce qui est en train de se passer, Sylvie sent des lèvres chaudes se poser sur les siennes le temps d'un instant. La seconde d'après, monsieur Laberge se confond en excuses :

— Je suis désolé, je ne sais pas ce qui m'a pris. Je vous promets que ça ne se reproduira plus.

Surprise, Sylvie le fixe en silence. Comme c'est la première fois qu'une telle chose lui arrive, elle ignore totalement comment réagir. Doit-elle s'emporter et couvrir d'insultes Xavier Laberge ou faire semblant qu'il ne s'est rien passé ? Tout ce qu'elle trouve à dire, c'est :

— Bonne fin de soirée, monsieur Laberge !

Puis, elle ferme la portière. Dès qu'elle se retrouve enfermée dans son auto, il lui faut quelques secondes avant de pouvoir faire le moindre mouvement. Quand elle chantait tout à l'heure, elle se sentait sur un nuage rose. C'est un peu ce qu'elle éprouve actuellement et cela est loin de lui plaire. Sylvie prend la direction de sa maison sans plus de réflexion. Elle fait tout ce qu'elle peut pour oublier ce qui vient de se passer : elle ouvre la radio, monte le son au maximum et chante à tue-tête. L'auto est remplie d'un air des Classels, un groupe qu'elle affectionne particulièrement. Sa radio joue si fort que les gens regardent Sylvie de travers quand elle s'immobilise à un arrêt ou à un feu de circulation. En temps normal, elle se serait dépêchée de baisser le son, mais aujourd'hui, elle fait son plus beau sourire aux gens et continue à chanter.

Lorsque Sylvie arrive devant chez elle et qu'elle voit toute la maison illuminée comme un soir de réveillon, elle pense qu'il y a quelque chose de louche. Elle regarde tout autour, cherchant un signe ou un indice, mais elle ne remarque rien d'anormal. De toute façon, elle a salué tous ceux qui sont venus l'entendre : son père et Suzanne, sa sœur Chantal, Paul-Eugène et sa tante Irma. « À moins qu'il y ait quelqu'un de malade. Peut-être que Luc est en pleine crise d'asthme. J'espère que non parce que je n'ai vraiment pas envie de passer la nuit à l'urgence », se dit-elle. Elle éteint le moteur, prend son sac à main et sort de l'auto. Elle se dirige vite vers la porte d'entrée. En cette fin avril, le temps est encore frais. Dès qu'elle ouvre la porte, elle est assaillie par des serpentins et des ballons de toutes les couleurs. Ils sont tous là devant elle, le sourire fendu jusqu'aux oreilles.

— Viens vite, maman ! crie Dominic en la tirant par le bras. Grand-maman Suzanne a fait un immense millefeuille pour toi.

— Ce n'est pas ma fête, pourtant, dit-elle.

— C'est parce que tu es la meilleure chanteuse du monde entier ! s'exclame François.

— Une chance que je n'ai pas manqué mon coup, répond Sylvie en riant.

— On savait que tu serais la meilleure, déclare Chantal. Il y a bien assez de toi qui t'inquiètes tout le temps.

— Je suis vraiment fier de toi, affirme Michel. Quand j'ai vu tout le monde debout pour t'applaudir, je ne portais plus à terre. J'avais envie de leur crier que c'est moi le chanceux qui suis marié avec toi.

— Tu ferais mieux de la surveiller, lance monsieur Belley. À mon avis, les vautours doivent être sur le point de se montrer la face.

— Qu'ils n'essaient même pas ! s'écrie Michel. Sinon, ils vont voir de quel bois je me chauffe.

— Tu as vraiment été très bonne, déclare Suzanne. De ta première note à la dernière, j'avais le poil des bras dressé. Il faut que tu me promettes de ne jamais arrêter de chanter.

— Ne vous en faites pas, la rassure Sylvie ; même si je le voulais, je ne pourrais pas. Avant, j'aimais chanter, mais maintenant, j'adore ça. Alors, ajoute-t-elle joyeusement, est-ce qu'on le goûte ce millefeuille ?

— Pas avant d'avoir bu un petit verre de champagne, tranche Paul-Eugène. Ce n'est pas tous les jours qu'on rencontre une vedette comme toi. Attention, je fais sauter le bouchon.

En moins de deux secondes, le bouchon frappe le mur avant de tomber sur le plancher.

— Est-ce que je vais pouvoir en avoir un petit verre ? demande Luc.

Sylvie répond :

— Pour cette fois, c'est OK.

Puis, elle se tourne vers son frère :

— Paul-Eugène, tu peux aussi donner un fond de verre aux jumeaux… à moins qu'ils n'en veuillent pas.

La réponse de ceux-ci ne se fait pas attendre. Ils s'exclament en chœur :

— C'est sûr qu'on en veut !

Au nombre qu'ils sont, les portions sont plutôt petites, mais cela n'a pas d'importance. Ce n'est pas la quantité qui compte. Quand tout le monde est servi, Michel lève son verre et lance d'un air réjoui :

— À ma merveilleuse femme !

— À Sylvie ! crie le reste de la famille.

Celle-ci a à peine trempé les lèvres dans son verre qu'elle se retient de grimacer. Ce champagne est amer et sec. Il râpe même la gorge au passage. Mais elle fait bonne figure et dit :

— Merci à vous tous de me supporter comme vous le faites. Sans votre encouragement, je ne serais pas rendue où je suis. Mais est-ce qu'on va finir par le manger, ce millefeuille ? termine-t-elle d'un air taquin.

— Donne-moi le temps de le couper et tu vas ensuite pouvoir en manger autant que tu veux, répond Suzanne.

— Je vous plains d'avoir à trancher un aussi gros millefeuille, commente Sylve. Cette pâtisserie ne se coupe pas facilement.

— J'ai lu dans une revue qu'il fallait mouiller le couteau avant, intervient Chantal. Ça ne coûte pas cher d'essayer.

— Moi, j'ai déjà lu que c'était encore plus facile de couper un millefeuille avec un fil de fer, remarque tante Irma.

— Attendez donc un peu, vous là ! s'écrie Michel. J'ai sûrement un fil de fer dans mon coffre à outils. Si vous me donnez une minute, je vais aller le chercher.

— Fais vite, l'exhorte Sylvie, je meurs de faim. Je n'ai pas avalé grand-chose aujourd'hui, alors je vous avertis : vous n'avez droit qu'à une seule portion du millefeuille chacun parce que je vais manger le reste.

— Tu vas avoir mal au cœur si tu en manges autant, affirme Dominic en grimaçant.

Sylvie explique :

— Entre un mal de cœur dû au fait d'avoir trop mangé de dessert et le mal d'estomac causé par le stress, je choisis le premier parce qu'au moins, j'aurai mal pour une bonne raison.

— Le temps que Michel revienne, ajoute Suzanne, je vais essayer de couper le millefeuille avec un couteau trempé dans l'eau. On verra bien…

Alors qu'elle s'apprête à plonger la pointe de son couteau dans le dessert, tous les regards sont tournés vers elle. Chez les Pelletier, il n'y a pas que Sylvie qui aime les millefeuilles. Ce dessert est très apprécié de tous les membres de la famille. Au début, les choses semblent bien se passer. La lame du couteau glisse sur la crème pâtissière. Mais quand elle arrive au milieu, les choses se gâchent.

À ce moment, le millefeuille paraît sur le point de s'écraser, ce qui suscite des petits cris de part et d'autre.

— Si on attendait papa ? suggère François.

Sans se faire prier, Suzanne dépose son couteau et se laisse tomber sur une chaise.

— Je suis d'accord. Je ne me souvenais plus pourquoi je ne faisais pas souvent cette pâtisserie, mais ça m'est revenu. Couper un millefeuille tient de l'impossible.

— Ne vous en faites pas, la rassure Sylvie. Ce ne sera pas le premier millefeuille légèrement aplati que je mangerai.

— J'ai trouvé mon fil de fer ! annonce Michel en entrant dans la cuisine. Le temps de passer un linge dessus et on va voir si c'est vrai ce qu'ils écrivent dans les revues.

— Donne-le-moi, dit Sylvie en prenant le fil de fer des mains de son mari. Je vais le nettoyer.

— Il n'en est pas question, proteste Michel. Laisse-toi gâter un peu, pour une fois.

Il ouvre l'eau chaude et mouille un linge propre. Il le passe ensuite sur toute la longueur du fil de fer. Tout le monde l'observe en silence. Puis, Michel essuie soigneusement l'objet avant de le tendre à Suzanne.

— Je pense que ce serait plus facile si on le faisait ensemble, précise cette dernière.

— Pas de problème. On y va ?

Aussitôt dit, le fil de fer tranche le millefeuille sans causer de dégâts. À présent confiants d'avoir une pâtisserie intacte dans leur assiette, tous se mettent à applaudir.

— C'est un jeu d'enfant! s'écrie Suzanne. Mon cher Michel, tu viens de me redonner le goût de faire des millefeuilles.

— Ce n'est pas moi qu'il faut remercier, c'est tante Irma, répond-il.

Sans crier gare, Michel dépose le fil de fer. En moins de temps qu'il n'en faut pour crier ciseau, il va déposer un baiser sur la joue de l'ancienne religieuse. Puis, il retourne poursuivre son travail.

— Tu es bien certain que tu ne fais pas de fièvre? demande Irma à Michel d'un air étonné. C'est la deuxième fois que tu m'embrasses en peu de temps.

— Êtes-vous en train de me dire que vous n'aimez pas ça? la taquine Michel.

— Non, non, continue comme ça, c'est parfait! Il est si rare qu'un homme m'embrasse qu'il n'est pas question que je m'en prive.

Tout le monde éclate de rire.

Chapitre 14

Martin rentre à la maison à onze heures ce matin-là. Il ne prend même pas la peine d'enlever son manteau et file à la cuisine. Il tire une chaise et se laisse tomber dessus. Surprise de le voir d'aussi bonne heure, Sylvie arrête la laveuse et lui dit :

— Il me semblait que tu avais des cours jusqu'à cinq heures…

— J'en avais.

— Qu'est-ce que tu fais ici alors ? Il y a quelque chose qui ne va pas ? Tu es tout pâle.

Sylvie observe attentivement son fils. Ce qu'elle voit ne lui plaît pas du tout.

— Qu'est-ce qu'il t'arrive ? demande-t-elle. Tu es blanc comme un drap.

— Je ne sais pas ce que j'ai, répond Martin d'une voix plaintive. J'ai mal à la tête comme je n'ai jamais eu mal et j'ai de la misère à mettre un pied devant l'autre. J'ai même pris un taxi pour revenir.

— Tu commences à m'inquiéter sérieusement. Je vais aller chercher le thermomètre ; on va d'abord vérifier si tu fais de la fièvre. Je reviens tout de suite. Après, je vais te donner deux aspirines et tu iras te coucher.

— Et puis, j'ai tellement froid. Je n'arrive pas à me réchauffer.

De la salle de bain, Sylvie lui crie :

— Je vais te préparer un bon chocolat chaud.

Une fois de retour dans la cuisine, elle ajoute :

— Si, dans une couple d'heures, tu as encore aussi mal à la tête, il va falloir que tu ailles voir le médecin. Eh ! Que je n'aime pas ça quand vous êtes malades !

— Arrête de t'en faire. J'ai sûrement attrapé une bonne grippe.

— Tu es bien gentil de vouloir me rassurer, mais tant que je ne saurai pas ce que tu as, je vais m'inquiéter. Je n'y peux rien, c'est dans ma nature.

Sylvie passe le thermomètre sous l'eau, le secoue avec énergie et le met sous la langue de Martin. À cette minute précise, elle fait son possible pour ne pas se laisser emporter par l'inquiétude. Chaque fois que l'un des siens est malade, elle pense immédiatement au pire. Plusieurs secondes plus tard, elle retire le thermomètre.

— Quarante degrés !

En voyant ce chiffre, son anxiété monte d'un cran. Elle se dépêche de regarder à nouveau, croyant que l'instrument est peut-être défectueux. Elle préférerait être obligée de faire deux milles à pied pour aller acheter un nouveau thermomètre plutôt que de lire encore quarante degrés sur l'instrument. Elle prend sur elle et déclare :

— Ce n'est pas surprenant que tu te sentes aussi mal, Martin. Ton corps est aussi chaud qu'un poêle à bois rempli à pleine capacité.

Elle sort la bouteille d'aspirines de la poche de son tablier, et donne deux comprimés à son fils.

— Prends ces aspirines. Pour le moment, c'est tout ce que je peux faire. Va te coucher, je t'apporterai ton chocolat chaud.

— Vas-tu pouvoir m'apporter une autre couverture ?

— Oui, oui. Mais avant, je vais téléphoner chez le médecin pour te prendre un rendez-vous. Il sera toujours temps de l'annuler si tu prends du mieux… Allez, va te reposer.

— J'ai tellement mal à la tête que je ne sais pas si je vais être capable de dormir. Juste cligner des yeux me fait mal.

— Mon pauvre enfant… Si je pouvais, je prendrais la moitié de ta douleur.

— Et moi je refuserais parce que je t'aime trop pour te faire souffrir. Je suis un grand garçon, tu sais ; je vais survivre.

— Je sais bien, mais je déteste vous voir souffrir.

— Et moi, je déteste au plus haut point être malade.

Lorsque Sylvie entre dans la chambre de Martin avec un chocolat chaud et une couverture, celui-ci dort à poings fermés. Elle dépose la tasse sur le bureau, déplie la couverture et l'étend doucement sur son fils. Elle le regarde dormir un petit moment en songeant que ce n'est pas surprenant qu'il soit aussi fatigué ; il travaille tout le temps. Il a vingt-huit heures de cours au cégep et il travaille le même nombre d'heures à l'épicerie. À tout ça, il faut ajouter l'étude et les travaux. « Il va falloir que j'en parle à Michel. C'est bien beau de vouloir que nos enfants soient autonomes, mais là, il y a une limite. Si c'est pour les rendre malades, je préfère qu'on les aide un peu, d'autant qu'on en a les moyens maintenant. J'ai bien peur que Michel ne se laisse pas convaincre facilement. Si c'est le cas, je ferai les choses autrement, c'est tout », songe-t-elle.

Au passage, Sylvie ouvre la porte arrière et laisse entrer Prince 2. Il la suit jusqu'à la cuisine. Fidèle à ses habitudes, il va se poster devant l'armoire près du réfrigérateur et attend patiemment que Sylvie daigne lui donner sa petite gâterie, ce qu'elle ne tarde pas à faire.

— Tu es un bon chien, dit-elle en passant la main sur la tête de la bête. Un trop gros chien mais un bon chien quand même. Ça suffit, maintenant ! Arrête de me lécher et va te coucher sur le tapis.

En voyant l'heure, Sylvie constate qu'il est temps de préparer le dîner. Comme elle ne dispose que de quelques minutes avant que les jumeaux et Luc arrivent de l'école, elle décide de faire un spaghetti au jus de tomate. Elle pèle un oignon, le taille en petits cubes et le fait revenir dans deux cuillères à soupe de beurre. Elle ajoute une pleine boîte de jus de tomate Heinz. Elle porte le tout à ébullition et ajoute les spaghettis. Elle sale et poivre et se frotte fièrement les mains. « C'est Luc qui va être content, il adore ça. Dix minutes de cuisson et le tour est joué. J'aime beaucoup faire cette recette, d'autant que ça rend tout le monde heureux. J'ai presque le temps de finir le lavage avant que les garçons rentrent. »

Elle est en train de ranger la laveuse quand la porte s'ouvre brusquement. Pour une fois, c'est Luc qui entre le premier, immédiatement suivi par les jumeaux. Au bord de la crise d'asthme, il s'avachit sur une chaise et essaie désespérément de reprendre son souffle. En le voyant, Sylvie se dépêche de sortir le sirop rouge et une cuillère. Penchée au-dessus de lui, elle lui dit d'une voix remplie de reproches :

— Ne t'arrange pas pour faire une crise d'asthme, il y a bien assez de Martin qui est malade. Mais qu'est-ce qui t'a mis dans cet état ?

Luc est si essoufflé qu'il n'arrive pas à prononcer un seul mot. C'est pourquoi Dominic répond à sa place.

— On a fait une course, de l'école jusqu'ici.

— Pour une fois, c'est Luc qui a gagné, annonce fièrement François. Bravo mon frère !

— Mais il faut dire qu'on l'a laissé partir en premier, précise Dominic.

— Eh! que tu es mauvais perdant! s'écrie François. Qu'est-ce que ça peut faire que tu n'aies pas gagné pour une fois? Tu es pire qu'une fille, tu es toujours en train de pleurnicher.

— Tu peux bien parler! S'il y en a un qui n'aime pas perdre, c'est toi.

— Avec Luc, c'est différent.

Sylvie écoute ses fils d'une oreille distraite en souriant. Il est très rare que les jumeaux ne soient pas d'accord. Toutefois, son petit doigt lui dit qu'il vaut mieux qu'elle mette fin à leur discussion sur-le-champ.

— Allez vite vous laver les mains, je vais vous servir. Et la prochaine fois que vous aurez envie de faire la course avec Luc, vous allez avoir affaire à moi. Regardez dans quel état il est. Je vais être obligée de le garder à la maison cet après-midi.

— Je ne… peux pas… articule péniblement Luc entre deux râlements. J'ai un… examen de… français.

— Il n'est pas question que tu ailles à l'école dans cet état. Si j'avais gardé l'auto, j'aurais pu te conduire à l'école, mais là, je ne sais vraiment pas comment tu vas faire pour te rendre. C'est à quelle heure ton examen?

— Après… la… récré… ation…

— Je vais faire un marché avec toi. Si tu vas mieux, je t'accompagnerai jusqu'à l'école. Comme ça, si tu as un problème, je serai là.

— OK! accepte Luc en souriant à sa mère. J'ai… faim…

— Commence par retrouver ton souffle et tu mangeras après, le gronde Sylvie. Ne t'inquiète pas, il y en a plus que vous êtes capables d'en manger, tes frères et toi. Va t'étendre un peu sur le divan, ça va te faire du bien.

Sylvie retourne à ses chaudrons. Elle est tellement énervée qu'elle ne se sert même pas. Elle mangera plus tard quand Luc respirera plus normalement et que Martin n'aura plus de fièvre.

* * *

Pendant ce temps, au chantier, Michel discute avec Fernand.

— Même si nos affaires vont bien, ce n'est pas demain la veille que je vais pouvoir laisser mon emploi, lance-t-il. Plus souvent qu'autrement, je me dis que les antiquités c'est une mode et que ça va passer. Je ne comprends pas pourquoi les gens achètent autant de vieilleries alors que moi je rêve de pouvoir m'offrir des nouvelles choses, à mon goût.

— Oui, répond Fernand, mais on n'est pas obligé d'aimer tous les mêmes choses. Regarde chez nous, j'adore les antiquités alors que ma femme les déteste. J'ai bien réussi à en glisser quelques-unes ici et là dans la maison, mais c'est rendu qu'elle me surveille. L'autre jour, elle m'a dit que je pouvais en rapporter tant que je voulais en autant que j'en sorte une chaque fois que j'en entre une nouvelle. Ce n'est pas mêlant, dans ce temps-là, j'aurais envie de lui faire remarquer que la maison qu'elle habite c'est moi seul qui la paie, semaine après semaine, depuis plus de vingt ans. Toi, au moins, ta femme travaille.

— Là-dessus, je me considère très chanceux. L'héritage que Sylvie a reçu de son amie nous a donné un bon coup de pouce, et en plus, maintenant, elle est payée pour chanter. Franchement, ça fait du bien d'arrêter de courir après ses cennes.

— J'imagine… En tout cas, moi, je ne suis pas près d'arrêter de les compter, surtout que les quelques semaines où j'ai été en arrêt de travail m'ont coûté pas mal cher. Et tout augmente sans arrêt. Pas moyen de mettre cinq cennes de côté. Je ne sais pas où on s'en va, mais si les prix continuent de grimper à cette vitesse-là, bientôt on va avoir de la misère à payer l'épicerie. Ça monte tellement vite que ça fait peur. Je ne sais pas si te l'ai déjà dit, mais ma femme collectionne les timbres-primes chez Metro.

— La mienne aussi. C'est une vraie maladie. Depuis que Sylvie participe aux dépenses de la maison, ça me dérange moins, mais on a eu plusieurs discussions à ce sujet avant. J'avais beau lui démontrer noir sur blanc les différences de prix, elle ne voulait rien entendre. Quand j'osais lui passer la remarque qu'elle les payait, ses primes, elle m'accusait d'être de mauvaise foi. C'est comme pour les cigarettes. Imagine-toi donc que je suis obligé de fumer des Mark Ten, ordre de madame.

— Ah oui ! C'est vrai, il y a encore des maudites primes avec ces cigarettes-là !

— Ouais ! Un jour, je suis allé m'acheter un carton de cigarettes. J'ai pris des Matinée. Tu aurais dû voir ma Sylvie. Les baguettes en l'air, elle était rouge comme une tomate parce que j'avais osé acheter une autre marque. Pire que ça, elle voulait que j'aille échanger ma cartouche. Je m'en souviens comme si c'était hier. J'ai éclaté de rire et je lui ai déclaré : « Là, tu dépasses les bornes. Je veux bien prendre ta marque quand c'est toi qui achètes les cigarettes, mais pour le reste, à ce que je sache, je suis assez grand pour décider de la sorte que je veux fumer. »

— Entre toi et moi, ce sont les Mark Ten les meilleures.

— C'est vrai ! Mais on n'est pas obligé de tout dire à nos femmes !

Les deux hommes éclatent de rire.

— Mais pour en revenir aux antiquités, ajoute Fernand, moi je pense que cet engouement est là pour durer. C'est bien beau tout ce qu'ils vendent dans les magasins, mais c'est du pareil au même. Tu vas voir, ce ne sera pas long que toutes les maisons vont se ressembler.

— C'était la même chose dans le temps de nos parents.

— Tu as raison, mais c'est pour ça que les gens s'intéressent tant aux antiquités. C'est pour faire différent.

— Je ne voyais pas ça de même, mais c'est plein de bon sens. En tout cas, on verra bien ce que la vie nous réserve. En attendant, Paul-Eugène et moi on s'amuse comme des petits fous. Ce n'est pas croyable le plaisir qu'on a à aller chercher nos pièces chez les gens. C'est vrai, je ne t'ai pas dit ça : quand on va chez une veuve, c'est automatique, je me fais faire les yeux doux chaque fois.

— Et Paul-Eugène ?

— Le pauvre, elles l'ignorent toutes. Il n'arrête pas de me faire étriver. Il dit que j'ai l'air d'un coq avec ses poules.

— Çà ne t'a jamais tenté de sauter la clôture ?

— Pas vraiment. Quand on est bien marié comme moi, on ne pense pas à aller voir ailleurs.

— En tout cas, moi, je ne serais pas dur à convaincre.

— Je ne savais pas que ça allait aussi mal avec ta femme.

— Là n'est pas la question. C'est juste qu'un peu de changement me ferait le plus grand bien.

— Sacré Fernand ! Il faudrait que tu viennes avec moi une bonne fois.

— Pour les regarder te faire les yeux doux… non merci! Je préfère continuer à rêver.

— Ma foi, c'est sérieux ton affaire.

— Bon, as-tu changé d'idée pour les pots de hockey? En prends-tu, oui ou non? C'est ta dernière chance.

— Finalement, j'ai bien envie d'en prendre deux plutôt qu'un. On ne sait jamais. Ce serait le temps de gagner, ça va être un des plus gros de l'année.

— Je sais tout ça. Mais au risque de t'offenser, ce serait à mon tour de gagner.

— Que le meilleur gagne! s'écrie Michel en riant.

Chapitre 15

Sonia n'a pratiquement pas dormi de la nuit. C'est aujourd'hui qu'elle va mettre fin à sa relation avec Langis. Voilà des jours qu'elle réfléchit à ce qu'elle va lui dire, à quel endroit et, surtout, comment. Elle en a discuté en long et en large avec Lise, mais comme celle-ci n'a jamais eu de copain, elle ne lui a pas été d'un grand secours. La veille, elle a même lancé à Sonia qu'il était grand temps qu'elle passe à l'action parce qu'elle n'en pouvait plus de l'entendre parler de tout ça. Sur le coup, Sonia lui a jeté au visage que les amis étaient faits pour écouter, qu'un jour ce serait à son tour de s'épancher et qu'elle serait là, elle. Lise n'a pas réagi sur le moment tellement les propos de son amie l'ont surprise. Quand elle est enfin parvenue à ouvrir la bouche, Sonia venait de tourner les talons. Celle-ci est entrée dans les toilettes ; elle est allée se réfugier dans une cabine. Elle y est restée même quand elle a entendu sonner la cloche qui annonçait le début des cours, elle qui pourtant n'arrive jamais en retard en classe. Assise sur le bol de toilette, les bras croisés sur la poitrine, le regard noir, elle essayait tant bien que mal de prendre sur elle, de retrouver un semblant de paix avant de retourner parmi les autres. Elle fulminait.

Sonia bouillait de rage contre Lise pour l'avoir acculée au pied du mur, pour l'avoir obligée à agir. Elle était fâchée contre Langis qui se montrait si gentil avec elle, ce qui lui compliquait doublement la tâche. Elle était même furieuse contre Normand pour avoir allumé un feu en elle. En fait, elle en voulait au monde entier. De plus, elle craignait la réaction de sa mère qui, elle le savait pertinemment, allait empoisonner sa vie dès qu'elle saurait qu'elle avait laissé Langis pour un vulgaire musicien. Tout ça mis ensemble, c'était bien plus qu'elle était capable de supporter. Ça bourdonnait tellement dans sa tête qu'elle avait l'impression d'être au beau milieu d'une ruche d'abeilles, ce qui était vraiment désagréable. La pression était si forte que de grosses larmes coulaient sur ses joues. Elle les essuyait rageusement du revers de sa manche. Si c'était ça être une adulte, elle aurait préféré rester une enfant encore un moment. Elle ne comprenait pas pourquoi l'amour faisait souffrir. Cela lui coûtait de devoir laisser Langis, et elle avait mal rien qu'à penser à tout ce qu'elle allait devoir endurer seulement pour être avec Normand. Et si ça ne marchait pas avec lui ? La vie est tout sauf juste. Pourquoi avait-il fallu qu'elle aille à ce satané spectacle ? Rien ne serait arrivé si elle était restée sagement à la maison. Jusque-là, elle menait une vie bien tranquille et cela lui convenait.

Ce n'est que lorsque la cloche a annoncé la fin des cours qu'elle est enfin sortie des toilettes. Sonia avait juste le temps de se regarder dans le miroir avant que des dizaines de filles prennent la place d'assaut. Quand elle s'est vue, elle a eu un choc. En plus d'avoir les yeux bouffis, elle avait le visage aussi rouge que si elle avait attrapé un gros coup de soleil. Elle ne pouvait pas sortir comme ça, mais elle n'avait nulle part où aller. Elle avait déjà manqué un cours, c'était bien suffisant. Elle a ouvert le robinet d'eau froide, s'est aspergée le visage à quelques reprises. Puis, elle a respiré un grand coup et a pris la direction de la salle de cours, la tête légèrement baissée, priant pour que personne ne lui adresse la parole.

Heureusement, c'était le dernier cours de la journée. Perdue dans ses pensées, elle n'a rien écouté. Pire, elle avait l'impression d'être à des milles de distance de ce qui se déroulait pourtant sous ses yeux. Installée au fond de la classe, elle a attendu que tout le monde parte avant de sortir à son tour. Il n'était pas question qu'elle aille voir Langis dans cet état. Elle ne pouvait pas non plus retourner à la maison avec Junior. Aujourd'hui, elle ne supporterait pas son babillage. Il valait mieux qu'elle sorte par la porte arrière pour être certaine de ne croiser personne. Elle emprunterait même un autre chemin, quitte à faire un détour. Elle avait encore besoin d'être seule, de réfléchir.

La jeune fille a fait de gros efforts pour se composer un visage avant de rentrer à la maison. Elle ne voulait pas se faire poser de questions, alors elle s'est montrée plus exubérante que d'habitude. Pendant tout le souper, elle a fait des blagues. Elle a agacé les jumeaux. Elle a lancé la balle à Prince 2. Tout le monde a remarqué son manège, mais personne n'a émis le moindre commentaire.

En désespoir de cause, Sonia a fini par téléphoner à sa tante Chantal aussitôt la vaisselle terminée. Celle-ci venait à peine de décrocher que Sonia a formulé d'une voix plaintive :

— C'est trop dur, je n'y arriverai pas…

— Sonia ? a lancé Chantal. C'est bien toi ? Qu'est-ce qui ne va pas, ma belle fille ?

— Je ne sais plus quoi faire. Que je choisisse Langis ou Normand, je serai perdante.

— Attends ! Attends ! Si tu veux que je t'aide, il faudrait d'abord que tu m'expliques. Prends une bonne respiration et confie-moi tout.

— J'ai décidé de tenter ma chance avec Normand. Mais pour ça, il faut que je laisse Langis et je ne sais pas du tout comment faire.

— Ma pauvre enfant ! Je voudrais bien te donner une recette miracle, mais je n'en connais pas. Je suis même certaine qu'il n'en existe aucune. Il n'y a pas de bonne façon de terminer une relation avec quelqu'un. Pour être franche, j'ai toujours trouvé qu'il n'y en avait que des mauvaises. C'est la chose la plus difficile à faire. Moi, j'ai toujours opté pour la méthode rapide.

— Qu'est-ce que tu veux dire ?

— Écoute-moi bien. D'abord, tu choisis un moment où tu ne seras pas obligée de t'étirer dans le temps. Par exemple, juste avant que Langis prenne l'autobus, ou que la cloche sonne pour annoncer le début du dernier cours. Ne le fais surtout pas en début de journée, c'est terrible. Ensuite, tu présentes les choses le plus simplement possible, sans donner trop d'explications. C'est inutile, de toute façon.

— Peux-tu me donner un exemple ?

— Tu lances quelque chose du genre : « C'est fini entre nous, je ne t'aime plus. » Avant de t'en aller, tu ajoutes : « Je suis désolée. »

— Après ?

— Après ? Tu te dépêches de t'éloigner et tu vas pleurer dans un coin. C'est très difficile de quitter quelqu'un, même si tout le monde croit que c'est plus facile que d'être laissé. Ils ont tort. On n'aime pas faire du mal aux autres, surtout pas à ceux qu'on a aimés.

— Et pour Normand ?

— Qu'est-ce que tu veux dire ?

— Je fais quoi ?

— C'est simple. Tu te jettes à l'eau et tu espères de toutes tes forces de ne pas te noyer. Il n'y a pas grand-chose d'autre à faire. L'amour oblige à prendre des risques. Parfois ça marche, parfois ça ne marche pas. On n'a aucun contrôle là-dessus. Tout ce qu'on peut faire, c'est profiter de chaque seconde de bonheur comme si c'était la dernière. Et le jour où ton beau rêve prend fin, si toutefois il prend fin un jour, tu fais ton possible pour surmonter ta peine.

— Est-ce que tu crois que je fais le bon choix ?

— Toi seule peux répondre à cette question. Toi seule sais pour qui ton cœur bat le plus fort.

— C'est pour Normand, répond joyeusement Sonia, et ce, depuis la première fois que je l'ai vu. Le simple fait de penser à lui me remplit de bonheur. Si je le pouvais, je serais toujours avec lui. On a des tas de points en commun : on aime la même musique, faire la fête, discuter pendant des heures… Mais je sais d'avance que ça va être compliqué avec Normand. Pas à cause de lui, mais en raison de tout le reste. D'abord, parce qu'il est plus vieux que moi. La partie est loin d'être gagnée avec maman.

— Ouais, tu as bien raison sur ce point. Je connais suffisamment ma sœur pour savoir qu'elle ne donnera pas facilement son accord. J'essaierai de lui faire entendre raison. Je pense que tu as fait le bon choix. S'il y a une chose qu'on doit écouter en amour, c'est bien son cœur. C'est ce que j'ai toujours fait et je ne l'ai jamais regretté. Certains diront que si je l'avais moins écouté, je ne serais pas encore seule à mon âge, mais moi je crois de toutes mes forces que la vie est trop courte pour se contenter d'avoir quelqu'un à son bras pour qui on ne ressent rien. C'est un peu comme si je décidais de passer ma vie avec mon frère. Non, je ne pourrais pas me priver de tout ce que l'amour apporte, quitte à passer seule le reste de ma vie. Mais revenons à nos moutons. Je ne sais pas si je t'ai aidée, mais c'est ma façon de voir les choses.

— Tante Chantal ?

— Oui…

— Sans toi, je ne sais pas ce que je ferais. Si je n'aimais pas autant ma mère, j'aurais aimé être ta fille.

Quelques secondes s'écoulent avant que Chantal réponde.

— Et moi, si j'avais eu une fille, j'aurais voulu qu'elle te ressemble. Je suis contente de partir en voyage avec toi. Au fait, tante Irma a fini par se décider, elle va venir avec nous. J'ai même réussi à lui dénicher un billet sur le même vol que nous.

— Ça, c'est une bonne nouvelle! s'écrie Sonia. J'ai vraiment hâte de partir. Il faut que je te laisse, je n'ai pas encore fait mes devoirs et mes leçons.

— Allez, courage pour demain!

Jamais Sonia n'a trouvé le temps aussi long. Toute la journée, elle a évité Langis. Elle a beaucoup réfléchi à sa discussion avec sa tante Chantal et elle a décidé de suivre à la lettre ses conseils. Elle ira voir Langis juste avant qu'il monte dans l'autobus. Sonia n'a pratiquement rien retenu de ses cours de la journée. Lorsque son professeur d'histoire lui pose une question, la jeune fille doit le faire répéter deux fois avant de finalement avouer qu'elle ne sait pas la réponse. Le professeur est surpris, car Sonia connaît habituellement toutes les réponses. Le regard fixé sur l'horloge, l'étudiante attend impatiemment que le temps passe.

Quand la cloche sonne enfin, elle court à sa case pour récupérer son manteau. Elle ne prend même pas la peine de le mettre et file au stationnement des autobus. Elle vérifie les numéros et s'approche de celui dans lequel doit monter Langis. Son cœur bat tellement fort qu'elle a peur qu'il sorte de sa poitrine. De toute sa vie, jamais elle ne s'est sentie aussi mal. Elle voudrait disparaître tellement elle est malheureuse de ce qu'elle s'apprête à faire. Quelques secondes plus tard, elle aperçoit Langis. Le sourire aux lèvres, il s'avance jusqu'à elle. Au moment où il va l'embrasser, elle fait un pas en arrière et lui dit tout de go les deux petites phrases qu'elle a apprises par cœur. En une fraction de seconde, le visage du jeune homme devient presque transparent. Nul besoin d'être devin pour lire la douleur sur son visage. Sonia ne peut en supporter davantage. Elle lui souffle à l'oreille, la voix chargée d'émotion:

— Je suis vraiment désolée.

Sans attendre son reste, elle part en courant. Elle s'arrête seulement lorsque Junior l'interpelle.

— Sonia ! Sonia ! Attends-moi, on va rentrer ensemble.

Prise de court, la jeune fille va rejoindre son frère. Elle lui dit :

— Je veux bien, mais à la seule condition que tu ne me poses aucune question. Est-ce que tu m'as bien comprise ?

— Ne monte pas sur tes grands chevaux, je suis capable de tenir ma langue. Est-ce que je vais au moins pouvoir te parler ?

— Si tu y tiens, mais n'espère pas de réponse.

Junior connaît suffisamment sa sœur pour savoir qu'elle s'en tiendra à ce qu'elle a décidé. Il sait aussi que les choses ne vont pas au goût de Sonia depuis quelques jours. Elle n'a jamais été aussi distraite. Elle est ailleurs, cet ailleurs qu'elle refuse de partager avec lui, du moins pour le moment.

Pendant le trajet entre l'école et la maison, Sonia essaie de rassembler ses idées. Elle a détesté au plus haut point faire de la peine à Langis. Il faisait vraiment pitié à voir. Elle se sent tellement triste qu'elle s'assoirait au beau milieu de la rue, en plein sur la ligne blanche, et pleurerait toutes les larmes de son corps.

Lorsqu'ils passent devant l'épicerie, Junior lui secoue un bras.

— Sonia, je pense qu'un petit gâteau au caramel te ferait le plus grand bien. Attends-moi, j'en ai pour une minute.

Cette parole gentille suffit à Sonia pour lui faire monter les larmes aux yeux. Junior attire sa sœur à lui.

— Viens ici, que je te serre dans mes bras. Les amis, c'est là pour ça.

Plusieurs minutes s'écoulent avant que Sonia arrive à se détacher de son frère. Elle s'essuie les yeux et lui sourit avant de le taquiner :

— Alors, qu'est-ce que tu attends pour aller les acheter, ces petits gâteaux ?

Junior lui rend son sourire et se dépêche d'entrer dans l'épicerie. Il a sa petite idée sur ce qui cause tant de peine à Sonia, mais comme convenu, il ne lui posera aucune question. Il attendra patiemment qu'elle veuille se confier. L'important, c'est qu'elle sache qu'il sera toujours là pour elle.

À son arrivée à la maison, Sonia salue à peine sa mère, puis elle file dans sa chambre. Au moment où Sylvie va poser une question à sa fille, Junior lui fait signe d'attendre. Une fois la porte de la chambre de Sonia refermée, le garçon chuchote à Sylvie :

— Sonia ne va pas bien, mais elle m'a demandé de ne pas lui poser de questions. Je ne veux pas te dire quoi faire, maman, mais je pense qu'il vaudrait mieux la laisser tranquille. Si tu veux, je ferai la vaisselle avec toi ce soir.

Chapitre 16

Lorsque les jumeaux arrivent, Sylvie ne les salue même pas. Ils sont encore en retard. C'est la deuxième fois cette semaine.

— Où étiez-vous ? leur demande-t-elle d'un ton autoritaire. Allez-y, je vous écoute. Et vous avez intérêt à me dire la vérité.

Les deux jeunes garçons se regardent rapidement du coin de l'œil, ce qui n'échappe pas à Sylvie. Elle les connaît suffisamment pour savoir qu'une fois de plus elle va devoir se contenter de ce qu'ils vont bien vouloir lui raconter. Elle déteste ce genre de situation ; chaque fois, elle a l'impression de se faire mener en bateau. En fait, il s'agit bien plus d'une certitude que d'une impression. Elle finira par découvrir la vérité tôt ou tard, c'est toujours comme ça. Les jumeaux ne sont pas menteurs ; ils sont plutôt passés maîtres dans l'art de présenter les choses à leur avantage. Lorsque leur mère finit enfin par connaître la vérité, ils s'organisent pour arrondir les angles. L'autre jour, alors que Sylvie en parlait avec Michel, ce dernier a plaisanté en disant que leurs enfants ne tenaient pas des voisins, qu'ils étaient exactement comme eux à leur âge.

— On a traîné un peu en chemin, répond François d'un ton léger.

— Il vous faudra trouver une meilleure explication ! grogne Sylvie. Je vous rappelle que l'école est à moins de quinze minutes d'ici en marchant à pas de tortue et que vous avez près d'une heure de retard. Alors, je pose ma question une dernière fois : où étiez-vous pendant tout ce temps ?

Les jumeaux lèvent les épaules et soupirent fortement. Ils se regardent à nouveau et, cette fois, c'est Dominic qui prend la parole.

— Il faut nous croire, maman. On a vraiment traîné en chemin. On a parlé avec nos amis…

— J'en ai assez entendu! s'impatiente Sylvie. Allez dans votre chambre jusqu'à ce que ce soit l'heure de manger.

— Est-ce qu'on peut prendre une collation au moins? demande François. On est affamés!

— Non! Vous savez ce que vous avez à faire si vous en voulez une. Filez tout de suite dans votre chambre. Profitez-en pour faire vos devoirs et vos leçons. Et si par hasard vous décidez de tout me raconter, vous savez où me trouver.

— Mais maman, ce n'est pas juste! proteste Dominic. On ne t'a pas conté de mensonge.

— C'est drôle, mon petit doigt me souffle que vous ne m'avez pas tout dit, affirme Sylvie. Allez, disparaissez de ma vue et vite!

Penauds, les jumeaux prennent la direction de leur chambre. Ils tiennent leurs sacs d'école à bout de bras comme s'ils pesaient 20 livres. Prince 2 suit les garçons. Quand elle s'en rend compte, Sylvie se dépêche d'ajouter:

— Prince 2, viens ici, mon chien. Tu restes avec moi.

Elle lui donne une gâterie et retourne vite à ses chaudrons. Elle dispose d'à peine quelques minutes avant que Michel arrive de travailler. Elle se demande ce que les jumeaux ont bien pu inventer cette fois. Ce n'est jamais vraiment méchant, mais ils s'organisent toujours pour contester l'autorité – la sienne en particulier. Elle n'avait pas parlé à Michel de leur retard d'il y a deux jours, mais là elle va le faire. Une petite intervention de sa part ne ferait pas de tort. Elle ne comprendra jamais pourquoi, mais une grosse voix a beaucoup plus de poids auprès de ses petits derniers. Elle vérifie si les patates sont cuites; il leur manque environ cinq minutes de cuisson. En regardant la quantité qu'elle a fait cuire, elle songe qu'avec un peu de chance, il lui en restera assez pour faire des bonbons aux patates. Elle remet le couvercle sur le chaudron et sort ensuite un petit bol. Elle a décidé de mettre des patates de côté dès qu'elles seront prêtes. Comme ça, elle sera sûre de son coup.

Alors qu'elle s'apprête à dresser la table, la sonnerie du téléphone se fait entendre. Sylvie s'essuie les mains et décroche le combiné.

— Madame Pelletier ?

— Oui.

— Ici la secrétaire du docteur Laprise. Le docteur aimerait revoir votre mari. Croyez-vous qu'il serait disponible jeudi prochain, à 7 heures ?

— Sûrement. J'espère qu'il n'y a rien de grave au moins.

— Je suis désolée, madame, mais je ne suis au courant de rien. Moi, je prends seulement les rendez-vous. Je dois vous laisser, un patient vient d'arriver. Bonne journée !

Après avoir raccroché, Sylvie reste songeuse quelques minutes. Déjà, avant d'ouvrir son magasin, Michel se plaignait qu'il était fatigué ; d'ailleurs, il était cerné jusqu'au menton. À force d'insister, Sylvie a finalement réussi à le convaincre d'aller consulter. Le médecin lui a prescrit des vitamines et, vu l'âge de Michel, il en a profité pour lui faire passer quelques tests et une prise de sang. Si Sylvie déteste la maladie, les hôpitaux et tout ce qui vient avec, Michel les déteste autant sauf qu'il n'en parle jamais et qu'il ne consulte pas. Pour preuve, sa dernière visite chez un professionnel de la santé remontait à plus de trente-cinq ans. Lorsque le médecin lui a dit qu'à compter de maintenant, il voulait le voir chaque année, Michel a protesté :

— Pourquoi je viendrais vous voir si je n'ai aucun problème ? Quand mon auto va bien, je ne l'emmène pas au garage...

— À votre âge, monsieur Pelletier, vous êtes plus à risque d'être malade.

— Mais je n'ai aucune envie d'être malade !

— Ne vous inquiétez pas, ça ne vous rendra pas malade de venir me voir ! a plaisanté le médecin. C'est seulement à titre préventif que je vous suggère cela. À vous maintenant de décider. Ma secrétaire va vous rappeler dès que j'aurai reçu les résultats des tests et de la prise de sang que vous allez passer.

Plusieurs pensées tournent dans la tête de Sylvie. Et si Michel avait une tumeur aux poumons comme son père ? Un souffle au cœur ? Une maladie rare ? Elle secoue la tête avec énergie. Non, il est beaucoup trop jeune pour être malade. Il n'est pas question qu'il soit malade, les choses commencent juste à être plus faciles pour eux. Il vaut mieux qu'elle se remette au travail et vite. Elle ouvre le tiroir des ustensiles, en sort neuf fourchettes et neuf couteaux et se dépêche de mettre la table. Michel va bientôt arriver. Pour Sylvie, le fait de s'activer l'empêche de réfléchir, d'autant plus que ces temps-ci elle a beaucoup de sujets de réflexion – beaucoup trop à son goût, d'ailleurs.

Depuis le soir où Xavier Laberge l'a embrassée, c'est plus fort qu'elle, Sylvie revoit la scène en boucle, et parvient même à se rappeler parfaitement la sensation qu'elle a ressentie quand il a posé ses lèvres sur les siennes. Chaque fois qu'elle a revu monsieur Laberge lors des autres spectacles, elle a ressenti un petit quelque chose. Depuis l'événement, il garde ses distances avec elle ; il est poli mais distant. Sylvie n'a pas cherché à se rapprocher de lui, jamais elle n'oserait, mais elle aurait aimé que l'occasion se présente. Chaque fois que Michel et elle font l'amour, elle a une petite pensée pour Xavier Laberge, ce qui la rend très mal à l'aise. Jamais elle n'aurait imaginé éprouver du désir, si mince soit-il, pour un autre homme que son mari. Elle s'en veut beaucoup, même si elle sait que tout ça n'ira jamais plus loin. Jamais elle ne quittera

Michel et n'aimera un autre homme que lui. Mais plus elle essaie de chasser ces quelques secondes de sa mémoire, plus elles se font insistantes. Heureusement qu'elle ne va plus se confesser depuis longtemps parce que, pour une fois, elle aurait dû avouer un vrai péché – enfin, aux yeux de l'Église. Mais le pire pour Sylvie, c'est de n'avoir personne à qui se confier. C'est dans ces moments-là qu'elle réalise qu'elle ne fréquente pas beaucoup de gens en dehors des membres de sa famille. Shirley est sa seule amie. Mais avec tout ce que cette dernière traverse ces temps-ci, il n'est pas question pour Sylvie de l'embêter avec ses affaires. Au fond, ce n'est pas si grave parce qu'elle n'est même pas certaine d'avoir envie d'en parler. Elle se sent déjà assez coupable d'avoir ressenti du plaisir qu'il vaut mieux qu'elle garde cette histoire pour elle. De toute façon, ça finira bien par lui passer.

Alors que toute la famille est attablée, le téléphone se met à sonner. Il n'y a pas si longtemps, Sylvie aurait été la seule à se lever pour aller répondre. Maintenant, ils sont nombreux à espérer que l'appel soit pour eux. Dès la première sonnerie, Alain, Martin, Sonia et Junior font mine de se lever. Comme Sylvie passait devant l'appareil, c'est elle qui décroche. Quelques secondes suffisent pour que le visage de celle-ci devienne gris. Plus elle écoute, plus elle sent la colère l'envahir. Si elle ne se retenait pas, elle raccrocherait le combiné avec force et se mettrait à hurler. Elle fait de gros efforts pour se contenir.

— Vous avez ma parole que ça ne se reproduira pas. Ils vont avoir affaire à moi, je vous le promets. Merci d'avoir appelé.

Quand Sylvie revient vers la table, les jumeaux comprennent très vite que l'appel les concernait. Ils se jettent un regard en coin et attendent que l'orage éclate. D'après l'air de leur mère, il y a fort à parier que celui-ci ne se fera pas attendre. Avant même d'avoir pris place à table, celle-ci lance d'un ton qui ne tolère aucun commentaire :

— Votre père et moi, il faut qu'on parle aux jumeaux. Allez dans vos chambres en attendant. Vous reviendrez manger votre dessert dès qu'on en aura fini avec eux.

Surpris, Michel fixe sa femme. Pendant que les enfants se lèvent de table, il lui dit :

— Il faudrait peut-être que tu m'expliques ce qui se passe.

— Dans quelques secondes, tu vas tout savoir. Et tu n'aimeras pas ce que tu vas entendre.

Pour une fois, les jumeaux se sentent mal à l'aise. Ils n'ont jamais vu leur mère aussi fâchée.

Dès que les autres membres de la famille ont quitté la cuisine, Sylvie se met à parler. Elle regarde ses deux petites pestes à tour de rôle.

— C'est la maman d'un petit garçon de première année qui m'a téléphoné. Il paraît que vous avez uriné sur son fils alors qu'il passait sous un arbre près de l'école.

Les jumeaux sont pris d'un fou rire incontrôlable. Ils sont si drôles à voir que Michel doit se retenir à grand peine de rire, car il sait que ce n'est pas le moment. Il se défend d'avoir des préférés parmi ses enfants, mais il a un faible pour ses petits derniers. Très souvent, il les trouve drôles. Ils n'ont aucune once de méchanceté, mais ils aiment faire des mauvais coups, ce qui n'est pas sans lui rappeler sa propre enfance. L'autre jour, il a raconté à François et Dominic quelques sottises qu'il a faites quand il avait leur âge. Sylvie était furieuse. Elle lui a dit qu'ils en savaient déjà assez pour ne pas en rajouter.

— Et vous trouvez ça drôle en plus ! s'indigne Sylvie. Vous êtes mieux d'avoir une bonne explication parce que je vous garantis que vous allez trouver le temps long d'ici les vacances. Je vous avertis, vous ne bougerez pas d'ici tant et aussi longtemps que vous ne nous aurez pas tout raconté.

Les garçons ont maintenant le hoquet tellement ils rient. De son côté, Michel évite de les regarder car il a de plus en plus de difficulté à se contenir. Ce n'est vraiment pas bien ce que François et Dominic ont fait, mais c'est de leur âge.

Au moment où Michel va ouvrir la bouche, la sonnerie du téléphone retentit. Il se lève et, avant même qu'il décroche le combiné, quatre grands flancs mous viennent se poster à l'entrée de la cuisine pour savoir à qui l'appel est destiné. Il n'en faut pas plus pour qu'il éclate de rire. Au bout de quelques secondes, il leur fait signe de retourner dans leur chambre, car l'appel est pour lui. À mesure qu'il écoute son interlocuteur, l'envie de rire le fuit. Voilà maintenant qu'il a le même air que Sylvie. Il raccroche et revient s'asseoir à sa place. Il bout. Il regarde ses fils et frappe un coup de poing sur la table avant de s'écrier :

— Vous avez intérêt à nous dire la vérité parce que vous allez avoir affaire à moi. Je viens de parler à la mère de deux enfants qui ont eu droit à votre médecine eux aussi. Combien d'appels on risque de recevoir encore ? On vous écoute.

Le coup de poing de leur père sur la table a eu beaucoup d'effet sur les jumeaux. Ils ont arrêté de rire instantanément. L'air piteux, François se lance :

— Ce n'est même pas du vrai pipi, précise-t-il d'une petite voix plaintive et mal assurée.

— Il faut nous croire, supplie Dominic. On a mélangé de l'eau et du colorant alimentaire jaune.

— Où avez-vous pris le colorant ? demande Sylvie.

— Dans ta boîte, répond Dominic. On peut te le redonner, il est dans notre chambre. On a pris seulement quelques gouttes.

— Expliquez-moi, formule Michel.

— C'est pourtant simple, déclare François.

— Peut-être pour vous, mais pas pour nous, émet Sylvie.

— On a mis de l'eau dans une vieille bouteille de détergent à vaisselle, explique Dominic. On a ensuite ajouté quelques gouttes de colorant pour faire semblant que c'était du pipi. On est montés dans un arbre et, chaque fois que des élèves passaient, on les arrosait en leur annonçant qu'on venait d'uriner sur eux.

— Vous auriez dû les voir! s'exclame François. Ils se dépêchaient de se sauver en secouant leurs vêtements de toutes leurs forces. Je vous jure, ça valait cent piastres!

Michel et Sylvie imaginent très bien la scène. Tous deux se retiennent de s'esclaffer. Seuls les jumeaux pouvaient penser à un tel tour. Mais comme l'heure n'est pas aux félicitations, Michel intervient :

— Ce n'est vraiment pas drôle votre affaire. Auriez-vous aimé vous faire faire la même chose?

Ni François ni Dominic ne répondent. Personne n'aime se faire arroser, même s'il ne s'agit que d'eau colorée. En plus, quand on aime faire des mauvais coups, on déteste être victime de ceux des autres, c'est bien connu. Voyant qu'il n'obtiendra pas de réponse, Michel poursuit :

— Pour votre punition, vous allez réparer le mal que vous avez fait à tous ces petits. Vous allez écrire un mot que vous remettrez à chacune de vos victimes demain à l'école.

— Mais papa, il y en a beaucoup trop! objecte Dominic.

— Ce n'est pas mon problème. C'était à vous d'y penser avant. Allez dans votre chambre. Quand vous aurez composé le message, vous viendrez me le montrer avant de le copier.

— Ce n'est vraiment pas juste ! proteste François. On n'a tué personne, à ce que je sache. On s'est juste amusés un peu.

— Et vous serez privés de dessert aussi, annonce Michel. Allez, ouste ! La prochaine fois, vous réfléchirez avant d'agir.

Chapitre 17

— Prendriez-vous encore un peu de café ? demande la serveuse.

Chantal et Sylvie sont si emportées par leur discussion qu'elles se contentent de répondre par un signe de tête.

— En tout cas, on a de quoi être fier de notre Expo, lance Chantal. Non seulement, elle est belle, mais elle est grandiose. Je ne sais pas comment je vais faire, mais je veux y retourner plusieurs fois.

— Je savais que tu aurais la piqûre dès ta première visite.

— J'avais tellement hâte d'y aller ! Mais j'étais toujours partie.

— Chaque fois que j'y vais, c'est un pur enchantement. Je fais de belles découvertes. Plus souvent qu'autrement, je n'en crois pas mes yeux. J'ai encore de la misère à croire que c'est nous autres qui avons fait tout ça. Prends juste la boule de cristal des États-Unis. Je n'ai jamais rien vu d'aussi beau. En plus, elle domine Terre des Hommes et on la voit de partout.

— Moi, mon pavillon préféré, c'est le palais de verre de la Russie. Je n'ai jamais rien vu d'aussi moderne. Imagine un peu, il y a même une gondole à l'intérieur qui vogue sur les canaux. C'est fou ! On nous avait promis une Expo hors de l'ordinaire, mais je pense que les résultats dépassent largement les attentes.

— Je n'ai pas encore vu ce pavillon. J'ai lu dans le journal que l'Expo était une superbe réception d'anniversaire pour fêter le centenaire du Canada. On y disait aussi que qu'il s'agissait d'un événement grandiose, le plus important spectacle jamais produit.

— Le site est tellement moderne qu'on a l'impression d'être ailleurs dès qu'on passe la guérite, livre Chantal.

— Tu as bien raison. As-tu eu le temps de visiter la tente de l'Allemagne ?

— Non, j'ai juste eu le temps de visiter trois pavillons. Avec les files d'attente qu'il y a partout, il va falloir que j'y retourne plusieurs fois si je veux visiter les pavillons des 62 pays. Et c'est sans compter tous les autres, comme celui de l'industrie des pâtes et papiers…

— Il ne faut surtout pas que tu manques celui de L'homme dans la cité, la coupe Sylvie.

Chantal fronce les sourcils. Sylvie précise :

— C'est celui qui ressemble à une pyramide en or.

— Oui, oui, je le replace. Il est vraiment beau. As-tu essayé le minirail ?

— C'est sûr ! J'ai adoré circuler au-dessus de tout. Ça fait cinq fois que je vais à l'Expo et je suis chaque fois aussi emballée. La dernière fois, j'ai même essayé une espèce de vélo avec un siège à l'avant.

— Je me trompe peut-être, mais je pense que ça s'appelle un pédicab…

— Je crois que tu as raison. En tout cas, tu aurais dû me voir : je me sentais comme lorsque j'étais assise dans le panier du vélo de papa. Tu te souviens quand il nous emmenait avec lui ?

— Tout ce dont je me souviens, c'est de vous avoir entendus en parler, mais pas d'y être montée. Je pense que papa en avait assez de son vélo quand je suis venue au monde. Tu sembles oublier que je suis la plus jeune de la famille.

Trop emportée par la discussion, Sylvie ne prend pas la peine de relever la remarque de sa sœur, alors qu'en un autre temps elle se serait fait un vif plaisir de rappeler à Chantal qu'elles n'ont pas une si grande différence d'âge.

— En tout cas, j'ai vraiment aimé me déplacer de cette manière, précise-t-elle. Le pire pour moi, c'est toute la marche qu'on doit faire pour visiter le site. Je ne sais plus quoi faire. J'ai beau mettre mes chaussures les plus confortables, après quelques heures je ne peux plus m'endurer. Je ne sais pas si tu as remarqué, mais on a installé sur le site des bassins pour que les visiteurs puissent y faire tremper leurs pieds.

— Ils vont être très pratiques en plein mois de juillet. Mais pour le moment, l'eau doit être plutôt froide. Il y a une autre chose qui m'a fascinée. Tu ne devineras pas quoi… Je suis tombée en amour avec les cabines téléphoniques. Je n'en ai jamais vu d'aussi belles.

— C'est vrai qu'elles sont belles, mais elles sont un peu trop modernes à mon goût.

— Moi, j'adore tout ce qui est moderne. As-tu vu à quel point le complexe d'Habitat 67 est magnifique ?

— Je l'ai vu dans le journal seulement, confie Sylvie. C'est beau mais ça dégage une ambiance froide. Je ne suis pas très béton et j'aurais peur que ça s'effondre. On dirait des blocs faits par des enfants. Je ne suis vraiment pas certaine que j'aimerais vivre dans un de ces appartements.

— Tu vois, moi, si j'en avais les moyens, j'achèterais un appartement là-bas. La vue que procure Habitat 67 vaut son pesant d'or.

— Même si je n'ai pas visité un seul appartement de cet endroit, je suis certaine que j'aime mieux ma nouvelle maison.

Après une courte pause, Sylvie reprend :

— Je trouve qu'on est vraiment chanceux d'avoir l'Expo chez nous, mais il semble que tout le monde ne pense pas la même chose que moi. J'ai acheté un passeport à chaque membre de ma famille pour Noël, même à Michel, et personne ne m'achale pour aller là-bas, bien au contraire. Alain et Martin travaillent tout le temps. Alors, quand ils ont la chance d'être en congé, ils passent leur temps avec leur blonde. L'autre jour, ils m'ont promis d'aller à l'Expo au moins une fois. Au prix que j'ai payé les passeports, je trouve que ça revient cher pour une seule visite. Moi, ça me dépasse que des jeunes comme eux n'aient pas envie de s'ouvrir sur le monde. Pourtant, Alain ne cesse de répéter qu'il veut aller en France. Je ne les comprends pas, mes enfants.

— Si j'étais toi, je continuerais à insister pour qu'ils aillent à l'Expo au moins une fois. Après, c'est certain qu'ils vont vouloir y retourner. Je ne connais personne qui puisse rester indifférent devant tant de belles choses. Et c'est sans compter le plaisir de rencontrer des gens de partout dans le monde. Moi, si j'avais l'âge de tes enfants, je passerais tout mon temps libre à l'Expo pour essayer d'en apprendre le plus possible sur les autres pays, leurs habitants, leurs habitudes, leurs croyances… Mais à part tes deux plus vieux, est-ce que tes autres enfants s'intéressent à l'Expo ?

— En réalité, la seule qui était vraiment contente de son cadeau, c'est Sonia. Elle est allée à l'Expo plus souvent que moi. Chaque fois qu'elle revient, elle a des tas de choses à raconter. Elle est curieuse. Elle aime rencontrer des gens de partout. La dernière fois qu'elle est allée là-bas, elle a même appris quelques mots en espagnol.

— Tu as beaucoup de chance d'avoir une fille comme elle. Il y a plusieurs mères qui doivent t'envier.

— Tu as raison, c'est une bonne fille. Mais elle a tout un caractère.

— Depuis quand est-ce un défaut d'avoir du caractère ? Moi, je pense que c'est nécessaire si on veut aller loin dans la vie.

— Sonia va faire son chemin dans la vie, c'est certain. Mais il y a des jours où elle m'inquiète.

— Pourquoi tu dis ça ?

— Depuis qu'elle a laissé son petit ami, Langis, elle n'est plus la même. Elle est souvent dans la lune. Elle rit plus fort. Elle monte le ton plus facilement. Tout ce qu'elle fait paraît exagéré.

— Elle est peut-être en amour, suggère Chantal.

— Avec qui veux-tu qu'elle soit en amour ?

— Comment veux-tu que je le sache ? C'est ta fille, pas la mienne.

Sylvie réfléchit. Chantal a peut-être raison. Si c'est le cas, Sonia cache bien son jeu. Depuis qu'elle a laissé Langis, elle n'a jamais demandé la moindre petite permission, sauf pour aller à l'Expo avec son amie Lise. Sylvie réalise alors qu'une fois là-bas, sa fille est libre de faire ce qu'elle veut.

— Je devrais peut-être être plus vigilante. Chaque fois qu'elle me demande la permission d'aller à l'Expo, elle insiste pour ne pas être obligée d'emmener ses frères avec elle. L'autre jour, elle a même préféré rester à la maison plutôt que d'y aller avec les jumeaux.

— Je la comprends. Ils sont adorables tes petits derniers, mais il faut avoir des yeux tout le tour de la tête pour les surveiller. Et plus souvent qu'autrement, ils doivent se moquer de ce que Sonia leur dit. Mais ta fille n'est plus une enfant, elle a quatorze ans. C'est une jeune femme maintenant. C'est tout à fait normal qu'elle préfère aller à l'Expo seulement avec son amie Lise. Je n'ai pas de conseils à te donner, mais tu devrais être plus souple avec Sonia.

— Qu'est-ce que tu veux dire?

— Tu devrais lui laisser un peu plus de liberté. Par exemple, tu pourrais lui permettre d'assister à un spectacle en ville de temps en temps.

— Tu n'y penses pas! Elle pourrait oublier l'heure et manquer son autobus. Pire encore, il se pourrait qu'elle n'ait pas assez d'argent sur elle pour m'appeler. Non, elle aura tout le temps de sortir quand elle sera plus vieille.

— Ma pauvre Sylvie, ce n'est pas en la gardant sous tes jupes jusqu'à ce qu'elle soit majeure que tu vas la protéger. Tu sais comme moi qu'elle peut rencontrer des garçons n'importe où: à l'école, à l'épicerie, dans l'autobus, à l'église…

— Plus je t'écoute, plus je crois que je vais resserrer la vis.

— Ben voyons, tu ne trouves pas que tu es déjà assez sévère? Au contraire, tu dois la laisser vivre son adolescence. Toi, tu n'as pas pu vivre cette période de ta vie comme tu l'aurais voulu parce que tu devais t'occuper de nous. Je ne peux pas croire que tu veux que Sonia connaisse la même chose que toi…

— Bien sûr que non. Je ne souhaiterais pas ça à ma pire ennemie, encore moins à ma fille. Ne va pas penser que c'est parce que je ne vous aimais pas parce qu'il n'en est rien.

— Ne t'inquiète pas, je le sais que tu m'aimes. Mais si nous revenions à Sonia? Je t'en prie, laisse-la vivre un peu. C'est une bonne fille, elle a la tête sur les épaules. Arrête de t'inquiéter, tu peux lui faire confiance. Elle ne fera pas toujours les choix que tu aurais faits, mais c'est normal car elle est différente de toi.

— Oui, on est vraiment différentes. Mais tout ce que je veux, moi, c'est son bonheur.

— Justement, si c'est son bonheur que tu veux, laisse-la tranquille un peu. Elle doit faire ses propres expériences ; c'est de cette manière qu'on devient adulte.

— Je sais que tu as raison, mais ce n'est pas facile pour moi de lâcher prise. S'il fallait qu'il lui arrive quelque chose, je ne me le pardonnerais jamais.

— Voyons, Sylvie, tu ne vas pas t'en vouloir dès qu'il va lui arriver quelque chose ? Ça n'a aucun sens. Ton rôle, c'est d'être là quand elle aura besoin de toi.

— Je vais faire mon possible. Tu sais, elle ne me parle pas beaucoup, et je trouve ça très difficile. J'ai l'impression qu'elle me cache quelque chose et ça m'inquiète au plus haut point. Ça me fait de la peine aussi.

— Crois-tu vraiment qu'on te disait tout quand on était jeunes ? Non ! On te confiait seulement ce qu'on voulait bien te raconter et c'est tout ce qu'il y a de plus normal. L'important, ce n'est pas que Sonia te fasse des confidences, c'est qu'elle sache qu'elle pourra toujours compter sur toi. Tu vois, moi, par exemple, quand j'étais jeune je me confiais beaucoup à notre voisine.

— Georgette ?

— Oui. Un jour, alors que mon petit copain venait de me laisser, elle m'a vue pleurer dans le jardin. Elle m'a demandé d'aller la voir. Je me suis tout de suite sentie en confiance avec elle. À partir de ce jour, chaque fois qu'il m'arrivait quelque chose d'important, j'allais cogner à sa porte. Quand je repartais de chez elle, je me sentais un peu mieux.

— Mais j'aurais pu t'aider…

— Je sais, mais tu en avais déjà plein les bras. Ce que je veux que tu comprennes, c'est que Sonia a le droit de choisir de se confier à quelqu'un d'autre qu'à toi. Ça ne signifie pas qu'elle ne t'aime pas.

— C'est dur pour moi d'entendre ça. Je comprends avec ma tête, mais pas avec mon cœur. Je voudrais tellement être sa meilleure amie.

— Peut-être que ça arrivera un jour, peut-être pas. En attendant, il faudrait que tu respectes ses choix, même si ceux-ci ne font pas ton affaire. Fais-lui confiance et je te garantis que votre relation va s'améliorer. Mais changement de propos… Junior, Luc et les jumeaux sont-ils allés à l'Expo ?

— Junior y est allé plusieurs fois et il a pris des tas de photos. J'ai vraiment hâte de les voir. Il a vite réalisé à quel point c'est coûteux de faire de la photo. C'est facile de photographier mais dur de gagner l'argent pour faire finir les films. Luc est venu deux fois avec moi à l'Expo. Il n'aime pas les foules, alors son plaisir est vite gâché. La dernière fois qu'on y est allés ensemble, il a fait une crise d'asthme alors qu'on était sur le point d'entrer dans le pavillon du Québec. Les jumeaux, eux, préfèrent le parc d'attractions.

— La Ronde ?

— Oui. L'autre jour, j'ai essayé de leur faire visiter l'Expo, mais ils m'ont dit d'y aller toute seule et de revenir les chercher après.

— Et Michel ?

— À mon avis, si je réussis à l'emmener deux fois à l'Expo, ça va être un vrai miracle. Je ne veux pas l'excuser, mais il très occupé avec ses deux emplois. Et tu sais comme moi qu'il montre peu d'intérêt pour tout ce qui touche l'architecture, les sciences et les arts.

— Il n'est pas le seul homme de son espèce, tu sais.

— Finalement, si c'était à refaire, je ne suis pas certaine que je leur offrirais un passeport.

— Ne désespère pas, ils ont bien le temps d'aller à l'Expo ; après tout, elle vient tout juste de commencer. Moi, je pense que tu as eu une bonne idée de payer un passeport aux membres de ta famille. Tu leur as donné le moyen de se cultiver, de voir autre chose. Une chose est certaine, jamais ils ne pourront prétendre que tu les as empêchés d'aller à l'Expo.

— On verra bien. En attendant, moi j'y vais aussi souvent que je le peux et j'adore ça. D'ailleurs, il faudrait bien qu'on y aille ensemble.

— C'est une excellente idée ! En rentrant à la maison, je vérifierai mon agenda. Je t'appellerai pour te dire quand je suis disponible. Bon, est-ce qu'on va magasiner maintenant ?

Chapitre 18

Alors que Sylvie est en train d'éplucher des patates pour le souper, Michel entre en coup de vent dans la cuisine une heure plus tôt que d'habitude. Elle sursaute quand elle entend sa voix.

— Dépêche-toi, il faut aller à l'hôpital, lance-t-il d'un ton inquiet. Ton frère a eu un accident de travail.

Elle entend les mots, mais on dirait que quelque chose l'empêche de décoder le message. Elle interroge du regard son mari. Ce dernier reprend :

— Prends ton manteau et suis-moi, je vais tout t'expliquer en chemin. Paul-Eugène a été conduit à Montréal, à l'hôpital où Shirley travaille. Je vais écrire un mot aux enfants pendant que tu te prépares.

Sylvie s'approche de Michel. Les deux mains sur les hanches, elle réplique :

— Je ne bougerai pas d'ici avant que tu me dises ce qui s'est passé.

Michel répond :

— Paul-Eugène est tombé d'un échafaud il y a à peu près deux heures. Je n'en sais pas plus. Dépêche-toi, je t'en prie.

— Il faudrait au moins que j'appelle papa.

— On l'appellera de l'hôpital.

Sylvie n'insiste pas. Michel est si nerveux qu'il fait pitié à voir.

Pendant que sa femme va chercher son sac à main, Michel griffonne vite un message pour les enfants et le dépose sur la table. Il n'aime pas les laisser sans surveillance, mais pour le moment, il ne peut pas faire autrement. Tout à coup, il lui vient à l'esprit de vérifier si Alain est dans sa chambre. Avec l'horaire qu'il a, il est souvent à la maison à des heures peu conventionnelles. Michel se dirige vers l'escalier du sous-sol. Il est si stressé qu'il ne se donne même pas la peine de descendre avant de crier le nom de son fils à plusieurs reprises. Quelques secondes plus tard, une voix ensommeillée lui répond :

— Papa ? Est-ce que tu m'as parlé ?

— Oui, mon garçon. Je voudrais que tu jettes un coup d'œil à tes frères en attendant que Sonia revienne de l'école. Ta mère et moi, on s'en va à l'hôpital. Ton oncle Paul-Eugène a eu un accident de travail.

— Pas de problème. Est-ce que c'est grave ?

— Je ne sais pas.

— Le temps de me réveiller un peu et je monte.

— Je te remercie. Dis à Sonia qu'on va l'appeler dès qu'on va en savoir un peu plus.

Sur le chemin de l'hôpital, Sylvie et Michel restent silencieux. Perdus dans leurs pensées, ils essaient de garder leur calme malgré l'inquiétude qui leur tord l'estomac. À cette heure-ci, la circulation est dense. Certes, la plupart des conducteurs sortent de Montréal, mais les autos avancent quand même au ralenti. Cela ne fait pas l'affaire de Michel qui ne peut s'empêcher de bougonner après les uns et les autres, au grand désespoir de Sylvie. Celle-ci est tentée de lui proposer de prendre le volant. Après réflexion, elle juge plus sage de prendre son mal en patience ; ce n'est ni le moment ni l'endroit de lancer une discussion de ce genre. Quand ils arrivent enfin à destination, ils se dépêchent d'entrer dans l'hôpital.

— Viens, lance Michel, on va voir si ton frère est encore à l'urgence.

Lorsqu'il arrive devant la réceptionniste, Michel ne prend même pas le temps de la saluer. Il lui demande aussitôt où se trouve Paul-Eugène.

— On vient de l'installer dans une chambre. Montez au quatrième et allez voir l'infirmière.

— Pouvez-vous nous dire comment il va ? s'enquiert Sylvie.

— Je ne suis pas autorisée à révéler quoi que ce soit sur les patients. Comme je viens de le dire à monsieur, vous devez vous rendre au quatrième.

Si Sylvie avait des fusils à la place des yeux, la pauvre réceptionniste mourrait sur-le-champ. Non seulement Sylvie déteste les hôpitaux, mais elle ne peut supporter le ton condescendant avec lequel on s'adresse aux gens du peuple chaque fois que ceux-ci osent poser une question. Il y a longtemps que le personnel médical a oublié que les patients sont leurs clients et que les familles de ceux-ci représentent des clients potentiels. Si une entreprise traitait ses clients comme les patients et les visiteurs sont parfois traités dans les hôpitaux, elle devrait vite fermer ses portes. On attend des heures à l'urgence sans que personne daigne nous tenir au courant de quoi que ce soit qui nous concerne. On attend des mois, voire parfois plus, pour pouvoir passer un examen s'il est un peu spécialisé. Et les médecins ? Sylvie pense qu'il doit y avoir un cours dans leur programme pour leur apprendre à devenir froids et indifférents. On a parfois l'impression que lorsqu'ils regardent un corps malade, ils ne démontrent pas plus de sensibilité que le mécanicien devant un moteur à réparer. Pourtant, la vie circule dans un corps malade.

Et celui-ci possède un cœur, des sentiments, une âme. Tout ça mérite bien un peu d'empathie !

Voyant l'air de sa femme, Michel la prend par un bras et murmure :

— C'est inutile de t'en prendre à cette pauvre fille ; elle ne sait rien. Suis-moi, l'ascenseur est un peu plus loin.

Une fois au quatrième étage, Michel et Sylvie réalisent qu'ils sont aux soins intensifs, ce qui leur donne des frissons dans le dos. L'idée que l'état de Paul-Eugène soit aussi sérieux ne leur avait pas effleuré l'esprit. Sur cet étage, tout peut arriver. Autant la mort qu'un miracle.

Blancs comme des linges, les Pelletier se rendent au bureau des infirmières.

— Nous aimerions voir Paul-Eugène Belley, émet Michel d'une voix brisée par l'émotion. Il a été admis à l'hôpital il y a environ trois heures. Je suis son beau-frère et ma femme est sa sœur.

— Un instant, je vais consulter son dossier.

Au bout d'un court moment qui a semblé une éternité à Michel et à Sylvie, l'infirmière lève la tête et annonce :

— Monsieur Belley est dans la chambre 420. C'est la première à droite.

Alors qu'ils vont partir, l'infirmière ajoute :

— Attendez ! Il y a deux ou trois choses que vous devez savoir au sujet du patient. D'abord, monsieur Belley est dans le coma depuis son arrivée à l'hôpital.

Sylvie se sent défaillir. Elle ne connaît pas grand-chose sur le sujet, mais suffisamment pour savoir que c'est sérieux.

— Qu'est-ce que ça signifie au juste? parvient-elle à demander en prenant appui sur le comptoir.

— En termes simples, ça veut dire qu'il est inconscient. Il ne peut donc pas communiquer. En fait, quand on le regarde, on croirait qu'il dort profondément.

— Et le coma, ça dure combien de temps? demande Michel.

— Personne ne le sait. Ça peut durer des jours, des mois et parfois même des années.

L'infirmière poursuit avant que ses interlocuteurs n'aient le temps de réagir.

— Ce n'est pas tout. Quand vous entrerez dans sa chambre, vous verrez que monsieur Belley est branché de partout. Le médecin vous expliquera ce qu'il en est quand il passera en soirée.

— Mais mon frère a fait une chute de plusieurs pieds… intervient Sylvie. Il n'a rien de cassé?

— Non. Selon le médecin, il est tombé sur la tête et c'est elle qui a tout absorbé.

— Il aurait peut-être été mieux de se casser les membres plutôt que d'être dans le coma, râle Sylvie.

— Croyez-moi, madame, il n'y a rien de meilleur ou de pire quand il s'agit de la santé, répond l'infirmière.

— Est-ce qu'on peut le voir? s'informe Michel d'une voix sourde.

— Bien sûr.

— Est-ce qu'on peut faire quelque chose pour l'aider? s'enquiert Sylvie.

— On sait très peu de choses sur le coma. Certains médecins conseillent de parler aux patients comateux comme s'ils nous entendaient ; d'autres recommandent de les toucher. Je ne sais pas ce qui est le mieux. Le chemin le plus sûr est peut-être de prier. La plupart du temps, les personnes sortent du coma un beau matin, sans raison apparente.

— Merci, murmure Sylvie.

Puis, elle se tourne vers Michel et ajoute :

— Je vais aller téléphoner à papa.

— Si tu veux, je peux aller lui annoncer la nouvelle en personne, propose Michel. Il habite tout près.

La raison de sa proposition réside bien plus dans le fait qu'il a un urgent besoin d'aller prendre l'air, plutôt que dans le désir de ménager son beau-père en lui apprenant la nouvelle de vive voix. Il étouffe dans cet hôpital. Il se sent impuissant pour aider Paul-Eugène. Coma ! C'est tout ce qu'il a retenu des explications de l'infirmière. Il n'a jamais connu personne qui ait été dans le coma. Étant donné que Paul-Eugène est hospitalisé aux soins intensifs, Michel comprend que son beau-frère se trouve dans un état sérieux. Il est conscient qu'il abandonne Sylvie, mais il ne peut faire autrement actuellement. Il passe un bras autour des épaules de sa femme.

— Je vais revenir avec ton père. Mais avant, je veux aller vérifier si Shirley travaille aujourd'hui. Si elle est ici, je vais lui demander de venir te voir.

Sylvie voudrait lui demander de rester, mais elle en est incapable. Une grosse boule d'émotion l'empêche de parler. Elle en sait assez sur l'état de son frère pour savoir qu'il est loin d'être sorti d'affaire, et cela la désespère. Elle ravale ses larmes depuis que Michel lui a appris que Paul-Eugène a eu un accident de travail.

Alors qu'elle regarde son mari s'éloigner, elle s'appuie contre le mur et laisse libre cours à sa peine.

Michel l'entend, mais il ne se retourne pas. C'est trop dur pour lui. Il presse le pas et se dépêche d'entrer dans l'ascenseur. La porte n'est pas encore complètement fermée que de grosses larmes coulent sur ses joues. Comme si c'était voulu, l'ascenseur s'arrête à chaque étage, mais Michel ne fait rien pour cacher son chagrin aux personnes qui entrent et sortent de la cabine. Le regard voilé par les larmes, il pense à Paul-Eugène. Celui-ci n'a pas le droit de mourir maintenant; il a besoin de lui. La vie est trop injuste.

Une fois au rez-de-chaussée, Michel va demander à la réceptionniste si Shirley travaille.

— Oui. Elle est en chirurgie présentement. Le poste pour la joindre est le 324. Vous pouvez utiliser le téléphone près de la porte.

Comme un automate, Michel se rend jusqu'au téléphone. Il compose le numéro et espère de toutes ses forces que l'amie de sa femme va répondre. Ce n'est qu'au bout de la cinquième sonnerie qu'elle décroche. Il lui raconte ce qui est arrivé à Paul-Eugène. Shirley lui promet d'aller voir Sylvie pendant son heure de souper.

Michel sort vite de l'hôpital et prend la direction de la maison de son beau-père. Une petite marche va lui faire le plus grand bien.

* * *

Lorsque le couple Pelletier revient enfin à la maison, il est plus de dix heures. La maison est aussi silencieuse qu'en pleine nuit. Prince 2 se contente de lever la tête en voyant ses maîtres. Michel et Sylvie tirent chacun une chaise à un bout de la table et se laissent tomber dessus. Ils sont épuisés, comme si un camion leur était passé sur le corps. La soirée a été longue.

— Il faudrait qu'on mange quelque chose, dit Sylvie.

— J'ai plus envie d'aller dormir que de manger, répond Michel d'une voix monocorde.

— Ce n'est pas bon d'aller dormir le ventre vide, on risque de se réveiller en pleine nuit. Je vais nous préparer un sandwich au poulet.

Sylvie se lève péniblement. Elle ouvre le réfrigérateur et sort le plat contenant le poulet de la veille. Quelle n'est pas sa surprise en découvrant qu'il est rempli de patates pilées.

— Eh bien, on va devoir se contenter de rôties, car le poulet s'est volatilisé… Il reste peut-être du jambon…

Sylvie part à la recherche de celui-ci jusqu'au fond du réfrigérateur, sans succès. On voit bien que la fin de la semaine est arrivée, il ne reste plus grand-chose dans le frigo.

— Avec de la confiture de fraises ou du beurre d'arachide ? demande-t-elle.

— Le jambon ? lance Michel d'un air surpris.

— Non, répond Sylvie en riant, je parle des rôties. Oublie le jambon. Les enfants ont tout mangé.

— Ça ne me surprend pas, commente Michel, un pâle sourire sur les lèvres. J'aimerais avoir de la confiture de fraises sur mes rôties.

Lorsque Sylvie sort le pot de confiture de fraises, elle constate qu'il en reste à peine pour tartiner une tranche de pain. Elle éclate de rire. Elle est vite imitée par Michel, qui dit entre deux hoquets :

— À bien y penser, je vais prendre du beurre d'arachide.

La seconde d'après, Michel et Sylvie rient si fort que Prince 2 se réveille. Le chien vient les trouver.

— On pourrait se servir une bonne bière avec ça ! plaisante Sylvie.

— C'est une excellente idée !

Chapitre 19

— Les malheurs vont-ils finir par nous lâcher ? se plaint Michel en raccrochant le téléphone. Il ne manquait plus que ça. Tante Marcella a eu un accident d'auto hier.

— Comment va-t-elle ? s'informe Sylvie.

— Heureusement, elle s'en est tirée avec plus de peur que de mal. Mon père m'a dit qu'elle avait seulement quelques bleus. Elle a eu de la chance, car son auto est complètement démolie. Les policiers ne comprennent pas comment il se fait qu'elle soit encore en vie.

— Comme ma grand-mère le disait : « Quand ce n'est pas notre heure, rien ne peut nous arriver. » Est-ce que je t'ai déjà raconté comment mon grand-père maternel est mort ?

— Non.

— Il est mort écrasé entre deux tramways.

— Ouf ! Tu parles d'une mort affreuse… Comment est-ce arrivé ?

— Il a traversé la rue entre deux tramways comme il avait l'habitude de le faire, sauf que ce jour-là, la chance n'était pas avec lui.

— Est-ce qu'il a souffert ?

— Il est mort sur le coup. Ma mère avait seulement huit ans quand c'est arrivé. Ça doit être assez effrayant de mourir de cette manière.

— À part mourir pendant son sommeil, je trouve que toutes les autres façons de partir comportent leur dose de violence. Bon, changement de sujet, as-tu eu des nouvelles de ton frère ?

— Pas aujourd'hui. Hier, Shirley est allée le voir. Elle m'a dit que c'était toujours pareil. Ça fait déjà deux semaines que Paul-Eugène est dans le coma et il n'y a rien qui change.

— Le docteur nous a avertis ; ça peut durer quelques jours, mais ça peut aussi durer plusieurs mois.

— En tout cas, ce n'est vraiment pas drôle. Papa va voir Paul-Eugène tous les jours. J'ai beau lui conseiller d'en profiter pour se reposer quand je vais à l'hôpital, il ne veut rien entendre. Il me répète qu'il veut être là le jour où son fils va revenir à lui. C'est vrai qu'on n'est pas très nombreux à aller voir mon frère. À part nous, Chantal qui y va quand elle est en ville, et papa et Suzanne, on a vite fait le tour.

— Personne du clan de Ginette n'est encore allé à l'hôpital ?

— En tout cas, pas pendant que nous y étions.

— Ils sont vraiment spéciaux, Ginette et ses acolytes. Et après, ils osent prétendre qu'ils ont droit à l'héritage de ton père. C'est vraiment n'importe quoi.

— Que veux-tu qu'on y fasse ? Ce n'est pas demain la veille qu'on va pouvoir les changer. Mais j'y pense, avec toutes nos histoires, as-tu pensé à aller chercher les pilules pour contrôler ton diabète ?

— J'ai complètement oublié, même que tu as probablement lavé la prescription. Je l'avais laissée dans mes pantalons de travail.

— Alors, je vais m'en occuper. Et si la prescription est passée dans la laveuse, j'appellerai la secrétaire du docteur pour en avoir une autre.

— Je ne veux pas me plaindre, mais depuis que Paul-Eugène est à l'hôpital, je n'ai pas eu une seule minute à moi. D'ailleurs, il faudrait vraiment que j'aille faire une petite tournée pour ramasser quelques antiquités parce que mon stock commence sérieusement à diminuer. C'est à croire que tout le monde change son mobilier. Hier, j'ai demandé à Fernand de venir me donner un coup de main au magasin. Tu aurais dû le voir, il était fou comme un enfant. Demain, je vais lui montrer l'essentiel, en tout cas suffisamment pour qu'il puisse rester seul au magasin. Comme ça, samedi, je serai libre de faire mes affaires.

— C'est une excellente idée, mais ce serait vraiment important que tu prennes tes pilules contre le diabète. On ne rit pas avec cette maladie.

— Arrête de t'en faire avec ça. Ce n'est rien comparativement à ce qui arrive à Paul-Eugène. Le docteur l'a dit, je fais juste un peu de diabète. En mangeant moins de sucre, tout devrait rentrer dans l'ordre en quelques mois. Tu l'as entendu comme moi…

— Oui mais, depuis ta visite chez le docteur, je serais prête à gager que tu manges plus de sucre.

— C'est normal, je suis nerveux.

— Nerveux ou pas, il va falloir que tu te prennes en main. Je veux bien t'aider, mais je ne me vois pas priver toute la famille de dessert pour t'empêcher d'en manger.

— Le docteur ne m'a pas interdit d'en manger, à ce que je sache.

— Non, mais il ne t'a pas dit non plus d'en manger plus.

Piqué par la dernière remarque de Sylvie, Michel prend son journal et fait mine de lire. Il n'a pas oublié d'aller chercher sa prescription. Il aime tellement le sucre que de devoir en manger moins le met tout à l'envers, et Sylvie ne s'est pas trompée en affirmant qu'il en mange plus depuis qu'il a vu le docteur. C'est plus fort que lui : il ne peut pas résister à un dessert. Il aime tout ce qui est sucré. Chaque fois qu'il mange un plat sucré, c'est comme si toute sa vie devenait soudainement plus belle, comme si tous ses problèmes cessaient d'exister instantanément. Il l'a caché à Sylvie, mais il n'a pas l'intention de prendre ses pilules. C'est un choix qu'il a fait en toute conscience. D'abord, parce qu'il déteste prendre des pilules au plus haut point. Ensuite, parce que son état n'a rien de grave. Le médecin l'a dit lui-même : en diminuant sa consommation de sucre, tout devrait se replacer. Ce n'est quand même pas sorcier. Et puis, à l'âge qu'il a, Michel est capable de se raisonner. De plus, un peu de sucre n'a jamais tué personne. Son père a été un gros mangeur de desserts toute sa vie et il n'a aucune trace de diabète.

Michel croit qu'il a une santé de fer. D'aussi loin qu'il se souvienne, à part une grippe par année, il n'a jamais été malade. C'était la première fois qu'il devait avoir des prises de sang et subir des examens. Si ce n'avait été de l'insistance de Sylvie, il se serait contenté de prendre un petit verre de gros gin chaque matin et il aurait attendu que la forme revienne. Il aurait ainsi pu continuer à manger du sucre autant qu'il l'aurait voulu sans sentir une épée de Damoclès au-dessus de sa tête dès qu'il porte un aliment sucré à sa bouche. Depuis qu'il sait qu'il fait un peu de diabète, il se sent coupable de tricher mais en même temps, il n'a qu'une envie, braver le diagnostic du médecin en s'empiffrant davantage. Et puis, tout ce que ce dernier a trouvé à lui conseiller pour diminuer sa fatigue, c'est de moins travailler. Facile à dire, mais pour le moment, Michel ne peut pas réduire ses activités. Tant que Paul-Eugène ne reprendra pas du service, il est obligé de mettre les bouchées doubles, qu'il le veuille ou non.

Alors qu'il se lève pour aller se chercher une bière, on sonne à la porte. Comme il se trouve à proximité, il va ouvrir.

— Bonsoir, monsieur, dit l'homme. J'ai ici une livraison pour mademoiselle Sonia Pelletier. Je suis au bon endroit ?

— Oui, oui, c'est ma fille. Qui peut bien lui avoir envoyé ça ?

— Moi, je n'ai que l'adresse. Mais le nom de l'expéditeur figure sûrement sur la carte qui est attachée après les fleurs. C'est un sacré beau bouquet. C'est de loin le plus beau que j'aie livré depuis des semaines.

— Je suis d'accord avec vous. Non seulement il est beau, mais il est très gros.

— Il y aussi une petite boîte, annonce-t-il en tendant l'objet à Michel. Ça ressemble à une boîte de chocolats. Elle en a de la chance, votre fille.

— Vous avez raison. J'ai hâte de savoir qui lui a envoyé tout ça. Je vous remercie, monsieur.

La porte à peine refermée, Michel se précipite dans la cuisine, le bouquet dans une main et la boîte dans l'autre. En voyant les fleurs, Sylvie se met à espérer qu'elles sont pour elle. Mais il y a très peu de chances que ce soit Michel qui les lui ait achetées, car il ne les aurait sûrement pas fait livrer. Qui d'autre aurait pu lui faire un tel présent ? Xavier Laberge, peut-être ?

— Pour qui sont ces belles fleurs ? s'enquiert-elle.

— J'aimerais bien te dire qu'elles sont pour toi, mais elles sont pour Sonia.

— Pour Sonia ? demande Sylvie d'un air surpris. Qui peut bien lui avoir envoyé un pareil bouquet ?

— Je ne le sais pas. Et ce n'est pas tout. Il y a aussi une boîte de chocolats.

— Ah oui ?

— Je vais aller lui porter tout ça dans sa chambre.

— Attends, je vais plutôt aller chercher notre fille. Il faut qu'on sache de qui viennent ces cadeaux.

— Ça ne presse pas tant que ça de le savoir. Bon, je vais aller remettre les fleurs et le chocolat à Sonia.

— Comme tu veux. Je ferai mon enquête plus tard. En tout cas, l'expéditeur n'y est pas allé avec le dos de la cuillère. Je n'ai jamais vu un aussi gros bouquet. Et il est très beau, en plus.

— J'ai passé le même commentaire au livreur.

Sonia est en train de lire pour la énième fois ses brochures sur la Belgique. Elle se lève brusquement en voyant les fleurs.

— Elles sont pour toi, déclare son père. Et cette boîte aussi.

— Pour moi ? s'étonne la jeune fille. Qui peut bien m'avoir envoyé ça ?

— Ta mère et moi, nous comptons sur toi pour nous le dire.

— C'est sûrement écrit sur la carte.

Sonia déchire plus qu'elle n'ouvre la petite enveloppe. C'est bien ce qu'elle croyait. Un large sourire s'épanouit instantanément sur ses lèvres.

Pour Sonia.
J'ai hâte de te revoir !
Normand

C'est la première fois de toute sa vie que Sonia reçoit des fleurs. Elle est folle de joie.

En voyant le sourire de sa fille, Michel abonde immédiatement dans le sens de Sylvie. Il faut en savoir plus sur le fameux prétendant, et le plus vite sera le mieux.

Une fois son père parti, Sonia serre le bouquet sur sa poitrine. Elle ne pourrait pas être plus heureuse qu'en ce moment. Elle dépose les fleurs sur son lit et se dépêche d'ouvrir la boîte. Celle-ci contient six petits chocolats identiques. Ne pouvant résister, la jeune fille en mange un. Elle prend le temps de savourer ce pur délice. Puis, elle en avale un deuxième, un troisième. Les chocolats sont tellement bons que Sonia ne peut s'empêcher de tous les manger. Elle referme la boîte en songeant qu'elle en aurait mangé encore autant. Elle prend son bouquet et sort de sa chambre ; il est grand temps qu'elle mette les fleurs dans l'eau. Aussitôt que la jeune fille apparaît dans la cuisine, sa mère l'apostrophe :

— Tu en as de la chance d'avoir reçu d'aussi belles fleurs.

— C'est vrai ! Tu ne peux même pas savoir à quel point je suis contente.

— On le serait à moins. Mais qui donc te les a offertes ?

Sonia savait que la question finirait par venir, mais elle redoute d'y répondre. Elle pourrait dire n'importe quoi, mais tôt ou tard, ses parents finiront par savoir la vérité. Il vaut mieux jouer franc jeu tout de suite. Que ça leur plaise ou non, Normand fait désormais partie de sa vie. Alors, Sonia décide de plonger la tête la première.

— Elles viennent de Normand, explique-t-elle d'une toute petite voix.

— Et qui est ce Normand ? s'enquiert Sylvie.

— J'ai fait sa connaissance quand je suis allée voir un spectacle avec tante Chantal, tante Irma et Lise.

— Tu n'as pas répondu à ma question : qui est ce Normand ?

Sonia respire un bon coup avant de se jeter à l'eau.

— C'est le chanteur du groupe Les 409.

— C'est un musicien? demande Sylvie d'un ton rempli de reproches.

— Oui. En plus de chanter, il joue de la guitare.

— Mais il doit être bien plus âgé que toi?

— Un peu, oui. Il a dix-huit ans.

— Tu n'y penses pas! Tu ne peux pas sortir avec un garçon de cet âge, tu n'as que quatorze ans. Jamais je ne permettrai que ma fille fréquente un homme plus vieux qu'elle et de surcroît un musicien. Il n'en est pas question!

— Mais, maman, ça n'a pas de sens ce que tu viens de dire. Papa et toi, vous avez pratiquement la même différence d'âge.

— Ce n'est pas pareil.

— Pourquoi c'est différent? Attends au moins de connaître Normand avant de le condamner. Je t'assure que c'est quelqu'un de très bien.

— Il n'en est pas question!

— Mais, maman…

— Il n'y a pas de mais. Je veux que tu appelles ce garçon et que tu lui annonces que tout est fini, un point c'est tout. Je ne reviendrai pas là-dessus. Et va porter les fleurs dans la poubelle dehors.

— Jamais! Ce sont mes fleurs et non les tiennes et je vais tout faire pour qu'elles restent belles le plus longtemps possible. Tu peux contrôler ma vie, mes sorties et même choisir mes amoureux, mais je refuse que tu te mêles du reste. C'est trop injuste! Jamais tu n'oserais faire la même chose à Alain ou à Martin. Pourquoi a-t-il fallu que je tombe dans une famille où les règlements sont différents pour les filles?

Michel a assisté à la discussion sans intervenir, mais là, il trouve que Sylvie va trop loin. Certes, ça ne lui plaît pas beaucoup que sa fille soit amoureuse d'un musicien, mais un musicien n'est pas nécessairement un mauvais garçon. Ce n'est pas une question de métier, mais bien plutôt une de personnalité et d'éducation. Il n'ignore pas que Sylvie n'appréciera pas son commentaire, mais il ne peut pas la laisser gérer la vie de leur fille à sa guise.

— Arrêtez toutes les deux ! crie Michel. J'ai aussi mon mot à dire.

— On a déjà convenu que je m'occuperais de l'éducation des enfants ! proteste Sylvie.

— Oui, mais je t'avertis que je ne te laisserai pas faire, cette fois. Sonia est aussi ma fille et il n'est pas question que tu lui empoisonnes la vie. J'ai trop vu agir mon père avec mes sœurs. Tant que je ne connaîtrai pas ce Normand, je ne pourrai pas me faire une idée sur lui. Nous allons le recevoir à manger.

— Mais il va falloir que ce soit en semaine, parce qu'il donne beaucoup de spectacles la fin de semaine, intervient Sonia.

— Eh bien, nous le recevrons un soir de semaine. Il faudrait juste que tu avises ta mère quelques jours à l'avance.

— Merci papa ! s'écrie Sonia en sautant au cou de son père.

— Il n'y a pas de quoi, ma belle fille. Mets les fleurs dans l'eau maintenant et téléphone à ton Normand pour le remercier. Je suis certain que tu en meurs d'envie.

— Maman, est-ce que je peux prendre le pot à fleurs ? demande Sonia d'une voix mal assurée.

Sylvie est tellement fâchée qu'elle doit faire un réel effort pour répondre à sa fille.

— Tu sais où il est…

Michel s'approche de sa femme. Il lui passe un bras autour des épaules.

— Viens, on va aller prendre une marche. Il faut qu'on parle un peu, toi et moi.

— Je n'ai pas envie d'aller marcher, bougonne-t-elle.

— Alors, viens t'asseoir dans le salon avec moi.

En fin de soirée, quand Michel et Sylvie vont au lit, ils ont eu tout le temps de vider la question. Michel a expliqué son point de vue en long et en large. Il a mentionné que plus Sylvie et lui allaient mettre des bâtons dans les roues à Sonia, plus celle-ci deviendrait cachottière. Il a raconté comment ses sœurs ont réagi face au comportement de son père. Il a insisté sur le fait qu'il comprenait très bien la réaction de Sylvie ; étant donné qu'elle n'a pas fait sa vie de jeunesse, il est normal qu'elle ait peur pour leur fille. Finalement, il a promis qu'il veillerait aussi sur Sonia. Au début, Sylvie était froide comme un bloc de glace. Elle campait sur ses positions, au point que Michel a cru qu'il n'arriverait jamais à lui faire entendre raison. Finalement, après un échange endiablé, elle a fini par se ranger à son avis.

— C'est d'accord, j'accepte de m'en remettre à ton jugement. Mais si ça ne marche pas, on va revenir à ma méthode.

Michel s'est bien gardé de répliquer. Il sait que ce n'est pas la seule discussion que sa femme et lui auront sur le sujet, mais pour le moment, il vaut mieux en rester là. Ils vont d'abord faire la connaissance de Normand. Ensuite, ils aviseront.

* * *

Cette nuit-là, Sonia rêve à son beau Normand. Cette fois, il ne se contentait pas de lui offrir des fleurs, il la demandait en mariage. Au réveil, la jeune fille a le sourire facile. Elle l'a encore même quand elle croise Langis à la fin de son premier cours. L'air triste du garçon prouve qu'il ne s'est pas encore remis de leur rupture, et c'est à peine s'il la salue. Mais cela ne concerne plus Sonia. Elle, elle nage dans le bonheur total et elle n'a pas l'intention de laisser qui que ce soit le briser.

Chapitre 20

Voilà déjà près d'une semaine que Sylvie court les magasins pour dénicher un cadeau pour chaque membre de la famille, comme elle s'était promis de le faire quand elle a reçu l'héritage de son amie Jeannine. Elle a pris le temps de réfléchir à ce qui ferait plaisir à chacun. Elle n'est pas encore certaine que tous ses enfants réussiront leur année scolaire, mais il sera toujours temps de sévir si par malheur les jumeaux obtiennent de mauvais résultats. De toute façon, ils sont les seuls à ne pas se soucier d'avoir de bonnes notes. Tout ce que Sylvie peut espérer, c'est que leur dernière punition leur ait servi de leçon – mais cela est loin d'être sûr avec eux.

Ce soir, elle déposera ses cadeaux à la place de chacun à la table. Elle demandera aux siens de les ouvrir un à un, car elle veut avoir le temps de bien voir leur réaction. Elle a aussi acheté une surprise pour Michel. C'est le cadeau qui lui a donné le plus de fil à retordre ; elle n'a jamais compris pourquoi, mais c'est toujours compliqué de trouver quelque chose pour lui. On dirait que Michel a tout ce qu'il lui faut. Une fois qu'il a un rasoir, une montre, une bouteille de lotion Old Spice et quelques vêtements, il n'a besoin de rien de plus pour être heureux. Comme il ne lit rien d'autre que le *Dimanche-Matin* et le *Bulletin des agriculteurs* – même s'il n'a jamais rien cultivé de toute sa vie –, côté lecture, il n'y a aucune possibilité de cadeaux non plus.

Une fois que tous auront déballé leur cadeau, elle demandera à Michel d'aller acheter du poulet frit Kentucky. Cela fera plaisir à tout le monde. Personne ne le sait, mais son père et Suzanne viendront souper. Sylvie a aussi acheté un petit quelque chose pour eux deux. Ce soir, Shirley ira tenir compagnie à Paul-Eugène. L'infirmière a beaucoup aidé Sylvie et sa famille depuis que ce dernier est à l'hôpital. Grâce à elle, ils comprennent un peu mieux ce qui arrive à son frère. C'est rassurant de pouvoir compter sur quelqu'un comme Shirley.

Cette fin d'année sera mémorable pour les Pelletier. Dans deux jours, Sonia partira pour la Belgique, et dans moins d'une semaine, ils déménageront dans leur nouvelle maison. Il y a tellement de boîtes partout dans la maison que cela ressemble à un entrepôt. Une fois emménagés, ils disposeront de quelques jours pour s'installer avant que la visite arrive chez eux. Si tous s'en tiennent à ce qu'ils ont dit, cela ne dérougira pas de l'été. En temps normal, Sylvie aurait cuisiné beaucoup de plats à l'avance pour ne pas être prise de court. Mais à cause du déménagement, elle a dû se contenter de préparer les repas à mesure. Pour le reste, elle avisera. De toute façon, en principe, les visiteurs ne viendront à la maison que pour dormir puisque la raison de leur passage est d'aller à l'Expo. Évidemment, s'il pleut, ça risque peut-être de changer leurs plans. Mais comme ce sera leur seule occasion de voir l'Expo, il y a fort à parier qu'ils iront là-bas malgré tout. Armé d'un parapluie, il y a moyen de visiter l'Expo quand même.

Sylvie a fait livrer les plus gros cadeaux cet après-midi seulement. Elle les a fait déposer dans le garage. Elle s'est dépêchée de verrouiller celui-ci et elle garde précieusement la clé dans son sac à main. Elle est fière de son coup. Elle pense avoir fait les bons choix pour chacun. Si ce n'est pas le cas, elle pourra toujours aller échanger ce qui ne fera pas l'affaire.

Les jumeaux sont si excités d'avoir enfin terminé l'école que Sylvie les entend bien avant qu'ils entrent dans la maison. Elle sourit. Ils sont loin d'être parfaits, ses deux petits chenapans, mais ils sont si attachants. Dès qu'ils ouvrent la porte d'en avant, ils lancent leurs sacs d'école dans le couloir. Sylvie leur dit d'un ton sévère :

— Je commence à comprendre pourquoi je suis obligée de faire réparer vos sacs chaque année.

— Salut, maman! s'écrie François. Je pensais que la cloche ne sonnerait jamais.

— Pourquoi ils nous gardent à l'école aussi longtemps? se plaint Dominic. On n'a rien fait de tout l'après-midi.

— Tu oublies qu'on a lavé notre pupitre.

— Comment aurais-je pu l'oublier? Ça nous a pris deux heures. Ils seraient bien mieux de nous laisser partir tant qu'à nous faire faire des choses inutiles.

— Nettoyer vos pupitres est loin d'être inutile, explique Sylvie. Imaginez un peu si le concierge était obligé de les laver un par un…

— Ça lui ferait quelque chose à faire pendant l'été, affirme Dominic. C'est son travail après tout, pas le nôtre.

— Avez-vous vu Luc? s'informe Sylvie.

— Il ne devrait pas tarder. La directrice a fait tirer des prix et son nom est sorti. Il fallait qu'il aille chercher son cadeau après l'école.

— Vous auriez pu l'attendre, observe leur mère.

— C'est lui qui nous a demandé de ne pas l'attendre, rouspète François. Mon petit doigt me dit qu'il y a une fille là-dessous.

— Savez-vous ce qu'il a gagné?

— Non, répond Dominic.

— Je suis tellement content d'être en vacances! se réjouit François.

— Et moi donc! renchérit Dominic. Maman, est-ce qu'on peut prendre une collation spéciale?

— Comme quoi? demande Sylvie.

— Je ne sais pas trop, répond Dominic. Tu pourrais peut-être nous faire une petite surprise.

Le sourire aux lèvres, Sylvie répond :

— Attendez que j'aille voir dans ma chambre…

Une minute plus tard, Sylvie revient dans la cuisine avec une grosse boîte de chips Fiesta. Les jumeaux accourent jusqu'à leur mère et se collent contre elle.

— Tu es la meilleure mère du monde entier ! s'écrie Dominic.

— Attendez, ce n'est pas tout, annonce Sylvie. J'ai acheté deux pintes de lait au chocolat.

— Merci maman ! s'exclame François. Tu nous gâtes vraiment beaucoup.

Sylvie est fière de son coup. Elle dépose la boîte de chips sur la table et va chercher des verres et des bols. Pendant ce temps, Dominic sort une pinte de lait au chocolat du réfrigérateur. Bien installé à la table, François s'active à ouvrir la boîte de chips. Une fois celle-ci ouverte, il se dépêche de prendre une chip. Avant de la porter à sa bouche, il dit :

— C'est comme si tu nous redonnais une partie de ce que tu nous as enlevé quand tu nous as punis parce qu'on était allés ramasser des vers de terre pour les vendre à l'épicerie.

Sylvie ne peut s'empêcher d'éclater de rire.

— Ouais, cette fois-là, on ne t'a pas trouvée drôle du tout, commente Dominic.

— Même qu'on était très fâchés après toi.

— Bon, dit Sylvie, ne pensez plus à ça. Racontez-moi plutôt ce que vous avez l'intention de faire cet été.

— Si tu es d'accord, on aimerait bien retourner à Jonquière comme l'année passée, répond François.

— Je ne sais pas si ça va être possible. Je ne pense pas qu'on puisse aller vous chercher. À moins qu'on profite de la visite qu'on aura cet été pour vos conduire à Jonquière et vous ramener.

— On pourrait prendre l'autobus aussi, propose Dominic.

— Ce n'est pas une bonne idée. Si je me souviens bien, il faut faire un transfert à Québec. Vous êtes encore trop jeunes pour voyager de cette manière.

— Tu nous connais mal, maman, proteste Dominic. On est très débrouillards. Tu devrais le savoir, c'est toujours pour ça que tu nous punis. Est-ce que je peux prendre encore des chips?

— Oui, mais juste un peu, répond Sylvie. Il faut vous garder de la place pour le souper.

— Qu'est-ce qu'on va manger? s'enquiert François.

— C'est une surprise.

— Pas encore une nouvelle recette, au moins… se lamente Dominic.

— Vous verrez.

— En tout cas, si on se fie à l'odeur, on risque de manger des sandwiches, ironise François. Il n'y a rien qui cuit car il n'y a aucune senteur.

C'est à ce moment que Luc fait son entrée. Prince 2 court à sa rencontre.

— J'ai gagné cinq laissez-passer pour aller au cinéma, annonce le garçon en entrant dans la cuisine.

— Maudit chanceux! lance Dominic. Est-ce qu'on va pouvoir y aller avec toi?

— On verra, répond Luc. Est-ce que je peux avoir des chips?

— Sers-toi, lui dit sa mère, c'est pour la collation.

— Il y a du lait au chocolat aussi.

— Wow! Est-ce qu'on fête quelque chose?

— Mais oui, on fête la fin de l'école, déclare Dominic.

— Je pensais que la journée ne finirait jamais! s'écrie Luc. Je ne comprendrai jamais pourquoi on nous oblige à nettoyer notre pupitre alors que c'est tout ce que le concierge a à faire pendant l'été. Merci maman pour les chips et le lait au chocolat, c'est très gentil.

* * *

Quand les Pelletier prennent place à la table, ils se demandent pourquoi on les a appelés pour manger. Tout ce qu'il y a dans l'assiette de chacun, c'est une enveloppe adressée à son nom.

— Faites-moi confiance, vous ne le regretterez pas, affirme Sylvie. Vous vous souvenez, lorsque j'ai hérité de mon amie Jeannine, je vous avais promis de vous gâter un peu à la fin de l'école.

— Bien sûr qu'on s'en souvient! indique François.

— Eh bien, c'est ce soir que ça se passe. J'ai acheté un cadeau pour chacun d'entre vous. J'espère que vous serez contents.

— Mais qu'est-ce qu'on va manger? s'inquiète Dominic.

— Patiente un peu, répond Sylvie, tu le sauras dès que tout le monde aura ouvert son enveloppe. Vous devez ouvrir votre enveloppe seulement quand je vais vous le dire.

— Est-ce que ça signifie qu'on va tous avoir de l'argent en cadeau ? s'enquiert Dominic.

— Je te rassure tout de suite, ce n'est pas le cas. On va commencer avec Junior.

En voyant son fils déchirer l'enveloppe, Sylvie se retient de parler. Ce soir, elle n'a aucune envie de le reprendre. Quand Junior voit ce qui est écrit sur la lettre, un large sourire apparaît sur ses lèvres.

— Merci maman, tu ne pouvais pas mieux choisir !

— Tu pourrais au moins nous dire ce que tu as reçu ! s'écrie Luc.

— Maman m'a donné cinq films avec développement inclus et elle me paie une session de cours de danse.

— Je te remettrai tes présents quand tout le monde aura ouvert sa lettre, annonce Sylvie. C'est maintenant au tour de Sonia.

— On dirait que c'est Noël ! s'exclame Sonia. J'ai vraiment hâte de voir ce que tu m'as acheté.

Contrairement à Junior, Sonia prend le temps d'ouvrir son enveloppe proprement, comme dirait Sylvie. Immédiatement après que la jeune fille a lu sa lettre, elle va embrasser sa mère.

— Merci beaucoup maman, c'est un excellent choix.

— Qu'est-ce que tu as eu ? s'informe Dominic.

— Un porte-monnaie rempli de francs belges.

— Et nous, quand est-ce que ça va être notre tour ? demande Dominic, préoccupé.

— Maintenant, c'est votre tour, à François, Luc et toi. Je veux que vous ouvriez votre enveloppe en même temps.

Après avoir vu le seul mot écrit sur leur lettre, les trois garçons lancent le bout de papier dans les airs et agitent leurs bras au-dessus de leurs têtes. Ils sont fous de joie : leur mère a offert à chacun une bicyclette.

— Est-ce qu'elles sont neuves ? s'enquiert Luc.

— Bien sûr ! répond Sylvie.

— Est-ce qu'on peut les avoir tout de suite ?

— Il va falloir que vous patientiez quelques minutes encore. Avant, il faut qu'Alain, Martin, votre père et vos grands-parents ouvrent leurs enveloppes.

Michel est sur le point de revenir avec le poulet Kentucky. Le reste de la famille est sorti pour regarder les trois plus jeunes sur leurs nouvelles bicyclettes. Assise dans sa chaise berçante, Sylvie est fière : tous sont très contents de son choix de cadeaux, ce qui la comble de joie. Ils ne le savent pas, mais elle leur réserve une dernière surprise. Elle a acheté pour chacun d'entre eux une pleine boîte de leur friandise préférée. Elle s'est même acheté une boîte de pipes à la réglisse juste pour elle. Elle ferme les yeux quelques secondes pour remercier Jeannine. Sans elle, elle n'aurait jamais pu gâter autant les siens, et elle ne serait pas sur le point d'emménager dans une nouvelle maison. C'est à ce moment que la sonnerie du téléphone retentit. Elle vient à peine de décrocher qu'une voix remplie de bonheur s'écrie :

— Il vient de se réveiller !

Comme Sylvie ne réagit pas tout de suite, Shirley ajoute :

— Sylvie ? Paul-Eugène vient de se réveiller.

Sylvie ne peut s'empêcher d'éclater en sanglots.

— C'est papa qui va être content. Merci mon Dieu ! Dis à mon frère qu'on va aller le voir dès que Michel sera revenu.

— Prenez votre temps, je vais rester avec lui jusqu'à ce que vous arriviez.

Chapitre 21

Les rideaux sont installés. Les murs ont tous été lavés, les armoires aussi. Les salles de bains ont été frottées de fond en comble à l'eau de Javel. Il ne reste maintenant plus que quelques boîtes à défaire, et ce sont celles de Sonia. Avant de partir en voyage, elle a fait promettre à sa mère de ne rien faire dans sa chambre, de ne pas même poser les rideaux. Évidemment, sa demande était loin d'enchanter Sylvie qui aime que les choses se fassent vite et bien. D'ailleurs, si ça n'avait tenu qu'à elle, elle aurait quand même procédé. C'est plus fort qu'elle : Sylvie a horreur quand les choses traînent en longueur.

— Laisse donc à Sonia le plaisir de faire les choses elle-même pour une fois, lui a conseillé Michel, surtout que c'est elle qui l'a demandé. Tu en as assez fait. Si ça te fatigue à ce point-là, tu n'as qu'à fermer la porte de sa chambre. Comme ça, tu ne verras pas qu'il n'y a pas de rideaux.

— Mais qu'est-ce que les voisins vont dire ? s'est-elle indignée.

— Les voisins ? Ils ne pourront pas dire grand-chose, car la chambre de Sonia donne sur l'arrière de la maison. Arrête de t'en faire avec des riens. Profite plutôt de notre nouvelle maison. Et puis, penses-y : on va maintenant pouvoir mettre l'auto dans le garage. Profite aussi du silence. Ici, on n'entend que le chant des oiseaux et les enfants qui jouent dans la rue. Et quand on aura le goût d'écouter de la musique forte, on n'aura qu'à aller rendre une petite visite à Shirley !

— Je peux t'assurer que nos anciens voisins ne me manquent pas. Je suis tellement contente qu'on soit enfin débarrassés d'eux que je n'irai certainement pas me mettre dans leurs jambes exprès.

— Es-tu en train de me dire que tu n'iras pas voir Shirley?

— Ce n'est pas à ce point-là, quand même. Souviens-toi qu'on a promis de veiller sur elle. Mais je préfère l'inviter ici.

— Sais-tu comment elle s'en tire avec eux?

— Apparemment, elle ne trouve pas ça si terrible. Il paraît même que ses enfants et ceux des voisins se sont liés d'amitié.

— Tant mieux. Au fond, c'est peut-être nous qui sommes malcommodes.

— Arrête ça tout de suite! Jamais tu ne me feras croire que le problème venait de nous. On n'était pas les seuls à ne pas pouvoir les sentir; tout le monde sur la rue se plaignait de leur comportement.

Michel est très heureux d'être enfin installé dans sa nouvelle maison. Ces dernières semaines, il a travaillé encore plus fort que d'habitude – d'abord pour déménager et, ensuite, pour satisfaire aux nombreuses demandes de Sylvie afin de s'assurer qu'ils seront fin prêts quand la visite arrivera, ce qui ne saurait tarder. Comme il y a une chambre de plus ici que dans leur ancienne maison, Michel et Sylvie ont décidé de la garder libre pendant la durée de l'Expo. Ainsi, ils ne seront pas obligés de demander aux enfants de prêter leur chambre aux visiteurs.

Même si Alain et Lucie sont mariés depuis plus d'un mois, Michel ne s'est pas encore habitué aux circonstances dans lesquelles le mariage s'est fait. Il a beau se répéter que les deux jeunes s'aiment – et il a toutes les raisons d'y croire quand il les voient ensemble –, dès qu'il pense à la raison pour laquelle ils se sont mariés, c'est plus fort que lui, ça le met en colère. Et ça le rend triste aussi. D'ailleurs, cela n'a pas été un beau mariage, en tout cas pas au sens où Michel l'entend. Paul-Eugène venait tout juste d'avoir son accident de travail, alors personne n'avait le cœur à la fête. Seuls les deux familles et quelques amis ont été invités à la noce. Les mariés portaient des jeans. C'était la première fois que Michel voyait ça. Pour lui, ça n'a aucun sens de se marier en jeans car le jour du mariage est censé être le plus beau jour de la vie. Les parents de Lucie ont reçu tout le monde après le mariage. Le menu n'avait rien d'extraordinaire, loin de là : des sandwiches au jambon et aux œufs sans croûte, de la salade de chou et un gâteau acheté. Les mariés n'ont pas fait de voyage de noces. Quand Michel est rentré à la maison, il s'est plaint pendant un bon moment de tout ce qui touchait de près ou de loin au mariage d'Alain et de Lucie. Sylvie a essayé de le raisonner, mais sans succès. En désespoir de cause, elle a fait promettre à son mari de tenir sa langue au moins en présence d'Alain et de Lucie. Elle a aussi demandé aux enfants de ne rien répéter de ce que leur père venait de dire.

Les nouveaux mariés se sont installés dans le sous-sol de la maison des parents de Lucie, le temps de trouver un logement à leur goût. C'est encore une chose que Michel ne comprend pas. Pour lui, le temps où les enfants demeuraient avec les parents une fois mariés est démodé, même s'il s'agit d'une question d'argent. Quand il s'est marié, jamais il n'aurait accepté de s'installer chez ses parents ou chez ses beaux-parents. Il avait beaucoup trop besoin de liberté. Mais le pire pour Michel, c'est que la dernière fois qu'Alain et Lucie sont venus souper chez eux, ils ont annoncé qu'ils allaient passer tout le mois d'août en France. C'est à n'y rien comprendre : ils se sont mariés pour avoir plus de prêts et bourses, et ils ont déjà les moyens d'aller découvrir la France. Non seulement ils ne pourront pas travailler pendant ce temps, mais ils vont dépenser. Alors que l'Expo a amené le monde à Montréal, voilà que ce n'est pas encore assez pour eux. Décidément, Michel ne comprend rien aux jeunes d'aujourd'hui.

Paul-Eugène n'a pas encore repris le travail, mais savoir qu'il va de mieux en mieux fait du bien à Michel. Il a vraiment eu peur pour son beau-frère qui, en réalité, est bien plus qu'un membre de sa belle-famille. Depuis que Paul-Eugène est revenu vivre au Québec, les deux hommes ont appris à se connaître et à s'apprécier ; une solide amitié s'est développée entre eux. Bien qu'il soit difficile de mesurer l'importance d'une relation par rapport à une autre, Michel sait que son amitié pour Paul-Eugène est bien plus grande que celle qu'il partage avec Fernand depuis beaucoup plus longtemps. Mais la vie a appris à Michel qu'il y a des gens qui ne font que passer dans notre vie et qui, pourtant, la marquent à jamais, alors que d'autres qui sont toujours près de nous ont très peu d'influence.

Si son état continue à s'améliorer, Paul-Eugène devrait reprendre sa place au magasin d'ici deux semaines. En attendant, Fernand le remplace avec brio, si bien que Michel est surpris de voir avec quelle facilité il conclut des ventes. Quand c'est lui qui travaille, aucun client – ou plutôt aucune cliente, puisque les femmes constituent la majorité de la clientèle – ne ressort les mains vides. Le samedi précédent, Fernand était tout retourné quand Michel est allé fermer le magasin : une jeune veuve d'au moins quinze ans sa cadette venait de lui donner son numéro de téléphone. Il avait l'air d'un gamin.

— Est-ce qu'elle est à ton goût ? lui a demandé Michel.

— Pas mal, oui !

— Qu'est-ce que tu vas faire maintenant que tu as son numéro de téléphone ?

— Je pense que je suis trop froussard pour entreprendre quoi que ce soit. J'ai très envie de sauter la clôture, mais je n'ai pas du tout envie de me faire arracher les yeux par ma femme.

— Elle n'est pas obligée de le savoir, déclare Michel.

— Tu ne la connais pas autant que moi ; je ne peux jamais rien lui cacher. Elle n'a qu'à me regarder dans les yeux pour savoir que je lui dissimule quelque chose. Chaque Noël, j'essaie désespérément de lui faire une surprise, mais elle devine toujours ce que je lui ai acheté. Non, sincèrement, je pense que je suis mieux de rester sur ma faim, c'est moins risqué pour moi. N'oublie pas qu'en plus j'ai la belle-mère chez moi.

— J'espère au moins qu'elle ne se mêle pas de vos affaires de couple.

— Pas directement. Mais quand tu habites dans la même maison, tu as beau vouloir rester en dehors des affaires des autres, il arrive un moment où c'est plus fort que toi et tu t'échappes.

— Je te trouve pas mal bon de vivre avec ta belle-mère.

— Au début, c'était loin de faire mon affaire. Mais la pauvre vieille faisait trop pitié pour la laisser moisir dans son petit logement où elle gelait l'hiver et où elle crevait de chaleur l'été. Elle serait morte depuis belle lurette si on ne l'avait pas sortie de là. Si on n'est pas capable d'aider sa propre famille, ce n'est pas la peine de vivre.

— Ouais, vu de même, j'aurais probablement fait la même chose que toi.

— J'aurais pu tomber sur bien pire. À part le fait qu'elle est toujours là, c'est une bonne vieille. Et les enfants l'adorent. Elle aide beaucoup aux travaux de la maison aussi. Au bout du compte, tout le monde est gagnant dans cette histoire-là.

— Tant mieux si c'est comme ça que tu prends les choses. En ce qui concerne la veuve, je t'avoue que je ferais exactement la même chose que toi. Il y a bien assez de nos jeunes qui couchent à gauche et à droite sans aucune trace d'amour.

— Avoue qu'on était loin d'être des anges quand on était garçons. En tout cas, moi je me suis payé la traite pas à peu près.

— Moi aussi ! Et la première qui nous a dit non, on s'est dépêchés de la marier !

— Tu as bien raison.

— C'est quand même différent aujourd'hui. Regarde mon gars, il s'est marié pour avoir plus de prêts et bourses. Moi, cette affaire-là, ça ne m'entre pas dans la tête.

— Il vaut mieux ne pas chercher à tout comprendre. Comme disait mon père : « Autre temps, autres mœurs. » Les jeunes ne nous comprennent pas et on ne les comprend pas non plus. C'est comme ça, c'est tout. Il faut arrêter de s'en faire avec les choses auxquelles on ne peut rien changer.

— C'est plus facile à dire qu'à faire…

* * *

Au lieu de rentrer directement chez lui, Michel s'arrête chez Paul-Eugène. Quelle n'est pas sa surprise de voir que celui-ci n'est pas seul. Installé confortablement au salon, il prend un café avec Shirley. Michel les salue et se retient de passer un commentaire. Depuis que Paul-Eugène a eu son accident, il a remarqué que Shirley est toujours la première à vouloir l'aider. Il ne gagerait pas là-dessus, mais il ne serait pas surpris qu'il y ait quelque chose entre eux. Si c'est le cas, ce n'est pas lui qui va s'en plaindre. Il aime beaucoup Shirley. Quant à Paul-Eugène, la présence d'une femme dans sa vie lui ferait sûrement du bien.

— Viens t'asseoir avec nous, lui offre gentiment son beau-frère.

— Je ne resterai pas longtemps, Sylvie ne sait même pas que je suis ici. J'arrêtais juste pour prendre des nouvelles.

— Dans les circonstances, je vais plutôt bien. Je racontais justement à Shirley que je suis passé à deux doigts d'être le premier à profiter de mon lot au cimetière.

— C'est trop vrai. En tout cas, tu nous as fait une sacrée peur. Est-ce que le docteur t'a dit quand tu vas pouvoir recommencer à travailler ?

— J'ai encore un mois pour retrouver la forme.

— Je pense que ça va être suffisant, intervient Shirley. Mais tu es le mieux placé pour savoir comment tu te sens. L'essentiel, c'est que tu ne reprennes pas le travail trop vite. Sinon, tu risques de traîner de la patte un bon bout de temps.

— Ne t'inquiète pas pour moi, répond Paul-Eugène. S'il le faut, avant de retourner travailler, je prendrai quelques semaines à mes frais.

— C'est une bonne décision, approuve Michel. En tout cas, tu as bien meilleure mine que la semaine passée.

— Bon, il faut que j'y aille, annonce Shirley. J'ai promis aux enfants qu'on mangerait de bonne heure ce soir. Je peux repasser demain vers la même heure, si tu veux.

— Je devrais être ici, répond Paul-Eugène d'un air taquin. À demain !

Shirley a à peine fermé la porte que Michel s'écrie :

— Tu en as de la chance, tu as même ton infirmière privée !

— C'est effectivement à titre d'infirmière que Shirley vient me voir.

— Garde ta salade pour les autres, je ne suis pas né de la dernière pluie.

— Qu'est-ce que tu veux dire ?

— Voyons, ne joue pas à l'innocent avec moi ! C'est facile de voir qu'il y a quelque chose entre vous.

— Mais de quoi tu parles?

— Franchement, Paul-Eugène! Tu n'as rien vu? C'est clair que la belle Shirley vient te visiter aussi pour tes beaux yeux.

— Es-tu sérieux?

— Certain que je suis sérieux! Quand tu étais dans le coma, elle allait te voir chaque fois qu'elle travaillait. Tu ne vas pas me faire croire que tu ne t'es pas rendu compte qu'elle s'intéresse à toi?

— J'aimerais tellement que tu dises vrai. Non, Shirley est trop bien pour un vieux garçon comme moi. Je n'ai rien à lui offrir.

— Je ne suis pas d'accord avec toi. Moi, je pense que tu représentes un bon parti pour une femme. Mais il n'y a qu'une façon de savoir si tu intéresses Shirley: demain, quand elle viendra te voir, aborde le sujet.

— Oublie ça! Je suis beaucoup trop gêné pour lui en parler. J'aime mieux la garder comme amie plutôt que de risquer de tout perdre.

— Si tu veux, je peux demander à Sylvie de tâter le terrain avec Shirley.

Paul-Eugène ne répond pas tout de suite. Il prend le temps de se gratter le menton quelques secondes. Shirley lui plaît, c'est certain. Plus il apprend à la connaître, plus il s'attache à elle. Michel a raison. Sylvie pourrait en parler à son amie.

— D'accord. Mais dis à ma sœur de ne rien forcer.

Chapitre 22

Sonia est partie depuis une semaine et demie ; Sylvie trouve la maison bien grande sans elle. Quand un de ses enfants manque à l'appel, elle ressent une impression de vide. Elle commence à peine à s'habituer au départ d'Alain, et il lui arrive encore de penser avant d'aller se coucher qu'il doit être sur le point de rentrer. L'été précédent, lorsque les jumeaux ont séjourné deux semaines à Jonquière, il ne s'est pas passé une seule journée sans qu'elle se demande ce qu'ils pouvaient être en train de faire. Comme elle connaît bien l'endroit, c'était relativement facile de les imaginer là-bas. Mais pour ce qui est du voyage de Sonia, c'est bien différent. À part le nom et quelques petits détails, Sylvie doit avouer son ignorance en ce qui concerne la Belgique. Il y a des moments où elle envie sa fille. Alors qu'elle n'est jamais allée plus loin qu'au Saguenay – heureusement que ses beaux-parents y habitent ! – et qu'elle n'a jamais pris l'avion, Sonia parcourt la Belgique avec sa sœur et sa tante préférées. Un soupçon de jalousie habite Sylvie. Tout comme sa sœur Chantal, elle rêvait de parcourir le monde. Au lieu de ça, elle a dû jouer à la mère avec ses frères et sœurs jusqu'à ce qu'elle fonde sa propre famille. Elle n'a pas de regrets, cela ne servirait à rien ; c'est seulement qu'elle a parfois l'impression de s'être fait voler un bout de sa vie.

Sylvie finit de vider la laveuse et se dépêche de la ranger à sa place. Elle adore sa nouvelle maison. Ici, tout se trouve à portée de main ; les lieux ont été aménagés pour sauver temps et espace. En fait, depuis le déménagement, Sylvie n'a pas trouvé un seul défaut à sa nouvelle propriété. Certes, c'est loin d'être un château, mais cette maison est vraiment plus fonctionnelle que l'ancienne, et bien plus spacieuse aussi. Et le plus beau, c'est que les voisins sont à une bonne distance.

Hier soir, elle a rendu visite à Paul-Eugène afin de sonder son intérêt pour Shirley avant de parler à son amie. La pauvre, elle a eu la vie assez difficile ces derniers mois pour ne pas en ajouter inutilement. Sylvie a été très surprise quand Michel lui a confié que, d'après lui, il se passait quelque chose entre son frère et son amie. Habituellement très perspicace, elle n'avait rien vu venir. Mais avec tout ce qui est arrivé ces derniers temps, c'est peut-être normal que cela lui ait échappé. Plus Sylvie y pense, plus elle espère que Michel a vu juste. Toutefois, elle ne sera fixée qu'une fois qu'elle aura parlé à Shirley. À son retour de chez Paul-Eugène, elle s'est dépêchée de téléphoner à son amie pour savoir quand elle pourrait aller la voir.

— Le ton sérieux que tu as m'inquiète, a dit Shirley. Est-ce que je dois commencer à faire mes boîtes?

— Mais non! Depuis le temps que tu me connais, tu devrais savoir que c'est mon ton habituel.

— C'est justement parce que je te connais que je sais que tu n'as pas le même ton. Viens quand tu veux, je suis en congé demain et je ne compte pas sortir. Mais j'y pense, viens avant quatre heures parce que j'ai promis à Paul-Eugène d'aller prendre un café avec lui.

La dernière phrase de Shirley fait sourire Sylvie, mais elle se garde bien de la commenter.

— J'irai te voir tout de suite après le dîner.

— À demain, alors.

* * *

Sylvie regarde l'heure. Elle a juste le temps de préparer le dîner avant que les enfants arrivent. Depuis que les trois plus jeunes ont leurs bicyclettes neuves, elle ne sait pas toujours où ils sont. Elle se demande même parfois si elle a bien fait de leur offrir ce cadeau. Chaque fois qu'elle en parle à Michel, il lui dit d'arrêter de s'inquiéter pour rien, qu'il ne peut pas arriver grand-chose aux garçons puisqu'ils sont toujours ensemble. Toutefois, demander à une mère de ne pas s'inquiéter, c'est un peu comme demander à la neige de ne pas être froide. Mais il y a un point positif : malgré toutes ses virées à bicyclette avec les jumeaux, Luc n'a pas fait une seule crise d'asthme. Celui qui souffre le plus dans toute l'aventure, c'est Prince 2. Laissé de côté plus souvent qu'à son tour, il passe maintenant une grande partie de ses journées à dormir et à suivre Sylvie, se traînant péniblement de pièce en pièce. Celle-ci ignore si la dépression existe chez les animaux, mais elle gagerait que Prince 2 en fait une. Elle s'oblige à aller marcher avec lui au moins une fois par jour, mais ce régime est loin d'être suffisant pour lui qui avait l'habitude de passer beaucoup de temps à l'extérieur. Hier, au souper, elle a demandé à chacun de faire sa part pour que la pauvre bête ne s'ennuie pas trop. Tout le monde a promis de s'occuper davantage de Prince 2. Toujours aussi généreux, Junior s'est engagé à l'emmener avec lui lors de la distribution de ses circulaires.

Alors qu'elle finit de mettre le couvert, la porte s'ouvre brusquement sur le trio infernal formé des jumeaux et de Luc. Fidèles à leurs habitudes, François et Dominic ouvrent la marche en babillant, Luc sur leurs talons. Aussitôt qu'il entend les garçons, Prince 2 vient à leur rencontre. Six mains se retrouvent presque instantanément sur le chien, qui agite sa queue tellement il est content.

— Je vais sortir Prince 2 ! propose Luc.

— Tiens, maman, le facteur nous a donné le courrier, annonce Dominic. Attention, il y en a beaucoup.

— Beaucoup de comptes, tu veux dire… commente Sylvie.

Bien qu'elle n'écrive à personne, Sylvie a toujours hâte de voir s'il y a des lettres pour elle. Comme Jeannine était la seule à lui écrire, elle risque de ne pas recevoir beaucoup de courrier dorénavant – à part des comptes, évidemment. Alors qu'elle vérifie rapidement les lettres, l'une d'entre elles attire son attention. Et son timbre aussi ! En constatant que la lettre lui est destinée et qu'elle vient de Belgique, un large sourire se dessine sur les lèvres de Sylvie. C'est sûrement Sonia qui lui a écrit, car elle avait promis de le faire. Alors que les jumeaux attendent patiemment que leur mère les serve, cette dernière ne peut résister à l'envie d'ouvrir l'enveloppe. Voyant que le message contient plusieurs pages, Sylvie range le tout dans sa poche et se dépêche de servir les enfants. Pour une fois, elle ne mangera pas en même temps qu'eux, car elle est impatiente de lire la lettre de Sonia.

Ma chère maman,

J'ai tellement de choses à te raconter que je ne sais par quoi commencer.

Ce n'est pas croyable ! J'ai l'impression de rêver depuis que je suis partie. Je n'arrête pas de me demander comment un avion fait pour voler avec autant de personnes à son bord. C'est quasiment impossible à expliquer. Imagine un peu, on volait au-dessus des nuages ; ils avaient l'air de gros morceaux d'ouate, même que certains ressemblaient à des guimauves. Je ne me fatiguais pas de regarder par le hublot. Rien que des nuages à perte de vue ! À un moment donné, le pilote nous a dit d'attacher nos ceintures parce qu'on traversait une zone de turbulence. Tu aurais dû me voir. Alors que plusieurs passagers étaient morts de peur, il faut reconnaître que ça brassait pas mal, moi je me laissais porter au gré des secousses en souriant bêtement. J'aime voler. Mais le plus beau, c'est quand le soleil frappe le hublot et inonde la cabine. C'est magique. Je n'avais jamais rien vu d'aussi beau. Même s'il s'est mis à faire très chaud, je n'arrivais pas à me résigner à fermer le hublot. J'avais l'impression d'être plus proche que jamais du soleil et j'adorais ça.

Avant-hier, on a été voir la butte du lion de Waterloo. Le guide nous a expliqué que c'est en l'honneur du fils du roi d'Orange, qui a été blessé à cet endroit, qu'elle a été érigée. C'est dans la commune – c'est ainsi qu'ils appellent les villes ici – de Braine-l'Alleud. Il y avait des centaines de marches à monter, tellement que tante Irma a préféré nous attendre en bas. C'est très impressionnant. La butte est si grosse qu'on la voit à des kilomètres à la ronde.

Tante Chantal m'avait déjà dit que la Belgique ressemble au Québec. Ici, il y a des Wallons, ils parlent français, et des Flamands, ils parlent le flamand. Devine quoi… Les Flamands sont comme nos Anglais. Apparemment, ça ressemble à chez nous, car ils ne s'aiment pas beaucoup. En tout cas, les Wallons sont très gentils. Et les Flamands aussi, mais ils sont plus froids – comme les Anglais, quoi !

Hier, on a exploré les grottes de Han. J'ai pensé à toi pendant toute la visite, car tu aurais adoré. Tu te souviens quand papa nous a fait découvrir le Trou de la fée à Desbiens ? Je me rappelle qu'on avait toute la misère du monde à passer à certains endroits, même qu'à une place tu as cru que tu ne pourrais jamais en sortir tellement c'était étroit. Eh bien ici, les grottes sont très grandes. On dirait que tout a été fait à la main tellement c'est beau. Il y a des stalagmites et des stalactites partout. J'espère que mes photos vont être bonnes parce que là-dedans c'était sombre et humide. Heureusement que j'avais apporté ma veste parce que, même avec elle, je grelottais par moments.

Figure-toi qu'ici, les fleuves ne sont même pas des rivières et les rivières ne sont que des ruisseaux… enfin, pour nous. L'autre jour, quand tante Irma m'a annoncé qu'on venait de traverser la Meuse, un des deux fleuves de la Belgique, j'ai éclaté de rire. Je ne pouvais tout simplement pas croire que c'était un fleuve. Il paraît qu'autrefois les Belges ont été obligés de creuser un peu partout pour que les bateaux puissent naviguer sur ce cours d'eau.

Aujourd'hui, on a passé la journée à Bruxelles, la capitale de la Belgique. C'est comme dans un conte de fées. Imagine une grande place entourée d'édifices très étroits et très hauts. Tout paraît être en dentelle. Tante Chantal m'a expliqué un tas de choses sur les personnages qui trônent en haut des édifices ; je t'en parlerai quand je serai revenue, car ce serait trop long à écrire. J'adore apprendre l'histoire de cette façon. Ce matin, on a visité le marché aux fleurs. Il paraît que c'est comme ça tous les matins : il y avait des fleurs partout sur la grande place. On aurait cru qu'elles avaient poussé pendant la nuit. J'ai mangé ma première gaufre belge en me promenant à travers les fleurs ; un grand carré de pâte moelleuse recouvert de fraises fraîches et de crème fouettée. Rien à voir avec nos crêpes, même celles que tu fais au four (pourtant, tu sais à quel point je les aime).

C'était vraiment délicieux. Je me lèche encore les babines rien que d'y penser. Je me promets d'en manger au moins une autre fois avant de partir.

Et le chocolat… ouf! Je suis entrée dans toutes les chocolateries qu'on a vues. À chaque endroit, j'achète au moins deux chocolats, que je laisse fondre douce-ment dans ma bouche quelle que soit l'heure. Je me régale. Fini les fausses tablettes de chocolat pour moi! Ce sera du chocolat belge ou rien. Je ne sais pas comment je vais faire, mais j'ai bien l'intention de t'en rapporter. Je suis certaine que tu vas l'adorer.

Il y a tellement de choses à voir dans ce pays qu'il va falloir que je revienne un jour. On a prévu d'aller à Bruges. Ici, on l'appelle la petite Venise du Nord. Il paraît qu'il faut absolument voir cette ville. Tante Chantal l'a déjà visitée. Tante Irma a promis qu'on irait faire une promenade sur les canaux. Tante Chantal s'est dépêchée de dire que c'est elle qui allait choisir le capitaine. Après, on ira voir la mer du Nord et des châteaux aussi. J'ai hâte de visiter des châteaux. J'en ai vu plusieurs depuis qu'on est arrivées, mais on n'est pas encore entrées dans un seul. Tante Irma m'a promis qu'on dormirait dans un château au moins une fois.

Tu sais, maman, je me considère comme la fille la plus chanceuse du monde. Je suis en Belgique avec mes deux tantes préférées et je découvre un tas de choses dont je ne soupçonnais même pas l'existence. Les Belges ne vivent pas comme nous. Ils ne mangent pas comme nous, non plus, et c'est ce qui est passionnant. Je ne veux pas te faire de peine, mais les frites sont vraiment très bonnes en Belgique. En fait, je n'en ai jamais mangé d'aussi bonnes. Si tu veux, je t'expli-querai comment ils les font, j'ai tout noté pour toi. Chaque matin, je mange des petits pains au chocolat. J'aime tellement ça que je pourrais en manger chaque jour ma vie durant. Ici, ça ne ressemble à rien que je connais. J'aime découvrir de nouvelles choses. Ça paraît que le pays est petit. Les maisons sont collées les unes sur les autres et elles se ressemblent toutes. Ici, tout est gris. On a l'impres-sion que Dieu a manqué de couleurs. C'est très beau, mais même lorsque le soleil brille, c'est un peu gris. Il faut dire que les maisons sont pratiquement toutes de la même couleur.

Je sais maintenant que je vais voyager chaque fois que je vais en avoir l'occasion. Je veux parcourir le monde. Je veux savoir comment les gens vivent ailleurs que chez moi. Je veux apprendre d'autres langues pour me faire comprendre.

Il faut que je te laisse, c'est le temps d'aller manger. Je ne sais pas si je pourrai t'envoyer une autre lettre, car tante Chantal m'a dit que ça prenait plus d'une semaine avant que le courrier arrive au Québec. Embrasse toute la famille pour moi.

Sonia

Quand Sylvie arrive à la fin de la lettre, elle est très émue. C'est la première fois que sa fille lui écrit et ça la touche profondément. D'abord, parce que tout est très bien écrit. Ensuite, parce qu'à travers les yeux de Sonia, elle en a appris un peu plus sur la Belgique et ses habitants.

— Pourquoi tu pleures, maman ? demande Luc.

Sylvie renifle un bon coup et s'essuie les yeux avec ses mains avant de répondre :

— Parce que Sonia m'a écrit une belle lettre de la Belgique.

— Décidément, je ne comprendrai jamais rien aux adultes, déclare Dominic. Tu trouve ça normal toi, maman, de pleurer parce que tu viens de recevoir une belle lettre ? Moi, je pleure quand j'ai de la peine, ou…

— Ou quand je me fais mal, le coupe François. Pas quand je suis heureux.

— J'aimerais beaucoup vous expliquer ma réaction mais, malheureusement, je ne pense pas que vous puissiez comprendre.

— Est-ce parce qu'on n'est pas assez intelligents ? s'inquiète Luc.

— Non, ça n'a rien à voir. C'est juste parce que les hommes ne sont pas comme les femmes. Nous autres, on pleure autant quand on est heureuses que lorsqu'on est tristes.

— Tu ne trouves pas que c'est un peu bizarre, ton affaire ? demande Luc.

— Bizarre ou non, c'est comme ça. Quand vous aurez une blonde, vous allez vite comprendre.

— Mais Luc en a déjà une ! révèle Dominic.

Mécontent, Luc se lève subitement de table et crie :

— Combien de fois vais-je devoir vous répéter que je n'ai pas de blonde ?

— Voyons, quand on embrasse une fille, c'est parce qu'on a une blonde ! argumente François.

— Pas nécessairement, proteste Luc avant de sortir de la maison en faisant claquer la moustiquaire.

— Bon, les garçons, allez jouer maintenant, ordonne Sylvie. Vous feriez mieux d'en profiter parce que demain il est supposé pleuvoir toute la journée.

— Même s'il pleut, on peut aller jouer dehors quand même, émet Dominic. On aura juste à mettre nos bottes de pluie et notre imperméable. Comme dirait grand-papa Belley, on n'est pas faits en chocolat. Il n'y a aucun danger qu'on fonde.

Les jumeaux saluent leur mère et sortent aussi vite qu'ils sont entrés tout à l'heure. La maison redevient instantanément silencieuse. Sylvie en profite pour boire tranquillement son café. Il y a si peu de vaisselle à faire qu'elle la mettra sous l'évier et la lavera seulement après le souper. Ainsi, elle pourra partir plus tôt chez Shirley. Comme elle n'a pas gardé l'auto, elle ira à pied chez son amie. Une bonne marche lui fera le plus grand bien ainsi qu'à Prince 2.

Au moment où elle va sortir, la sonnerie du téléphone retentit.

— Bonjour, ma belle fille ! la salue son père. J'espère que je ne te dérange pas…

— Je me préparais à aller chez Shirley, mais je peux très bien vous parler un peu.

— Comment va-t-elle au fait ?

— Plutôt bien. Depuis qu'elle est installée dans notre maison, elle va de mieux en mieux.

— Et son mari ?

— Je ne sais pas si c'est parce qu'il sait qu'on veille sur Shirley, mais il n'a pas donné signe de vie depuis qu'elle a emménagé.

— Je suis bien content d'entendre ça. Bon, si je ne veux pas trop te retarder, il vaudrait mieux que je te dise pourquoi je t'appelle.

— Vous savez, papa, vous n'êtes pas obligé d'avoir une raison pour me parler. Vous pouvez me téléphoner juste pour prendre de mes nouvelles.

— Je le sais bien, mais aujourd'hui j'ai une bonne raison. Si tu es libre jeudi soir, la semaine prochaine, j'aimerais que tu viennes manger à la maison.

— Seulement moi ?

— En fait, tous mes enfants sont invités, sans les conjoints.

— Vous piquez ma curiosité. Est-ce trop indiscret de vous demander la raison de cette réunion ?

— Oui. Tu le sauras en même temps que tout le monde.

— D'accord ! À quelle heure souhaitez-vous que j'arrive ?

— À six heures.

— Est-ce que tout le monde va être présent ?

— Tout ce que je sais pour le moment, c'est que je fais la même invitation à tous mes enfants. Pour le reste, seul l'avenir le dira. Je ne te retiendrai pas plus longtemps… À jeudi prochain, ma belle fille.

Sur la courte distance qui la sépare de son ancienne maison, Sylvie pense à la brève discussion qu'elle vient d'avoir avec son père. Ce n'est pas dans les habitudes de ce dernier de convoquer la famille à quelques jours d'avis. Elle le connaît suffisamment pour savoir qu'il a sûrement une excellente raison d'agir ainsi. Reste à savoir si tout le monde sera là, ce dont elle doute fortement. Elle mettrait sa main au feu qu'à part Chantal, Paul-Eugène et elle, les autres brilleront par leur absence.

Alors que Sylvie se trouve à quelques maisons de chez Shirley, la musique de ses anciens voisins lui parvient déjà aux oreilles. Quelques mesures lui suffisent pour constater que leur goût en matière de musique ne s'est guère amélioré. Mais cette fois, au lieu de la mettre en rogne, ça la fait sourire. Comme elle ne sera que de passage, elle s'accommodera très bien de la situation. Plus Prince 2 et elle approchent de leur maison précédente, plus le chien tire sur sa laisse. Sylvie décide de le détacher.

Se retrouver ici rappelle de nombreux souvenirs à Sylvie. À part ceux que lui ont laissés les voisins bruyants, la grande majorité d'entre eux sont heureux. Elle a mis du temps à s'habituer à sa vie de banlieusarde, et il y aura toujours une part d'elle qui s'ennuiera de Montréal, mais Sylvie doit reconnaître que sa vie est bien meilleure en banlieue qu'elle ne l'était de l'autre côté du fleuve. Et puis, depuis que le métro est là, les banlieusards ont accès à la ville chaque fois qu'ils le souhaitent sans avoir à subir les nombreux inconvénients de la circulation automobile.

Dès que Shirley ouvre la porte, Sylvie dit :

— J'espère que tu ne nous en veux pas trop…

— Pourquoi je vous en voudrais ?

— Pour t'avoir refilé notre problème de voisins.

— Crois-moi, ce n'est rien en comparaison avec ce que John me faisait endurer. Quand j'en ai assez d'écouter la musique des voisins, je ferme les fenêtres et c'est réglé. Avec John, j'avais beau faire tout ce que je pouvais pour me débarrasser de lui, il revenait toujours à la charge.

— T'a-t-il achalée, depuis que tu habites ici ? s'inquiète Sylvie.

— Il m'a téléphoné une fois et a commencé à me faire des menaces. Je me suis dépêchée de lui dire que s'il osait venir me voir, il aurait affaire à Michel et à Paul-Eugène. Depuis, aucune nouvelle. Mais tu ne vas pas rester sur le perron ! Entre. Je suis allée acheter des millefeuilles pour toi.

— C'est vrai ? s'enquiert Sylvie.

— Bien sûr que c'est vrai ! Allons à la cuisine. J'ai un tas de choses à te raconter. Prendrais-tu un café ?

Sylvie réfléchit quelques secondes avant de répondre. Comme elle a déjà bu trois cafés depuis le matin, elle hésite. Finalement, elle songe qu'un millefeuille sans café c'est comme un dessert sans sucre.

— Avec plaisir ! Et un grand, à part ça ! Je t'écoute maintenant.

— Je te trouve bien pressée…

— Tu me connais : dès que tu m'annonces que tu as des tas de choses à me raconter, je voudrais tout savoir sur-le-champ.

— Bon, puisque c'est comme ça, je commence. Maintenant qu'on reste près l'une de l'autre, j'aimerais qu'on se voie plus souvent.

— Je me disais justement la même chose pas plus tard qu'hier. On pourrait déjeuner ensemble une fois par semaine.

— Et aller à l'Expo ! Et aller magasiner aussi !

— Pas de problème. Mais c'est plus difficile pour moi d'établir une fréquence pour le magasinage. Pour deux raisons. D'abord, parce que mon horaire est assez chargé pendant l'année scolaire. Ensuite, à cause de mon budget qui est limité… même si j'ai hérité.

— Veux-tu arrêter de te sentir coupable d'avoir hérité ? Et puis, tout le monde en profite, même moi.

— En fait, je n'ai pas grand-chose à voir là-dedans. C'est Michel.

— Peu importe, tu es vraiment très généreuse. Michel ou toi, pour moi c'est pareil. Je veux que tu saches que je vous suis très reconnaissante de tout ce que vous faites pour moi. Sans vous, je ne sais vraiment pas ce que je serais devenue. Tu ne peux pas savoir à quel point les enfants sont heureux depuis qu'on a emménagé ici.

Dès que la bouilloire se met à siffler, Shirley va préparer les cafés. Elle profite du fait qu'elle se trouve dos à son amie pour aborder le prochain sujet :

— J'ai ne sais pas trop comment te le dire, mais… il y a autre chose dont j'aimerais parler avec toi.

— Vas-y, je t'écoute.

— Ce n'est pas facile… J'ai peur que tu le prennes mal.

— Arrête de t'en faire et parle.

— Tu sais que je suis allée voir ton frère très souvent quand il était à l'hôpital. Tu sais probablement aussi que je lui rends visite depuis qu'il est de retour chez lui.

Sylvie se retient d'intervenir. Shirley prend une grande respiration avant de poursuivre.

— Eh bien, je pense que je suis en train de tomber amoureuse de lui…

Sylvie va rejoindre son amie. La seconde d'après, elle lui saute au cou et l'embrasse sur les deux joues.

— Mais c'est merveilleux! s'écrie-t-elle.

— Tu es certaine que ça ne te fâche pas? Remarque que j'ignore si Paul-Eugène ressent la même chose que moi.

Sylvie ne peut se contenir plus longtemps.

— Tu vas être contente: il a confié à Michel qu'il t'aimait beaucoup.

— Comprends-moi bien, je ne l'aime pas comme un frère.

— Rassure-toi: pour lui non plus, il ne s'agit pas d'amour fraternel! Il serait peut-être temps que vous vous parliez, tous les deux. Je suis tellement heureuse pour toi… et pour mon frère aussi. Alors, on les mange ces millefeuilles?

Chapitre 23

Sylvie a à peine refermé la porte de la maison qu'elle demande à Michel :

— Sais-tu combien on était chez papa ?

— Je gage que vous étiez trois, répond Michel avec un petit sourire en coin. Je peux même te les nommer : Chantal, Paul-Eugène et toi.

— Est-ce que tu viendrais de parler à papa par hasard ? demande-t-elle d'un air suspicieux.

— Non ! Je viens juste de rentrer. Mais c'était évident que tes autres frères et sœurs seraient absents… en tout cas, pour moi. Pensais-tu vraiment que Ginette et toute sa clique allaient se présenter chez ton père ?

— Et pourtant, ils auraient vraiment dû. S'il y avait un moment pour rendre visite à papa, c'était bien celui-là.

— Mais pourquoi ton père tenait-il tant à vous recevoir tous ensemble ?

— Pour deux raisons. Premièrement, il voulait nous apprendre qu'il prend enfin sa retraite. Et Suzanne aussi. Maintenant, c'est certain qu'on va les perdre au moins pendant les mois de janvier et février. Tu sais comme moi à quel point mon père aime la chaleur. Eh bien, Suzanne et lui vont s'en aller en Floride tout de suite après le jour de l'An. C'est déjà tout arrangé. Ils ont réservé un petit appartement sur le bord de la mer, à Fort Lauderdale. Il paraît que c'est vraiment très beau.

— Est-ce qu'ils vont y aller en auto ou en avion ?

— Tu connais mon père, il n'est pas question qu'il se retrouve à pied pendant deux mois. Comme ils partent avec une des sœurs de Suzanne et son mari – ils ont loué l'appartement voisin –, les deux hommes vont monter en auto et les deux femmes vont prendre l'avion. La sœur de Suzanne a le mal des transports terrestres alors qu'en avion tout se passe très bien pour elle. Tu aurais dû voir mon père, il était resplendissant de bonheur. Je suis tellement contente pour lui. Il était temps qu'il se passe quelque chose de beau dans sa vie.

— Après tout ce qu'il a traversé, c'est le juste retour des choses. On peut dire que l'arrivée de Suzanne a changé pas mal le cours de son existence.

— C'est vrai! Mais attends de connaître la deuxième raison pour laquelle papa nous avait invités. Tu ne devineras jamais!

— Vas-y, je t'écoute!

— Imagine-toi donc que papa nous a offert 2 000 dollars chacun.

— Tu es sérieuse? demande Michel, incrédule.

— Tout ce qu'il y a de plus sérieuse.

— Mais pourquoi il ne garde pas son argent pour lui?

— C'est ce qu'on lui a demandé. Il a répondu qu'on n'avait pas à s'inquiéter pour lui, que s'il nous donnait de l'argent, c'était qu'il pouvait se le permettre. Il souhaite qu'on se serve de cet argent pour réaliser un de nos rêves.

— Est-ce que ta charmante sœur Ginette va aussi recevoir 2 000 dollars? Et toute sa clique aussi?

— Non. J'ai encore peine à y croire, mais papa nous a annoncé que comme les autres avaient refusé son invitation, il ne leur donnerait rien.

— C'est vrai ? s'écrie Michel, abasourdi. Est-ce que je t'ai déjà dit que j'adorais ton père ?

— Oui, plusieurs fois. Je t'avoue que je ne sais pas trop quoi penser. Le jour où Ginette va savoir ça, on n'est pas mieux que morts, Chantal, Paul-Eugène et moi.

— Vous n'avez rien à voir là-dedans. C'est l'argent de ton père, il a le droit d'en faire ce qu'il veut.

— Oui, mais quand même. D'après mon père, ils n'avaient qu'à accepter son invitation s'ils voulaient recevoir l'argent qu'ils convoitent depuis le jour où il a annoncé son mariage avec Suzanne. Avant qu'on parte, il a nous a appris qu'il donnerait leur part à leurs enfants.

— Si je comprends bien, les quatre enfants de Ginette vont recevoir chacun 500 dollars. Je paierais pour voir la face de ta sœur quand elle va apprendre ça.

— Les chèques sont déjà prêts à être postés.

— Ça signifie qu'il savait que Ginette et les autres ne viendraient pas.

— Oui, mais c'est quand même triste. Tu mets des enfants au monde et, un beau jour, plus de la moitié d'entre eux te tournent le dos. Là, au moins, ils vont avoir une bonne raison pour se détourner de mon père.

— Chantal, Paul-Eugène et toi, vous deviez vraiment être contents du cadeau de votre père ?

— Oui, on était contents. Tu aurais dû nous voir, on criait comme des perdus! Penses-y un peu, c'est vraiment un beau cadeau.

— Est-ce que ton père vous a demandé ce que vous alliez faire avec l'argent?

— Bien sûr. Chantal va pouvoir s'acheter une maison. Paul-Eugène, lui, va faire un voyage.

— Et toi?

— Moi? Je vais payer tout ce que je peux pour qu'on puisse aller voir ton frère dans l'Ouest... À moins que tu préfères que je paie le voyage en Égypte.

— Non. L'Égypte, c'est mon affaire. C'est une excellente idée que tu as eue, mais tu pourrais garder l'argent pour toi. C'est ton cadeau, pas celui de la famille.

— Je le sais bien, mais ça ferait tellement plaisir aux enfants. On pourrait partir avec les trois plus jeunes.

— Et les autres?

— Martin va sûrement travailler. Sonia vient d'aller en Belgique.

— Et Junior?

— J'imagine qu'il va travailler. Dans le cas contraire, on pourrait l'emmener. Tu sais, il y a beaucoup de choses qui peuvent arriver en un an.

— Viens ici que je t'embrasse, ma Sylvie. Tu es vraiment la plus merveilleuse des femmes. Je suis vraiment chanceux de t'avoir. Est-ce que je t'ai déjà dit que je remercie le bon Dieu chaque soir de t'avoir mise sur ma route?

— Moi qui croyais que tu ne priais plus !

— Je prie juste pour les bonnes causes, répond Michel en souriant.

— Tant que tu ne me considères pas comme une cause désespérée…

— Crois-moi, il n'y a pas de danger.

— Si tu veux savoir, moi aussi je remercie le ciel de t'avoir rencontré. Mais là, je suis tellement excitée que même si j'allais me coucher tout de suite, je n'arriverais pas à dormir. Prendrais-tu un thé avec moi ?

— Un thé ? Pas vraiment ! Mais je pourrais te fatiguer par exemple pour que tu dormes mieux. On pourrait se coller un peu… Qu'en dis-tu ?

Sylvie fait les yeux doux à son mari. Elle se plante devant lui et lui tend la main. Ils prennent vite la direction de leur chambre où ils laissent libre cours à cet élan de passion qui les habite de plus en plus souvent, même les jours de semaine.

* * *

Michel est aussi énervé qu'une puce. Hier soir, tante Irma lui a téléphoné pour prendre rendez-vous avec lui à son magasin. Deux de ses amies veulent meubler leur chalet exclusivement avec des antiquités. C'est pourquoi il a accepté de faire un spécial et d'ouvrir un mercredi juste pour elles. Il est d'autant plus content que Paul-Eugène tient à être là. Ils en ont discuté hier au téléphone. Ils seraient très étonnés d'avoir tout ce que les amies d'Irma cherchent, mais ils sont prêts à parcourir la campagne dans les prochaines semaines pour dénicher de belles pièces. Ils ont aussi parlé de la possibilité de garder Fernand. Certes, ils n'ont pas les moyens de le payer tout le temps, mais s'il peut leur donner un coup de main le samedi, ils pourront ainsi partir à la cueillette chacun de leur côté pour augmenter leur inventaire.

Michel ne prétendrait jamais que la tante Irma et lui sont de grands amis, mais ces derniers temps, une sorte de respect s'est installée entre eux. Cela fait l'affaire de Michel. Il lui arrive même de trouver un certain humour à la tante de sa femme. Qui plus est, il pense sérieusement à rester la prochaine fois qu'Irma viendra manger chez eux, ce qui ne saurait tarder puisqu'elle n'est pas encore venue depuis son retour de Belgique. Sonia leur a appris que cette dernière était en train de finir le montage des diapositives du voyage. Il paraît que c'est de toute beauté. Michel a bien hâte de voir cette nouvelle technologie ; d'ailleurs, ce sera une première pour les Pelletier. Comme Sylvie ne tarit pas d'éloges à l'égard des talents de conteuse de sa tante, Michel est prêt à tenter l'expérience.

Les Pelletier recevront leurs premiers visiteurs le lendemain. Évidemment, Charlotte – la sœur de Michel – et sa famille viennent voir l'Expo. Michel adore recevoir tant qu'il n'est pas obligé de tout prendre en charge. Chaque fois qu'il le mentionne, Sylvie réplique qu'elle aimerait bien, elle aussi, n'avoir qu'à partager le repas du soir avec les visiteurs. Michel sait très bien que le plus gros de la tâche incombe à sa femme, mais il ne peut pas y changer grand-chose. Il travaille et elle reste à la maison ; enfin, pendant l'été. De toute façon, Sylvie est bien plus sociable que lui. Il aime le monde, mais de manière plus sélective que sa femme. Contrairement à celle-ci, il finit par en avoir assez de la compagnie.

Autrefois, sa sœur Madeleine avait une amie qui s'appelait Ghislaine – la fille d'un cousin de leur père. Aux dernières nouvelles, celle-ci a fini par s'acheter un mari dans le catalogue des immigrants qui veulent venir s'installer au Canada. Chaque fois que Ghislaine venait voir sa sœur, elle collait encore plus que les patates au fond du chaudron. Elle avait la mauvaise habitude de tenir la poignée de porte pendant un temps interminable en répétant inlassablement : « Bon, je vais y aller. » Un beau jour, alors que Michel essayait d'écouter une émission sans y parvenir à cause du bruit de fond qui durait depuis près d'une demi-heure, il en a eu assez. Il est allé se dresser devant la visiteuse et lui a ordonné d'arrêter de dire qu'elle allait partir et de passer à l'action. Il s'est même permis de lui ouvrir la porte. Sa sœur était furieuse après lui. D'un ton hargneux, elle lui a crié :

— Espèce de goujat ! Tu n'as aucun savoir-vivre ! Comment as-tu osé me faire ça ?

— Mais je ne t'ai rien fait à toi, j'ai juste aidé Ghislaine à s'en aller… La pauvre, elle était figée sur le bord de la porte et ça m'arrachait le cœur de la voir ainsi.

— À cause de toi, je vais avoir l'air d'une vraie imbécile quand je vais la revoir.

— Moi, si j'étais à ta place, je ne m'en ferais pas avec ça. Je te gage un Coke qu'elle ne t'en parlera même pas. Et puis, de toute façon, je sais que c'est juste par pitié que tu la tolères.

— Pour qui te prends-tu pour penser à ma place ?

— Je disais ça comme ça. Une chose est sûre en tout cas : chaque fois qu'elle va nous refaire le coup de tenir la poignée de porte trop longtemps, je vais l'aider à sortir. Dans mon livre à moi, on appelle ça de la galanterie et non de l'effronterie comme tu le crois.

Jusqu'à ce qu'il quitte la maison familiale, Michel a tenu sa promesse. Il n'a pas raté une seule occasion d'aider Ghislaine à partir et de contrarier Madeleine. Et pas une seule fois, sa sœur n'a failli à la tâche de l'injurier. Ce à quoi il répondait toujours :

— Tu vois bien que Ghislaine est innocente. Elle n'a encore rien compris. Moi, ça ferait longtemps que j'aurais saisi.

Michel est content que Charlotte et son mari viennent séjourner chez lui. Il a toujours eu un faible pour elle, qui est de nature plus réservée que Madeleine. Secrétaire depuis qu'elle est sortie de l'école, elle travaille maintenant au cégep de Jonquière, au bureau du directeur général. Avant ça, elle a travaillé pendant près de vingt ans à l'Alcan. Elle y aurait volontiers fini ses jours, mais le cégep lui a fait une offre qu'elle ne pouvait refuser. Son mari et elle mènent une vie plutôt tranquille avec leurs enfants. Grands amateurs de chasse et de pêche, ils passent tout leur temps libre à leur chalet au lac Kénogami. Ils sortent tellement peu souvent de leur coin que Michel a été très surpris quand Charlotte lui a téléphoné pour lui demander s'il pouvait les héberger, sa famille et elle. Michel a demandé une journée de congé pour les accompagner à l'Expo le vendredi. Ce sera sa première visite sur le site. Il a assisté à sa construction du début à la fin, mais au grand désespoir de Sylvie, il n'a pas encore mis les pieds sur le site. Ce n'est pas par manque d'intérêt – il a hâte d'y aller – mais plutôt par manque de temps. Quand il donne cette excuse à Sylvie, elle lui répond que c'est ouvert le dimanche et que c'est une activité parfaite pour se reposer du quotidien. Comme Michel travaille six jours et deux soirs par semaine, il réserve le dimanche au repos. Mais cette journée passe à toute vitesse; une fois que sa famille et lui sont allés à la messe, celle-ci est déjà bien entamée. Michel a à peine le temps de lire son journal avant le dîner. L'après-midi, soit les Pelletier reçoivent de la visite, soit ils vont eux-mêmes saluer la famille ou les amis. Après le souper, Michel n'a qu'une envie : se détendre en prenant sa bière devant la télévision. Mais ça, c'est quand il ne joue pas aux quilles cette journée-là.

Après, ce sera au tour de sa cousine Martine et de son mari de venir faire un tour. Ensuite, André et sa famille arriveront. Ce sera un feu roulant jusqu'à la fin du mois d'août. Lorsque la température s'y prêtera, tout ce beau monde ira fouler le sol de l'Expo. Les jours de pluie, on leur proposera d'aller visiter le Planétarium ou encore quelques musées à Montréal. Mais Michel laissera Sylvie organiser ces activités, car elle est bien meilleure que lui dans ce domaine.

Chapitre 24

Depuis qu'elle est revenue de Belgique, Sonia a l'impression de tourner en rond. Ce n'est certainement pas parce qu'elle manque d'occupations. Cet été, elle garde des enfants quatre jours par semaine chez Manon au lieu de deux comme l'année dernière. C'est Junior qui l'a remplacée pendant son voyage. Il s'est tellement bien tiré d'affaire que Sonia lui a dit que s'il le souhaitait, elle pourrait lui laisser au moins une journée de gardiennage par semaine, ce qui lui donnerait un peu de temps pour peindre. Évidemment, elle en avait discuté avec Manon avant d'en parler à son frère. Junior a accepté avec plaisir. Sonia le remplacera la semaine qu'il ira passer chez sa marraine et son parrain.

Les toiles de Sonia se vendent tellement bien au restaurant de monsieur Desbiens, encore plus depuis le début de l'Expo, que ce dernier a demandé à la jeune fille de peindre cinq nouveaux tableaux aussi rapidement qu'elle le pourra. La commande a été passée tout juste avant que Sonia parte pour la Belgique. Heureusement, elle avait déjà deux toiles de terminées. La veille, Sonia est allée les porter avec sa mère au restaurant. Monsieur Desbiens était ravi.

Depuis son retour, Sonia passe tout son temps libre à peindre. Elle a même dû refuser d'aller à l'Expo avec Lise aujourd'hui alors qu'elle en mourait d'envie, d'autant qu'elle aurait certainement pu passer un petit moment avec Normand. Elle a vu son amoureux une seule fois depuis qu'elle est revenue de voyage, et ce, quelques minutes à peine. Il s'en allait donner un spectacle alors que Sonia devait absolument rentrer chez elle. La jeune fille songe parfois que la vie était beaucoup plus simple quand elle sortait avec Langis, du moins pendant l'année scolaire. Ils se voyaient toute la semaine et, exceptionnellement, la fin de semaine. Avec Normand, chaque rencontre est exceptionnelle en soi. Sonia et lui sont très occupés, chacun de leur côté. Normand est chanceux, car personne ne régit sa vie, tandis que les parents de Sonia veillent au grain. Pourtant, Normand leur a plu quand il est venu souper chez eux. Ils lui ont posé tellement de questions qu'à certains moments, Sonia en était gênée. Quand elle a téléphoné à Normand le lendemain, elle s'est excusée pour l'attitude de ses parents, ce à quoi le jeune homme a répondu qu'il aurait fait la même chose si l'avenir de sa fille était en jeu. Il lui a aussi dit qu'elle avait bien de la chance d'avoir des parents comme les siens.

— J'aime autant te prévenir : ils ne feront rien pour nous faciliter les choses. Déjà qu'ils te trouvent trop vieux pour moi…

— On en a déjà parlé. Je les comprends. De toute façon, jusqu'à la fin de l'Expo, je risque d'être très occupé et toi aussi. Alors, ça va être difficile de se voir.

— Je comprends tout ça, mais ce que j'essaie de t'expliquer, c'est que je vais être obligée de négocier chacune de mes sorties, surtout celles où je pourrais passer un moment avec toi.

— Je suis prêt à aller manger chez toi tant et aussi longtemps que tes parents ne me feront pas confiance.

— Je t'avertis, ça risque d'être long.

— J'ai tout mon temps, ma belle.

Même si son expérience en matière de garçons est très limitée, il est facile pour Sonia de constater que sa relation avec Normand n'a rien à voir avec celle qu'elle vivait avec Langis. Avec Normand, elle se sent plus femme alors que son histoire avec Langis ressemblait bien plus à un amour d'adolescents. Même si tout est plus compliqué avec Normand, Sonia n'a pas besoin de réfléchir longtemps pour savoir qu'elle préfère ce qu'elle vit maintenant. Elle se sent importante aux yeux de son amoureux. Normand prend soin d'elle comme s'il tenait le plus beau diamant du monde entre ses mains. Sonia ignore totalement où tout ça la mènera, mais ça n'a aucune espèce d'importance. Comme l'a dit sa tante Chantal : « L'amour peut apporter beaucoup de bonheur, mais il peut aussi apporter son lot de peine. Aimer, c'est la vie. » La jeune fille essaie de profiter de tout ce qui passe à cent pour cent. Si un jour les choses tournent mal, elle pleurera un bon coup et finira par s'en remettre un jour ou l'autre.

Sonia a adoré son voyage, à tel point qu'elle s'est juré de faire au moins un voyage par année. Elle ignore comment elle va y arriver, mais elle est prête à faire tous les efforts nécessaires pour parvenir à ses fins. Alors qu'elles attendaient pour prendre l'avion pour Montréal, tante Irma, Chantal et elle ont parlé d'aller en Angleterre l'été prochain. Elles en profiteraient pour faire un saut en Irlande et peut-être en Écosse. Sonia a tout de suite été emballée par l'idée. Cependant, ses tantes et elle ont convenu d'attendre à Noël pour parler de leur projet à la famille, histoire de laisser retomber un peu la poussière.

— Il vaut mieux savourer ce voyage qu'on n'a même pas encore fini jusqu'à la dernière goutte avant de sauter à corps perdu dans le prochain, a déclaré tante Irma. Ce n'est pas tout de découvrir de nouvelles choses, il faut aussi savoir les apprécier avant, pendant et après.

Sonia est encore étonnée quand elle pense aux différences qui existent entre la Belgique et le Canada – entre la Belgique et le Québec, plutôt, puisque c'est la seule province qu'elle connaît. Elle avait confié à ses tantes pendant le voyage que c'était particulièrement curieux pour elle de se retrouver dans un pays de l'autre côté de l'océan alors qu'elle ne connaissait même pas son propre pays. Chantal lui avait répondu :

— Tu as raison, ma belle fille, mais ça coûte plus cher de voyager chez nous que de traverser l'océan. Le billet d'avion pour aller à Vancouver est plus cher que celui pour Paris ou pour Bruxelles. Et le pire, c'est qu'on n'a pas vraiment le choix d'aller là-bas en avion étant donné les distances qui séparent les deux côtes. Traverser le Canada en auto est toute une entreprise. Non seulement il faut avoir du temps, mais il faut aussi avoir beaucoup d'argent. Toutefois, j'ai une suggestion. Pas l'été prochain puisqu'on ira en Angleterre, mais le suivant, on pourrait aller à Vancouver et à Victoria en train. Ce serait une autre façon de voyager. J'ai des collègues qui ont fait le voyage et ils m'ont dit que c'était fabuleux. Mais pour ça, il va falloir qu'on parte au moins trois semaines.

— À moins qu'on revienne en avion, avait proposé tante Irma.

— Quelle bonne idée ! s'était écriée Chantal. Nous trois, on va faire le tour du monde ensemble.

— Tant que le bon Dieu me prêtera la santé, avait lancé tante Irma, je suis partante.

— Laissez le bon Dieu en dehors de ça, vous êtes pétante de santé. Ce n'est pas facile pour moi de l'avouer, mais vous êtes bien plus en forme que moi.

— J'avais pas mal d'énergie en banque. Quand j'étais religieuse, une fois que j'avais fait mes huit heures de travail, je passais le reste de mon temps à prier plus souvent qu'autrement. Ce n'était vraiment pas exigeant physiquement.

— En tout cas, ça devait sûrement être dur pour les genoux ! avait plaisanté Chantal.

— Un peu. Mais une fois que tu as trouvé ta position, il suffit de la garder pour être bien.

— Je vous trouve bonne d'avoir prié pendant autant d'années.

— Ça n'a rien à voir avec la bonté, crois-moi. Je suis entrée chez les sœurs alors que j'avais à peine seize ans. Pendant plus de quarante ans, il ne m'est jamais venu à l'esprit de me poser des questions.

— Pourquoi êtes-vous entrée au couvent? avait demandé Sonia.

— Je ne m'en souviens plus vraiment. Tout ce dont je me rappelle, c'est que j'étais très gênée et que toutes mes sœurs étaient mariées. Comme il fallait au moins un prêtre ou une religieuse dans chaque famille, c'était la fierté ultime de l'époque, et que mes frères avaient tous refusé d'offrir leur vie à Dieu, j'ai suivi le courant. Sans trop m'en rendre compte, je me suis retrouvée au couvent. Dans mon temps, peu de femmes avaient un métier alors que moi j'avais l'embarras du choix. Comme j'aimais beaucoup les sciences, j'ai étudié pour travailler comme technicienne de laboratoire.

— Est-ce que vous étiez payée?

— Oui, sauf que je n'ai jamais vu le moindre sou.

— Comment ça?

— Pour deux raisons. D'abord, parce que j'avais fait vœu de pauvreté en prononçant mes vœux. Ensuite, parce que c'était la congrégation qui avait payé toutes mes études, ce qui lui donnait le droit de prendre mon salaire.

— Il ne vous restait vraiment rien? s'était étonnée Sonia.

— Rien! Mais j'étais logée, nourrie et habillée. Je n'avais pas besoin d'autre chose.

— Vous n'aviez même pas d'argent de poche?

— Seulement si je recevais de l'argent en cadeau. Mais mes compagnes et moi, on était tellement endoctrinées que, la plupart du temps, on se dépêchait de remettre l'argent à la mère supérieure.

— Vous deviez vous ennuyer… avait commenté Sonia.

— Pas vraiment. Pour moi, c'était ça la vie puisque je ne connaissais rien d'autre. Je travaillais et je priais, un point c'est tout.

— Vous devez avoir un méchant paquet d'indulgences en réserve! avait lancé Chantal d'un ton moqueur.

— Tu peux le dire! Si je pouvais en vendre, je serais certainement millionnaire plus d'une fois.

— Vous n'avez jamais douté de tout ce qu'on vous disait? s'était enquise Chantal.

— Non, on ne se posait pas de question. On était religieuse, un point c'est tout. On nous avait tellement répété qu'on était les servantes de Dieu et que le monde avait un cruel besoin de nos prières qu'on y croyait.

— Mais si vous étiez aussi bien que vous le dites, pourquoi êtes-vous sortie de chez les sœurs? avait demandé Sonia.

— C'est une bien longue histoire. Tout a commencé le jour où notre aumônier est parti. Son remplaçant était bien plus jeune. Il s'appelait Léon. Ce beau garçon arrivait directement de Rome.

— Il était Italien? l'avait interrogée Sonia.

— Non, c'était un pur Québécois. Léon venait d'une famille assez fortunée pour lui permettre d'aller faire son stage dans une paroisse près du Vatican. Le soir, après les prières, on était plusieurs religieuses à aimer discuter avec lui. Il avait une manière tellement différente de parler de la religion. Il avait su conserver, malgré ses vœux, une liberté de pensée que nous lui avons vite enviée. Il nous parlait des voyages qu'il avait faits, des gens qu'il avait rencontrés. En fait, il nous parlait de tout ce qu'on ne connaîtrait jamais si on restait au couvent. C'est là que j'ai commencé à me questionner réellement. Chaque soir, je revenais à la charge auprès de l'aumônier avec mes questions. Comme parler était ce qu'il aimait le plus, en tout cas plus que la confession, il me répondait avec ardeur. Et moi, je l'écoutais avec une grande attention. Plus les jours passaient, plus je me faisais une idée différente de la vie et du monde extérieur. Un jour, alors que j'étais en train de prier, j'ai su que je sortirais du couvent. Il fallait désormais que je trouve le courage d'agir. Je savais pertinemment que je ne trouverais aucun encouragement du côté de la mère supérieure, car elle faisait partie des personnes qui refusaient d'admettre que le monde était en grand changement. Pour elle, hors du couvent il n'y avait point de salut, alors que pour moi, c'était tout le contraire. J'avais une soif insatiable de connaî-tre la vie hors des murs de ma prison. Je savais que si je restais trop longtemps, je mourrais à petit feu. J'avais fait mon temps, comme disent les prisonniers. Il était grand temps pour moi de sortir.

— Mais ça devait être effrayant? avait répliqué Sonia en grimaçant.

— Oui et non. J'en étais rendue à un point où l'inconnu me faisait moins peur que de rester là où je n'avais plus ma place.

— Et Dieu là-dedans? s'était informée Chantal.

— Dieu? Il est toujours près de moi et je ne l'aime pas moins qu'avant.

— Ça a dû être terrible de décider de partir… avait déclaré Sonia.

— Je ne sais pas comment t'expliquer… Attends, je pense que j'ai une idée. Quand tu as fait la connaissance de Normand, tu as tout de suite su que c'était avec lui que tu voulais sortir. Est-ce que je me trompe?

— Vous avez raison.

— Tu savais aussi que pour être avec lui, il fallait que tu mettes fin à ta relation avec Langis. C'est la même chose pour moi. Comme je ne pouvais pas avoir les deux, le choix s'est imposé de lui-même.

— Vous deviez être morte de peur ? s'était inquiétée Sonia.

— Parfois oui, mais la plupart du temps je m'en remettais à Dieu. Je dois te dire que je ne suis pas sortie les mains vides de chez les sœurs. Tu te souviens que je t'ai dit tout à l'heure que je n'avais jamais touché un seul sou de mon salaire pendant toutes les années où j'ai été au couvent ?

Sans attendre la réponse de Sonia, tante Irma avait poursuivi :

— Eh bien, l'aumônier m'avait confié que des sœurs d'autres congrégations étaient sorties du couvent avec un beau petit magot. Alors, j'ai fait valoir mon point à la mère supérieure. Au début, elle refusait catégoriquement que je brise mes vœux. Quand elle a fini par comprendre qu'elle ne pourrait pas me garder de force, on a pu commencer à discuter. Elle savait compter.

— Et vous ? avait demandé Chantal.

— J'ai appris vite. L'aumônier m'a dit qu'une sœur avait été obligée de prendre un avocat pour défendre ses intérêts. Je lui ai demandé de me mettre en contact avec cette religieuse et je suis allée la rencontrer. Elle m'a expliqué tout ce qu'elle avait dû faire et comment procéder. Si je ne l'avais pas connue, je m'en serais certainement moins bien tirée.

— Vous auriez pu vous faire aider par la famille ? avait commenté Chantal. Par papa, par exemple ?

— J'aime beaucoup ton père, mais il était hors de question que je le mêle à ça, et encore moins les autres membres de la famille. Ce que je voulais éviter par-dessus tout, c'était qu'ils essaient de me faire changer d'idée. C'était ma vie, mon choix, et je voulais leur annoncer ma décision seulement une fois que tout serait officiel. Vous auriez dû voir les membres de ma famille quand je suis arrivée sans ma robe de religieuse au souper de Noël. J'ai même eu peur qu'une de mes sœurs fassent une crise de cœur. On aurait dit qu'elle venait de voir une revenante.

— C'était un peu ça quand même, non ? avait formulé Sonia.

— D'une certaine façon, oui. Il y avait tellement longtemps que personne ne m'avait vue autrement que dans mon costume de religieuse, au couvent de surcroît, que nul ne se souvenait plus de quoi j'avais l'air sans ma tenue de sœur, ni même de la couleur de mes cheveux. Tout ce que les miens voyaient quand ils me rendaient visite, c'était mon visage.

— Wow ! s'était exclamée Sonia. Vous êtes mon idole !

— Contente-toi simplement de m'aimer, ma petite fille. Je suis une personne tout ce qu'il y a de plus ordinaire et je fais de mon mieux pour être une bonne chrétienne.

Chantal avait éclaté de rire.

— Je t'interdis de rire, toi ! avait jeté Irma. Il n'est écrit nulle part qu'une bonne chrétienne ne peut pas goûter aux plaisirs de la chair ou fumer son petit joint, à ce que je sache…

— Sacrée tante Irma ! s'était exclamée Chantal en lui passant un bras autour des épaules. Si on ne vous avait pas, il faudrait vous inventer !

Chapitre 25

— En tout cas, commence Michel en levant la tête de son journal, on pourra dire que l'Expo nous a amené pas mal de personnages importants. Le 23, ça va être au général de Gaulle de venir faire son tour. Mais c'est inimaginable tout ce que ça va nous coûter, cette exposition. On ne verra jamais le bout de nos dettes.

— Il ne faut pas regarder juste les dépenses que ça nous occasionne, émet Sylvie, il faut aussi comparer avec ce que ça va nous rapporter. Je ne connais pas grand-chose aux affaires, mais je suis certaine qu'on va être gagnant sur toute la ligne. Une fois l'Expo terminée, on ne va quand même pas tout détruire ce qu'on a bâti. Pense seulement à ce qui est très apparent : le métro, le tunnel, l'île Notre-Dame, la Transcanadienne, La Ronde... On n'en aurait jamais fait autant si on ne s'était pas engagé dans un projet aussi ambitieux. Mais le plus beau, c'est qu'on sait maintenant de quoi on est capable, et ça, ça n'a pas de prix.

— Je veux bien croire, mais juste pour la venue du général de Gaulle – et ce n'est là qu'un exemple parmi tant d'autres –, imagine-toi qu'on a asphalté à neuf le chemin du Roy entre Québec et Montréal. Pourtant, il était loin d'être en mauvais état. Il y a plusieurs autres routes qui auraient eu besoin d'être refaites avant celle-là. Sais-tu ce qu'on a mis à la place de la barre blanche ?

— Je l'ignore.

— Eh bien, on l'a remplacée par des fleurs de lys. C'est n'importe quoi !

— Je ne suis pas d'accord avec toi. La visite du général de Gaulle, c'est important. C'est de la France qu'on vient, après tout.

Moi, je trouve ça plutôt ingénieux. Est-ce qu'il y a une photo dans le journal ?

— Ouais. Tiens, regarde par toi-même. Moi, je suis contre les fioritures. Une barre blanche, c'est une barre blanche, pas un bouquet de fleurs.

— C'est très beau ! s'exclame Sylvie. Et différent. Pourquoi on serait toujours obligé de faire les mêmes choses ? Un peu de change-ment, ça n'a jamais tué personne. Et je suis certaine que ça n'a pas coûté plus cher…

— On en reparlera quand les fleurs commenceront à s'effacer…

— En quoi ça va être différent que lorsque c'est une barre blanche qui s'efface ? C'est du pareil au même, si tu veux mon avis. Arrête d'être de mauvaise foi. Tu es plus vieux jeu que ton père et le mien réunis.

Michel se garde de relever le commentaire de Sylvie. Il ne peut pas la contredire ; c'est vrai qu'il est conventionnel pour beaucoup de choses, et les routes font partie de celles-ci. Il trouve complète-ment inutile de remplacer la barre blanche par des fleurs de lys. Pour lui, c'est de l'argent gaspillé.

— S'ils ont refait le chemin du Roy, j'imagine que c'est parce que le général de Gaulle va l'emprunter ? ajoute Sylvie.

— Tu as tout compris. Il va aller à Québec en bateau. Il paraît qu'il souhaite commémorer le voyage de Samuel de Champlain en 1608. « Je veux naviguer symboliquement sur le fleuve de la Nouvelle-France », a-t-il dit. C'est l'ambassadeur canadien à Paris qui l'a invité à venir visiter l'Expo, ce qui est loin de faire l'affaire des fédéralistes.

— Rien de ce qui se passe chez nous ne fait leur affaire, de toute façon. Je suppose qu'ils ont peur que le général encourage les indépendantistes. Il me semble entendre Pearson et Trudeau.

— Ouais, c'est un peu ça. Les maudits Anglais, ils n'ont pas encore compris que les Québécois sont différents d'eux et qu'un jour il va bien falloir qu'on se sépare puisqu'on est incapables de s'entendre, eux et nous.

— C'est pas mal plus facile à dire qu'à faire. Devenir un pays, c'est pas mal plus exigeant que de bâtir une exposition internationale.

— Es-tu en train de me dire que tu es contre l'indépendance? s'indigne Michel.

— Pas du tout. Je suis du bord de la raison pour le moment. Pour réaliser un rêve comme le nôtre, ça prend un maudit bon chef.

— Que je ne te voie pas annuler mon vote aux prochaines élections, la met en garde Michel d'un ton sévère.

— Aussi bien te faire à l'idée, mon cher: jamais je ne te dirai pour qui je vote. Je suis bien assez grande pour décider par moi-même.

Un silence pesant s'installe pendant quelques minutes dans la cuisine. Michel et Sylvie savent que la politique est un sujet chatouilleux. Chaque fois qu'ils l'abordent, ça finit par un froid. Heureusement, celui-ci ne dure jamais longtemps.

Histoire de retrouver sa bonne humeur, Michel poursuit la lecture du journal. Quand il tombe sur le passage où figure la liste des invités qui assisteront aux réceptions données en l'honneur du général, il profite de l'occasion pour reprendre contact avec Sylvie.

— Écoute ça. Ils vont commencer le voyage par une messe à la cathédrale de Sainte-Anne-de-Beaupré. Dans le journal, c'est écrit: *Celle-ci sera suivie d'un repas au Petit Cap, une des propriétés du Séminaire de Québec. De nombreuses soutanes seront présentes, dont des religieuses à cornettes et des chanoines à ceinturon.* D'après moi, ce sera quelque chose à voir.

— Pas pour moi. Plus loin je me tiens de tout ce qui ressemble à une soutane, mieux je me porte.

— Vas-tu en vouloir à la religion toute ta vie ?

— À tout ce qui porte une soutane ? Probablement. Une chose est certaine, plus le temps passe, plus les curés me donnent raison. Quand j'entends des affaires comme ça – une des propriétés du Séminaire – c'est plus fort que moi, ça m'enrage. Ça me met en colère parce que toutes les fortunes des groupes religieux ont été montées sur le dos des pauvres gens, en leur faisant croire qu'ils iraient en enfer ou en menaçant de les excommunier chaque fois qu'ils osaient penser différemment de leur bon curé ou de la sœur directrice de l'école de leurs enfants. Crois-moi, je n'aurai pas assez d'une vie pour oublier tout ce qu'ils ont fait pour s'enrichir et tout ce qu'ils font encore. Prends ma tante Irma. Elle a travaillé toute sa vie pour rien et le jour où elle a voulu sortir de sa congrégation, elle a dû se battre pour avoir une infime partie de l'argent qu'elle avait gagné.

— Oui, mais sa congrégation l'a logée, nourrie et habillée pendant toutes ces années. Et les religieuses ont même payé pour la faire instruire.

— Je veux bien croire, mais dis-toi bien que la congrégation n'a pas été perdante. Loin de là. Je ne connais pas beaucoup d'entreprises aussi florissantes qu'une congrégation de bonnes sœurs ou de prêtres. En connais-tu, toi ?

— Ça ne me vient pas à l'esprit. En tout cas, le 23, c'est certain qu'on va montrer des images de la visite du général de Gaulle à la télévision. Je ne veux pas manquer ça.

— À deux, on devrait s'en souvenir.

— D'autant que c'est la devise du Québec ! plaisante Michel.

— Ah oui? Je ne m'en souvenais plus! réplique Sylvie avant d'éclater de rire.

* * *

Assis sur la dernière marche du petit escalier à l'arrière de la maison, Sonia et Junior discutent tranquillement depuis un bon moment déjà.

— Je te trouve vraiment bonne d'avoir fait ça, déclare Junior à sa sœur.

— Je n'ai pas une grande expérience en matière d'affaires de cœur. Tout ce que je sais, je l'ai appris de tante Chantal. C'est elle qui m'a expliqué quoi faire pour en finir avec Langis. Tu ne peux même pas t'imaginer à quel point ça a été difficile. Je le revois encore changer de couleur à mesure que je parlais. Et pourtant, je n'ai pas dit grand-chose.

— C'est parce qu'il tenait à toi.

— Je le sais. Mais j'avais le choix entre lui faire de la peine en le quittant ou lui en faire en restant parce que mon cœur était ailleurs…

— Et là, est-ce que tu es plus heureuse?

— Oui et non. C'est loin d'être simple. Chaque fois qu'on réussit à se voir, Normand et moi, c'est la fête. On est bien ensemble. Mais plus souvent qu'autrement, j'ai l'impression d'être seule.

— Maman ne te facilite pas trop les choses, non plus.

— C'est vrai. Heureusement que papa est là pour lui faire entendre raison parce que je crois qu'elle ne me laisserait pas sortir de la maison seule avant que j'aie vingt-cinq ans. Mais ce n'est pas vraiment ça le problème.

Sans attendre la réaction de son frère, Sonia poursuit:

— Je sors avec un musicien qui est très occupé, ce qui fait que je ne le vois presque pas. Et de mon côté, je dois chaque fois réussir un tour de force pour convaincre maman de me laisser sortir avec lui. Et…

Sonia s'interrompt pour réfléchir.

— Et quoi? demande Junior.

— Eh bien, je suis loin d'être fière de moi, mais je suis jalouse de toutes les filles qui l'approchent. Jure-moi que tu ne le répéteras à personne. Jure-le-moi!

— À qui voudrais-tu que je le dise? Je te le jure. D'après moi, c'est normal que ça te fasse quelque chose.

— Non, non, tu m'as mal comprise. Je t'ai dit que j'étais jalouse.

— Jalouse comment?

— Jalouse au point d'avoir envie de le suivre partout pour m'assurer qu'il ne tombe pas dans les bras d'autres filles.

— Wow! Tu es bien mal partie, ma sœur. Tout ce que je sais, c'est que ton attitude est la dernière à avoir quand une fille sort avec un musicien, surtout avec le chanteur du groupe Les 409. Tu peux être certaine que des dizaines de filles sont après lui chaque fois qu'il donne un spectacle. Et ce n'est pas demain que ça va changer. Mais si ça arrive un jour, ça va signifier que sa carrière est finie.

— Je sais tout ça. Mais j'ai beau essayer de me raisonner, c'est plus fort que moi. Chaque fois que Normand donne un spectacle, je m'imagine le pire.

— Est-ce que tu lui en as parlé?

— Es-tu malade? Tu es le premier à qui je me confie.

— As-tu confiance en lui ?

— Oui. C'est en toutes ces filles que je n'ai pas confiance.

— J'ai encore moins d'expérience que toi en la matière, mais je sais une chose, par exemple. La base de l'amour, c'est la confiance.

— Comment tu sais ça ?

— Je parle souvent de ces choses-là avec maman, et avec Francine aussi. J'ai même lu un livre qui traitait de ce sujet.

— Est-ce que tu l'as encore ?

— Oui. J'ai été obligé de l'acheter, car il n'était pas à la bibliothèque. Je vais te le prêter. Tu vois, quand Francine et moi on va à nos cours de danse, j'aurais un tas de raisons d'être jaloux. Non seulement tous les gars veulent danser avec elle, mais elle prend plaisir à danser avec eux. Les premières fois, j'avais un petit pincement au cœur. Après, j'ai bien été obligé de me faire une raison. Je n'avais aucun droit d'interdire à Francine de danser avec les autres. Soit je faisais avec, soit je la quittais. Comme on a beaucoup de plaisir ensemble, je me suis dit qu'il était temps que je vieillisse un peu.

— Lui en as-tu parlé ?

— Non, parce que ça ne concernait que moi.

— Et maintenant ?

— Je la regarde danser avec d'autres gars, et quand le cours est fini, c'est avec moi qu'elle sort de la salle. Je n'en demande pas plus.

— Ouf ! C'est toute une leçon que tu viens de me donner là, mon cher Junior. Je vais réfléchir à tout cela. Mais changeons de sujet. Sais-tu ce que j'aurais envie de faire ?

— Pas encore, mais ça ne saurait tarder ! répond-il d'un ton moqueur.

— Eh bien, on pourrait fournir chacun un peu d'argent, aller à l'épicerie et acheter tout ce qu'il faut pour faire un pique-nique. On pourrait aller manger dans le beau parc qui donne sur le fleuve.

— C'est une excellente idée. Je vais même apporter mon appareil photo. Tu pourrais être mon modèle. Je voudrais participer à un concours, mais il faut présenter une photo avec un modèle humain. Qu'en dis-tu ?

— Si tu penses que je peux faire l'affaire, pas de problème. Mais pourquoi tu ne photographies pas Francine ?

— Pour la simple et unique raison que j'ai déjà pris plusieurs photos d'elle et que j'ai l'intention d'envoyer deux photos : une de Francine et une de toi. On verra bien laquelle de vous deux est la plus photogénique.

— En tout cas, j'espère que Francine ne m'arrachera pas les yeux si c'est avec ma photo que tu gagnes le concours.

— Dors sur tes deux oreilles. Elle n'est pas comme ça, sinon je ne sortirais pas avec elle.

— Mais j'y pense, tu pourrais photographier monsieur Masson quand il brandit son balai dans les airs. Je suis certaine que ça ferait une très belle photo. En tout cas, ce serait une scène de vie tout sauf monotone !

— Oui, mais pour ça, il faudrait que je parvienne à le faire sortir de ses gonds.

— C'est facile. Tu n'as qu'à demander aux jumeaux, ils sont spécialistes là-dedans.

— Je vais y penser. Parlant des jumeaux, j'aimerais bien leur jouer un tour.

— Pourquoi veux-tu faire ça?

— Il me semble qu'ils auraient besoin d'une petite leçon.

— As-tu quelque chose en tête?

— Je te raconterai tout pendant notre pique-nique. Allons-y!

* * *

Alors que Michel et Sylvie sont encore en grande discussion, la sonnerie du téléphone retentit. L'air découragé, Michel lance:

— J'espère bien que ce n'est pas encore de la visite qui s'annonce. Comme dirait mon père, la cour est pleine.

Sans même prendre le temps de relever le commentaire de son mari, Sylvie va répondre. Dès qu'elle reconnaît la voix à l'autre bout du fil, un large sourire illumine son visage.

— Je suis tellement contente de vous entendre. Comment allez-vous, Alice?

— Je vais très bien. Vous savez quoi? Mon fils a affaire à Montréal la semaine prochaine. Alors, je me demandais si vous auriez un peu de temps pour m'accompagner à l'Expo.

— Vous n'avez qu'à me dire quand vous viendrez et je vais m'organiser. Cette fois, je ne pourrai pas vous héberger, par exemple. La maison est pleine depuis le début du mois et ça va être ainsi au moins jusqu'à la fin du mois d'août.

— Si vous n'avez pas le temps de me voir, je peux comprendre.

— Je vous arrête tout de suite. J'aurai toujours du temps pour vous. Vous allez pouvoir venir manger à la maison aussi, comme d'habitude. C'est juste pour le coucher qu'il y a un petit problème d'espace. Alors, quand allez-vous arriver? J'ai bellement hâte de vous voir et de vous faire visiter notre nouvelle maison!

Quand elle raccroche le combiné, Sylvie est tout sourire. Il y a un petit moment qu'elle n'a pas vu Alice. Chaque fois que son ancienne voisine lui annonce sa visite, ça la remplit de bonheur. Même si Shirley habite tout près maintenant, il ne se passe pas une seule journée sans qu'elle pense à Alice, sa deuxième mère.

Chapitre 26

— Franchement, tante Irma, j'ai beaucoup aimé vos petites vues, tellement que j'ai bien envie de vous embrasser! s'écrie Michel.

La réaction de tante Irma ne se fait pas attendre. Elle accourt près de Michel.

— Ne te gêne surtout pas, le jeune. J'ai été privée d'affection pendant tellement d'années que maintenant, je prends tout ce qui passe.

Sans se faire prier, Michel s'exécute.

— Je vais même vous donner deux becs.

— Je pense que je pourrais survivre à trois, lance Irma d'un air taquin. À moins que ta femme soit jalouse.

— Comment pourrais-je être jalouse de vous? demande Sylvie. Vous êtes ma tante, après tout.

— Tu sais, de nos jours, le danger peut venir de n'importe où, surtout de là où on ne l'attendait pas.

— Est-ce que je devrais commencer à me méfier de vous? demande Sylvie.

— Tu sais bien que tu ne cours aucun danger avec moi. Et puis, ton Michel a trop mauvais caractère pour que je m'y intéresse. Ne t'inquiète pas, je te le laisse.

— J'aime mieux ça, affirme Sylvie d'un ton faussement inquiet. Vous pouvez être fière de vous, vous m'avez donné chaud.

— J'imagine, oui. Est-ce que Michel est le seul à avoir aimé mes petites vues comme il dit ?

— Non, non, se dépêche d'intervenir Sonia, moi j'ai adoré. À chaque diapositive, j'avais l'impression de me retrouver en Belgique. Je sais que je vous l'ai souvent répété, à tante Chantal et à vous, mais je vais recommencer : j'ai adoré mon voyage. En fait, il n'y a rien qui ne m'ait pas plu.

— Merci, ma belle fille, dit tante Irma. Ce sera toujours un grand plaisir de voyager avec toi. Tu es curieuse, patiente, sociable, généreuse, et tu t'adaptes facilement aux imprévus – et Dieu sait à quel point il peut en arriver quand on voyage ! J'espère sincèrement avoir la chance de voyager avec toi encore et encore. Et le plus tôt sera le mieux.

— Une chance que je sais que c'est de ma fille dont vous parlez parce que sinon, j'aurais eu un peu de mal à la reconnaître ! lance Sylvie d'un ton mi-moqueur, mi-sérieux. Je ne savais pas que Sonia avait autant de qualités.

— Tu sais comme moi que les enfants sont toujours différents quand ils ne sont pas avec leurs parents, répond tante Irma.

— Comment se fait-il que vous sachiez ça, vous ? demande Michel. Vous n'avez même pas d'enfants.

— Pas besoin d'en avoir pour savoir ça. Il suffit de se rappeler quand on était jeune. C'était exactement pareil.

— Vous avez bien raison, admet Sylvie. En tout cas, je vous remercie, tante Irma et Chantal, d'avoir emmené Sonia en voyage avec vous.

— Voyager avec une belle fille comme la tienne, c'est un cadeau du ciel, affirme Chantal. Il y a de grosses chances pour que tante Irma et moi, on te l'emprunte encore.

— On verra dans le temps comme dans le temps, réplique Sylvie. Sonia ne peut pas passer son temps à voyager, il faut qu'elle travaille aussi. La vie n'est pas faite seulement de plaisir.

Resté silencieux jusque-là, Paul-Eugène songe qu'il ne doit pas laisser les choses ainsi. Il va prendre la défense de Sonia. Pendant le temps qu'il a habité chez Sylvie, il a constaté que Sonia a du caractère, mais il a aussi vu comment Sylvie essaie de la contrôler sous prétexte qu'elle a peur qu'il lui arrive quelque chose. Paul-Eugène pense plutôt que sa sœur nourrit une forme de jalousie envers sa fille. Plus Sonia va vieillir, plus Paul-Eugène est prêt à parier que Sylvie va être jalouse d'elle. C'est l'évidence même. Elle l'envie de faire tout ce qu'elle n'a jamais pu se permettre. Certes, Sylvie ne l'avouera jamais, mais il mettrait sa main au feu qu'il a raison. L'autre jour, il en a parlé un peu avec Michel. Celui-ci a commencé par nier, mais au bout d'un moment, il a bien été obligé d'admettre que son beau-frère avait peut-être raison.

— Veux-tu bien arrêter de penser à la place de Sonia ? s'écrie Paul-Eugène. Elle n'a plus cinq ans. Si elle a envie de voyager chaque année, eh bien qu'elle le fasse. Elle n'est pas obligée d'avoir la même vie que toi.

Piquée au vif par les propos de son frère, Sylvie se raidit avant de lui lancer :

— Une chose est sûre : elle aura une vie bien plate si elle suit mon chemin parce que je n'ai rien fait d'intéressant.

— Dans ce cas, laisse-la vivre un peu. Elle doit faire ses propres expériences.

Si Sonia ne se retenait pas, elle sauterait au cou de son oncle et l'embrasserait sur les deux joues. Elle est heureuse de pouvoir compter sur des alliés : sa tante Chantal, sa tante Irma, son père, et maintenant son oncle Paul-Eugène. Ça lui fait vraiment du bien de savoir qu'elle n'est plus seule pour affronter sa mère et ses nombreuses restrictions qui n'en finissent plus.

— Je voudrais bien te voir à ma place! s'écrie Sylvie à l'adresse de son frère. C'est trop facile de parler quand on n'est pas directement impliqué.

— Tu as raison. Mais j'ai souvent constaté que tu n'agis pas de la même manière avec ta fille et tes garçons; avec eux, tu es complètement différente. C'est injuste pour Sonia. Qu'est-ce qui est si différent entre les deux sexes? Tant qu'à moi, c'est du pareil au même. Quand tu es responsable, que tu sois un gars ou une fille, tu dois assumer les conséquences de tes gestes.

— Oui, mais les conséquences peuvent être bien plus graves pour la fille. En tout cas, je n'ai vraiment pas envie de me retrouver avec...

Mais Sylvie n'a pas le temps de finir sa phase. Charlotte, son mari et leurs enfants font leur entrée. La diversion est la bienvenue parce que les choses commençaient à se corser entre le frère et la sœur, ce qui est une première depuis que Paul-Eugène est revenu vivre dans le coin. Michel en profite pour changer de sujet :

— Venez que je vous présente ceux que vous ne connaissez pas encore. Après, si vous voulez, on pourrait veiller autour d'un feu. J'ai acheté un gros sac de guimauves en revenant du magasin.

— Veux-tu que j'aille préparer le feu? demande Junior.

— Ce serait très gentil. Tu sais où est le petit bois?

— Oui, oui.

— Je vais y aller avec toi, propose Sonia.

— Et nous, on va se charger des guimauves! s'exclame Dominic d'un ton enjoué. Tu n'as qu'à me dire où elles sont, papa.

— Je vous connais trop pour vous laisser partir avec le sac alors que le feu n'est même pas encore allumé! réplique Michel. Occupez-vous plutôt de donner du Coke à vos cousins. J'en ai mis dans le réfrigérateur tantôt.

* * *

Perdue dans ses pensées, Sylvie profite d'un rare moment de solitude depuis que les visiteurs se succèdent chez elle pour aller voir l'Expo. Heureusement qu'elle adore la famille de Michel parce qu'elle commencerait à trouver le temps long alors que ça ne fait même pas encore deux semaines que cela est commencé. Pourtant, elle ne voit pas beaucoup les visiteurs; en général, ils partent tôt le matin et ne reviennent que tard le soir. Mais Sylvie n'a pas eu une minute à elle depuis des semaines. Il y a eu l'accident de Paul-Eugène, le mariage d'Alain, la convalescence de son frère, le départ de Sonia pour la Belgique, le déménagement... Tout ça est survenu après une série de spectacles qui lui ont demandé beaucoup d'énergie. Il est extrêmement rare qu'elle dise qu'elle est fatiguée. Son grand-père paternel lui a répété tellement souvent que lorsqu'on respectait son rythme, on ne devrait jamais être fatigué. Alors, les quelques fois où elle s'est plainte d'être fatiguée, c'est comme si quelque chose passait de travers dans sa gorge. Mais pour une fois, elle n'éprouve aucune honte à avouer qu'elle ressent une certaine fatigue.

En quelques mois seulement, tellement de choses se sont passées que Sylvie a parfois du mal à suivre, pas physiquement, mais sur le plan mental. Même si elle n'a pas élevé des enfants pour les garder indéfiniment sous ses jupes, voir partir Alain n'a pas été facile. Elle avait beau se répéter que c'était normal, qu'il ne s'en allait pas au bout du monde, qu'elle le verrait pratiquement autant qu'avant – car il était souvent absent de la maison –, elle n'arrivait pas à se faire à l'idée qu'il était parti pour de bon. Et ce n'est que le premier à avoir quitté le nid... Bientôt, les autres suivront. Un beau matin, elle se retrouvera seule avec Michel, comme le jour de leur mariage.

Elle n'est pas prête ; il y a des moments où elle pense qu'elle ne le sera jamais. À l'âge qu'ont les jumeaux, Sylvie a encore du temps devant elle. Mais elle sait déjà quelle douleur atroce lui causera chaque départ.

Elle a repensé à ce que lui a dit Paul-Eugène par rapport à Sonia. Même si ça ne lui plaît pas du tout, elle doit admettre que son frère a un peu raison. Pour l'instant, c'est tout ce qu'elle est capable de reconnaître. Comment une mère peut-elle être jalouse de sa fille ? Pourtant, elle, Sylvie Belley Pelletier, elle l'est. Il y a des vérités qui font plus mal que d'autres. Il y a des vérités dont on ignorait même l'existence jusqu'au jour où quelqu'un qui a toute notre confiance nous la jette en pleine face. Dès lors, on sait que jamais plus on ne pourra faire semblant que cette réalité n'existe pas, même le temps d'un battement de cils.

Martin n'a pas souffert de maux de tête depuis le jour où il a manqué ses cours tellement il était mal en point. Ce jour-là est marqué à jamais dans la mémoire de Sylvie. Elle ne saurait dire pourquoi, mais il y a une petite voix à l'intérieur d'elle-même qui lui souffle qu'elle est passée à deux doigts de perdre son fils. Elle n'en a parlé à personne. Qui pourrait comprendre ? Tout le monde a mal à la tête un jour ou l'autre. Au plus profond d'elle-même, Sylvie sait qu'elle ne pourrait survivre à la perte d'un de ses enfants. Une mère ne peut pas enterrer ses enfants, c'est contre-nature. Chaque soir, elle prie Dieu de leur prêter vie au moins jusqu'à ce qu'elle quitte cette terre.

Depuis que monsieur Laberge a posé ses lèvres sur les siennes, pas un seul soir ne s'est passé sans qu'elle se remémore à quel point l'expérience lui a plu. Si elle meurt demain, elle pourra au moins dire qu'elle a embrassé deux hommes dans sa vie. En réalité, elle a embrassé un homme et a été embrassée par un autre l'espace de quelques secondes. Il lui arrive de se demander comment ce serait de faire l'amour avec Xavier Laberge. Mais elle ne le saura jamais.

Elle aime trop Michel. Ce bref moment de pur enchantement restera enfoui dans sa mémoire, pour l'éternité.

Ce soir, Michel tombe en vacances pour deux semaines. Pour l'occasion, Sylvie et lui ont prévu de sortir juste tous les deux même si c'est vendredi et qu'habituellement il travaille au magasin. Paul-Eugène a insisté pour prendre la relève. Comme Shirley est en congé, elle a proposé d'aller lui donner un coup de main. Ces deux-là passent de plus en plus de temps ensemble. Ils sont radieux, ce qui remplit Sylvie de bonheur. La vie ne peut pas être faite seulement de malheurs. Il faut qu'elle donne l'impression d'être belle de temps en temps alors qu'en réalité, elle exige de chacun une bataille constante pour garder la tête hors de l'eau.

Michel a dit à Sylvie de choisir un restaurant de Montréal. Comme elle a envie de manger des mets chinois, ils iront dans le quartier chinois. Ils se promèneront bras dessus, bras dessous et prendront le temps de s'arrêter devant chaque restaurant qu'ils croiseront sur leur route jusqu'à ce que l'un d'entre eux les interpelle suffisamment pour qu'ils aient envie d'y entrer. Après, ils en profiteront pour marcher dans les rues. Peut-être se rendront-ils jusque dans le Vieux-Montréal. Sylvie adore cet endroit. Plusieurs lui ont dit que le Vieux-Québec était encore plus beau, mais elle n'est jamais allée là-bas, ce qui ne lui permet aucune comparaison. Ils s'arrêteront sûrement boire une bière à une terrasse. Il fait si beau qu'ils prendront le temps de profiter de la soirée. Ils feront sûrement l'amour en revenant, mais ce sera différent car Sylvie se retiendra de gémir ou de laisser entendre le moindre petit cri de plaisir. Quand il y a des étrangers dans la maison, elle se tient sur ses gardes. Michel redoublera d'ardeur pour l'aider à se détendre, mais elle ignore si elle y arrivera.

Cet après-midi, elle a eu droit à un appel de sa sœur Ginette. Sa plus grande surprise n'a pas été qu'elle lui téléphone, mais plutôt qu'elle ne le fasse qu'aujourd'hui. Sylvie a vite compris pourquoi sa sœur n'avait pas communiqué avant avec elle. Ses enfants s'étaient bien gardés de lui annoncer qu'ils avaient reçu un chèque de 500 dollars de leur grand-père. C'est Claire qui a appris la nouvelle à Ginette. Cette dernière était comme un chien enragé. Elle hurlait dans le téléphone.

— Il n'avait pas le droit de donner mon argent à mes enfants. Jamais je ne lui pardonnerai ce qu'il a fait. J'en avais bien plus besoin qu'eux. On devrait le faire enfermer dans une maison des vieux, il est fou… Il va savoir de quel bois je me chauffe quand je vais aller lui dire ma façon de penser. Je suis tellement fâchée que…

Sylvie l'a laissée parler sans l'interrompre. Quand sa sœur a dû s'arrêter pour respirer, elle lui a dit calmement, en pesant chacun de ses mots :

— C'était à toi de venir chez papa, d'autant plus que pour une fois, tu étais formellement invitée. La seule à qui tu peux en vouloir, c'est à toi. Ce n'est la faute de personne si tu as fait le mauvais choix. La rancune n'est pas bonne conseillère.

— Cesse de me faire la morale, veux-tu ? Je suis certaine que papa vous avait dit pourquoi il nous avait tous invités.

— On ne savait rien de plus que les autres et toi.

— Tu ne t'imagines quand même pas que je vais avaler ça !

— Pense ce que tu veux alors. Tu vas m'excuser, il faut que je te laisse. J'attends quelqu'un.

Il y a des choses qu'on n'arrive pas à comprendre. Curieux hasard ou fatalité, cela concerne souvent la famille. Alors qu'elle a tout fait pour ses frères et sœurs, jusqu'à leur offrir ses plus belles années, voilà qu'aujourd'hui elle obtient des nouvelles de quatre d'entre eux – soit plus de la moitié – seulement lorsqu'elle leur téléphone, car ils ne prennent jamais aucune initiative en ce sens. Pour ce qui est de Ginette, celle-ci appelle seulement pour se plaindre et déverser son fiel.

Avant, la famille de Sylvie comptait neuf membres avec son père. Maintenant, elle en compte seulement quatre, son père inclus. Comment une famille peut-elle se transformer à ce point-là ? Cette question sans réponse fait beaucoup souffrir Sylvie…

Chapitre 27

— Arrête un peu de parler et écoute-moi une minute ! s'écrie Chantal dans le téléphone. Tu ne peux pas refuser son invitation, tu n'as pas le droit.

— Depuis quand est-ce interdit de refuser une invitation ? s'enquiert Sylvie. À ce que je sache, j'ai le choix d'accepter ou non.

— Ce que tu peux être bornée quand tu veux ! L'amoureux de ta fille vous invite, Michel et toi, à assister à son spectacle et madame ne veut pas y aller. En as-tu au moins parlé à Michel ?

Un silence de mort tombe sur la ligne téléphonique. Chantal comprend alors que sa sœur n'a même pas daigné faire part de l'invitation à son mari.

— Là, tu dépasses les bornes, reprend Chantal. Je t'avertis, si tu n'en parles pas à Michel, c'est moi qui vais le faire.

— Ne te mêle pas de mes affaires. Je suis assez grande pour me débrouiller toute seule.

— Permets-moi d'en douter. Crois-tu vraiment pouvoir passer ça sous le nez de Michel ? J'espère que tu n'es pas assez sotte pour penser qu'il ne l'apprendra pas.

— Laisse-moi m'arranger avec ça. Je vais dire à Sonia qu'on est déjà pris.

— Pourquoi tu ne veux pas y aller ?

— Parce que je n'aime pas ce genre de musique.

— Arrête de dire n'importe quoi, ça ne prend pas avec moi. Je sais que tu aimes les Beatles, alors tu vas adorer les 409. Téléphone à tante Irma et demande-lui si elle a aimé le spectacle, tu vas voir ce qu'elle va te répondre. Chaque fois que je la vois, elle m'en parle. Il serait temps que tu me donnes la vraie raison pour laquelle tu as décidé de refuser l'invitation de Normand.

— Je viens de le faire.

— C'est faux, tu as juste essayé de m'endormir. Mais je la connais, la raison : c'est parce que tu n'acceptes pas que ta fille sorte avec un musicien. Eh bien, j'ai des petites nouvelles pour toi. Je ne te laisserai pas empoisonner la vie de Sonia. Que ça te plaise ou non, fie-toi sur moi que tu vas venir au spectacle, même si je suis obligée de te traîner par les cheveux. Je vais téléphoner à Paul-Eugène et lui demander de venir avec Shirley. Je vais aussi inviter papa et Suzanne. Et ce soir, je vais aller voir Michel au magasin pour lui dire de réserver sa soirée. Je vais aussi offrir à tante Irma de nous accompagner. Est-ce que je me suis bien fait comprendre ?

— On ne peut pas y aller parce que le frère de Michel est en ville, prétexte Sylvie.

— Eh bien, il n'aura qu'à venir avec nous.

Voyant qu'elle n'a pas d'autre option que celle d'accepter l'invitation de Normand parce que ce n'est qu'ainsi que sa sœur va lui ficher la paix, Sylvie laisse tomber du bout des lèvres :

— Je vais aller annoncer à Sonia qu'on ira au spectacle.

— Avertis-la que je vais lui téléphoner pour lui dire le nombre de billets dont nous aurons besoin.

Avant de raccrocher, Chantal se permet d'ajouter :

— Une chance que tu n'étais pas comme ça avec moi quand j'avais l'âge de Sonia parce que je t'aurais tenu tête. Tu as jusqu'à samedi pour te faire à l'idée que ta fille sort avec un musicien.

Mets-toi bien dans la tête que je vais tout faire pour aider Sonia. Bonne journée !

Aussitôt qu'elle raccroche, Sylvie s'allume une cigarette et tire dessus avec l'énergie du désespoir. C'est la première fois que Chantal lui parle sur ce ton. Elle ne voulait pas aller au spectacle et la voilà prise au piège comme un lièvre. C'est loin de lui faire plaisir. Elle écrase sa cigarette et en rallume tout de suite une autre. Puis une autre. Et une autre encore. Quand les garçons rentrent pour dîner, la cuisine est aussi enfumée qu'un bar de la rue Sainte-Catherine à trois heures du matin.

— Maman, est-ce qu'on peut ouvrir la fenêtre ? demande Dominic. Il y a tellement de fumée qu'on a de la misère à te voir.

Ce n'est qu'à ce moment que Sylvie réalise à quel point elle était perdue dans ses pensées. Elle a beau se répéter que ce n'est pas la fin du monde que sa fille sorte avec un musicien, que Normand est un bon garçon, c'est plus fort qu'elle. Elle n'a qu'une envie : faire tout ce qu'elle peut pour que cette relation finisse au plus vite. Si elle avait su qu'avoir une fille lui ferait cet effet, elle aurait passé son tour.

— Va ouvrir la porte, je me charge de la fenêtre, répond-elle.

— Venez voir, maman a fumé 12 cigarettes ! crie Luc aux jumeaux.

— Douze ? s'inquiète François. C'est beaucoup ! Tu fumes trop, maman. On n'a pas envie que tu attrapes le cancer de grand-papa Adrien.

— Au lieu de vous occuper du nombre de cigarettes que j'ai fumées, vous feriez mieux de dresser la table, tranche Sylvie.

— Qu'est-ce qu'on mange ? s'enquiert Luc.

— Un spaghetti au jus de tomate et un pouding chômeur pour dessert.

— Yé! clame Dominic.

— Une chance que la fumée commence à disparaître, dit François. En tout cas, moi, je vous jure que je ne fumerai jamais.

— Moi non plus, renchérit Luc. Ça pue trop.

— Je vais sûrement essayer quand je serai plus grand, commente Dominic.

— Asseyez-vous, ordonne leur mère pour mettre fin à la discussion, je vais vous servir.

Alors que les garçons viennent à peine de prendre place à table, la porte s'ouvre sur Junior.

— Désolé de mon retard. Je suis allé donner un coup de main à Sonia. Le facteur m'a remis le courrier; il y a un petit paquet.

— Est-ce qu'il est pour moi? demande Luc.

— Comment le savais-tu? s'étonne Junior. Qui peut te l'avoir envoyé? Tiens, prends-le!

Le sourire aux lèvres, Luc retourne le petit paquet entre ses mains avant de l'ouvrir. Impatient de savoir ce que le colis contient, ses frères le regardent en soupirant.

— C'est peut-être ton parrain qui t'a envoyé un cadeau? émet Dominic.

— Sûrement pas, affirme Luc. Mais si c'est ce que je pense, vous allez tous être jaloux.

— Bien, ouvre-le vite si tu veux qu'on soit jaloux, livre François en lui faisant une grimace.

Plus Luc étire son plaisir, plus ses frères râlent. Sylvie songe que les enfants sont tous pareils, peu importe l'époque : ses frères et sœurs auraient réagi exactement de la même manière. Tout de même, elle trouve que Luc exagère un peu.

— Vas-y, Luc. Je veux bien croire que vous êtes en vacances, mais au train où tu déballes ton paquet, vous allez être encore assis là au souper. Accélère !

— Pourquoi faudrait-il que je me dépêche ? proteste Luc. Il n'y a rien qui presse.

— Peut-être pas pour toi, mais nous, on a promis à nos amis d'aller les retrouver au petit bois tout de suite après le dîner, rouspète François.

— Ah ! Ce que vous pouvez être achalants quand vous voulez, les jumeaux ! Bon, vous allez être contents, je l'ouvre tout de suite.

Dès que Luc voit ce que la boîte contient, il est heureux comme un roi.

— Je suis vraiment content. Je la voulais tellement !

En voyant ce que son frère tient dans ses mains, Dominic fronce les sourcils.

— Mais c'est juste une bouteille de Coke. Si tu en voulais tant, tu n'avais qu'à aller t'en acheter au dépanneur.

— Ou la prendre dans la réserve de papa, suggère François qui met la main sur sa bouche en réalisant qu'il a trop parlé.

— Vous ne comprenez rien ! s'impatiente Luc. C'est loin d'être une simple bouteille de Coke. Regardez comme il faut, ou plutôt écoutez : c'est une radio.

— Hein ! s'étonne Junior. On aura tout vu. Mais si ce n'est pas ton parrain qui te l'a envoyée, c'est qui d'abord ?

— Il y a un bon bout de temps de ça, maman m'a envoyé faire une commission au dépanneur. Pendant que j'attendais pour payer, j'ai vu qu'il y avait un concours pour gagner des radios en forme de bouteille de Coke. J'ai demandé à monsieur Fleury si je pouvais y participer. Il m'a donné trois coupons et il m'a dit de les remplir tout de suite. C'est ce que j'ai fait… et j'ai gagné. Je suis vraiment content !

— Pas de danger que tu aies mis un coupon à notre nom, se plaint Dominic.

— Tu aurais au moins pu nous parler du concours, renchérit François.

— Cessez donc de vous plaindre ! formule Luc. Pour une fois que je suis le seul à avoir quelque chose, vous devriez plutôt être contents pour moi. Bande de jaloux !

— Jaloux toi-même, ajoute Dominic. Est-ce que tu vas vouloir nous prêter ta radio ?

— Donnez-lui au moins le temps de l'essayer, déclare Sylvie. Je ne suis pas certaine que vous auriez aimé que quelqu'un essaie votre bicyclette avant vous. Laissez Luc tranquille un peu et mangez.

Aussitôt qu'ils ont avalé leur dernière bouchée, les jumeaux et Luc remontent sur leurs bicyclettes et pédalent à toute vitesse pour savoir lequel des trois est le plus rapide. Sylvie les regarde et sourit. Elle ignore pourquoi, mais plus les jours passent, plus Luc suit les jumeaux, ce qui signifie que son état de santé s'est nettement amélioré. Il n'a pas eu besoin de son sirop rouge depuis plusieurs semaines, ce qui est bon signe.

Sylvie se dépêche de faire la vaisselle. Après, elle va faire un saut chez Manon. Elle va aller annoncer à Sonia que non seulement Michel et elle iront voir le spectacle du groupe de Normand, mais que plusieurs membres de la famille viendront avec eux.

Alors qu'elle accroche son linge à vaisselle pour qu'il sèche, elle se souvient qu'avec tout le brouhaha causé par le paquet de Luc, elle n'a même pas jeté un coup d'œil au courrier. Parmi ce dernier, il y deux grandes enveloppes brunes. Celle pour Martin doit contenir la réponse de sa demande d'admission au cégep. L'autre est pour elle. Sylvie regarde l'adresse de l'expéditeur : la lettre vient de son groupe lyrique. Un large sourire s'installe sur ses lèvres. D'après l'épaisseur de l'enveloppe, celle-ci renferme sûrement les partitions pour l'an prochain. Sylvie songe : «J'ai bien hâte de voir ce qu'on va chanter.» En ouvrant l'enveloppe, elle fait attention de ne rien déchirer. Elle avait deviné juste. Au moment où elle va poser les partitions sur la table – elle les regardera à son retour –, elle remarque qu'un petit mot a été joint à l'envoi. Elle se dépêche de le lire :

Bonjour Sylvie,

Je vous envoie toutes les pièces que nous interpréterons à notre prochain spectacle. Je compte sur vous pour au moins deux solos. À vous de choisir! Je vous souhaite un très bel été.

À bientôt!

Xavier Laberge

Sylvie relit le mot, y cherchant un signe, si petit soit-il. Au bout de cinq lectures, elle doit bien admettre que la courte missive ne contient que de l'information à l'état pur. C'est beaucoup mieux ainsi. Elle enlève son tablier et ordonne à Prince 2 de la suivre.

Chapitre 28

Alors qu'il est sur le point de terminer sa ronde de journaux, Martin prend une décision. Il va proposer à Junior de le remplacer. Avant, ça lui plaisait bien de se lever aux aurores pour aller déposer le journal devant la porte de ses clients avant même que ceux-ci pensent seulement à aller le chercher. Mais là, avec ses cours et son travail à l'épicerie qui lui prend pratiquement tout le reste de son temps, il commence à être sérieusement essoufflé. Sans le journal, il pourra dormir une heure de plus chaque matin, ce dont il rêve. « Aussi bien en parler à Junior maintenant, comme ça, je serai plus libre quand je reprendrai l'école. »

Il n'en a rien dit à sa mère – ça l'inquiéterait trop –, mais il a souvent mal à la tête. Heureusement, cela n'est jamais aussi violent que la fois où il a dû garder le lit pendant trois jours ; toutefois, la douleur est suffisamment forte pour l'incommoder. Ça lui arrive tellement fréquemment que depuis un moment, il a toujours une bouteille d'aspirines dans ses poches.

— Si tu veux ma ronde de journaux, dit Martin à Junior aussitôt qu'il l'aperçoit, elle est à toi. Moi, j'en ai plein les bras avec toutes les heures que je fais à l'épicerie.

— Es-tu sérieux ?

— Mais oui, sinon je ne t'en aurais pas parlé. Tu sais, je ne peux pas recommander n'importe qui.

— C'est certain que ça m'intéresse. Je peux commencer demain si tu veux.

— Parfait ! J'irai avec toi. En même temps, je te parlerai un peu de mes clients. Il va falloir que tu prennes grand soin d'eux, car il y en a quelques-uns qui ne sont pas à prendre avec des pincettes.

— Je ne comprends pas. Après tout, tu les vois seulement quand tu fais ta collecte…

— Oui, mais ils ont leurs petits caprices. Il y en a qui veulent leur journal dans la boîte aux lettres, d'autres sur le perron, d'autres dans le sac de plastique accroché à leur poignée de porte… Tu vois le genre ?

— Si ce n'est pas plus grave, ce n'est rien. Je te remercie de me laisser ta ronde, je suis vraiment content.

— Il n'y a pas de quoi. Bon, il faut que je me dépêche, j'ai juste le temps de prendre une bouchée avant d'aller travailler.

Comme c'est un jour de gardiennage pour Junior, Martin se retrouve bien vite seul à la table. Perdu dans ses pensées, il mange ses céréales Corn Flakes lentement. Il se surprend à penser à Violaine, la blonde qu'il avait quand sa famille et lui habitaient à Montréal; il a dû la laisser à cause du déménagement. Il lui arrive encore de penser à elle. Il aimait tout chez cette fille. Ça lui ferait tellement plaisir d'avoir de ses nouvelles. Il pourrait lui téléphoner, mais il n'ose pas. Il a peur de réveiller un sentiment qu'il a tout fait pour enterrer, et il craint de faire du mal à la jeune fille. Et il s'abstient aussi par respect pour Denise, sa copine actuelle. Il l'aime bien, mais cet amour n'est pas aussi fort que celui qu'il porte encore à Violaine. La seule fois où il en a glissé un mot à Alain, celui-ci lui a dit qu'il était fou de se priver de prendre de ses nouvelles. « De toute façon, maintenant qu'on a le métro, c'est un jeu d'enfant de traverser à Montréal. Tu te meurs d'amour pour elle, ça se voit que tu n'as jamais oublié Violaine, tu n'as qu'à lui téléphoner. Tu n'as vraiment rien à perdre. » Loin d'être de la même trempe que son frère Alain, Martin réfléchit encore.

Il en a voulu un moment à son père d'avoir déraciné la famille. Martin adorait la ville : ses édifices à étages, ses longues rues, son port, ses grands magasins. Il aimait même ses sirènes lorsqu'elles le réveillaient au beau milieu de la nuit. Là-bas, seule la démesure a sa place alors qu'ici, en banlieue, c'est tout le contraire. À Montréal, tout est permis. Il y a toujours de la place pour la folie. En ville, on se croirait toujours en pleine course à obstacles. On court pour aller prendre l'autobus, le métro, un taxi. On court pour se sauver des Anglais ou du voisin un peu fou. On court après tout : le temps, l'argent, la réussite. Aujourd'hui, Martin apprécie sa nouvelle vie. Hormis le fait qu'il manque de temps parce qu'il travaille trop, ici, personne ne lui commande d'aller toujours plus vite, du moins pas encore. Il a dû apprendre à aimer la banlieue alors que son attachement pour la ville était inné en lui. Il aimait la ville depuis sa première respiration. Il y a fort à parier qu'il aura toujours un petit faible pour elle. D'ailleurs, si ce n'était pas une question d'argent, il irait faire son cégep à Montréal. Mais comme ses études sont entièrement à sa charge, il a décidé de faire son collégial à Longueuil, ce qui va lui permettre de mettre un peu d'argent de côté pour ses études universitaires qu'il devra forcément faire à Montréal. Il aimerait aller passer une année en France. Il a discuté avec quelqu'un à l'épicerie qui revenait justement d'une année d'études à Paris. Pour le moment, il vaut mieux qu'il garde le secret. Il parlera de son projet à sa famille le moment venu. D'ailleurs, cela ne servirait à rien d'inquiéter sa mère trop longtemps d'avance.

Martin n'a pas encore trouvé le temps d'aller à l'Expo. Denise a essayé de le convaincre d'y aller avec elle. Ce n'est pas par manque d'intérêt, mais il est un peu comme son père à ce sujet. Quand arrive enfin le dimanche, il ne veut surtout pas se retrouver à faire la file pour visiter des pavillons, si beaux soient-ils. Il a demandé à monsieur Fleury de lui donner un ou deux jours de congé avant que le cégep recommence, ce qui lui permettra d'aller à l'Expo. S'il tombe en amour avec l'endroit, il trouvera certainement le temps d'y retourner.

Le jeune homme est très content d'avoir été accepté au cégep en sciences pures comme il le souhaitait, mais il est surtout heureux d'avoir fini son secondaire. Jamais il n'a trouvé une année aussi longue que celle qu'il vient de passer – il croyait qu'elle ne finirait jamais. Sa vie ne s'est améliorée qu'au moment où il a commencé à fréquenter Denise. Martin n'est pas du genre à se plaindre, mais quand il s'est retrouvé tout seul – parce que son frère et tous ses amis étaient rendus au cégep –, il s'est souvent demandé comment il allait pouvoir passer à travers. Il y est arrivé, mais plutôt difficilement. La prochaine année scolaire sera plus facile pour lui. Il va enfin retrouver tout son monde. Comme ses amis, il pourra faire la fête autant qu'il le veut. Au cégep, étudier ne sera plus une corvée pour lui puisqu'il va plonger dans le domaine qui l'intéresse le plus : les sciences. Une fois ses deux années complétées au cégep, il poursuivra à l'université. Il a toujours rêvé d'être biologiste. Il ne sait pas encore quelle discipline il va choisir, mais tout ce qui touche les poissons d'eau douce le passionne. Il aimerait particulièrement tout connaître sur les saumons et la fraie. Il voudrait aussi étudier l'anguille. Enfin, il y a un tas d'autres espèces dont il voudrait tout savoir.

Quand il lève les yeux et découvre sa mère devant lui, il tressaille.

— Tu ne dois pas avoir la conscience tranquille pour sursauter comme tu viens de le faire, lui dit-elle en souriant.

— Je ne t'ai pas entendue du tout.

— Es-tu le seul survivant ?

— J'ai vu Junior quand je suis revenu de passer mes journaux, mais il est parti presque tout de suite après. Je pense qu'il allait garder des enfants.

— Oui, c'est sa journée. Les autres vont se lever bientôt. Aujourd'hui, ton père va jouer au golf avec son frère.

— Es-tu sérieuse ? Papa va vraiment jouer au golf ? J'ai de la difficulté à l'imaginer en train de frapper sur une petite balle pendant toute une journée. Il me semble l'entendre descendre tous les saints du ciel parce que sa balle n'ira pas où il veut.

— J'ai bien peur qu'il trouve le temps long, mais s'il n'essaie pas il ne saura jamais s'il aime ça. Entre toi et moi, même s'il adore jouer au golf, à part pendant ses vacances, je ne vois vraiment pas quand il trouverait le temps d'y aller. Et ça coûte cher jouer au golf en plus.

— Et toi, qu'est-ce que tu vas faire aujourd'hui ?

— Moi ? Je m'en vais à l'Expo avec la femme de ton oncle, leurs deux garçons, les jumeaux et Luc.

— Wow ! Vous allez en avoir plein les bras. Vous risquez bien plus de passer la journée à La Ronde plutôt que de visiter l'Expo.

— Oui, je sais tout ça, mais je n'ai pas vraiment le choix. J'avais pensé demander à Sonia de venir avec nous pour qu'elle s'occupe des garçons, mais elle a des toiles à finir.

— En plus, la météo prévoit une journée très chaude. Vous êtes mieux de porter un chapeau parce que vous allez cuire au soleil.

— Je pense que je vais plutôt apporter mon parapluie. Il couvre pas mal plus large.

— Un parapluie ? Mais il n'est pas supposé mouiller aujourd'hui.

— Je sais. Mais un parapluie, ça pare bien mieux du soleil que le plus grand des chapeaux.

— J'ai l'impression que tu risques de partir une nouvelle mode.

— J'aimerais bien te dire que j'y ai pensé toute seule, mais ce serait te mentir. Tout le monde fait ça à l'Expo. C'est de toute beauté : il y a des parapluies de toutes les couleurs. Et plus il fait chaud, plus il y en a. Mais j'y pense, as-tu l'intention d'aller au moins une fois à l'Expo ?

— Je te l'ai promis, donc je vais le faire. À compter de demain, je n'aurai plus à passer le journal ; ça va me libérer un peu. J'ai proposé à Junior de prendre ma place et il a accepté. Et j'ai demandé un congé pour aller à l'Expo. Si monsieur Fleury s'en tient à ce qu'il m'a dit, ça devrait être début août.

— Parfait ! Je ne veux pas avoir l'air de vous obliger à y aller, mais en même temps, c'est une occasion unique de voir le monde sans avoir à parcourir une grande distance. C'est bien beau le travail, mais il faut se garder un peu de temps pour se cultiver.

— Ce n'est pas par manque d'intérêt, bien au contraire. Moi aussi, j'ai hâte de commencer à découvrir le monde comme Sonia et Alain.

— Au fait, est-ce que tu as vu ton frère depuis qu'il est venu manger à la maison ?

— Je lui ai seulement parlé au téléphone. Il va très bien. Il est tout énervé à l'idée de s'envoler pour la France. Lucie et lui ont déjà fait leurs bagages.

— Mais il n'est même pas venu chercher ma valise…

— Il ne viendra pas non plus. Lucie et lui se sont acheté chacun un sac à dos.

— Mais ils ne pourront rien mettre dans un sac à dos…

— Ils n'ont pas le choix de voyager léger. Ils vont se déplacer en train et à pied. C'est pas mal plus facile de traîner un sac à dos qu'une valise.

— Mais ils pourraient laisser leurs valises à l'hôtel…

— Alain m'a dit qu'ils allaient dormir dans des auberges de jeunesse. Il paraît qu'en France, il y en a partout.

— Des auberges de jeunesse ? Chantal m'en a déjà parlé un peu, mais je ne sais pas très bien ce que c'est.

— C'est simple. C'est une sorte de dortoir où beaucoup de jeunes vont dormir. Il paraît que ça ne coûte presque rien.

— Je veux bien croire que ce ne soit pas cher, mais la plupart du temps, on n'en a que pour notre argent.

— J'imagine que c'est comme autre chose, il doit y avoir des auberges meilleures que d'autres. Une fois que Lucie et Alain seront sur place, ils s'arrangeront pour le mieux. Tu n'as pas besoin de t'inquiéter pour eux, je t'assure.

— Tu m'en reparleras quand tu seras toi-même parent. C'est plus fort que moi. On dirait que c'est pire quand je ne suis jamais allée à l'endroit où mes enfants vont. Pendant tout le temps où Sonia était en Belgique, je priais pour qu'il ne lui arrive rien. J'imagine que je serai un peu plus habituée quand les jumeaux auront votre âge.

— Je ne gagerais pas là-dessus, déclare Martin en souriant à sa mère. Mère poule comme tu es, je serais bien surpris que tu changes autant que ça. Bon, il faut que j'aille travailler. Je te souhaite une très belle journée à l'Expo.

— Bonne journée à toi aussi, mon grand !

Sylvie a juste le temps de se faire un café avant que toute la maisonnée se lève. À peine installés à la table, les jumeaux prennent le contrôle de la conversation. Les enfants d'André essaient désespérément de suivre la discussion, mais ils ne comprennent pas grand-chose. Heureusement que leur père est là pour traduire.

— Quand on va retourner chez nous, leur dit André, je vais vous inscrire à des cours de français.

— Et moi, renchérit Michel, je vais inscrire mes enfants à des cours d'anglais.

— Il n'est pas question que j'apprenne l'anglais ! s'écrie Dominic. C'est bien trop difficile. Je ne comprends rien quand mes cousins parlent entre eux.

— C'est normal, explique son oncle. Pour comprendre une langue, il faut d'abord l'étudier. Si tu veux avoir un bon emploi, il faut que tu saches le français et l'anglais.

— Tu ne vas pas me faire croire que tout le monde dans l'Ouest parlent les deux langues, quand même ? ajoute Michel, piqué par la dernière réplique de son frère.

— J'aimerais bien te répondre oui, mais tu sais comme moi qu'à part quelques petites communautés francophones, tout se passe en anglais. Tu es mieux de te lever de bonne heure si tu veux te faire servir en français, même dans les centres touristiques. Non, je pensais au Québec quand je disais qu'il faut parler les deux langues. Ici, vous n'avez pas vraiment le choix. Vous êtes entourés d'Anglais. Même si le Québec représente à peu près un quart de la population canadienne, cela ne vous donne pas beaucoup de poids. Il faut faire avec : tout se fait en anglais dans le monde des affaires.

— Je le sais bien. Au chantier, plus souvent qu'autrement, les patrons parlent seulement en anglais, ce qui complique parfois les choses. On est nombreux à parler uniquement le français.

— Pour les gens de notre génération, ça passe encore, mais pour nos enfants, c'est différent. Il faut absolument qu'ils apprennent à parler anglais, surtout s'ils veulent travailler à Montréal et aux alentours.

— Je serais curieux de voir combien vont faire l'effort. Tu sais, on vient à peine de se débarrasser de nos complexes vis-à-vis des Anglais. Tu comprendras que notre premier réflexe nous pousse à parler notre langue, pas la leur. Je comprends que ce soit important de parler anglais, mais je suis loin d'être convaincu que les choses vont changer en claquant des doigts. Mon idée, c'est que la génération de nos enfants risque de s'entêter à parler uniquement le français, ce qui est un peu normal compte tenu de ce qu'on vient de vivre.

— En tout cas, moi, je veux que mes enfants apprennent à parler français. Tant que je ne sortais pas d'Edmonton, c'était correct qu'ils soient unilingues. Mais plus je vous côtoie, plus je me dis que c'est un incontournable qu'ils apprennent ma langue maternelle. Je tiens mordicus à leur laisser cet héritage. J'espère qu'à leur tour, ils apprendront le français à leurs enfants.

— Bon, dit Michel en se levant de table, si on veut être au terrain de golf à temps, il faut qu'on parte. Es-tu prêt, le frère ?

— Le temps de prendre ma casquette et je te suis, affirme André. J'ai vraiment hâte de voir comment tu vas t'en tirer, ajoute-t-il d'un air moqueur.

— Crois-moi, tu n'es pas le seul !

Après le départ des deux hommes, Sylvie et sa belle-sœur rangent la cuisine. Puis, elles se préparent à partir avec les enfants. Quand Sylvie ouvre la porte, une bouffée de chaleur lui saute au visage. Cela donne un avant-goût de la journée qui les attend, les autres et elle.

— Il vaudrait mieux qu'on apporte des bouteilles d'eau, décide-t-elle. Je reviens tout de suite. On les mettra dans le sac à dos des enfants.

Chapitre 29

Sonia ne pourrait pas être plus heureuse que maintenant. Elle vient d'écouter un spectacle des 409 avec ses parents, son oncle André et sa femme, son oncle Paul-Eugène, Shirley, son grand-père et sa grand-mère Belley, tante Chantal et tante Irma. Elle se doute bien que c'est sa tante Chantal qui a tout organisé. « Heureusement que je l'ai. Il faut absolument que je la remercie », se dit-elle. Au début du spectacle, sa mère était aussi raide qu'un manche à balai. Sonia surveillait ses moindres gestes. Au fond d'elle-même, elle priait de toutes ses forces pour que Sylvie se détende un peu, qu'elle finisse par se laisser bercer par la musique. La jeune fille sait à quel point sa mère aime les chansons des Beatles ; d'ailleurs, elle les connaît toutes par cœur. Puis, à la troisième chanson, alors que Normand avait seulement chanté deux mesures de la pièce *A Hard Day's Night*, un miracle s'est produit. Sa mère s'est laissée emportée par la musique. La minute d'après, Sylvie avait les bras dans les airs et elle dansait comme une déchaînée, à tel point que toute la famille la regardait d'un drôle d'air. Et elle n'a pas arrêté de tout le reste du spectacle. Elle habituellement si réservée, voilà qu'elle dansait avec ardeur, oubliant tout ce qui l'entourait. Si Sonia ne s'était pas retenue, elle lui aurait sauté au cou. Mais dans les circonstances, elle savait qu'il valait mieux ne rien faire d'autre que de profiter de ce moment.

— On pourrait aller boire une bière, propose Chantal une fois que tous sont sortis de la salle où se tenait le spectacle.

— C'est une excellente idée, approuve Sylvie. Je n'ai jamais eu aussi soif de toute ma vie.

— Mon Dieu, ma sœur, je ne te reconnais pas ! Tu es certaine que tu ne fais pas de fièvre ?

— Absolument! Je vais même très bien. Il y avait un sacré bout de temps que je ne m'étais pas autant amusée. C'est vraiment un bon groupe. J'ai adoré le spectacle, tellement que j'aimerais bien le revoir. J'ai hâte de voir Normand pour lui dire à quel point ses amis et lui sont bons. Et lui, il chante vraiment très bien. Je sens que je commence à l'aimer…

— Ça, c'est une bonne nouvelle! se réjouit Chantal en prenant sa sœur par le cou. Je propose qu'on aille au petit café juste au coin de la rue. Il faudrait que quelqu'un aille dire à Sonia de venir nous rejoindre avec Normand.

— Je m'en charge, déclare Michel. Commandez-moi une grosse bière.

— Voyons, Michel, lui rappelle André, tu sais bien qu'il y a juste au Saguenay qu'on vend des grosses bières dans les bars!

— Commandez-moi deux petites bières, d'abord.

Ces paroles provoquent les rires de tout le monde. Même s'il y a plus de trente ans que Michel a quitté sa région natale, chaque fois qu'il va dans un bar, sa grosse bière lui manque cruellement. En bon citoyen du Saguenay, il croit dur comme fer que rien ne bat une grosse bière bien froide.

— As-tu aimé ta soirée? demande Sylvie à André.

— Beaucoup. Maintenant, je comprends mieux pourquoi Sonia a craqué pour Normand. Entre vous et moi, si j'étais une fille, j'aurais fait la même chose!

— Et moi aussi! renchérit Sylvie. Alors, est-ce qu'on va la prendre, cette bière?

— Juste pour te revoir danser, je veux bien te sortir au moins une fois par mois, rit Paul-Eugène.

— Quand tu veux, mon frère, accepte rapidement Sylvie. Si c'est pour aller voir des spectacles comme celui de ce soir, je suis partante. D'ailleurs, j'ai l'intention de demander à Normand s'il peut nous recommander d'autres groupes que le sien.

— Le mois prochain, je vais t'emmener au Café de l'Est. C'est le bar de Claude Blanchard. On est aussi bien d'aller là-bas avant que le maire Drapeau passe à l'action : il s'est mis dans la tête de fermer tous les bars.

— On peut reconnaître au maire bien des bons coups, ajoute Michel, mais je n'ai jamais compris pourquoi il s'acharne sur tous ces cafés où les artistes de partout se produisent.

— C'est pourtant facile à comprendre, déclare Chantal. Ces endroits sont tous infestés par la mafia.

— Je veux bien croire, mais même si on enlève les cafés à la mafia, celle-ci va vite se relocaliser ailleurs. Comme dirait mon ami Fernand, la mafia, c'est un mal nécessaire. Et ce n'est quand même pas le maire Drapeau qui va l'anéantir. Au mieux, il va déplacer ses activités.

— Tu as probablement raison. Mais peut-on en vouloir au maire de faire quelque chose pour tenter d'enrayer le problème ? C'est une vraie plaie, la mafia.

— Avant qu'on devienne trop sérieux, j'ai une question pour toi, Paul-Eugène, formule Michel. Es-ce que je vais pouvoir venir avec vous au Café de l'Est ?

— Vous pouvez tous venir… même toi, André.

— Je te remercie de l'invitation, mais ça me ferait un peu loin et un peu trop cher aussi !

Sylvie est en sueur tellement elle s'est démenée pendant le spectacle. Il faisait très chaud dans la salle, d'autant que l'endroit était rempli à pleine capacité.

Après que tous ont été servis, André porte un toast.

— Je lève mon verre à vous tous. Grâce à vous, la mémoire m'est revenue. Je ne me souvenais plus à quel point ces petites soirées me manquaient. Vive le Québec!

— Vive le Québec! répondent-ils tous en chœur.

* * *

Au matin, quand elle ouvre les yeux, Sylvie a l'impression qu'un semi-remorque lui est passé sur le corps. Elle ne peut même pas dire qu'il y a longtemps qu'elle n'a pas été dans cet état puisque c'est la première fois que cela lui arrive.

Impossible pour elle de traîner au lit, car c'est ce matin que les jumeaux partent pour Jonquière avec leur oncle André. Junior va les accompagner. Elle a commencé par refuser que les jumeaux aillent chez leurs grands-parents pendant qu'André séjournera là-bas avec sa famille. Sa belle-mère l'a appelée, lui disant qu'il n'y avait aucune raison pour que ses petits-enfants ne viennent pas la voir. «La maison est assez grande pour deux petits garçons de plus.» Ils reviendront à Longueuil avec un cousin de Michel dans deux semaines. François et Dominic sont fous de joie à l'idée de partir, d'autant plus que cette fois ils voyageront avec leurs cousins. Bien qu'ils ne parlent pas la même langue, ils arrivent quand même à se comprendre... enfin, la plupart du temps.

Pour sa part, Junior s'est enfin décidé à aller passer une semaine avec son cousin Gaétan. Quand il a téléphoné à son parrain pour lui annoncer qu'il souhaitait aller chez lui, celui-ci lui a dit que sa chambre était prête et qu'il pourrait rester aussi longtemps qu'il le voudrait. Pour cette fois, une semaine suffira, du moins c'est ce que

Junior pense. De toute façon, il lui serait très difficile de rester plus longtemps, compte tenu de ses obligations.

Sylvie pensait que Junior ne se déciderait jamais à partir, surtout qu'il vient à peine de prendre la ronde de journaux de Martin. C'est Sonia qui a fait pencher la balance quand elle lui a annoncé qu'elle prendrait la relève pendant son absence. Elle passera aussi les circulaires et le remplacera pour son jour de gardiennage. Junior était tellement content qu'il a soulevé sa sœur de terre avant de la faire tourner comme une toupie avec lui. Ils riaient tous les deux à gorge déployée.

— Je te revaudrai ça, a promis Junior. Tu ne peux pas savoir à quel point tu me fais plaisir, Sonia !

Le plus malheureux dans toute cette affaire, c'est Luc. À cause de son problème d'asthme, sa mère refuse qu'il aille à Jonquière. Voyant à quel point il était triste, Sonia lui a annoncé que s'il l'aidait à faire les tâches de Junior, elle lui donnerait la moitié de la paie. Sans effacer tout le chagrin du garçon, ce geste lui a au moins redonné le sourire. Et en plus, pour une fois, il va pouvoir faire quelque chose avec sa sœur, ce qui est très rare quand les jumeaux sont là.

— Il faut comprendre maman, lui a dit doucement Sonia. Elle s'inquiète pour toi.

— Pas besoin de me le rappeler, a-t-il répliqué. Je suis très bien placé pour le savoir. Et puis, il y a des mois que je n'ai pas fait de crises d'asthme.

— Il me semblait pourtant que tu en avais fait une la dernière fois que tu es allé à l'Expo.

— Oui, mais là ce n'était pas pareil, c'est parce qu'il y avait trop de monde.

— Je veux bien croire, mais mets-toi un instant à la place de maman. Depuis que tu es au monde, elle s'inquiète pour toi chaque fois que tu as le souffle court. Et quand tu es obligé d'aller à l'hôpital, elle est presque aussi malade que toi.

— Si je promettais de toujours traîner mon sirop rouge avec moi, peut-être qu'elle me laisserait aller à Jonquière ?

— À ta place, j'attendrais un peu. Laisse-lui oublier la dernière crise que tu as faite. Après, tu verras bien.

Une fois tout le monde parti, Sylvie remplit la bouilloire d'eau et la met sur le feu.

— Je ne sais pas si c'est pareil pour toi, déclare-t-elle à Michel, mais moi j'ai besoin d'un grand café.

— Pour être honnête, je prendrais bien plus une bière. Je suis en vacances après tout.

— Comme tu veux, en autant que tu ne m'obliges pas à en prendre une avec toi. Il y a de la bière dans le réfrigérateur.

— Est-ce que tu pourrais m'en donner une, s'il te plaît ?

— Si tu es capable d'attendre que je me lève pour aller faire mon café, pas de problème, sinon tu devras aller te servir toi-même. Ce matin, j'ai de la misère à mettre un pied devant l'autre.

— Tu disposes de soixante-douze heures pour te remettre d'aplomb parce qu'après, la maison va être à nouveau envahie par la visite.

— Je sais tout ça. Les prochains qui arrivent, ce sont ta cousine Martine, son mari et leur fille Lucie, la cousine préférée de Sonia. J'ai bien peur qu'on doive négocier pour des sorties avec nos filles.

— Le contraire m'étonnerait. Je ne pense pas qu'elles veuillent rester enfermées dans la maison pendant toute une semaine, d'autant plus que Lucie vient expressément pour voir l'Expo.

— Oui, mais Sonia a des obligations.

— Junior pourrait la remplacer quand il va revenir de Jonquière.

— J'ai cru comprendre qu'ils s'étaient arrangés ensemble, mais je n'en sais pas plus. Il me semble que Sonia m'a dit qu'elle gardait seulement deux jours la semaine prochaine, mais je ne suis pas certaine.

— Elle est assez grande pour s'organiser. Aimerais-tu qu'on fasse quelque chose de spécial pendant nos trois jours de vacances ? demande Michel d'un air taquin.

— Ce que j'aimerais, c'est qu'on fasse une sortie juste avec Luc.

— As-tu pensé à quelque chose de particulier ?

— On pourrait aller voir Alice. Luc adore les musées. Quand on y est allés, on en a visité un et il en parle encore. Si tu veux, on pourrait même dormir là-bas. Je pourrais demander à Alice de nous suggérer quelques hôtels pas trop chers. On pourrait aussi faire une petite promenade en bateau sur le canal Rideau. Alice m'a raconté que c'était vraiment plaisant. Qu'en penses-tu ?

— C'est une très bonne idée. Laisse-moi vérifier avec Paul-Eugène s'il accepte de se passer de moi pendant deux jours et on s'en reparlera. Pour ma part, j'aimerais bien voir la relève de la garde.

— Pas de problème, tu vas adorer ça. On pourrait aussi visiter le parlement, si tu veux.

— Je suis loin d'être sûr que ce soit une bonne affaire que j'aille voir comment le gouvernement fédéral dépense mon argent… Farce à part, c'est une bonne idée. Au moins, je saurai à quoi ressemble le théâtre où se produisent nos charmants députés.

— À moins que tu préfères aller jouer au golf, émet Sylvie d'un air moqueur.

— Laisse faire le golf! Une seule partie m'a largement suffi pour savoir que ce n'est pas un sport pour moi. Courir après une petite balle pendant toute une journée, non merci! Quand je pense que mon frère André joue au golf au moins deux fois par semaine pendant plus de six mois chaque année, je le plains.

— Je ne crois pas que tu aies besoin de le plaindre. Selon sa femme, il aime tellement jouer au golf que si ce n'était que de lui, il jouerait encore plus souvent.

— Je le sais, il me l'a dit. C'est une belle activité pour rencontrer des gens. C'est bon pour ses affaires. Quand on y pense, c'est drôle : même si on est frères, on est loin d'aimer les mêmes choses.

— Oui et non. À part le golf, je trouve que vous avez plusieurs points en commun. Vous êtes des gros travailleurs tous les deux. Vous vous intéressez tous les deux aux affaires.

— Peut-être, mais comparativement à mon frère, je brasse de petites affaires. Son entreprise est beaucoup plus importante que la mienne, et il a plusieurs employés.

— C'est difficile de comparer, vous êtes dans des domaines totalement différents. Tous les deux, vous vous ressemblez plus que tu le penses. Je vous ai observés tout le temps qu'André a été ici. On voit vraiment que vous êtes de la même famille.

— En tout cas, une chose est certaine : je laisse le golf à André. Bon, je vais aller faire un tour chez Paul-Eugène.

— Peux-tu emmener le chien ?

— Pas de problème. Si tu veux, je peux te téléphoner dès que j'aurai parlé à ton frère. Comme ça, tu pourras appeler Alice pour savoir si elle veut nous voir.

— Arrête donc de dire des niaiseries, tu sais bien qu'elle va être contente de nous voir. Allez, ouste ! Moi, je pense que je vais aller m'allonger sur le divan.

— Je n'ai pas hâte d'avoir ton âge !

Chapitre 30

Finalement, Luc n'a pas voulu partir avec ses parents. Il a dit à sa mère que c'était impossible pour lui parce qu'il s'était engagé auprès de Sonia et qu'en plus, il ne pouvait pas laisser son chien.

— Allez-y tous les deux, papa et toi. Moi, je vais rester avec Sonia et Martin.

— Attends un peu ! Tu ne peux pas rester seul à la maison pendant que Sonia va aller garder les enfants. Et il ne faut pas compter sur Martin, car il travaille tout le temps. Va chercher Sonia, on va en parler avec elle.

Une fois mise au courant de la situation, Sonia a réfléchi quelques secondes avant de faire une proposition à son frère :

— Si tu penses pouvoir te lever en même temps que moi pour aller garder les enfants chez Manon, je veux bien que tu restes avec moi. Seulement, ne t'attends pas à ce que je partage ma paie avec toi, par exemple. On s'est bien compris, j'espère. Je te donnerai la moitié de ce que le travail de Junior lui aurait rapporté s'il l'avait fait lui-même, et c'est tout.

— J'ai très bien compris.

— Alors, c'est OK, tu peux rester avec moi.

La seconde d'après, Luc est pendu au cou de sa sœur.

— Tu es la meilleure sœur que je connaisse !

— À ce que sache, je suis la seule sœur que tu aies, réplique Sonia en tentant de se libérer de l'étreinte de son petit frère. Veux-tu bien me serrer moins fort, tu m'étouffes !

— C'est parce que je t'aime fort, explique-t-il avant de l'embrasser sur les deux joues. Merci Sonia !

— Je ne sais pas comment te remercier, déclare Sylvie.

— Il n'y a pas de quoi, maman, répond Sonia. Ça me fait plaisir de t'aider.

— Je veux que tu saches que je t'en suis très reconnaissante.

Alors que Sonia s'apprête à demander quelque chose à sa mère, la sonnerie du téléphone se fait entendre. Comme elle est juste à côté, Sylvie décroche.

— Sylvie ? C'est Shirley ! Tu ne croiras jamais ce qui m'arrive !

— Qu'est-ce que c'est ? On croirait que tu viens de gagner le gros lot.

— Cela me rendrait aussi heureuse. Écoute bien ça. Je viens d'apprendre que les voisins bruyants vont déménager dans un mois. Depuis que monsieur Fleury m'a annoncé la nouvelle, je n'arrête pas de me réjouir : on va enfin avoir la paix !

— Es-tu sérieuse ? Ils vont vraiment déménager ?

— Crois-tu vraiment que je ferais des blagues avec ça ? Je suis même allée vérifier par moi-même.

— Tu es allée les voir ?

— Mais oui ! J'avais un urgent besoin d'obtenir une confirmation. Eh bien, figure-toi que c'est vrai : ils vont déménager pour le 1er septembre.

— Sais-tu pourquoi ils s'en vont ?

— Le père a été transféré à Alma, au Lac-Saint-Jean.

— Quelle bonne nouvelle ! Mais je trouve que leur départ imminent te fait beaucoup d'effet. Tu disais toujours que tu ne les trouvais pas si difficiles que ça à supporter.

— Je n'ai jamais prétendu que je les adorais. Mais comme entre deux maux il faut choisir le moindre, je suis nettement mieux ici que dans la même maison que John, quels que soient les inconvénients. Quand je ne veux plus entendre les voisins, je ferme les fenêtres et les portes. Savoir que je vais être débarrassée d'eux bientôt me rend heureuse.

— Ils n'attendront même pas que la maison soit vendue pour déménager ?

— Le mari m'a expliqué qu'étant donné qu'il s'agit d'un transfert, c'est sa compagnie qui va se charger de tout.

— En tout cas, j'espère que tu auras plus de chance avec les prochains voisins. J'ai hâte d'apprendre la bonne nouvelle à Michel.

Lorsque Sylvie raccroche, elle est seule dans la cuisine. Luc est sorti avec Prince 2 alors que Sonia est retournée à ses pinceaux. Celle-ci voulait demander à sa mère si elle pourrait aller voir le prochain spectacle de Normand avec Lise, mais elle a décidé qu'il valait mieux attendre que Sylvie revienne de ses petites vacances. Sonia n'a pas accepté de rendre service à sa mère pour recevoir quelque chose en retour, mais si ça peut lui servir, elle aurait tort de s'en passer. Même si sa mère ne lui accorde pas toutes les permissions qu'elle sollicite, la jeune fille doit convenir que leur relation s'est grandement améliorée depuis que Sylvie a assisté à un spectacle du groupe Les 409. Avant, celle-ci refusait de discuter alors que, maintenant, Sonia peut au moins faire valoir son point de vue. Parfois elle gagne, parfois elle perd, mais il n'y a pas si longtemps, elle était assurée de perdre avant même d'ouvrir la bouche. La jeune fille ne peut pas voir Normand aussi souvent qu'elle le voudrait, mais quand elle s'est plainte devant son amie Lise, celle-ci lui a dit : « Tu ne connais pas la chance que tu as. Si j'étais à ta place, je suis certaine que ce serait dix fois pire. Mes parents n'accepteraient jamais que je sorte avec un musicien, crois-moi. » Sonia a réalisé que, finalement, sa situation pourrait être bien plus difficile.

La jeune fille sait que sa tante Chantal a dû intervenir auprès de sa mère pour que cette dernière accepte de venir au spectacle. Elle l'a deviné, car lorsque Sylvie est venue la voir chez Manon pour lui apprendre la bonne nouvelle, son air ressemblait à celui d'un prisonnier condamné à l'échafaud. La dernière fois que Sonia a vu sa tante, elle a abordé le sujet. Mais celle-ci lui a conseillé de ne pas se préoccuper de cela, que tout ce qu'elle avait besoin de savoir c'est qu'elle veillait sur elle. Touchée, Sonia s'est jetée dans ses bras et lui a dit à quel point elle l'aimait.

L'adolescente est de plus en plus heureuse avec Normand. Plus elle le connaît, plus elle s'attache à lui. L'autre jour, avant un spectacle, elle lui a avoué être un peu jalouse – elle ne pouvait tout de même pas lui dire qu'elle est verte de jalousie à cause des filles qui deviennent hystériques dès qu'il pose un pied sur la scène. Il l'a assurée qu'elle n'avait rien à craindre, qu'il est l'homme d'une seule femme et que c'est elle qu'il aime. Elle a failli lui répondre : « Moi aussi. » Heureusement, elle s'est retenue juste à temps. Étant donné qu'elle n'a encore jamais aimé quelqu'un au sens où ses parents s'aiment, par exemple, il est difficile pour elle de savoir si elle est amoureuse. Elle en a discuté avec Lise, mais comme l'expérience de son amie est encore plus minime que la sienne, cela n'a rien réglé. Sonia a pensé en parler avec sa mère, mais une petite voix lui a soufflé que ce n'était pas une bonne idée. Finalement, la seule personne avec qui elle peut aborder ce sujet est sa tante Chantal. Elle téléphonera à celle-ci dès son retour de voyage.

Sonia a entrepris la toile qui complétera la commande de monsieur Desbiens. Bien qu'elle adore peindre, elle trouve très difficile de le faire sur commande. Elle s'en tire très bien, mais elle arrive mal à faire le lien entre la création d'une toile et l'obligation de la réaliser dans un délai donné. L'autre jour, elle en a glissé un mot à sa mère, mais elle s'est vite fait remettre à sa place. « Tu ne vas quand même pas commencer à jouer à la vedette à ton âge ! »

Dès que Sonia aura un peu de temps, elle se remettra à coudre. Cela commence à être drôlement urgent, étant donné qu'elle n'a plus grand-chose à se mettre sur le dos. La semaine dernière, sa mère lui a laissé un plein sac de vêtements qui ne font plus à Isabelle, la fille de Shirley. Quand Sonia a aperçu le sac devant sa porte de chambre, elle a eu envie de le lancer au bout de ses bras pour faire comprendre une fois pour toutes à sa mère qu'elle ne veut plus porter les vieilles choses d'une autre. Mais ça, c'est une autre affaire qui n'entre pas dans la tête de Sylvie. Depuis qu'Isabelle habite dans l'ancienne maison des Pelletier, Sonia et elle se sont vues à quelques reprises. La dernière fois, elles ont convenu qu'Isabelle trouverait quelqu'un d'autre à qui donner ses vieux vêtements. Ce n'est que de cette manière que Sonia sera enfin débarrassée de toutes ces livraisons qui lui empoisonnent la vie.

* * *

— Ce n'est pas parce que je refuse que tu en prennes un autre, déclare Paul-Eugène en éloignant le sac de beignes de Michel. Mais si je compte bien, tu en as déjà mangé quatre.

— Tu ne vas pas t'y mettre toi aussi ? s'offusque Michel. C'est rendu qu'à la maison je ne peux plus prendre une bouchée de sucré sans soulever tout un tollé. Je commence à en avoir assez.

— Ne le prends pas de même, se dépêche de dire Paul-Eugène en déposant les beignes devant son beau-frère. Moi, j'ai agi comme ça pour t'aider, surtout pas pour te mettre en colère.

— Je ne suis pas fâché, je suis juste tanné de me faire rebattre les oreilles avec cette maudite maladie. Je ne voudrais pas être obligé de me cacher pour manger, mais je t'avoue que je commence à y penser sérieusement. Je me sens de plus en plus coupable chaque fois que je porte quelque chose de sucré à ma bouche. Tu aurais dû me voir l'autre jour, quand je me suis acheté un cornet de crème glacée à deux boules. Une fois que je l'ai eu dans mes mains, je me suis mis à le fixer en me répétant que je ne devrais pas le manger. Quand j'ai réalisé que j'avais la main remplie de crème glacée fondue, je l'ai jeté dans la poubelle et j'ai repris ma route. Ce n'est pas compliqué, Sylvie est en train de me passer sa peur de la maladie. Comme si j'avais besoin de ça !

— Je suis désolé. Je te promets de ne plus t'en parler.

— Promets-moi surtout de me laisser manger autant de beignes que je veux. Ta sœur s'en fait pour rien, car le docteur a précisé que je faisais seulement un peu de diabète. À force de me faire surveiller comme un enfant, on dirait que c'est pire. Tout ce que vous réussissez à faire, c'est de me donner le goût de manger encore plus de sucre qu'avant.

— Ce qui n'est pas rien dans ton cas ! commente Paul-Eugène avant de se mettre à rire.

Ce dernier est vite imité par Michel. Ils rient tellement tous les deux qu'ils en pleurent. Quand il parvient à reprendre son souffle, Michel prend la parole :

— J'ai quelque chose à te demander. Pourrais-tu t'occuper du magasin pour les deux prochains jours ? J'irais rendre une petite visite à Alice, notre ancienne voisine, avec Sylvie et Luc.

— Aucun problème. Tu peux même prendre trois jours, si tu veux.

— C'est très gentil de ta part, mais comme tu le sais déjà, l'Expo nous amène son lot de visiteurs à la maison. C'est le seul temps dont on dispose avant le prochain arrivage.

— Il me semble que je me tannerais s'il y avait toujours des étrangers dans la maison.

— D'abord, ce ne sont pas des étrangers puisqu'ils sont tous des membres de ma famille. Ça me permet de voir mon monde ; il y en a que je n'avais pas vu depuis un sacré bout de temps. Et puis, ils ne sont pas souvent à la maison, ils se tiennent à l'Expo. Mais moi, j'ai le beau rôle et j'en suis pleinement conscient. C'est pour Sylvie que c'est le plus dur. Il faut qu'elle s'assure qu'il y a tout ce qu'il faut pour le déjeuner, qu'elle accompagne parfois la visite à l'Expo et qu'elle change les draps chaque fois que les visiteurs repartent.

— Allez-vous recevoir encore beaucoup de visites d'ici la fin de l'Expo ?

— La dernière vague est prévue pour la dernière semaine du mois d'août. Après, je te jure qu'on va fermer l'hôtel au moins pour un mois.

— Si j'étais à votre place, je le fermerais pour le reste de l'année.

— De toute façon, quand l'école va recommencer et que Sylvie va reprendre ses répétitions de chant, on sera trop occupés pour recevoir. Si tu permets, je vais appeler ta sœur pour lui dire qu'on peut aller voir Alice. Après, si tu as encore un peu de temps, on pourrait discuter de l'avenir de notre magasin.

— J'ai tout mon temps. Je retourne au travail seulement dans deux semaines.

Son appel terminé, Michel regarde Paul-Eugène d'un drôle d'air. Celui-ci s'informe :

— Il n'est rien arrivé de grave, j'espère ?

— Au contraire ! Tu ne peux pas imaginer ce que Sylvie vient de m'apprendre. Imagine-toi donc que nos charmants voisins, enfin ceux de Shirley maintenant, vont déménager d'ici le 1er septembre.

— Je voulais justement t'en parler. Shirley m'a téléphoné tout à l'heure pour me l'annoncer. Tu aurais dû l'entendre, elle était folle de joie.

— Je la comprends! Je suis vraiment content. Une chose est sûre, on ne peut pas tomber sur pire qu'eux comme voisins.

— J'avoue qu'ils sont plutôt difficiles à battre. Mais changement de sujet, as-tu vu le général de Gaulle à la télévision?

— J'ai surtout entendu ce qu'il a crié quand la foule lui a demandé un discours. C'est simple, j'avais les larmes aux yeux quand il a lancé: «Vive Montréal! Vive le Québec! Vive le Québec libre!» Jamais je n'oublierai ce moment magique. Je ne pensais jamais qu'un jour j'entendrais ça à la télévision, surtout pas de la bouche d'un Français. Les gens dans la foule hurlaient à pleins poumons. Plusieurs pleuraient à chaudes larmes. Le passage du général restera gravé à jamais dans la mémoire des Québécois.

— Mais pas du reste du Canada, c'est certain. As-tu vu ce que les maudits fédéralistes ont fait tout de suite après?

— Ça prend des effrontés pour avoir refusé de recevoir le général de Gaulle à Ottawa.

— Non seulement ils ont refusé de le recevoir, mais aux nouvelles on a dit qu'ils l'avaient prié de retourner en France au plus vite.

— Ce n'est certes pas facile de gérer un pays, mais plus ça va, plus je pense qu'on est mal géré, autant au fédéral qu'au provincial.

— Moi, je garde espoir en notre rêve de nous séparer du Canada un jour.

— On verra bien ce que ça va donner. Mais c'est loin d'être gagné!

* * *

Étendue de tout son long sur une chaise longue dans la cour arrière de la maison, un roman-photo sur les cuisses, Sylvie sursaute quand elle entend claquer la porte moustiquaire. Elle soulève la tête et, quand elle voit Michel, elle s'écrie d'une voix ensommeillée :

— Ah! C'est toi?

— Attendais-tu quelqu'un d'autre? lui demande Michel à la blague.

— Tu ne trouves pas qu'on a notre quota de visiteurs ces temps-ci?

Sans même lui laisser le temps de réagir, elle poursuit :

— Je pense que je m'étais assoupie. C'est tellement rare que je sois tranquille en plein après-midi, pendant tes vacances en plus, que j'ai décidé de me la couler douce un peu. C'est vrai, je ne te l'ai pas dit au téléphone, mais Luc ne viendra pas avec nous voir Alice. Il va rester ici avec Sonia.

— Mon Dieu, j'aime autant ne pas savoir ce que tu as été obligée de promettre à Sonia pour qu'elle accepte!

— Tu te trompes royalement, elle me l'a offert d'elle-même.

— Tant mieux, je suis fier d'elle. Mais tu es bien certaine qu'elle ne t'a rien demandé en échange?

— Absolument rien. Je suis allée la voir dans sa chambre avant de sortir dehors. Elle m'a répété qu'elle était contente que Luc reste avec elle, qu'elle va en profiter pour faire des activités avec lui. Ils ont même prévu d'aller à la piscine avant le souper.

— Je pense que le fait qu'on soit allés voir le spectacle de son Normand nous a fait gagner des points.

— Je ne sais pas. L'essentiel, c'est qu'on retrouve notre petite fille d'avant, n'est-ce pas?

— Oui. J'ai acheté un paquet de radis. Quand je les ai vus en passant devant l'épicerie, je n'ai pu résister.

— C'est très gentil. Je pense bien que je vais aller me faire un sandwich aux radis. Veux-tu que je t'en prépare un?

— Je te laisse les sandwiches aux radis avec plaisir. Si tu veux m'apporter une bière, par exemple, je serais preneur. Pendant ce temps-là, je vais sortir l'autre chaise longue et je vais me la couler douce moi aussi. Pour une fois qu'on est tout seuls, on va en profiter un peu.

Mais leur bonheur est de courte durée. Sylvie a à peine mangé la moitié de son sandwich que Prince 2 arrive en courant, suivi immédiatement de Luc. Le garçon est un brin essoufflé.

— Pourquoi cours-tu autant? lui demande son père en l'entendant respirer.

— Pour être… aussi fort… que les jumeaux.

— Appelle ton chien pour que je puisse manger mon sandwich tranquille! crie Sylvie.

Chapitre 31

— Si on fait vite, je pense qu'on aura le temps de préparer du Jell-O avant de partir, dit Sonia à Luc.

— Bonne idée ! Est-ce qu'on en fait une ou deux boîtes ?

— Moi, je vote pour deux parce que mon intention est d'apporter la moitié du Jell-O chez Manon et de le mettre au réfrigérateur en arrivant. Si tu veux, on pourrait le boire avant qu'il fige.

— J'ai une meilleure idée, ajoute Luc. On pourrait partir avec une boîte, ce serait beaucoup plus simple.

— Tu as parfaitement raison. Je ne sais pas où j'avais la tête…

— J'ai une autre idée. Étant donné qu'on est juste tous les deux, on pourrait faire le Jell-O en arrivant de chez Manon et le boire plus tard dans la soirée.

— C'est parfait pour moi ! Comme ça, on dispose d'un peu plus de temps pour déjeuner. Aimerais-tu manger du bacon et des œufs ?

— Oui, répond joyeusement Luc. C'est moi qui vais casser les œufs.

— Commence par les sortir. Moi, je vais en manger deux.

— Moi aussi, dit une voix ensommeillée.

— Martin ? s'exclame Luc. C'est bien toi ?

— Non, répond celui-ci de sa voix rauque, c'est le père Noël. Attention, mes jaunes ne doivent pas être crevés. Et je veux du Jell-O vert. Je vais faire comme vous, moi aussi je vais le boire.

— Il ne faut surtout pas le dire à maman, le met en garde Luc.

— Si mes jaunes ne sont pas crevés, vous pourrez compter sur moi. Sinon, je ne garantis rien.

— À bien y penser, Sonia, je vais te laisser casser les œufs de Martin. Je n'ai pas envie qu'il aille bavasser à maman.

— Ne t'inquiète pas, il dit ça juste pour te taquiner. Sors aussi le bacon. Pendant ce temps-là, je vais prendre la poêle.

— Sonia, ajoute Luc d'une petite voix, j'ai quelque chose à t'avouer. Mais il faut que tu me promettes de ne pas te fâcher, par exemple.

— Je t'écoute.

— Avant, promets-moi que tu ne te fâcheras pas.

— Promis.

— Te souviens-tu l'été passé quand les jumeaux sont partis à Jonquière?

— Certain que je m'en souviens. J'avais pris la peine de faire deux paquets de Jell-O et les deux petits maudits sont partis avec pour Jonquière. Ils m'avaient même laissé un mot du genre…

Au lieu de la laisser terminer sa phrase, Luc la complète lui-même :

— « Il nous sera plus utile qu'à vous. »

— Comment se fait-il que tu saches ce qui était écrit sur le papier? La seule personne à qui j'en ai parlé, c'est à maman.

— C'est parce que c'est moi qui avais pris le Jell-O et non les jumeaux. C'est aussi moi qui ai écrit le mot.

Alors que le visage de Sonia passe du blanc au rouge en quelques secondes, Luc ajoute :

— Rappelle-toi : tu m'as promis de ne pas te fâcher.

— Je ne suis pas fâchée. Je suis… renversée. C'est donc pour ça que les jumeaux ne comprenaient rien chaque fois que je les accusais d'avoir volé le fameux Jell-O. Tu m'as bien eue, mon espèce de ratoureux !

— Ça veut dire que tu n'es pas fâchée ?

— Bien non, répond Sonia en souriant. Mais maintenant, tu dois me promettre de ne plus jamais me faire le coup.

— C'est promis. Veux-tu que je dresse la table ?

— Oui. Quand tu auras terminé, mets quelques tranches de pain dans le grille-pain. Moi, j'en veux deux.

— Moi, j'en veux trois, dit Martin.

— Et moi, deux, signale Luc. Je m'en occupe.

La journée de gardiennage s'est passée à merveille. Puisqu'elle pouvait compter sur l'aide de Luc, Sonia en a profité pour emmener les enfants à la piscine municipale. Luc était ravi. Et Sonia aussi, parce que son frère s'est bien occupé des enfants tout au long de la journée. Luc Pelletier, gardien averti d'enfants. On croirait qu'il a toujours fait ça. Et les petits de Manon l'adorent. Quand est venu le temps de la sieste, Luc est allé chercher un livre et leur a raconté une histoire sans même que Sonia le lui demande. Les enfants l'ont écouté religieusement.

Sonia est enchantée de sa journée avec son frère. Alors que d'habitude elle lui prête peu d'attention parce qu'elle le voit toujours entre deux portes ou en train de s'obstiner avec les jumeaux, depuis quelques jours, elle a eu tout le loisir de l'observer et surtout de parler avec lui. Luc lui a même avoué qu'il lui arrivait de se servir de ses problèmes respiratoires pour obtenir ce qu'il veut. Sonia lui a répondu que c'était injuste pour leur mère. Elle lui a expliqué à quel point ça trouble cette dernière chaque fois qu'il a une crise d'asthme.

— Mais je ne fais pas exprès! s'est écrié Luc.

— Je ne te parle pas de quand tu es vraiment malade. Je te parle des fois où tu te sers de ta maladie pour manipuler les autres.

— Je comprends. Je vais essayer de faire attention.

Au moment de passer devant l'épicerie, Sonia lui demande:

— Qu'est-ce que tu aimerais manger pour souper?

— Si je peux choisir, je voudrais qu'on achète du baloney. On pourrait le faire rôtir à la poêle et le servir avec des patates pilées et des cornichons.

— Parfait! Viens, maman m'a laissé un peu d'argent pour acheter de la nourriture. Je pense même que j'ai assez d'argent pour que tu puisses t'acheter des bonbons.

— Yé! Si tu veux, je pourrai t'en donner.

— C'est sûr que je vais en vouloir. Allons-y!

Lorsque Luc se couche ce soir-là, il est heureux comme un roi. Il a passé la journée tout seul avec sa sœur. C'est lui qui a choisi le menu du souper. Il a eu un gros sac de bonbons. Mais le meilleur, c'est qu'il a bu pratiquement tout un Jell-O à lui seul. Martin lui a même payé un fudge parce qu'il est allé lui acheter un paquet de cigarettes. Il se promet de s'arranger pour pouvoir encore passer du temps en tête à tête avec sa sœur.

Pendant qu'il attend que le sommeil le gagne, il pense à ce qu'il va faire quand il sera grand. Il y a tellement de choses qui l'intéressent qu'il a l'embarras du choix. Il y a des jours où il aimerait être journaliste, écrivain, bibliothécaire. D'autres jours, il aimerait être pompier, policier, banquier, et même chauffeur de camion comme son père. D'après sa mère, il a le temps de changer d'idées bien des fois avant d'arrêter son choix. Il pourrait aussi être cuisinier. Oui, mais pour ça, il faudrait que sa mère le laisse cuisiner avec elle, ce qu'elle refuse catégoriquement. D'aussi loin qu'il se souvienne, jamais elle n'a accepté que les enfants lui donnent un coup de main. En fait, la seule de qui elle l'exige, c'est de Sonia, alors que c'est probablement elle qui déteste le plus cuisiner dans la famille. Il arrive à Luc de trouver la vie bien injuste. Quand on aime quelque chose, on nous empêche de le faire. Et si on déteste quelque chose, nos parents nous obligent à le faire. Il n'y a vraiment pas de justice, en tout cas pas chez les Pelletier.

Au moment où Luc va sombrer dans le sommeil, des sirènes de pompier résonnent soudainement. Le son est tellement fort que le garçon se dépêche de mettre ses mains sur ses oreilles. Puis, il va regarder à la fenêtre de sa chambre pour voir ce qui se passe. Comme il ne voit rien, il file au salon. Après avoir tiré le rideau, Luc constate que la maison d'en face est en feu. Il y a trois camions de pompier. Le feu est aussi gigantesque que celui qu'on fait à Montréal pour fêter la Saint-Jean. C'est la première fois que Luc voit des pompiers à l'œuvre d'aussi près.

Quelques secondes plus tard, Sonia le rejoint.

— Si tu me promets de rester avec moi, on peut aller s'asseoir sur la galerie.

Sonia n'a pas encore posé une main sur la poignée de la porte que Prince 2 est à côté d'elle. Il veut sortir lui aussi.

— Non, Prince 2, tu restes dans la maison. C'est trop dangereux pour toi. Viens, Luc.

Une fois sur la galerie, le garçon dit à Sonia d'un air désolé :

— Si ça continue comme ça, la maison d'en face va s'écrouler. Où vont dormir les Dionne s'ils n'ont plus de maison?

— On va aller leur offrir de venir chez nous. Ça adonne bien, la maison est pratiquement vide.

Serrés l'un contre l'autre, les Dionne regardent en pleurant toute leur vie partir en fumée. Collés sur leurs parents, les enfants pleurent aussi. Une fois près d'eux, Sonia leur dit:

— Venez sur notre galerie, vous allez au moins pouvoir vous asseoir.

— C'est gentil, répond le père, mais on préfère rester ici au cas où les pompiers réussiraient à sauver notre chat.

— Oh non! Je suis vraiment désolée. En tout cas, si vous cherchez un endroit pour dormir, il y a de la place chez nous. On pourrait vous héberger, au moins pour cette nuit.

— On va d'abord essayer de joindre nos amis, déclare madame Dionne. Ils ont une très grande maison à la campagne, mais on pense qu'ils sont partis en vacances. Si c'est le cas, on va accepter votre offre avec plaisir. Est-ce que ça vous dérangerait si je vous confiais les enfants?

— Bien sûr que non! Venez avec moi, les enfants, on va aller dans ma maison avec Luc. On va aller trouver Prince 2. Vous connaissez sûrement notre chien.

— Merci Sonia! s'écrie madame Dionne.

Une fois dans la maison, Sonia emmène les enfants dans la cuisine. Elle leur sert un verre de boisson gazeuse aux fraises et des chips au vinaigre. Elle est triste pour eux. Ils n'ont plus rien: plus de maison, de vêtements, de jouets, de livres d'histoires… Elle essaie de s'imaginer comment elle se sentirait si ça lui arrivait; les larmes lui montent instantanément aux yeux. Elle les ravale, car ce n'est pas du tout le moment de se laisser attendrir. Pour l'instant, elle a la responsabilité de trois beaux petits enfants qui ne comprennent rien à ce qui leur arrive. Elle doit faire tout son possible pour leur faciliter la vie.

Rivé à la fenêtre du salon, Luc ne manque pas un seul geste des pompiers. Il est fasciné par ce qu'ils font, par leurs camions, leurs habits et les immenses boyaux d'arrosage. C'est triste pour les voisins d'en face, mais combien instructif pour lui. S'il ne se retenait pas, il téléphonerait aux jumeaux pour leur dire ce qu'ils manquent. Il se promet bien de leur en parler en long et en large quand ils reviendront de Jonquière. Luc aurait aimé prendre quelques photos, mais Junior a sûrement emporté son appareil. Ce n'est pas grave, car toutes les images de l'incendie resteront gravées à jamais dans sa mémoire. Et quand il sera grand, lui aussi il éteindra des feux et il sauvera des gens… et peut-être des chats également.

* * *

Heureusement, le lendemain, Sonia ne va pas garder les enfants de Manon puisque celle-ci a décidé de prendre quelques jours de vacances. Dès son réveil, la jeune fille se lève en vitesse et file voir l'étendue des dégâts à la fenêtre du salon. La maison des voisins est une perte totale. C'est un spectacle fort désolant. Sonia se rend ensuite dans la cuisine et s'affaire à préparer le petit-déjeuner.

Tout le monde est maintenant assis à la table. Jamais une tablée n'a été aussi triste. Tous les membres de la famille Dionne regardent dans le fond de leurs assiettes comme s'ils espéraient y trouver un peu de courage pour continuer. Même les enfants ont l'air désespérés alors qu'aucun d'entre eux n'est encore en âge de comprendre l'ampleur de la tragédie.

Au bout de quelques minutes qui ont paru une éternité à Sonia, monsieur Dionne lève la tête.

—   On ne va pas se laisser abattre. On va relever nos manches et construire une nouvelle maison.

—   C'est bien beau ton optimisme, mais qu'est-ce qu'on fait en attendant ? lui demande sa femme.

—   Je pense que le mieux serait que tu ailles chez tes parents à Québec avec les enfants, le temps que les choses avancent.

—   Mais toi, où vas-tu t'installer ?

—   J'ai une idée, affirme Sonia. Mon oncle Paul-Eugène vit tout seul dans sa grande maison. Je suis certaine qu'il accepterait de vous héberger. Voulez-vous que je lui téléphone ?

—   Ce serait bien gentil, répond le père. Je ne sais pas ce qu'on ferait sans vous.

—   Mon père a toujours dit qu'il fallait s'entraider entre voisins. Maintenant, je mets en pratique ce qu'il m'a enseigné.

Chapitre 32

Lorsqu'ils reviennent de leur petite escapade, Michel et Sylvie sont resplendissants. Ils ont profité de chaque minute de leur court voyage. Certes, ils ont vu Alice – après tout, c'était le but ultime de leurs vacances –, mais ils ont aussi passé du temps en tête à tête. D'ailleurs, quand Alice les a vus arriver sans enfants, elle leur a tout de suite dit qu'ils pouvaient profiter tranquillement de leur solitude tant qu'ils venaient manger avec elle au moins une fois. Évidemment, ils ne l'ont pas écoutée. Le seul fait de n'avoir à s'occuper que d'eux-mêmes a fait le plus grand bien aux Pelletier. Ils sont maintenant fin prêts à recevoir la prochaine vague de visiteurs qui déferlera chez eux.

En arrivant dans leur rue, Michel et Sylvie s'aperçoivent que la maison d'en face de la leur n'est plus qu'un amoncellement de débris. Ils remercient Dieu d'avoir épargné leur résidence.

— Les pauvres voisins ! s'exclame Michel d'un ton attristé. Ça doit être terrible de perdre sa maison. Il faudrait qu'on sache où sont les Dionne pour leur offrir notre aide.

— C'est une bonne idée. Rentrons, les enfants le savent peut-être.

Quelle n'est pas la surprise de Michel et de Sylvie quand ils arrivent nez à nez avec deux des enfants Dionne aussitôt qu'ils ouvrent la porte de leur maison.

— Tiens, on a donc bien de la belle visite ! s'écrie Sylvie d'une voix remplie de sourire. Est-ce que votre maman est là ?

— Elle est dans la cuisine avec Sonia, répond le jeune garçon. Nous, on n'a même plus de maison. Une chance que Sonia nous a laissés dormir ici hier soir parce qu'on aurait été obligés de dormir dehors… Elle est très gentille, Sonia. Mes parents la trouvent très gentille, eux aussi. Je voudrais qu'elle me garde quand on aura une nouvelle maison. Florence, elle, n'arrête pas de chialer après nous.

En voyant ses parents, Sonia se sent soulagée. Depuis la veille, elle a pris des décisions sans penser une seule seconde aux conséquences qui pourraient en découler. Alors qu'elle s'apprête à saluer ses parents et à tout leur raconter, madame Dionne vient à la rencontre de ceux-ci et leur tend chacun une main.

— On ne vous remerciera jamais assez, leur dit-elle.

— Il n'y a pas de quoi, madame, répond Michel. C'est tout à fait normal qu'on s'aide entre voisins. Mais qu'est-ce qui est arrivé pour que votre maison passe au feu en plein mois de juillet ?

— Pour l'instant, les pompiers pensent que c'est à cause d'un problème électrique. Mais il est encore trop tôt pour qu'ils le confirment.

— Il y a une chose que je ne comprends pas, déclare Michel. Est-ce parce que les pompiers ont mis du temps à arriver qu'ils n'ont pas pu éteindre le feu ? La caserne n'est quand même pas si loin d'ici…

— Non, ils sont arrivés très vite. Mais le feu était déjà rendu dans les murs.

— C'est vraiment triste, commente Sylvie. Qu'est-ce que vous allez faire ?

— Moi, je vais aller m'installer temporairement chez mes parents à Québec, avec les enfants. Mon père va venir nous chercher ce soir. Il devrait être ici vers sept heures.

— Mais j'y pense, vous n'avez plus de vêtements ! ajoute Sylvie.

— On n'a plus rien, sauf ce qu'on a sur le dos.

— J'ai une pleine boîte de vêtements qui ne font plus aux jumeaux. Avec le déménagement, je n'ai pas eu le temps d'aller la porter au vestiaire. Toutefois, pour vous, comme on ne fait pas la même taille…

— Mais maman, madame Dionne pourrait peut-être regarder dans le sac qu'Isabelle m'a donné, intervient Sonia. D'après moi, il y a plusieurs vêtements qui devraient lui faire.

— C'est une excellente idée. Peux-tu aller le chercher? En même temps, pourrais-tu m'apporter l'autre boîte? Elle est juste au pied de l'escalier du sous-sol.

— J'y vais, répond Sonia avec empressement.

— Je vous remercie beaucoup, madame Pelletier.

— Vous pouvez m'appeler Sylvie.

— Et moi, c'est Éliane. Dommage qu'on fasse connaissance dans de telles circonstances.

— Normalement, on serait allés se présenter à tous nos voisins en arrivant. Mais la famille de Michel, qui habite au Saguenay, a décidé de venir à l'Expo. Alors, on est envahis par la visite.

— Ce n'est pas grave. Votre fille a été d'une grande générosité avec nous. J'espère que vous ne lui en voudrez pas. En plus de nous héberger, elle nous a fait à manger toute la journée. Et votre fils Luc a passé son temps à amuser les enfants. Vous en avez de la chance d'avoir d'aussi bons enfants!

— Ne vous inquiétez pas, je suis beaucoup trop fière d'eux pour leur reprocher quoi que ce soit. Ils ont fait ce qu'il fallait dans les circonstances et c'est tout en leur honneur.

— Votre fille a même téléphoné à votre frère pour savoir s'il pouvait héberger mon mari le temps qu'on sache ce qu'on va faire.

— C'est une excellente idée. J'imagine que Paul-Eugène a répondu qu'il n'y avait pas de problème.

— Vous le connaissez bien, car il a accepté sans aucune hésitation. Aujourd'hui, plusieurs voisins sont venus nous offrir leur aide pour la reconstruction de la maison. Ils nous ont aussi dit qu'ils organiseraient une collecte pour ramasser tout ce que ça prend dans une maison. C'est certain que j'aurais préféré garder la nôtre, mais je trouve ça rassurant de savoir qu'on n'est pas tout seuls.

— Avez-vous des assurances au moins ? s'enquiert Michel.

— Oui. Mais vous savez comme moi que ça ne couvre jamais tout ce qu'on a perdu.

— Vous avez bien raison.

Une fois leurs voisins partis, Sylvie et Michel s'assoient au salon. Luc est allé jouer au parc avec son chien et Sonia s'est dépêchée de retourner à ses pinceaux. Elle ne sait pas si elle va être capable de peindre. Une grosse boule lui serre l'estomac. Elle regarde sa toile et tente de trouver l'inspiration. Au bout d'un moment passé à faire le pied de grue, elle décide d'aller voir sa mère.

— Maman, pourrais-tu me donner quelque chose pour me soulager ?

— Commence par me dire ce que tu as.

La voix remplie d'émotion, Sonia explique à sa mère comment elle se sent. Sylvie se gratte la tête et, au bout de quelques secondes, elle se lève et dit à sa fille :

— Viens ici que je te serre dans mes bras, ma pauvre chouette. Je pense que tu as eu une journée vraiment éprouvante.

Il n'en faut pas plus pour que Sonia éclate en sanglots.

— C'était terrible, maman. Jamais je ne pourrai oublier ça. Les Dionne étaient sur le bord de la rue, serrés les uns contre les autres alors qu'il faisait chaud et humide. Ils regardaient brûler leur maison et tout ce qu'ils possédaient. Tu aurais dû voir les enfants : ils étaient effrayés et ne comprenaient pas ce qui se passait. Ils faisaient tellement pitié ! Si je ne m'étais pas retenue, j'aurais pleuré comme une Madeleine. Ce n'est pas juste. Personne ne mérite de voir toute sa vie s'envoler en fumée. Pourquoi Dieu permet-il qu'il arrive des malheurs comme celui-là ? Les Dionne n'avaient fait de mal à personne, ils…

Sylvie se contente de serrer sa fille dans ses bras et de lui flatter le dos. Il y a des moments où on a juste besoin d'une épaule pour pleurer.

De son fauteuil, Michel observe la scène. C'est beaucoup trop d'émotion pour lui. Si ça dure trop longtemps, il va aller prendre l'air. Il déteste assister à des scènes comme celle qui se déroule devant lui. Il aimerait faire quelque chose, mais il ne sait pas quoi. Il n'est pas fait pour supporter les émotions fortes et ça ne date pas d'hier.

Sylvie attend patiemment que sa fille se calme. Elle peut imaginer à quel point les dernières vingt-quatre heures ont été pénibles pour elle.

Au bout d'un moment, elle réalise que Luc n'est pas encore revenu ; cela l'inquiète sérieusement. Elle se tourne vers Michel et lui lance :

— Va vite chercher Luc. Il est au parc.

Après le départ de Michel, Sylvie se tourne vers Sonia. Comme celle-ci s'est calmée, Sylvie lui demande, après avoir posé ses mains de chaque côté de son visage :

— As-tu encore une boule dans l'estomac ?

Sonia réfléchit quelques secondes avant de répondre. Un pâle sourire se dessine ensuite sur ses lèvres.

— C'est drôle, mais je ne la sens plus.

— Tant mieux. C'est ce que ma grand-mère appelait une boule d'émotion. Ça arrive quand on vit des choses trop difficiles comme ce que tu viens de traverser. Tu as vraiment été une championne, je suis très fière de toi. J'ai hâte de raconter à ton grand-père Belley ce que tu as fait. Il va sûrement te donner une médaille.

— Mais je n'ai pas besoin de médaille ! N'importe qui aurait fait la même chose que moi.

Alors que Sylvie s'apprête à répliquer, la porte s'ouvre brusquement sur Michel. Il tient Luc dans ses bras.

— Vite, Sylvie, donne-lui du sirop. Je l'ai trouvé au pied d'un arbre. Il a toutes les misères du monde à respirer. J'espère qu'il n'est pas en train de développer une nouvelle allergie.

Sylvie arrive aussitôt avec le sirop au moment où Michel dépose Luc sur le divan.

— Je mettrais ma main au feu qu'il souffre de la même maladie que Sonia, dit-elle doucement. Il a eu trop d'émotions, le pauvre enfant. Va lui chercher un verre d'eau pendant que je lui donne son sirop. As-tu ramené Prince 2 ?

— Il ne doit pas être loin, car il m'a suivi. Il était couché à côté de Luc dans le parc. On aurait dit qu'il attendait que quelqu'un vienne l'aider.

— Je vais aller voir, propose Sonia.

Après quelques minutes, qui ont paru interminables à ses parents, Luc commence à mieux respirer.

— C'est beau, mon garçon, le rassure Sylvie. Si tu continues à bien respirer, on ne sera pas obligés d'aller à l'hôpital.

— Où… est… mon… chien ?

— Sonia est allée le chercher, répond Michel en passant la main dans les cheveux de son fils. Cesse de t'inquiéter pour rien. Prince 2 ne peut pas être bien loin, il nous suivait.

Lorsque Sonia arrive enfin avec le chien, la respiration de Luc s'améliore encore.

— Prince 2 était allé fouiner dans les décombres de la maison des Dionne.

— On n'aura pas d'autre choix que de le laver, car il empeste la boucane, dit Michel.

— Pas ce soir, implore Sylvie. Moi, j'ai eu ma dose d'émotions fortes pour aujourd'hui. Je pourrais nous préparer un chocolat chaud et après, je pense bien que je vais aller dormir.

— Est-ce que je vais pouvoir mettre des guimauves dedans ? demande Luc d'une voix hachurée.

— S'il en reste, pas de problème.

— Je vais vérifier, affirme Sonia.

Michel regarde ses enfants. Ils ont su faire preuve d'une grande générosité à l'égard de leurs voisins qui étaient dans le besoin. N'écoutant que son cœur de père, il déclare d'une voix émue :

— Quand je vais retourner au travail, je vais dire à tout le monde à quel point vous avez été braves. Je suis vraiment fier de vous.

Puis, sur un ton badin, il ajoute :

— Et s'il ne reste plus de guimauves, je vais aller en acheter. Un chocolat chaud sans guimauves, c'est un peu comme une journée sans soleil !

Tous éclatent de rire, ce qui leur fait le plus grand bien.

Chapitre 33

— Je ne comprends plus rien ! s'écrie Sonia en jetant un regard noir à sa mère. Hier, tu étais fière de moi, et ce matin, on dirait que je ne fais rien de bien.

— Hier, c'était hier, ma petite fille. Ta cousine est sur le point d'arriver et ta chambre est tellement à l'envers qu'une vache y perdrait son veau. Et tu n'as même pas encore posé les rideaux à ta fenêtre. Je te rappelle que j'ai accepté de te laisser t'occuper de ta chambre à la condition que tu fasses le nécessaire dès que tu reviendrais de Belgique. Il y a assez longtemps que ça traîne. C'est ce matin que ça se passe.

— Mais il faut que je termine ma toile pour monsieur Laprise, argumente Sonia.

— Ce n'est pas mon problème. Tu as eu tout le temps nécessaire pour finir ton tableau. Je ne veux pas que tu sortes de ta chambre tant que tu n'auras pas fini tes tâches. J'espère que je me suis bien fait comprendre.

Sonia est hors d'elle. Elle en veut à sa mère de toutes ses forces. C'est vrai qu'elle a été négligente, mais ce n'est quand même pas la fin du monde. Qu'est-ce que ça peut bien faire que sa chambre ne soit pas la chambre la mieux rangée de Longueuil et qu'elle n'ait pas encore installé ses rideaux ? À part Lise et Isabelle, et sa mère bien sûr, personne d'autre n'entre dans sa chambre. Personne ! Ses amies sont bien mal placées pour parler, car leurs chambres sont encore pires que la sienne. Sonia aurait dû se douter que sa mère reviendrait à la charge au moment où elle s'y attendrait le moins. Mais la jeune fille s'est contentée de profiter de son temps. Maintenant, elle doit en payer le prix !

Assise sur le bord de son lit, Sonia songe qu'elle a du travail pour tout l'avant-midi, et ça, c'est à la condition qu'elle se mette à l'ouvrage tout de suite. Elle a bien envie de continuer sa toile, mais elle sait que sa mère le lui ferait payer au centuple. Et puis, Sonia ne veut pas perdre les quelques privilèges qu'elle a obtenus de peine et de misère. Sa cousine Lucie est sur le point d'arriver et elle tient à l'emmener voir un spectacle des 409. Elle veut aussi aller à l'Expo avec elle le plus souvent possible. « Finalement, je n'ai pas d'autre choix que d'obéir. J'ai tellement hâte d'être en appartement et de pouvoir faire tout ce que je veux. Mais j'y pense, je pourrais au moins demander à Luc de me prêter sa radio, ça serait plus gai. »

Bien installé sur son lit, Luc lit une bande dessinée pendant que les plus grands succès du jour sortent allègrement de sa nouvelle radio. Il va beaucoup mieux que la veille, mais sa mère lui a expliqué qu'il devait se reposer aujourd'hui, histoire de reprendre des forces. Contrairement à Sonia, il a vite compris qu'avec sa mère il vaut mieux écouter si on ne veut pas avoir de problèmes.

Après deux petits coups à peine perceptibles frappés à la porte de la chambre de Luc, Sonia entre. Elle lance tout de go :

— Maman veut absolument que je range ma chambre ce matin, que j'installe mes rideaux, que… Enfin, je me demandais si tu accepterais de me prêter ta radio.

Sans hésiter, Luc saisit sa chance de faire autre chose que de la lecture. Il propose :

— Si tu veux, je peux même t'aider.

— Es-tu sérieux ?

— Oui. Je suis collé ici au moins pour l'avant-midi, alors aussi bien te donner un coup de main.

— C'est certain qu'à deux, ce serait beaucoup plus encourageant, et plus rapide aussi, mais apporte quand même ta radio. Plus vite on va finir, plus vite je vais pouvoir me remettre à peindre. J'ai eu beau expliquer à maman que j'avais autre chose à faire, elle n'a rien voulu entendre.

— Comme dirait grand-papa Belley, c'est elle le patron. Quand tu as compris ça, la vie est beaucoup plus facile. Allons-y!

Sonia et Luc passent une bonne partie de l'avant-midi à travailler. Chaque fois que la radio joue une chanson qu'ils connaissent, ils chantent à tue-tête. De la cuisine, Sylvie les entend mais elle se garde bien d'aller briser leur élan. Tant que le travail se fait, elle n'a rien à dire.

Elle en profite pour prendre un peu d'avance pour le souper. Ils seront nombreux ce soir à souligner le départ d'Alain et de Lucie pour la France, et le retour de Junior aussi. Sylvie s'est retenue à deux mains de ne pas téléphoner pour prendre des nouvelles de son fils. Elle s'est souvent répétée que Junior était assez grand pour appeler s'il en avait envie. Les absences, même de courte durée, sont loin d'être son fort. Michel la taquine souvent à ce sujet. Il dit qu'elle est comme une poule : elle a besoin d'avoir tous ses poussins autour d'elle. Quand Sonia est allée en Belgique, Sylvie n'avait pas trop à s'inquiéter puisqu'elle voyageait avec sa sœur et sa tante. Mais là, c'est très différent. Alain et Lucie partent tout seuls, seulement avec un sac à dos de surcroît. Ils vont débarquer à Paris, et c'est à peu près tout ce qu'ils savent. Ils ignorent même où ils vont dormir. Ils ont décidé de se laisser porter par les événements et les rencontres qu'ils feront en cours de route. En tout cas, c'est loin d'être du goût de Sylvie. Elle comprend que tout le monde n'est pas obligé de faire à sa manière, mais s'en aller aussi loin sans même savoir ce qu'on va voir n'a aucun sens pour elle.

Lorsque les jeunes mariés reviendront de France, ils emménageront enfin dans leur logement. La dernière fois que Sylvie a vu Alain, il lui a confié que Lucie et lui avaient très hâte d'être seuls. Après une semaine dans le sous-sol des beaux-parents, ils en avaient déjà assez. Sylvie lui a expliqué que c'était tout à fait normal, qu'un couple devait d'abord vivre à deux, pas au cœur d'une famille. Même si elle n'était pas plus enchantée que Michel à l'idée que son fils se marie pour augmenter ses revenus, elle est contente de voir qu'une belle complicité est en train de s'installer entre Lucie et lui. Tout ce qu'elle souhaite maintenant, c'est qu'ils prennent leur temps avant de faire un enfant. Elle en a glissé un mot à Alain, mais c'est tout ce qu'elle peut faire. Son fils est maintenant un adulte capable de prendre ses propres décisions.

La vie passe beaucoup trop vite. Un jour, on se marie. Un autre, on a notre premier enfant, puis un deuxième… Un beau matin, on constate, avec un pincement au cœur, que la maison qu'on avait remplie d'enfants est désormais vide. Les parents se retrouvent au même point que le jour de leur mariage : ils vivent en tête à tête. La seule différence, c'est qu'ils ont dorénavant quelques rides. Pour Sylvie, voir partir les siens est difficile. Pas parce qu'elle voudrait les garder éternellement près d'elle. Pas non plus parce qu'elle ne peut vivre sans eux. Non ! Simplement parce que ce sont ses enfants et qu'elle voudrait les protéger de tout ce qui leur arrivera de moins beau pendant leur vie d'adulte.

Même si elle mourait d'envie d'essayer une nouvelle recette, elle a misé sur un classique. Elle a mandaté Michel pour aller acheter à la boucherie un gros rosbif. Tout le monde va être content. Pour le dessert, Sylvie a décidé de préparer un pouding chômeur – une autre valeur sûre. Pendant la cuisson du rosbif, elle préparera tout le reste à l'avance, au cas où la visite arriverait plus tôt que prévu. Elle a avisé Michel qu'il devra lui donner un coup de main quand il va revenir de la boucherie.

Il faudra qu'elle trouve un peu de temps pour répéter ses chansons aussi. Certes, elle n'est pas obligée de les savoir à la perfection quand les répétitions vont reprendre en septembre, mais elle veut faire bonne impression sur le comité qui octroie les solos. Sylvie n'a pas encore arrêté son choix, car plusieurs chansons l'intéressent.

Elle n'a reçu aucune nouvelle de Ginette depuis le dernier appel de celle-ci. Son père non plus. Mais Sylvie sait que ce n'est pas dans la nature de sa sœur d'abandonner aussi facilement. Celle-ci mijote sûrement quelque chose. Sylvie en a glissé un mot à son père la dernière fois qu'elle l'a vu, mais il lui a dit d'arrêter de s'en faire pour rien. À part Ginette, aucun autre membre de la famille n'est revenu à la charge auprès d'elle ou de son père. Sylvie a été ravie d'apprendre que tous ses neveux et nièces sans exception, même le fils de Ginette qui est en prison, ont pris la peine de remercier leur grand-père. Elle sait que ce petit geste a touché profondément monsieur Belley. Elle admire son père : même si cinq de ses enfants se comportent mal, il parvient à garder le moral et continue à sourire. Lorsque Sylvie lui en parle, il cite un extrait d'un texte du poète Khalil Gibran sur les enfants :

Vos enfants ne sont pas vos enfants.

Ils sont les fils et les filles de l'appel de la Vie à elle-même. Ils viennent à travers vous mais non de vous. Et bien qu'ils soient avec vous, ils ne vous appartiennent pas. Vous pouvez leur donner votre amour mais non point vos pensées, car ils ont leurs propres pensées.

Chaque fois que Sylvie entend son père réciter ces quelques vers, elle en a les larmes aux yeux. Faut-il être vieux pour avoir suffisamment de sagesse et être capable d'accepter de tels comportements de ses enfants ? À l'heure qu'il est, elle n'a pas encore trouvé la réponse et, pour être honnête, elle n'est pas pressée de la trouver. Peut-être n'est-elle pas encore assez vieille ?

Alors que Sylvie est perdue dans ses pensées, Sonia entre dans la cuisine et annonce fièrement :

— Maman, j'ai terminé. Veux-tu venir voir si tout est à ton goût ?

— Tu sais, ce n'est pas que ce soit à mon goût qui compte le plus, c'est que ce soit fait. D'abord, parce que nous sommes une famille. Ensuite, parce que c'est une simple marque de respect que de garder son espace en ordre comme doivent le faire les autres membres de la famille.

— Je comprends. Viens voir. Je n'ai pas travaillé toute seule, Luc m'a aidée.

— Je n'ai aucun problème avec ça, bien au contraire. Moi, c'est le résultat qui m'intéresse, pas les moyens que tu as pris pour y arriver. En autant que tout reste dans le raisonnable, bien sûr.

Dès que Sylvie ouvre la porte de la chambre de sa fille, un large sourire s'installe sur ses lèvres.

— Bravo ! Je n'aurais pas fait exactement comme toi, mais c'est très bien. C'est ta chambre et non la mienne, et tu as le droit de l'aménager comme tu le veux.

— J'ai quelque chose à te demander. Est-ce que tu vas pouvoir me payer de nouveaux rideaux ? Je pourrais même contribuer un peu. Ceux que j'ai installés ne vont pas vraiment avec le reste. J'aimerais changer de style.

— Avec plaisir ! Quand on ira magasiner pour le retour à l'école, on fera un petit crochet au magasin de tissus pour t'acheter de nouveaux rideaux. Tu vois, quand tout le monde collabore, les choses sont beaucoup plus faciles.

— Je suis parfois paresseuse, tu sais. J'ai tendance à repousser les tâches qui ne m'enchantent pas trop. Bon, si ça ne te dérange pas, j'en profiterais pour peindre d'ici au dîner. J'aimerais vraiment finir ma toile avant que Lucie arrive.

— Parfait ! Moi, je retourne à la cuisine. J'essaie de prendre un peu d'avance pour ce soir.

— Si tu veux, je pourrai t'aider un peu après le dîner.

— Commence par finir ta toile. Après, on verra !

* * *

Au souper, les conversations sont animées. Michel est content de revoir sa cousine Martine et le mari de celle-ci. Cela fait des années qu'ils ne les a pas vus. Il prend des nouvelles d'eux chaque fois qu'il va à Jonquière, mais ils ne réussissent pas à se voir, même lors des mariages. Ils profitent donc de leurs retrouvailles pour se rappeler de nombreux souvenirs de leur enfance. Le mari de Martine faisait partie du groupe d'amis de Michel, alors les deux hommes se connaissent bien. Les éclats de rire fusent de partout. Les enfants Pelletier s'amusent juste à écouter parler les adultes. Ils sont toujours surpris lorsqu'ils entendent l'accent des gens de la famille de leur père. Leurs expressions et leur prononciation sont comiques.

Lucie, la fille de Martine, est contente, ça se voit. Sonia et elle se promettent du bon temps, surtout que Manon est en vacances toute la semaine. Ainsi, Sonia pourra sortir avec Lucie aussi souvent qu'elle le souhaitera. Elles sont en train de planifier plusieurs activités. Sylvie songe à intervenir. Alors qu'elle va parler, elle se ravise. En fin de compte, elle décide qu'elle discutera d'abord avec Sonia.

Pendant le souper, Michel remarque que Martine regarde souvent Sonia. Chaque fois, une vague de tristesse passe dans ses yeux. Certes, il ne peut empêcher personne de regarder sa fille, mais si sa cousine continue à être aussi insistante, il va devoir lui parler en privé. Finalement, il juge plus sage d'agir avant que les choses n'aillent trop loin. « Après le souper, j'irai prendre une marche avec Martine », se dit-il.

Junior est revenu les bras chargés de cadeaux. Il a tellement aimé ses vacances qu'il a promis à son cousin d'aller passer deux semaines chez lui l'été prochain. Il a fait plusieurs activités là-bas. Son parrain et sa marraine l'ont emmené camper à Saint-Gédéon, puis à la pêche et au Zoo de Saint-Félicien. Ils l'ont aussi emmené magasiner ; ils lui ont donné 50 dollars pour s'acheter des vêtements. Ils l'ont invité au restaurant deux fois. Juste avant son départ, sa marraine lui a remis un sac contenant cinq films avec développement inclus.

Junior est content de la vie qu'il mène à Longueuil, mais il aimerait bien être aussi gâté que son cousin Gaétan. Non seulement ce dernier n'est pas obligé de gagner son argent, mais ses parents lui en fournissent autant qu'il en veut. Dès que quelque chose de nouveau sort sur le marché et qu'il manifeste le désir de l'avoir, ses parents se précipitent pour le lui acheter. Junior comprend que ça ne peut pas être ainsi chez lui, vu le nombre d'enfants que compte sa famille, mais il aimerait que la vie soit plus facile de temps en temps. Passer les circulaires n'a rien de déshonorant, mais s'il avait le choix, il s'en dispenserait. S'il a accepté de se lever aux aurores pour distribuer le journal, c'est parce qu'il doit gagner de l'argent. Et s'il le pouvait, il poursuivrait ses cours de danse, mais surtout, il apprendrait la musique. La danse lui a confirmé qu'il veut être musicien, en plus d'être photographe. Pendant les cinq heures qu'a duré le voyage de retour de chez son parrain, il a pris la décision de s'acheter une guitare. S'il y met autant d'ardeur que dans ses cours de danse, nul doute qu'il va réussir haut la main à jouer de cet instrument. Une autre chose qu'il a appréciée chez son parrain et sa marraine, c'est le calme. Quand trois personnes vivent dans une grande maison comparativement à neuf dans une résidence moins spacieuse, l'atmosphère est beaucoup plus paisible. Junior adore ses frères et sa sœur, mais quand il sera en âge de fonder une famille, il va y penser à deux fois avant d'avoir des enfants. Non pas parce qu'il ne les aime pas mais plutôt parce que s'il est musicien et photographe, il sera loin du modèle du père idéal pour élever des enfants.

Alors que tout le monde vient d'avaler sa dernière bouchée de dessert, Martine lance d'une voix forte pour que tous l'entendent :

— Sylvie, tu es vraiment bonne cuisinière. Après celui de ma mère, ton rosbif est le meilleur. Et ton pouding chômeur, il est dix fois meilleur que celui de ma mère !

Sylvie est ravie.

— Merci du compliment ! J'espère que vous avez tous apprécié votre repas parce que vous avez goûté à mes deux seules spécialités. Demandez à mes enfants et à Michel, et vous verrez que je suis loin d'être le cordon-bleu que je vous ai fait miroiter ce soir.

— Ma femme a de nombreuses qualités, mais il est vrai que la cuisine n'est pas le domaine où elle est le plus douée.

— Surtout quand elle essaie des nouvelles recettes, précise Luc d'un air pincé. Des fois, ce n'est pas trop bon.

— Même que parfois c'est encore pire, ajoute Junior. Dans ce cas, toute la famille – même maman – préfère manger des sandwiches au beurre d'arachide plutôt que de manger ce qu'elle a préparé.

Sylvie décide qu'il est temps de servir le café. C'est ce moment que Michel choisit pour aller prendre une marche avec Martine.

* * *

Michel n'a pas à dire quoi que ce soit pour que Martine commence à parler. Ils viennent à peine d'atteindre le trottoir qu'elle déclare, sans aucun préambule :

— Si je me souviens bien, ta fille a été adoptée.

— Oui, répond-il simplement.

Michel savait que ce jour viendrait. Mais comme pour tout ce que l'on craint, il espérait que ce serait le plus tard possible. C'est une longue histoire connue seulement de Sylvie et de lui. Personne d'autre ne doit l'apprendre, à part Sonia si elle souhaite rencontrer sa mère biologique un jour.

Quand Michel et Sylvie se sont mariés, ils voulaient au moins six enfants ; Michel désirait absolument avoir une fille. Après discussion, ils avaient convenu que s'ils n'avaient pas de fille, ils en adopteraient une. À proximité de chez eux, il y avait un gros orphelinat. Après leur troisième garçon, ils avaient estimé que leurs chances d'avoir une fille étaient plutôt minces. C'est ainsi que par un beau dimanche après-midi, alors qu'ils marchaient dans les allées du Jardin botanique de Montréal avec leurs fils, ils ont décidé d'adopter une fille. Le lendemain, Sylvie s'est rendue à l'orphelinat. Elle a rencontré la sœur en charge des adoptions et a rempli tous les papiers nécessaires. Lorsqu'elle a quitté l'orphelinat, un grand sourire illuminait son visage. La religieuse lui a fait faire le tour des salles remplies d'enfants de tous âges. De toute sa vie, jamais Sylvie n'avait vu autant d'enfants en un même endroit, sauf dans une cour d'école. Si elle ne s'était pas retenue, elle serait repartie avec plusieurs petits. Quand on voit un enfant pleurer, tout ce qu'on a envie de faire c'est de le bercer pour le réconforter.

Plusieurs semaines ont passé ; Michel et Sylvie avaient presque oublié qu'ils avaient déposé une demande d'adoption. Un beau jour, la religieuse que Sylvie avait rencontrée a téléphoné.

— Si vous voulez toujours adopter un enfant, j'ai ce qu'il vous faut. Une jeune fille a donné naissance à une petite fille hier soir.

— Bien sûr qu'on veut toujours adopter ! s'est écriée Sylvie. Quand peut-on passer la chercher ?

— Je vous attends lundi prochain à dix heures. Apportez tout ce qu'il faut pour habiller l'enfant, et des couches aussi.

Le lundi suivant, Michel et Sylvie se sont rendus à l'orphelinat pour récupérer leur précieux colis. Ils ont demandé à voir leur bébé avant même de signer les papiers officialisant l'adoption. La petite était si mignonne que le regard des futurs parents s'est rapidement embué. Pour Michel et Sylvie, ce moment restera toujours parmi les plus beaux de leur vie. Ils connaissaient la petite depuis quelques minutes à peine et ils l'aimaient déjà. Pendant que Sylvie s'occupait d'habiller leur petite princesse, Michel a suivi la religieuse dans son bureau. Pendant qu'il signait les papiers d'adoption, il a demandé le nom de la mère biologique de l'enfant.

— Vous comprenez… Un jour, notre fille voudra peut-être la rencontrer…

— C'est écrit sur le baptistère que je viens de vous remettre. Évidemment, je vous demande de garder le secret.

Curieux, Michel s'est dépêché d'aller vérifier. Quand il a lu le nom, il s'est senti blêmir. Martine Pelletier. À moins qu'il se trompe, la mère de leur fille était une de ses cousines du Saguenay. La religieuse lui a demandé s'il y avait un problème.

— Non, c'est juste que la jeune fille porte le même prénom que ma belle-mère. Ça m'a donné un choc. La pauvre, elle est morte noyée dans un puits.

— Que Dieu ait son âme ! Bon, tout est réglé. Vous pouvez partir avec votre petite fille. Si vous souhaitez agrandir votre famille encore, revenez me voir. Comme vous avez pu le constater, nous avons plusieurs enfants à donner en adoption. C'est ce qui arrive quand les jeunes veulent s'amuser avant le mariage. La religion n'a plus autant de poids qu'avant et c'est vraiment dommage parce qu'à cause de ça, les orphelinats sont remplis de pauvres innocents.

Le soir même, Michel a téléphoné à son père pour prendre des nouvelles de sa cousine Martine. Quand son père lui a dit qu'elle venait juste de revenir d'un séjour de six mois chez l'une de ses tantes maternelles à Montréal qui, apparemment, avait besoin d'aide, il a compris que Sylvie et lui venaient d'adopter la fille de sa cousine. Lorsque son père lui a demandé pourquoi il avait posé cette question, il a vite changé de sujet. Il venait de décider de garder son secret pour lui.

Ce n'est que le jour où ils ont fêté le premier anniversaire de Sonia qu'il a décidé de révéler toute l'histoire à Sylvie. Secouée par la nouvelle, celle-ci lui a demandé qui était au courant.

— Personne, à part toi et moi.

— Parfait ! Moins on sera, mieux ce sera. Mais j'y pense, qu'est-ce qu'on va faire si un jour Sonia veut connaître sa mère biologique ?

— Je n'en ai aucune idée. On verra à ce moment-là.

Ils ont oublié que Sonia était la fille de Martine, jusqu'au jour où le père de Michel a dit que Sonia ressemblait étrangement à l'une des filles de Martine. Quand Sylvie et son mari ont su que celle-ci allait venir passer quelques jours chez eux, ils se sont inquiétés, avant de réaliser que c'était inutile. Étant donné que personne n'est au courant, ils n'auront qu'à s'en tenir à ce qu'ils ont convenu : ils raconteront que la mère de Sonia était native d'Abitibi, ce qui n'établira aucun rapport entre Martine et la jeune fille.

— Écoute, poursuit Martine, je n'irai pas par quatre chemins. Tu ne le sais probablement pas, mais à quinze ans, je suis tombée enceinte. Neuf mois plus tard, j'ai donné naissance à une petite fille, à Montréal. Comme je la donnais en adoption, la sœur a refusé que je la voie. Tout ce que je sais, c'est que la petite devait être envoyée dans un orphelinat de la ville. Je n'ai jamais eu de nouvelles d'elle. Il ne se passe pas une seule journée sans que je pense à mon bébé. Chaque fois que je croise une adolescente de l'âge de ma fille dans la rue, je scrute ses traits pour essayer de trouver la plus petite ressemblance. Il y a des jours où ça me rend folle de ne pas savoir ce que ma fille est devenue.

— Je n'étais pas au courant, prétend Michel. Je suis désolé pour toi. Mais pourquoi me parles-tu de ça aujourd'hui ?

— Parce que depuis que je suis arrivée chez vous, je n'arrête pas d'observer ta fille.

— C'est justement pour ça que je t'ai invitée à venir prendre une marche. Je voulais savoir pourquoi tu la regardais avec autant d'insistance.

— Eh bien, ma foi, j'ai l'impression que Sonia est ma fille. Je sais que ça n'a pas d'allure, mais je n'y peux rien.

— Je t'arrête tout de suite ! déclare Michel. Ce n'est pas que je veuille briser tes espoirs de retrouver ton enfant, mais c'est impossible que ce soit Sonia parce que sa mère venait de l'Abitibi.

— Ah ! soupire Martine. Pourtant, j'aurais mis ma main au feu que…

— Tu devrais cesser de t'en faire, lui suggère Michel en entourant les épaules de Martine. Tu te fais du mal pour rien. De toute façon, tu ne peux rien faire tant et aussi longtemps que ta fille ne demandera pas à te connaître.

— Je le sais. Je sais aussi que ça risque de ne jamais arriver. Si j'avais été adoptée, je suis loin d'être certaine que je souhaiterais connaître celle qui m'a abandonnée. Excuse-moi, je n'aurais pas dû t'embêter avec mes histoires.

— Ne t'en fais pas avec ça. Mais je serais curieux de savoir qui est le père de ta fille.

— Tu ne le connais pas. En fait, personne ne le connaît, à part ma sœur et moi. On était allées voir un spectacle à Chicoutimi ensemble et… disons que j'ai fraternisé un peu trop avec le guitariste du groupe. Je ne l'ai jamais revu ; il ignore donc qu'il a une fille. À cette époque, les orphelinats étaient remplis à cause d'histoires comme la mienne. Au moins, aujourd'hui, les filles peuvent prendre la pilule.

— Ouais. Mais le mieux, c'est encore de se retenir.

— N'essaie de me faire croire que tu t'es retenu, toi, quand tu avais l'occasion de faire l'amour avec une belle fille ! N'essaie même pas parce que je ne te croirai pas. Tu sais aussi bien que moi que la chair est faible. La seule différence entre un gars et une fille, c'est un bébé au bout de neuf mois si la fille a la malchance de tomber enceinte après quelques minutes seulement de plaisir. C'est ce qui m'est arrivé alors que toutes mes amies ont couché à gauche et à droite sans jamais avoir aucun problème.

— La vie est tout sauf juste. En tout cas, moi, j'ai insisté pour que Sonia prenne la pilule.

— C'est bien la première fois que j'entends ça. D'habitude, la mère doit faire prendre la pilule à sa fille en cachette.

— Eh bien, comme tu peux voir, il y a quelques exceptions. Moi, j'ai dû insister auprès de Sylvie pour qu'elle accepte.

— Mais, dis-moi, est-ce parce que Sonia a déjà…

Gêné, Michel ne la laisse pas finir sa phrase.

— Je ne crois pas, mais mieux vaut prévenir que guérir. J'espère qu'elle va attendre le plus longtemps possible avant de faire l'amour, mais tu es bien placée pour savoir qu'on n'a pas grand contrôle là-dessus. Que dirais-tu si on retournait à la maison ?

— Avec plaisir. Je tiens à te remercier du fond du cœur de nous recevoir comme tu le fais. C'est très gentil de ta part.

— Tout le plaisir est pour moi. Allez-vous à l'Expo demain ?

— Certain ! Mon intention est d'y aller le plus souvent possible d'ici à ce qu'on retourne chez nous.

Ce soir-là, alors que Michel et Sylvie viennent à peine de se coucher, celle-ci demande à son mari comment s'est passée sa promenade avec sa cousine. Michel répond simplement :

— Très bien. Mais je te raconterai tout une autre fois, quand les murs n'auront pas d'oreilles. Bonne nuit !

Chapitre 34

Comme elle le souhaitait, Sonia passe beaucoup de temps avec sa cousine. La jeune fille ignore quelle mouche a piqué sa mère, mais elle n'a pas eu à négocier pour pouvoir sortir, pas même une fois. Cela l'intrigue tellement qu'elle finit par appeler sa tante Chantal pour savoir si elle a parlé à sa mère.

— Non. Je n'étais même pas là, je viens à peine de rentrer. Mes valises sont encore sur le bord de la porte. Mais il fallait bien que ta mère finisse par comprendre que tu n'es plus une petite fille. Mon petit doigt me dit qu'elle ne voulait surtout pas perdre la face devant la famille de ton père. Mais peu importe la raison qui motive sa décision de te laisser un peu de corde, l'essentiel n'est-il pas que tu puisses bouger à ta guise ?

— Tu as raison, ma tante. Figure-toi que ce soir, on va aller voir le spectacle des 409. Lise va venir aussi ainsi que Martine, la cousine de mon père, son mari et ma cousine Lucie. Je m'entends très bien avec Martine. On croirait que je l'ai toujours connue et pourtant, c'est la première fois que j'ai l'occasion de passer du temps avec elle. Hier soir, on a parlé jusqu'à minuit. C'est maman qui est venue me dire qu'il était l'heure de dormir. Avec Martine, je perds la notion du temps, c'est vraiment bizarre. Et on aime les mêmes choses. Lorsqu'elle avait mon âge, elle voulait aussi être comédienne. Et elle peint également. Je ne comprends vraiment rien à tout ça, mais comme tu me l'as déjà dit, je ne suis pas obligée de tout comprendre. Alors, j'en profite au maximum.

— Ma chère Sonia, si on ne t'avait pas, il faudrait t'inventer ! Pour reprendre les paroles de tante Irma, il n'y en a pas deux comme toi.

— Peut-être est-ce parce qu'une c'est suffisant. Moi, je pense que ma mère ne survivrait pas à deux comme moi !

— Pourtant, tu es tellement facile à vivre. Mais, dis-moi, est-ce que tu arrives à voir Normand au moins ?

— Pas aussi souvent que je le souhaiterais, c'est certain. Je l'ai vu une seule fois cette semaine. Mais c'est un peu normal, car on ne vit pas aux mêmes heures. Quand je dors, il travaille et quand je travaille, eh bien il dort. Crois-moi, il faut faire des tours de force pour ajuster nos horaires. Et je dois toujours négocier mes sorties avec ma mère, il ne faut surtout pas l'oublier. C'est vrai qu'elle est plus permissive cette semaine, mais elle sait que Martine veille sur moi comme elle le ferait elle-même. Quand il s'agit de sortir seule avec Normand, c'est une tout autre affaire. Bon, je te laisse, Lise et Lucie m'attendent.

Comme Sonia n'a pas pu joindre Normand, elle a décidé de lui faire une surprise. Elle a dit à Lise et à Lucie qu'elles devaient partir de bonne heure si elles voulaient avoir une place près de la scène. Elle a pensé aller voir Normand avant le début du spectacle, puis elle s'est ravisée. Elle veut voir l'air qu'il fera quand il l'apercevra devant lui. Sonia a vraiment hâte de le revoir et de le présenter à Lucie. Martine et son mari se sont installés à l'arrière de la salle.

Il ne reste plus qu'une minute avant que le spectacle commence. Sonia est tellement près de la scène qu'elle voit même en coulisse. C'est alors que se produit un événement qu'elle n'est pas près d'oublier : Normand enlace une belle grande blonde avant de l'embrasser à pleine bouche. Elle se frotte les yeux pour être certaine qu'elle ne rêve pas, ou plutôt, qu'elle n'est pas en plein cauchemar. Le coup de coude de Lise dans ses côtes lui confirme vite qu'elle n'a pas la berlue : elle vient bel et bien de voir son amoureux dans les bras d'une autre femme. Au moment où le groupe fait son entrée sur la scène, Sonia s'élance vers la sortie. Elle a le cœur en miettes.

Quand elle passe à la hauteur de Martine, celle-ci l'intercepte.

— Est-ce qu'il y a quelque chose qui ne va pas ?

— Alors que je voulais faire une surprise à Normand, répond Sonia d'une voix remplie d'émotion, c'est lui qui m'en a fait une. Je viens de le voir embrasser une autre fille dans les coulisses.

— Ma pauvre Sonia… la plaint simplement Martine.

La jeune fille se jette dans les bras de Martine et se met à pleurer à chaudes larmes. Celle-ci décide de l'emmener dehors avant que les spectateurs autour d'elles ne s'impatientent. Elle fait signe à son mari de garder un œil sur Lucie et Lise.

À peine une minute s'écoule avant que ces dernières viennent rejoindre le père de Lucie à l'arrière.

— Le coureur de jupons ne mérite pas qu'on perde du temps à l'écouter ! crie Lise pour se faire comprendre.

— Je suis parfaitement d'accord, commente Lucie. Papa, où est Sonia ?

— Ta mère et Sonia sont dehors. Venez, on va aller les retrouver.

Toujours dans les bras de Martine, Sonia est inconsolable. En plus d'éprouver une grande peine, elle est en colère comme elle ne l'a jamais été de toute sa vie. Elle en veut de toutes ses forces à Normand de l'avoir trompée alors qu'elle lui faisait confiance. Les deux sentiments qui se bousculent en elle, de prime abord à l'opposé l'un de l'autre, font en sorte qu'il y a des moments où elle pleure de peine et d'autres où elle pleure de rage.

Quand elle aperçoit Lise et Lucie, Sonia se jette dans leurs bras. L'intensité de ses pleurs n'a pas diminué d'un iota. Elle pleure avec toute l'ardeur dont elle est capable, mais elle n'en tire aucun soulagement. Elle se sent comme une vieille chaussette qu'on a jetée à la poubelle alors qu'elle n'était même pas trouée. Et dire qu'elle a laissé Langis pour Normand. Quelle sotte elle a été !

Martine et son mari observent les filles à distance.

— Ça me rappelle des souvenirs, livre Martine, le genre de souvenirs qu'on voudrait oublier mais qui persistent à rester dans notre mémoire. Pauvre petite ! Si au moins on pouvait faire quelque chose pour elle…

— Tu sais comme moi que seul le temps peut guérir les peines d'amour. Et quand on a quatorze ans, c'est encore pire… enfin, c'est ce qu'on dit.

— Je crois plutôt que peu importe l'âge, la souffrance est la même. Au mieux, on apprend à vivre avec, mais jamais on ne l'oublie totalement.

— Ce n'est certainement pas moi qui vais te contredire là-dessus parce que j'ai eu la chance de te rencontrer il y a longtemps, et je suis toujours aussi heureux qu'au premier jour. Comme tu es le seul amour de ma vie, tout ce que je sais sur les peines d'amour, c'est ce que j'ai lu ou entendu sur le sujet. Est-ce qu'on s'en retourne chez ton cousin ?

— Allons plutôt au restaurant.

— Mais on sort à peine de table…

— Eh bien tu boiras, dit-elle en lui souriant. Je ne crois pas que ce soit une bonne idée de rentrer tout de suite. On va laisser une chance à Sonia de prendre sur elle un peu.

— Allons-y !

Chapitre 35

La fin du mois d'août a été très mouvementée pour Sylvie. Entre les nombreux visiteurs, les achats pour l'école, le train-train de la maison, l'apprentissage de ses nouvelles chansons et toutes les tentatives qu'elle a faites pour changer les idées à Sonia, elle n'a pas eu une minute à elle.

Si elle le pouvait, elle prendrait volontiers la moitié de la peine de sa fille. Sonia fait pitié à voir. Elle ne mange pratiquement pas et ne porte aucun intérêt à ce qu'elle aimait avant. Elle n'a pas touché à ses pinceaux depuis le fameux soir. Normand lui a téléphoné une dizaine de fois, mais elle a refusé de lui parler. Il s'est même présenté à la porte, mais elle n'a pas voulu le voir. Elle va garder les enfants de Manon, mais ce sont ses seules sorties. Même Lise n'arrive pas à la sortir de la maison. Cela commence à inquiéter sérieusement Sylvie.

Les voisins d'en face attendent toujours que leur compagnie d'assurance leur donne l'autorisation de reconstruire. Camil Dionne habite encore chez Paul-Eugène. Une belle amitié s'est développée entre les deux hommes. La semaine dernière, Paul-Eugène est venu annoncer à Sylvie qu'il s'en allait vivre chez Shirley. Il prêtera sa maison à la famille Dionne. Il faut que celle-ci retrouve une vie plus normale, surtout que les enfants doivent reprendre l'école bientôt.

— Ce sera une sorte de test pour Shirley et moi. Tu sais, ça m'inquiète beaucoup de vivre avec quelqu'un. Mais quand Shirley me l'a proposé, je me suis dit que c'était une occasion en or pour voir si je suis fait pour vivre en couple.

Sylvie était folle de joie pour lui, et pour son amie aussi.

— Ne t'en fais pas avec ça. Moi, je suis certaine que tout va bien se passer. Et si ce n'est pas le cas, tu auras au moins essayé. Et puis, tu pourras retourner dans ta maison.

— Mais j'aimerais tellement que ça marche !

— Seul l'avenir le dira.

Aujourd'hui, c'est un grand jour pour plusieurs familles. Les voisins de Shirley déménagent. Les gens de la rue sont si contents qu'ils ont décidé de célébrer leur départ. Ce qui devait être une simple occasion de prendre une bière s'est vite transformé en une grande fête. Au programme : hot dogs, hamburgers, chips, bière et boissons gazeuses. Ils ont même organisé un tournoi de baseball et, dans la soirée, ils feront un feu de camp.

Quand les portes du camion de déménagement se referment et que le chauffeur monte dans le véhicule, tous se retiennent de crier. Ensuite, les voisins prennent place dans leur auto. Personne ne va les saluer. Dès que le camion et la voiture dépassent le coin de la rue, un grand cri se fait entendre à la grandeur du quartier. Ils sont enfin libérés !

La famille Pelletier a été invitée à prendre part à la fête. Michel viendra tout de suite après son travail. Sonia a préféré rester à la maison. Ce qu'elle ne sait pas, c'est que sa mère a demandé à Chantal et à tante Irma d'aller la voir. Sylvie leur a avoué qu'elle avait besoin d'aide parce qu'elle ne sait vraiment plus quoi faire. La seule personne avec qui Sonia parle un peu, c'est avec Junior. Sylvie le sait parce qu'elle les voit discuter. L'autre jour, elle a cuisiné Junior pour savoir de quoi ils parlaient, mais celui-ci s'est empressé de répondre qu'il ne voulait pas trahir la confiance de sa sœur.

Pour sa part, Alain est revenu de France il y a deux jours. Il a adoré son voyage.

— Vous ne pouvez même pas vous imaginer à quel point c'est beau là-bas. On a vu des choses dont on ne soupçonnait même pas l'existence. Pour quelqu'un qui aime l'histoire, c'est un endroit magique. Moi qui ne suis pas très pieux, comme vous le savez, eh bien je suis entré dans toutes les églises qu'on a vues sur notre chemin, tellement qu'à la fin de notre voyage Lucie m'attendait toujours dehors. Elle n'en pouvait plus ! On a visité des châteaux et des dizaines de vignobles. Vous auriez dû voir ça ; les pieds de vigne étaient tellement chargés qu'il fallait les attacher pour que les branches ne cassent pas et, surtout, pour que les raisins ne touchent pas le sol. Je n'ai jamais rien vu d'aussi beau… et d'aussi bon. On a bu du vin tous les jours. Là-bas, le vin est moins cher que l'eau, c'est quand même spécial. Sur le plan de la nourriture, il n'y a rien de comparable avec ici. Je suis loin d'être un spécialiste en la matière, mais j'estime qu'on a pas mal de croûtes à manger avant de seulement les égaler. Là-bas, tout est bon, tellement que j'ai pris au moins cinq livres. Pourtant, on a travaillé fort dans les vignobles et on a aussi beaucoup marché.

— À t'entendre encenser la mère patrie de la sorte, j'ai presque envie de te demander quand vous comptez aller vous installer là-bas, le taquine Michel.

— C'est drôle que tu me demandes ça, parce qu'on en a parlé, Lucie et moi. Mais malgré tout ce que la France comporte d'avantages, je pense encore que le plus beau pays du monde, c'est chez nous, au Québec.

— Je te remercie de me rassurer parce que je commençais à m'inquiéter sérieusement ! plaisante Michel.

— Tu peux dormir sur tes deux oreilles. On est revenus pour rester. Mais on a bien l'intention de retourner en Europe l'été prochain.

— En tout cas, dit Michel, je vous admire pour une chose : vous n'avez pas peur de l'inconnu. D'après moi, vous irez loin dans la vie.

— Tout ce qu'on vise pour le moment, c'est Montréal ! ironise Alain.

Tout le monde éclate de rire, sauf Sonia. Elle est là sans être là. Elle est mal à l'aise peu importe où elle se trouve, même lorsqu'elle est seule dans sa chambre. Elle voudrait revenir en arrière, avant les événements qui tournent en boucle dans sa tête. Elle voudrait ne jamais avoir connu Normand et, par le fait même, ne jamais avoir quitté Langis. Plusieurs fois, elle a songé à téléphoner à celui-ci, mais que pourrait-elle lui dire ? « Je voulais que tu saches que ça n'a pas marché avec l'autre. » Ou encore : « J'aimerais que tu me serres dans tes bras. » Mais Sonia sait qu'elle n'a pas le droit de demander à Langis de la consoler. Ce serait trop ingrat…

* * *

Allongée sur le divan, Sonia regarde la télévision, le regard vide. Elle a allumé l'appareil pour sentir une présence. Sa mère lui a dit qu'elle avait laissé un plat pour elle dans le réfrigérateur, mais elle ne s'est pas encore levée pour aller voir. Rien ne presse. Tant qu'elle n'aura pas faim davantage, elle peut attendre pour manger. Alors qu'elle tend la main pour prendre son roman-photo, la sonnette de la porte la fait sursauter. Elle a envie de faire semblant qu'il n'y a personne… Quelques secondes plus tard, elle entend la voix de sa tante Chantal.

— Sonia, viens ouvrir, je sais que tu es là. Je suis avec tante Irma.

Voyant qu'elle n'a pas le choix, Sonia se traîne péniblement jusqu'à la porte d'entrée. Quand les deux femmes voient la jeune fille, tante Irma ne peut s'empêcher de s'écrier :

— Ça ne va vraiment pas, ma belle. Tu as une tête d'enterrement. Viens que je te serre dans mes bras.

Chantal annonce :

— Tu as exactement cinq minutes pour te préparer. On s'en va manger au restaurant, toutes les trois.

— Mais je n'ai pas envie de sortir ! proteste Sonia. Et je n'ai pas faim.

— Il n'y a pas de mais qui tienne, déclare Chantal. Tu viens, un point c'est tout. Fais-moi confiance, tante Irma et moi on ne s'est pas tapées un pont pour retourner chez nous bredouilles. Va te préparer, on va t'attendre à la cuisine. Et mets-toi belle parce qu'on va aller essayer un nouveau restaurant dans le centre-ville de Longueuil. Il paraît que c'est très chic.

— Allez, ne traîne pas ! renchérit tante Irma. On a réservé pour sept heures, ce qui te donne tout juste le temps de te préparer.

Sonia prend la direction de sa chambre. Elle connaît suffisamment ses tantes pour savoir qu'elles ne la laisseront pas s'en tirer aussi facilement. Elle prend une grande respiration avant d'ouvrir la porte de sa garde-robe. Elle réalise alors qu'elle ne l'a pas ouverte depuis longtemps. En fait, elle porte toujours les mêmes vêtements. Tout ce qu'elle voit dans sa garde-robe lui lève le cœur. Elle prend la première jupe qui lui tombe sous la main. Elle la lance sur son lit avant de sortir une blouse assortie d'un tiroir. Elle enfile les vêtements sans aucun entrain. Quand elle se regarde dans le miroir, elle recule d'un pas. Tante Irma a raison : elle a vraiment l'air d'une morte. Sonia se pince les joues pour se donner un peu de couleurs. Elle coiffe ensuite ses cheveux en chignon. Cela lui donne tout de suite meilleure allure. La jeune fille prend son sac à main et va rejoindre ses tantes dans la cuisine. Quand celles-ci voient Sonia, elles lui sourient ; leur sourire ne trouve cependant qu'une très faible résonance.

— Allons-y si on ne veut pas qu'ils donnent notre table à quelqu'un d'autre, dit Chantal.

— Ce ne serait pas très grave, indique Sonia d'une petite voix.

— Pour toi peut-être, mais pour nous, oui, réagit Chantal. Moi, je meurs de faim.

Une fois qu'elles sont attablées, tante Irma annonce :

— Sonia, j'ai un cadeau pour toi. Je t'ai apporté une médaille de saint Jude, le patron des causes désespérées.

— Vous ne trouvez pas que vous y allez un peu fort ? intervient Chantal sur un ton rempli de reproches.

— Non. À voir le temps que ça prend à Sonia pour guérir de sa peine d'amour et la tête qu'elle fait, si ce n'est pas une cause désespérée alors je ne sais pas ce que c'est.

Puis, à l'adresse de Sonia, elle ajoute :

— En réalité, ce n'est pas un vrai cadeau parce que je veux que tu me remettes la médaille dès que tu iras mieux.

— Vous risquez d'attendre longtemps, déclare Sonia d'un ton monocorde.

— Moi, j'ai tout mon temps, mais pas toi.

— Depuis quand les personnes âgées ont-elles plus de temps que les jeunes ? demande Sonia, indisposée par les propos de sa tante.

— Depuis que j'ai décidé qu'il en était ainsi. Écoute-moi bien. Je sais que tu as de la peine ; même un aveugle s'en rendrait compte alors qu'il n'y voit rien du tout. Mais crois-moi, ton Normand n'en mérite pas tant. Cesse de te concentrer sur le fait qu'il t'a trompée et regarde en avant. Comme disait ton oncle

Paul-Eugène quand ses sœurs étaient en peine d'amour : « La mère des gars n'est pas morte. »

— Oui, mais je l'aimais, se plaint Sonia.

— Tu l'as bien dit : tu l'aimais, commente Chantal. Il est grand temps que tu passes à autre chose. Il paraît qu'il n'y a rien de mieux qu'un nouvel amour pour nous faire oublier quelqu'un.

— Je ne veux plus jamais être en amour, ça fait trop mal.

— C'est certain que tu risques de souffrir encore, avoue doucement Chantal. Mais t'empêches-tu de peindre par peur d'avoir de la peinture sur les doigts ?

— Bien sûr que non ! maugrée la jeune fille.

— Eh bien, reprend Chantal, c'est la même chose. Oui, l'amour peut faire mal, mais ce n'est pas une raison pour s'en priver. Moi, je trouve que tu es chanceuse. À ton âge, tu as déjà aimé deux fois, alors que plusieurs personnes n'auront jamais la chance de connaître l'amour.

— Chantal a raison, approuve l'ancienne religieuse. Crois-moi. Je donnerais cher pour vivre une peine d'amour parce qu'alors j'aurais au moins connu ce qu'est l'amour.

— Mais je ne sais pas comment faire pour m'en sortir… gémit Sonia.

— C'est pour ça qu'on est là, la console tante Irma. Tu vas commencer par prendre un bon repas. Un ventre vide ne peut pas faire de miracles. Chantal et toi, vous pouvez prendre ce que vous voulez, c'est moi qui invite. Et ne vous avisez pas de manger comme des oiseaux parce que vous allez avoir affaire à moi !

Ces dernières paroles réussissent à tirer un demi-sourire à Sonia. Encouragée, tante Irma poursuit sur sa lancée :

— Il y a assez de gens qui crèvent de faim, alors je vous conseille de ne pas laisser une seule bouchée dans votre assiette.

— Si c'est comme ça, je vais prendre seulement une soupe, décide Sonia.

— Pas ce soir, ma belle ! proteste Chantal. Tu as grand besoin de te remplumer. Pour toi, ce sera une soupe, un plat principal et un dessert.

— Et même deux desserts, si tu veux ! intervient tante Irma.

— Mais je viens de vous dire que je n'ai pas faim…

— Tu vas voir, l'appétit vient en mangeant, affirme tante Irma. Il suffit que tu choisisses ce dont tu as le plus envie. Je prendrais bien une coupe de vin. Et toi, Chantal ?

— Il n'est pas question que je vous laisse boire toute seule !

Tante Irma avait raison. L'appétit est revenu à Sonia, qui a tout mangé ce qu'il y avait dans son assiette. Et un gros dessert en plus.

— Il y avait longtemps que je n'avais pas aussi bien mangé, commente Sonia à la fin du repas.

— Si mes calculs sont bons, ça devait faire près d'un mois que tu n'avais pas mangé normalement, émet Chantal.

Certes, Sonia n'est pas guérie – ce serait trop facile –, mais le fait d'avoir pu échanger avec ses deux tantes préférées lui a fait beaucoup de bien. Elle leur a parlé de Martine, la cousine de son père. Elle a dit à ses tantes à quel point elle s'entendait bien avec elle, que toutes deux avaient beaucoup de points en commun, qu'elles se comprenaient même sans avoir à parler. Elle a aussi confié son envie d'appeler Langis, mais elle leur a avoué qu'elle n'avait pas encore osé, ce à quoi Chantal a répondu qu'il serait peut-être content de reprendre contact. Quand Irma et Chantal ont déposé Sonia chez elle, la maison était aussi vide qu'à leur départ. La jeune fille a demandé à ses tantes de la conduire à son ancienne maison. Elle avait envie d'aller retrouver les siens.

Chapitre 36

Bien installé dans son camion, Michel a tout le loisir de penser, car il doit attendre pour vider le contenu de la benne de son véhicule. Depuis son retour au travail il y a près de deux mois, il se sent comme s'il n'avait pas pris de vacances. Le temps lui paraîtra très long d'ici les prochaines vacances, puisqu'à part quelques jours de congé à Noël et au jour de l'An, celles-ci sont prévues seulement en juillet prochain. Entre son travail et le magasin, il ne lui reste pas grand temps pour se détendre, à tel point qu'il pense sérieusement à laisser les quilles. Sylvie a insisté pour qu'il recommence à jouer, mais cette activité lui demande énormément d'efforts et lui procure beaucoup moins de plaisir qu'avant. La dernière fois, les gars ont dit qu'il avait l'air de s'ennuyer. Il leur a répondu qu'il était fatigué puisque c'est la stricte vérité. Même s'il dort bien et qu'il fait attention à son alimentation – il évite même les excès de sucre –, il a quand même l'impression d'être pris dans un engrenage. Bien que les finances de leur petit commerce se portent bien, ce n'est pas de sitôt que Paul-Eugène et lui vont pouvoir quitter leur emploi. Hier, ils en ont discuté tous les deux ; ils en sont venus à la conclusion qu'il était temps de se faire connaître davantage. Dans ce but, la semaine prochaine, ils rencontreront un conseiller publicitaire du journal local.

Michel a été heureux de revoir les membres de sa famille qui sont venus à Montréal dans le but de voir l'Expo. Il a même été surpris de les voir venir en aussi grand nombre. Même si Montréal n'est qu'à cinq heures de route, nombreux sont ceux qui pensent que c'est au bout du monde. Naturellement, les gens du Saguenay sont plus attirés par Québec que par Montréal. Tous ont adoré l'Expo, et lui aussi. Michel avait promis d'y aller ; finalement, il s'est rendu sur place cinq fois pendant ses vacances. Il a bien l'intention d'y retourner avant que l'Expo ne ferme ses portes le 29 octobre prochain. Celle-ci aura duré six mois au total. Sylvie avait raison : c'est un événement sans commune mesure. Dès la seconde où Michel a posé un pied sur le site, il a su que ce ne serait pas sa dernière visite. C'est grandiose. Il n'y a pas d'autre mot pour décrire l'endroit. Grandiose et unique ! « On a de quoi être fier », ne cesse-il de se répéter. Il a tout aimé, mais son coup de cœur va sans contredit au pavillon de L'homme dans la cité. Il a détesté au plus haut point les attentes interminables pour pouvoir entrer dans les pavillons. Le plus populaire était de loin celui des États-Unis. Après avoir attendu des heures sous le gros soleil de juillet, la visite est passée tellement vite que tout le monde aurait souhaité recommencer. Il a aussi aimé voir des gens de partout : des Français, Anglais, Allemands, Chinois, Espagnols... Quelques bribes de conversations saisies au hasard ont rappelé à Michel que lorsqu'il était jeune, il rêvait de parler plusieurs langues. La vie étant ce qu'elle est, aujourd'hui il ne parle que le français, et quelques mots d'anglais qu'il sort parfois pour épater la galerie au magasin ou à son travail. Quand il est allé à Ottawa avec Sylvie pour voir Alice, il était bien content de connaître un peu l'anglais pour demander son chemin parce que dès qu'on traverse du Québec à l'Ontario, c'est-à-dire de Gatineau à Ottawa, le changement se manifeste tout d'abord dans la langue d'usage. Alors que d'un côté de la rue on parle français, de l'autre tout se passe en anglais. À choisir entre les Anglais de Montréal et ceux d'Ottawa, Michel préfère ceux de Montréal. Bien que ces derniers refusent de faire l'effort de parler français, ils sont quand même nombreux à le comprendre.

Chaque semaine, Michel prend des nouvelles de son père. Malheureusement, l'état de celui-ci est loin de s'améliorer. Hier, quand il a parlé à sa mère, elle lui a confié qu'il ne se plaint jamais mais qu'il ne va pas bien. Il mange très peu et, chose curieuse, il fume beaucoup moins. Lui qui se faisait une joie d'aller passer les Fêtes chez André, voilà qu'il commence à dire que ça va dépendre de sa santé. Michel n'aime pas penser que son père pourrait mourir bientôt. Même s'il ne le voit pas souvent, savoir que celui-ci est là chaque fois qu'il a envie de lui parler lui fait du bien et, d'une certaine façon, le rassure sur son propre avenir. Personne n'est éternel, mais il reste que tant que nos parents sont vivants on a l'impression qu'on va durer plus longtemps. Il se demande comment sa mère va se débrouiller quand son père ne sera plus là. Gardera-t-elle la grande maison ? Se remariera-t-elle un jour ? Restera-t-elle à Jonquière ou ira-t-elle retrouver André à Edmonton ?

Chez les Pelletier, comme dans la plupart des familles, on ne parle pas de la mort, pas plus que de tout ce qu'elle occasionne comme changements. Est-ce par peur de mourir plus vite ? La mort fait pourtant partie de la vie. Michel aurait tellement de choses à confier à son père ; mais il n'ose pas, même s'il sait que le jour où ce dernier s'en ira, il sera trop tard. Il agit comme si son père était en pleine santé, ce qui est loin d'être le cas. Il y a des choses qu'on a apprises quand on était jeune. Dire «je t'aime» à quelqu'un, c'était aussi simple que de mettre une lettre à la poste. Il y a des choses qu'on oublie en vieillissant. Dire «je t'aime» à quelqu'un est devenu aussi compliqué que de manger un éléphant en une seule bouchée.

Des petits coups frappés à la vitre du camion ramènent vite Michel à son travail. Il met le moteur du camion en marche et s'acquitte de sa tâche avant d'aller chercher une autre cargaison.

* * *

Avant de quitter le cégep, Martin a téléphoné à sa mère pour l'aviser de ne pas l'attendre pour souper parce qu'il va faire un saut à Montréal. Quand Sylvie lui a demandé ce qu'il y avait de spécial pour qu'il aille à Montréal en plein milieu de la semaine, il a répondu de façon si évasive qu'elle n'en savait pas plus qu'avant de poser sa question. Elle n'a pas pu insister parce que son fils s'est dépêché de mettre fin à la conversation.

Martin s'est enfin décidé à appeler Violaine, son ancienne blonde. Il a suivi le conseil de son frère. Il n'en a parlé à personne, surtout pas à Denise. De cette façon, si tout ne se passe pas comme il l'espère, il pourra continuer à sortir avec elle. Il y a une partie de lui qui est très mal à l'aise avec cette façon de faire, alors que l'autre marche dans les souliers d'Alain et s'en moque éperdument. Il ne fait de mal à personne ; il va juste passer un peu de temps avec son ancienne blonde. Il parvient parfois à se convaincre qu'il n'y a pas là de quoi en faire un drame alors qu'à d'autres moments, il se sent comme un bon à rien. Dès qu'elle a reconnu sa voix, Violaine a commencé à lui parler comme lorsqu'ils sortaient ensemble. Martin se sentait revivre. Il était tellement heureux qu'il redoutait le moment où il allait devoir raccrocher.

Ils ont discuté une bonne quinzaine de minutes avant que Martin se décide enfin à se lancer à l'eau.

— Violaine, j'ai quelque chose à te demander. J'aimerais te revoir. Ça fait des mois que j'y pense.

— Moi aussi. Tu n'as qu'à me dire quand.

— Demain, vers cinq heures, on pourrait se retrouver à la friterie près de notre ancienne école primaire.

— J'y serai. À demain !

Martin était si énervé qu'il n'a pratiquement pas fermé l'œil de la nuit. Il n'était à l'aise dans aucune position. Chaque fois que le sommeil était sur le point de le gagner, le visage de Violaine lui apparaissait et de nombreux souvenirs tous plus agréables les uns que les autres se bousculaient dans sa mémoire. Quand le soleil s'est enfin levé, il en a fait autant. S'il s'activait, le temps passerait sûrement plus vite.

Martin est maintenant assis dans le métro. Il est aussi nerveux que la première fois qu'il est sorti avec Violaine. Jamais il ne pourra oublier ce moment. Ils étaient allés patiner. Il la trouvait tellement belle qu'il n'osait même pas prendre sa main jusqu'à ce qu'il rattrape de justesse la jeune fille pour lui éviter une chute. À partir de ce jour, ils ne se sont plus quittés jusqu'à ce que Martin déménage à Longueuil. Ils s'étaient fait leurs adieux la veille du départ. Terré dans son coin de lit, Martin avait attendu qu'Alain s'endorme pour enfin laisser libre cours à sa peine. Il souffrait tellement qu'il avait de la difficulté à respirer, à tel point qu'il avait pensé aller prendre une dose du sirop rouge de Luc. Le lendemain matin, ses yeux étaient si bouffis que les jumeaux avaient pris un malin plaisir à le traiter de grenouille aux gros yeux. Martin entendait à peine ses frères. Il était plongé dans le chagrin et personne ne pouvait le consoler. Seul le temps arrangerait les choses – du moins, il l'espérait. Aujourd'hui, il sait que ni le temps ni la distance n'ont eu raison de l'amour entre Violaine et lui.

Quand la rame entre en gare à l'île Notre-Dame, il se dépêche de sortir pour attraper le métro suivant. Dans une quinzaine de minutes tout au plus, il retrouvera Violaine.

Dès son arrivée dans le restaurant, Martin repère la jeune fille. Il va vite s'asseoir près d'elle. Alors qu'il s'apprête à parler, il est pris de vitesse par Violaine.

— Tu en as mis du temps avant de me téléphoner. Je commençais sérieusement à désespérer !

— Je n'ai jamais cessé de penser à toi. La vérité, c'est que j'avais peur que tu ne veuilles plus me voir.

— Au contraire ! C'est bien mal me connaître. Chaque jour en revenant de l'école, je vérifiais si j'avais une lettre de toi. C'était rendu qu'en me voyant arriver, ma mère se contentait de me faire un signe de la tête. Chaque fois que le téléphone sonnait, je me précipitais pour répondre dans l'espoir que ce serait toi.

— Si j'avais su, jamais je n'aurais mis autant de temps avant de refaire surface. Je n'ai jamais cessé de t'aimer.

— Moi non plus. Mais attends, il faut que je t'avoue quelque chose. Comme j'en étais rendue à croire que tu ne reviendrais jamais, il y a quelques mois, j'ai accepté de sortir avec un autre garçon. Patrick est très gentil, mais je ne l'aime pas, enfin pas comme je t'aime. C'est avec toi que je veux sortir.

— À mon tour maintenant de passer aux confidences. Je sors moi aussi avec quelqu'un. Elle s'appelle Denise. Elle est très bien, mais je ne l'aime pas.

— Qu'est-ce qu'on fait alors ?

— C'est simple. Je propose qu'on se libère de nos amoureux respectifs au plus vite. Après, toi et moi, on reprendra là où on s'est arrêté avant que je parte m'installer de l'autre côté du fleuve. Qu'en dis-tu ?

— J'en dis que je n'ai jamais été aussi heureuse qu'en ce moment, répond Violaine avec un large sourire. J'ai hâte d'annoncer la nouvelle à ma mère.

Attirés l'un par l'autre comme deux aimants, ils se soulèvent un peu de leur siège et s'avancent jusqu'à ce que leurs lèvres se touchent. Un long baiser rempli de passion s'ensuit jusqu'à ce que la serveuse vienne prendre leur commande.

Même s'il est terrassé par un de ses maux de tête habituels sur le chemin du retour, Martin sourit. Son bonheur est plus fort que la douleur qui le tenaille. Il sort sa bouteille d'aspirine et avale deux comprimés d'un coup. Pour la deuxième fois depuis plusieurs mois, ce ne sera pas le mal de tête qui va le garder éveillé, mais Violaine. Demain, il dira à Denise que c'est fini entre eux. Après, il téléphonera à Alain pour lui annoncer la bonne nouvelle.

* * *

Sonia n'est pas encore totalement guérie de sa peine d'amour avec Normand, mais elle a bien meilleure mine. Vêtue d'une mini-jupe à carreaux – beaucoup trop courte, selon sa mère – et d'un chandail qui semble trop petit pour elle, la jeune fille revient de l'école avec Junior comme elle le fait chaque jour. Elle ne remarque pas tous les regards que les garçons posent sur elle à son passage. De toutes les personnes qui l'ont aidée à surmonter sa peine, c'est son frère qui a fait le plus pour elle. Pas par ses paroles, il n'a pas beaucoup parlé, mais par son écoute. Sonia se demande comment Junior a supporté de l'entendre répéter la même chose jour après jour, sans jamais manifester un seul signe d'impatience. Hier, elle lui a dit qu'elle devrait lui décerner une médaille ; il a répondu que ce n'était pas nécessaire. « Le jour où à mon tour j'aurai besoin de quelqu'un, j'aimerais que tu sois là. » D'un ton sérieux, Sonia s'est empressée de lui lancer : « Qu'est-ce qui te dit que je vais avoir envie de t'écouter, moi ? » Ces paroles ont vite été suivies d'un éclat de rire si contagieux que quelques secondes plus tard, le frère et la sœur se tenaient les côtes.

Un peu plus tard, Junior s'écrie :

— Ma foi du bon Dieu, tu ne me feras pas croire que tu ne les vois pas ?

— De qui parles-tu ? demande Sonia, le front plissé.

— Des garçons qui se dévissent le cou pour pouvoir t'admirer le plus longtemps possible. Qu'est-ce que tu attends pour en choisir un ?

— Je n'en ai aucune envie. Je suis bien présentement et je n'en demande pas plus. J'ai le temps de peindre, de coudre, de lire… et maman me laisse sortir comme je veux. Qu'est-ce que je pourrais espérer de mieux ?

— Arrête de parler comme ça, on dirait que tu as cent deux ans. Veux-tu vraiment finir tes jours vieille fille ? Si c'est ça, tu es bien partie, crois-moi. Sinon, il serait temps d'apporter quelques changements à ta vie.

— Je n'aurais aucun problème à mener une existence comme celle de tante Chantal. Comparativement à maman, je trouve qu'elle a une très belle vie.

Sonia n'a pas l'intention de poursuivre cette conversation. Pour le moment, elle est célibataire et c'est très bien ainsi. Elle fait dévier la discussion.

— J'ai deux choses à te demander. La première, est-ce que Francine et toi aimeriez venir avec Lise et moi voir un spectacle des Oulops et des Habits roses ?

— Je vais lui en parler demain.

— N'oublie pas par exemple, parce que le spectacle est vendredi soir.

— Mais j'y pense, il vaudrait peut-être mieux que je commence par demander à maman si je peux y aller.

— Si j'étais toi, je ne m'inquiéterais pas pour ça. C'est certain qu'elle va vouloir ; dans sa tête, il n'y a aucun danger pour les gars. Tu n'auras jamais de problème pour sortir, peu importe où tu vas vouloir aller. De toute façon, je mettrais ma main au feu qu'elle ne te posera aucune question. En tout cas, c'est ce qu'elle a fait avec Alain et Martin.

— Si tu dis vrai, je suis vraiment content de ne pas être une fille. De quoi d'autre voulais-tu me parler ?

— Du mauvais coup que tu veux faire aux jumeaux. Finalement, je suis avec toi à cent pour cent. Après ce qu'ils ont fait hier, je pense vraiment qu'ils ont besoin d'une bonne leçon.

Comme ils sont sur le point d'arriver à la maison, Junior répond :

— On s'en reparlera plus tard. J'ai avancé un peu dans mon projet, mais pas assez à mon goût.

Ils n'ont pas encore refermé la porte d'entrée que Sylvie s'avance vers eux avec une enveloppe dans les mains.

— Tiens, Junior, c'est pour toi. Ça m'a l'air sérieux, car le facteur m'a fait signer un accusé de réception. Ça vient de Québec.

Junior prend la lettre dans ses mains. Il regarde l'adresse de l'expéditeur avant d'ouvrir l'enveloppe.

— Si je me souviens bien, déclare Junior d'une voix enjouée, c'est là que j'ai envoyé la photo de Francine et celle de Sonia à un concours. Si c'est comme la dernière fois, ça signifie peut-être que j'ai gagné. Ils ne doivent sûrement pas écrire à tous les participants.

— Allez, dépêche-toi ! l'intime Sonia. J'ai hâte de savoir qui est la plus belle entre Francine et moi !

— Qu'est-ce que c'est encore que ces histoires-là ? demande Sylvie d'un ton joyeux. Mais vas-tu finir par l'ouvrir, ton enveloppe, Junior ?

— Ah mais, voulez-vous bien arrêter ? Chaque fois que je reçois du courrier, on ne me laisse jamais le temps de l'ouvrir en paix.

— On le sait, mais active-toi, veux-tu ? le presse Sonia.

Junior ne s'est pas trompé : il a remporté le concours. L'enveloppe ne contient pas seulement une lettre, mais aussi un chèque et quatre billets. Il est tellement content qu'il ne touche plus terre.

— Bravo! s'écrie sa mère. Tu as gagné!

— Tu es un champion! renchérit Sonia. J'ai hâte de savoir si c'est avec ma photo que tu as gagné. Mais c'est peut-être aussi avec celle de monsieur Masson.

— C'est impossible, car je ne l'ai même pas faite. Je t'en reparlerai.

Junior déplie vivement la lettre et commence à lire à voix haute.

Nous avons le plaisir de vous informer que vous faites partie des dix finalistes de notre concours, non pas pour une photo mais pour deux. Le jury a retenu L'amour lui va bien *et* Et si elle m'aimait, *ce qui vous vaut un montant de 40 dollars pour chacune d'elles.*

Vous trouverez également ci-joint quatre billets pour assister au gala au cours duquel nous dévoilerons le grand gagnant. Ce dernier remportera une bourse de 200 dollars en plus de dix heures de cours de photo avec un photographe de son choix.

Nous vous remercions d'avoir participé à notre concours et nous vous prions de recevoir nos plus sincères félicitations.

— Wow! se réjouit Sonia qui se met à piétiner sur place. Tu as de quoi être fier, Junior: grâce aux deux femmes de ta vie, tu fais partie des dix finalistes. Toutes mes félicitations! Il faut qu'on fête ça.

— Bravo, mon fils! clame Sylvie. Tu fais honneur à notre famille. Je pourrais faire des brownies pour dessert… Qu'en dis-tu, Junior?

— Pour moi, c'est parfait en autant que c'est sucré!

— Mais attendez, j'ai aussi quelque chose pour toi, Sonia, annonce Sylvie en remettant une petite enveloppe à sa fille.

— Pourtant, je n'ai participé à aucun concours…

— C'est monsieur Laprise qui l'a laissée pour toi après le dîner. Il veut que tu l'appelles.

Surprise, Sonia déchire l'enveloppe plus qu'elle ne l'ouvre, ce qui lui mérite un commentaire de sa mère.

— Non mais, c'est une vraie maladie ! Je vais devoir vous donner un cours pour vous montrer comment ouvrir une enveloppe.

Mais ni Junior ni Sonia ne relèvent le commentaire. La jeune fille sort de l'enveloppe deux billets d'entrée dans une galerie d'art de Montréal.

— C'est gentil, mais je ne comprends pas pourquoi monsieur Laprise a pris la peine de se déplacer jusqu'ici pour me remettre deux billets alors qu'on peut entrer dans toutes les galeries sans payer. Enfin, c'est ce que tante Chantal m'a dit l'autre jour quand on est allées voir une exposition.

— Tout ce que je sais, c'est qu'il attend ton appel. En tout cas, il avait un très beau sourire quand il m'a donné l'enveloppe.

— Je vais lui téléphoner tout de suite, décide Sonia.

Quelques minutes plus tard, lorsque Sonia raccroche, elle est radieuse.

— Vous ne devinerez jamais ! Je suis invitée à assister au vernissage de la galerie d'art parce qu'une de mes toiles y sera exposée. Quand le directeur de la galerie est allé manger au restaurant de monsieur Laprise, il est tombé en amour avec mon tableau qui a pour sujet monsieur Masson. Quand il a su mon âge, il a dit à monsieur Laprise qu'il tenait absolument à ce que ma toile fasse partie de sa nouvelle exposition, qui regroupe uniquement des nouveaux talents.

— Bravo, ma petite fille ! s'exclame Sylvie. J'ai hâte de voir la tête de votre père quand il va apprendre qu'on a deux artistes dans la famille. Tu peux être certaine que je vais aller voir l'exposition.

— Tu te trompes, maman, intervient Junior. On a trois artistes dans la famille avec toi. Ne t'oublie surtout pas. Je te félicite, Sonia. Je suis vraiment très content pour toi.

— Je n'étais quand même pas pour te laisser tous les honneurs ! plaisante la jeune fille. Mais j'y pense, maman, tu pourrais m'accompagner au vernissage.

— Je ne manquerais pas ça pour tout l'or du monde. Qu'est-ce que tu voudrais que je fasse pour te récompenser ?

— Tu pourrais me faire des crêpes pour déjeuner demain matin, si tu veux.

— Avec plaisir, ma fille !

La porte claque et des fous rires résonnent dans toute la maison : les jumeaux viennent d'arriver. Ils surgissent dans la cuisine avec un petit air qui laisse supposer qu'ils viennent de s'empiffrer.

— Salut, maman ! déclare Dominic. Ne prépare rien pour moi pour souper.

— Pour moi non plus, renchérit François.

— Pourquoi vous ne voulez pas manger ?

— Pour rien, répond François avec un petit sourire.

— Qu'est-ce que vous avez encore inventé ? demande Sylvie.

— Rien, dit Dominic.

— À voir votre air, je mettrais ma main au feu que vous venez de faire un mauvais coup, intervient Junior. Expliquez-nous donc comment il se fait que vous n'ayez pas faim.

— C'est parce qu'on a bu trop de liqueur aux fraises, jette Dominic en mettant une main sur sa bouche dès qu'il se rend compte qu'il a trop parlé.

François le fusille du regard.

— Arrête de me faire des gros yeux, je me suis échappé, se défend Dominic. Je te ferai remarquer que ça t'est déjà arrivé à toi aussi.

— Bon, ça va faire ! crie Sylvie. Où avez-vous pris la liqueur aux fraises que vous avez bue ? Je vous écoute.

Voyant qu'ils sont pris au piège, les jumeaux se regardent en silence. Juste avant que leur mère revienne à la charge, Dominic prend la parole.

— Avant, jure-nous que tu ne nous puniras pas.

— Allez-y, parlez ! affirme Sylvie d'un ton trahissant l'impatience.

— Tu ne seras pas contente… indique Dominic.

— Et papa non plus, murmure François, le regard fixé sur ses chaussures. Quand on est passés devant l'épicerie, le livreur de liqueurs arrivait.

— En le voyant, on a eu une idée, enchaîne Dominic. Pendant qu'il rentrait les caisses à l'intérieur, on a pris une caisse de petites bouteilles de liqueur aux fraises et on est allés se cacher pour les boire.

— Avec quoi avez-vous ouvert les bouteilles ? demande Junior. Vous ne vous êtes certainement pas servis de vos dents…

— C'est simple, répond Dominic d'un air frondeur. Je suis venu chercher l'ouvre-bouteille dans le tiroir.

Sylvie sent la colère monter en elle. Si elle ne se retenait pas, elle prendrait les jumeaux par les oreilles et les emmènerait directement à l'épicerie pour qu'ils avouent leur crime.

— Vous n'avez vraiment pas de quoi être fiers de vous. J'ignorais qu'il y avait des voleurs dans ma famille. Vous devriez pourtant savoir ce qui est arrivé à votre cousin. Il est en prison parce qu'il a volé. C'est là qu'on met les voleurs.

— Mais maman, ce n'est pas pareil, gémit Dominic. Nous, c'était juste pour jouer.

— Voler, c'est voler, réplique-t-elle. Vous avez pris quelque chose qui ne vous appartenait pas. Ce n'est pas comme ça qu'on vous a élevés, votre père et moi. Je suis déçue et fâchée. Où avez-vous laissé le reste de la caisse? J'imagine que vous n'avez pas bu toutes les liqueurs.

— On a caché la caisse dans le cabanon, répond François. On peut aller te chercher une bouteille, si tu veux.

— Ça suffit! crie Sylvie assez fort pour les surprendre. Filez dans votre chambre et vite.

— Mais maman, se plaint Dominic, j'ai tellement mal au cœur que je pense que je vais vomir.

— C'était à toi d'y penser a...

Sylvie n'a pas le temps de finir sa phrase. Dominic court aux toilettes où il rend tripes et boyaux. Sa mère reste de marbre.

— À quoi avez-vous pensé? demande Sonia à François.

— À mon avis, c'est ça le problème: les jumeaux ne pensent pas, émet Junior.

— Laisse-le répondre, déclare Sonia.

— Je ne sais pas, moi, dit François. On a vu le camion, on a eu envie de boire de la liqueur aux fraises et on s'est servis. C'est tout.

— File dans ta chambre immédiatement, lui ordonne sa mère.

Pour une fois, François ne rouspète pas. L'air de Sylvie lui a vite fait comprendre qu'il doit s'effacer pendant un moment. Quant à la punition, il songe qu'elle viendra bien assez vite. Au moins, jusqu'à ce que son père rentre de travailler, Dominic et lui sont assurés d'être tranquilles. Après, ça changera peut-être...

Chapitre 37

L'automne est bien installé maintenant. Les arbres sont complètement dénudés et le gazon n'est visible qu'à de rares endroits.
Plusieurs terrains passeront l'hiver cachés sous cet amoncellement
de feuilles alors que d'autres auront la chance de retrouver leurs
teintes de vert pour un moment. Aujourd'hui, chez les Pelletier,
c'est jour de corvée. Les membres de la famille mettent la main à
la pâte pour nettoyer le terrain de tout ce que leurs nombreux
arbres ont laissé tomber ces dernières semaines. Certains considè-
rent cette activité comme monotone, mais pour les Pelletier c'est
une belle occasion de passer du temps ensemble. En outre, plus les
enfants vieillissent, plus la troupe s'agrandit. Cette année, Francine
et Violaine se sont ajoutées.

Michel est allé emprunter un râteau à tous ses voisins, afin d'en
avoir un pour deux personnes. Les autres tiendront les sacs dans
lesquels on mettra les feuilles. Au souper, ils mangeront un bon
spaghetti italien ; Sylvie a préparé la sauce ce matin. Les pâtes
seront servies avec du pain de fesse et du fromage canadien râpé.
Ils referont le monde et, après la vaisselle, ils joueront à des jeux de
société – toujours les mêmes : Monopoly, dames, cartes. Sylvie ira
chercher une boîte de patates chips dans la garde-robe de sa
chambre alors que Michel sortira deux grosses bouteilles de Coca-
Cola du réfrigérateur. Certains mettront du vinaigre sur leurs chips
alors que d'autres feront la grimace juste à les voir faire. Avant que
les jeux commencent, Sylvie déposera un grand plat de sucre à la
crème sur la table. Le sucré et le salé, c'est un excellent mélange.

— Prendriez-vous un peu de liqueur aux fraises ? demande
Junior aux jumeaux.

— Non merci, répond Dominic. Je pense que je n'en boirai plus jamais de toute ma vie.

— De la liqueur volée, c'est encore plus sucré, plaisante Martin.

— Laissez-les tranquilles, ordonne Michel d'une voix autoritaire. Tout le monde fait des erreurs.

— Je veux bien te croire, déclare Alain, mais les jumeaux ont une meilleure moyenne au bâton que n'importe qui ici. Ce sont loin d'être des anges, les petits frères.

— Laissez-les tranquilles, répète Michel. Ils ont été suffisamment punis.

— Ouais, approuve François. J'aurais bien voulu vous voir avouer à monsieur Fleury que vous avez pris...

— Volé serait plus juste, le coupe Sonia.

— ... que vous avez pris une caisse de liqueurs aux fraises et que vous lui rapportez toutes les bouteilles, mais que plus de la moitié sont vides. Je n'ai jamais été aussi gêné de toute ma vie.

— À mon avis, indique Martin, ta gêne n'a pas dû durer très longtemps parce que le surlendemain, Dominic et toi, vous étiez déjà partis sur un autre coup.

— Un autre coup! Un autre coup! s'écrie Dominic. On dirait que vous n'avez rien d'autre à faire que de nous surveiller.

Tout le monde éclate de rire, sauf les jumeaux.

— Si ça continue comme ça, se plaint François, je ne finirai pas ma partie. C'est fatigant à la fin. Vous êtes toujours sur notre dos.

— François a raison, appuie Dominic. Laissez-nous tranquilles un peu.

Sur un ton autoritaire, Michel intervient :

— Je suis d'accord avec les jumeaux. Prenez-vous-en donc à quelqu'un d'autre pour une fois.

— Mais ils sont tellement mignons les jumeaux ! rit Alain. On ne peut pas s'empêcher de surveiller leurs moindres gestes. Toutefois, étant donné qu'on ne peut plus parler d'eux, on pourrait parler de tante Ginette à la place.

Il n'en faut pas plus pour soulever un rire collectif.

* * *

Ginette n'a pas fini d'en faire voir à son père. La dernière fois qu'elle s'est présentée chez lui, c'était pour lui annoncer qu'elle allait le faire déclarer inapte et se proposerait pour gérer ses biens. Elle n'avait pas refermé la porte que monsieur Belley téléphonait à Sylvie pour l'informer de la dernière manigance de sa sœur. Il avait le cœur gros. Sylvie était furieuse. Michel a dû l'empêcher d'aller rendre une petite visite à sa charmante sœur. « C'est inutile de jeter de l'huile sur le feu », a-t-il dit. Une fois calmée, Sylvie a rappelé son père et lui a demandé de lui raconter à nouveau ce qui s'était passé. Dans l'ensemble lyrique où elle chante, il y a un avocat. À la prochaine répétition, elle vérifiera auprès de lui jusqu'où sa sœur peut aller. Quand Ginette cessera-t-elle ses manigances ? Il y a des jours où Sylvie a l'impression de ne pas la connaître du tout. Chose étonnante, elle n'est pas encore venue voir sa nouvelle maison, ce qui ne lui ressemble guère.

Sylvie appréhendait de revoir monsieur Laberge, mais tout s'est bien passé. Elle a ressenti un léger inconfort en l'apercevant mais cela n'a duré que quelques secondes. Elle s'était imaginé bien des choses alors qu'elle ne ressent rien d'autre que du respect pour lui. Les auditions pour les solos ont déjà eu lieu et, une fois de plus, elle aura la chance d'en interpréter deux. Elle est vraiment contente. Chanter lui fait du bien. Interpréter des solos rehausse son estime de soi. Elle était si contente qu'en sortant de la répétition, elle a marché jusqu'à l'église. Elle avait besoin de se sentir plus proche de sa mère. Chaque fois que Sylvie chante, elle a une petite pensée pour elle. Sa mère aimait tellement chanter.

Depuis que les Dionne se sont installés chez Paul-Eugène en attendant que leur nouvelle maison soit construite, ce qui devrait se faire à la fonte des neiges, Sylvie est allée rendre visite à Éliane plusieurs fois. Les deux femmes se sont découvert de nombreuses affinités. Elles ont perdu un être cher à l'adolescence ; pour Sylvie, c'est sa mère alors que pour Éliane, c'est son père. Il a quitté sa mère pour une autre femme. Toutes les deux ont dû mettre leurs rêves de côté pour s'occuper de leur famille. Elles en ont gardé des cicatrices indélébiles.

— Moi, dit Éliane, je voulais être hôtesse de l'air. J'en rêvais ! Comme j'étais la plus vieille de la famille, j'ai dû abandonner mes études quand mon père est parti de la maison. Il fallait absolument que j'aide ma mère. Après, j'ai rencontré mon mari et les enfants sont arrivés. À partir de ce moment, je me suis efforcée de ne plus penser à mon rêve.

— Tu ne voulais pas d'enfants ? lui demande Sylvie.

— En réalité, je n'y avais jamais réfléchi, répond Éliane en haussant les épaules. Moi, je voulais découvrir le monde.

— As-tu eu la chance de voyager un peu au moins ?

— Non. J'ai toujours rêvé de visiter l'Angleterre, l'Irlande, l'Écosse… Tu aurais dû voir tous les livres que j'avais et que j'ai lus sur ces pays et sur bien d'autres. Je lis tout ce qui me tombe sous la main sur les sujets qui m'intéressent. Je suis vraiment passionnée par l'histoire.

— Mais j'y pense, peut-être que ma sœur Chantal pourrait faire quelque chose pour toi. Elle ne pourrait pas t'aider à devenir hôtesse de l'air – sans vouloir t'insulter, tu es maintenant trop vieille… –, mais peut-être qu'elle pourrait t'expliquer comment faire pour être accompagnatrice de groupes.

— Ah oui ? Quand est-ce que tu pourrais me la présenter ?

— Laisse-moi d'abord lui en parler et je te reviens là-dessus. Mais crois-tu que ton mari te laisserait partir en voyage sans lui ?

— Mon mari est un peu comme le tien. Jamais il ne va m'empêcher de faire ce que je veux en autant que ça ne mette pas la famille en péril. Je suis certaine que je pourrais m'organiser. Tu ne peux pas savoir l'effet que la possibilité de devenir accompagnatrice me fait. Je n'ai pas de problème à jouer à la mère, c'est mon rôle et je le tiens fièrement, mais il y a des jours où j'ai envie de me prouver que je suis bonne à autre chose qu'à élever des enfants. Si ma mère m'entendait, elle me laverait la langue avec du savon !

— Laisse faire ta mère. Il faut être de son temps. Aujourd'hui, il y a de plus en plus de femmes qui exercent un métier même si elles ont des enfants, et c'est très bien comme ça. Moi, depuis que je chante, et qu'en plus on me paie pour le faire, je ne suis plus la même. Tu devrais me voir : quand les gens m'applaudissent après un solo, je ne porte plus à terre. Certes, je ne pourrai jamais faire une carrière de chanteuse comme je le souhaitais quand j'étais jeune, mais au moins j'ai la chance de faire ce que j'aime et, surtout, d'être appréciée pour mon talent.

— Je t'envie.

— Ne désespère pas. Laisse-moi parler à ma sœur.

— Ne t'inquiète pas pour moi, je vais tenir bon. Je sais bien que, malgré tout, on a été chanceux dans notre malchance, mais tout perdre c'est vraiment difficile. On n'a plus une seule photo ; les souvenirs de notre mariage, du baptême des enfants et de leurs anniversaires sont tous partis en fumée. C'est comme si notre vie s'était arrêtée tout d'un coup et que tous nos souvenirs avaient été effacés en même temps. Jamais je ne pourrai montrer mon album de photos de mariage à mes petits-enfants. Jamais mes enfants ne pourront montrer des photos de leur enfance à leurs enfants.

— Quelqu'un dans la famille a sûrement pris des photos de ces événements…

— Oui, mais cela ne remplacera jamais nos albums. On s'attache à nos souvenirs – en tout cas, moi j'étais très attachée à mes souvenirs. C'est la même chose pour les vêtements de baptême. Aucun de nos petits-enfants ne pourra porter la robe transmise de génération en génération. C'est triste de savoir qu'une autre tradition est disparue. Et puis, pense à tout ce que tu as dans tes armoires de cuisine et dans tes tiroirs. Peux-tu m'énumérer tout ce qu'ils contiennent ? Je suis sûre que non. Notre mère et nos grands-mères nous ont donné plusieurs objets. De plus, il y a les cadeaux de mariage et tout ce qu'on a accumulé au fil des ans. Un fouet, c'est quelque chose d'assez banal, sauf quand il a appartenu à sa grand-mère. La valeur sentimentale, ça n'a pas de prix. Je vais peut-être te paraître vieux jeu, mais moi, je tenais à mon fouet comme à la prunelle de mes yeux.

— Ouais ! Tout ce que tu dis fait du sens, mais si tu restes accrochée à tout ce que tu as perdu, jamais tu ne pourras aller de l'avant. Tu ne peux rien changer à ce qui est arrivé. Alors, tout ce qu'il te reste à faire, c'est de repartir à neuf. C'est certain que tu ne pourras jamais retrouver tout ce que tu avais, mais est-ce vraiment nécessaire ? L'essentiel n'est-il pas que vous soyez tous vivants et en santé ?

— Je sais. Mais il y a des moments où c'est plus fort que moi : j'ai tendance à m'apitoyer sur mon sort. Excuse-moi. S'il y a quelqu'un devant qui je ne devrais pas me plaindre, c'est bien toi, après tout ce que ton frère et toi avez fait pour nous.

— C'est tout à fait normal de s'entraider entre voisins. Et moi, je serai toujours là pour t'écouter. Si on ne peut plus se confier à nos amis, à qui pourrait-on parler ?

— J'ai perdu une maison et des tas de souvenirs, mais j'ai trouvé une amie. Je t'en remercie.

— Tout le plaisir est pour moi, affirme Sylvie en souriant. Tu sais, dans cette histoire, c'est moi la grande gagnante !

Quand elle pense à Éliane, Sylvie sourit ; elle est très contente qu'elles soient devenues amies. Même si elle a connu de nombreuses personnes grâce à l'ensemble lyrique, sa seule amie jusque-là c'était Shirley. Au début, elle comptait sur les membres de l'ensemble pour lier de nouvelles amitiés. Mais elle s'est rendu compte qu'il existe une certaine jalousie entre les chanteurs, ce qui a pour effet de les garder à distance les uns des autres. Quand ils chantent, on sent la complicité entre eux, mais malheureusement celle-ci est mise au rancard après chaque répétition et chaque spectacle. Les personnes font partie de l'ensemble lyrique pour se faire voir à leur mieux. Qui sait, un producteur à la recherche de nouveaux talents les remarquera peut-être un jour. Dans ces conditions, Sylvie a été obligée d'en faire son deuil. À moins d'un revirement spectaculaire, ce n'est pas là qu'elle va se faire de nouveaux amis.

Depuis que Shirley vit avec Paul-Eugène, elle s'est faite discrète. Comme son frère et son amoureuse en sont au début de leur relation, Sylvie juge qu'il vaut mieux leur laisser du temps pour apprendre à se connaître. Ce n'est quand même pas tous les jours qu'un nouveau couple voit le jour – avec une famille déjà toute faite, en prime. Elle a eu raison de dire à Paul-Eugène que tout irait bien. Chaque fois qu'elle le voit, Sylvie ne manque pas une occasion de lui souligner à quel point il est resplendissant.

— Tu sais, plus les jours passent, plus je m'efforce de ne pas penser à tout ce que j'ai manqué pendant toutes ces années par peur d'échouer, avoue Paul-Eugène. Ce n'est pas facile tous les jours, mais en général ma rencontre avec Shirley est ce qui m'est arrivé de mieux de toute ma vie. Les enfants sont tellement fins avec moi que j'ai parfois peine à y croire. Même les plus vieux respectent mon autorité. Je n'aurais pu espérer une meilleure famille que celle de Shirley – après la tienne, bien sûr !

Après une pause, il poursuit :

— Dimanche soir dernier, alors que nous étions tous attablés, John est venu faire son tour. Dès qu'elle l'a vu, Shirley s'est mise à trembler de tout son corps. De grosses gouttes de sueur perlaient sur son front. À chaque pas qu'il faisait pour se rapprocher de la table, Shirley reculait d'un pied. Les enfants fixaient le fond de leur assiette sans porter attention à leur père. Je les regardais et je me disais que John avait dû leur en faire voir de toutes les couleurs pour que même les plus jeunes ne veuillent rien savoir de lui. C'était vraiment triste à voir. John continuait à avancer tranquillement. Quand il est arrivé près du bout de la table, il a passé doucement une main dans les cheveux du plus jeune alors que deux grosses larmes perlaient au coin de ses yeux. Tu ne me croiras peut-être pas, mais même à ce moment-là, l'enfant n'a pas daigné lever le regard sur son père. Pendant que je t'en parle, j'en ai encore des frissons.

— Qu'est-ce qui s'est passé finalement ?

— John a décidé de partir. Juste avant de franchir le seuil de la porte, il a dit que plus personne n'entendrait parler de lui avant qu'il soit allé se faire soigner. Shirley est venue se jeter dans mes bras avant d'éclater en sanglots. Les enfants ont attendu quelques minutes avant d'être capables de poursuivre leur repas. Mais Isabelle s'est levée de table et m'a dit : « Une chance que tu es là, Paul-Eugène. Je ne sais vraiment pas ce qu'on ferait sans toi. Avant, j'étais morte de peur à la seule idée de voir débarquer mon père, au point que je n'arrivais plus à dormir. Maintenant, grâce à toi, je dors comme un bébé. »

— Merveilleux! s'écrie Sylvie. Crois-tu que John pourrait débarquer pendant que tu travailles?

— On ne peut jurer de rien, mais je pense que non. Il sait que je ne suis pas le seul à veiller sur sa famille. De plus, la prochaine fois que Shirley déposera une plainte contre lui, il pourrait se retrouver derrière les barreaux. D'après moi, il est trop intelligent pour courir le risque. En tout cas, c'est ce que j'espère de tout mon cœur. Je suis loin d'être violent, mais je ne sais vraiment pas comment je réagirais si je le surprenais en train de faire du mal à Shirley.

— J'espère qu'il n'osera pas rappliquer.

Puis, sur un ton plus léger, Sylvie ajoute :

— Alors, comme ça, ta maison ne te manque pas?

— Ma maison, oui, mais pas la vie de moine que j'y menais. J'en ai discuté avec Shirley et on a décidé de tous déménager chez nous aussitôt que la maison des Dionne va être prête. Michel et toi pourrez ensuite vendre votre ancienne résidence. La maison d'à côté a été achetée par un couple avec deux enfants. Selon la rumeur, le père serait très sévère avec ses enfants et tout son entourage.

— Ne me dis pas qu'on va encore avoir droit à un illuminé. C'est à croire que la ville en est remplie.

— Entre les deux, je préfère avoir quelqu'un de rangé comme voisin que des énergumènes comme ceux qui viennent de partir.

— Pour ma part, je préfère avoir quelqu'un de normal, comme toi et moi. On est peut-être mieux de mettre notre maison à vendre au plus vite avant que les nouveaux voisins s'installent.

— En autant que vous ne nous mettiez pas à la rue avant qu'on puisse reprendre ma maison…

— Tu sais bien qu'on ne ferait jamais ça.

— Mais j'y pense, vous pourriez offrir à Chantal d'acheter votre maison. La dernière fois que je l'ai vue, elle m'a dit qu'elle voulait s'acheter une propriété.

— Je préfère en parler avec Michel avant. Tu sais comme moi que vendre à quelqu'un de la famille, c'est toujours risqué. Et puis, franchement, avec ce que tu viens de me raconter sur le futur voisin, je ne suis pas convaincue que ce serait une bonne chose.

Chapitre 38

Occupé à lire son journal, Michel lève la tête et demande à Sylvie :

— Sais-tu combien de visiteurs il y a eu à l'Expo ?

— Je serais incapable de lancer un chiffre, mais si je me fie au fait qu'on avait de la misère à avancer chaque fois que j'y suis allée… eh bien, il doit y en avoir eu quelques millions. En bout de ligne, j'ai passé beaucoup plus de temps à attendre pour entrer dans les pavillons qu'à les visiter.

— J'ai de la misère à le croire, mais il y aurait eu 50 millions de visiteurs au cours des six mois où l'Expo a été ouverte. Je n'aurais jamais pensé qu'on réussirait à attirer autant de monde avec un tel événement.

— C'était loin d'être une exposition ordinaire ! s'exclame Sylvie. Expo 67 a connu un succès monstre, au-delà des attentes. Les Québécois ont vraiment de quoi être fiers. Dans le journal, est-ce qu'on dit ce qui va arriver avec le site ?

— Le journaliste écrit que le maire Drapeau a réussi à convaincre l'ensemble des pays de faire don de leurs pavillons une fois que ceux-ci auront été vidés de leur contenu. Aussi, il y aurait plusieurs projets sur la table, dont celui de faire du site de Terre des Hommes une exposition permanente. Mais pour le moment, ce projet est loin de faire l'unanimité. Pauvre maire Drapeau, il a besoin d'avoir la couenne dure parce que chaque fois qu'il présente un projet, il se fait ramasser comme une crêpe. Il faut vraiment être fort pour faire de la politique. J'ai beaucoup d'admiration pour lui et pour les autres politiciens, même s'ils sont loin d'être parfaits.

— Être politicien c'est une vocation, et ce n'est pas donné à tout le monde. Finalement, je m'étais inquiétée pour rien. Ça a vraiment valu la peine que j'achète un passeport pour chaque membre de la famille.

— Tant mieux, parce que ce n'était pas donné. Sais-tu qui est allé le plus souvent là-bas ?

— Sonia et Junior. Ils y sont allés chaque semaine.

— Tant mieux ! Mais changement de sujet, sais-tu si Chantal s'est trouvé une maison ?

— Non. Ça fait presque deux semaines que je ne lui ai pas parlé. Papa m'a dit qu'elle était partie en voyage.

— La dernière fois qu'elle est venue manger, elle a mentionné qu'elle aimerait beaucoup acheter un appartement moderne dans le genre de ceux d'Habitat 67.

— Oui, mais encore faudrait-il qu'ils soient à vendre.

— J'ai lu dans le journal que pendant tout le temps de l'Expo, ils ont servi de résidence à de nombreux dignitaires. Il est question de les louer au gouvernement fédéral, mais rien n'est encore confirmé. En tout cas, je mettrais ma main au feu que s'ils décident de les vendre, ce ne sera pas à la portée de toutes les bourses, et certainement pas de celle de Chantal. Je ne me souviens plus combien la construction d'Habitat 67 a coûté, mais si c'est comme le reste de l'Expo…

— Moi, ça ne me tenterait pas d'habiter dans ces blocs de béton.

— Il paraît que c'est vraiment beau à l'intérieur. Un des gars avec qui je travaille a eu la chance d'aller visiter Habitat 67 avant que l'Expo ouvre ses portes, parce que son beau-frère travaillait comme contremaître sur le chantier de construction. Il a été vraiment impressionné. Il a même dit qu'il n'avait jamais rien vu d'aussi beau.

—   Avant que j'oublie, je te rappelle que c'est samedi prochain qu'aura lieu le gala de Junior à Québec.

—   Tu as bien fait de me rafraîchir la mémoire parce que j'avais complètement oublié. À quelle heure veux-tu partir?

—   Le gala commence à cinq heures. Idéalement, j'aimerais qu'on en profite pour aller visiter un peu le Vieux-Québec.

—   Ouais… Il faudrait que je prenne ma journée au complet…

—   Si tu pouvais, j'aimerais beaucoup, surtout que je ne suis jamais allée à Québec.

—   Mais on passe par Québec chaque fois qu'on va à Jonquière.

—   Passer par une ville c'est bien différent que de prendre le temps de la visiter. En tout cas, parles-en avec Paul-Eugène et tiens-moi au courant. Finalement, Sonia a décidé de venir avec nous. Tu aurais dû voir le pauvre Junior. Il était déchiré entre sa blonde et sa sœur, au point que je lui ai suggéré d'essayer d'avoir un billet de plus, ce qu'il a fait. Comme il ne restait plus de billets, il a dû faire son choix. Sonia était folle de joie alors qu'il paraît que Francine lui a fait la tête pendant deux jours après avoir appris qu'elle ne serait pas du voyage.

—   Pauvre fille, ce ne sera sûrement pas sa dernière déception!

—   Elle est jeune, c'est normal qu'elle ait réagi de cette façon.

—   Je ne suis pas d'accord. Selon moi, il y a de fortes chances qu'elle réagisse ainsi tout au long de sa vie.

—   Ne sois pas aussi sévère à son endroit.

* * *

Junior revient à la maison tout sourire. Le garçon tient un trésor dans ses bras : il vient de s'acheter une guitare – il en rêvait depuis si longtemps. Il a remporté 80 dollars pour ses deux photos, ce qui lui a donné l'occasion de s'en offrir une. La semaine passée, Junior a fait le tour des quelques magasins qui vendent des instruments de musique. Il s'est vite aperçu qu'acheter une guitare, ce n'était pas si simple. Pendant quelques jours, il a comparé entre elles celles qui l'intéressaient. Personne n'était au courant de son projet, à part Sonia. Il ne voulait pas courir le risque de se faire décourager par ses parents pour des raisons toutes plus louables les unes que les autres. Mis devant le fait accompli, ils se permettront quand même de faire des commentaires, mais au moins ils ne pourront pas le faire changer d'idée. Le commerçant lui a remis quelques feuilles de musique ; il a même pris le temps de lui donner quelques notions de base. Le cœur heureux mais la tête chargée de nouvelles connaissances, Junior fait son entrée dans la cuisine alors que sa mère s'affaire à préparer le souper.

En voyant son fils, Sylvie lui demande :

— Qu'est-ce que tu fais avec une guitare dans les bras ?

— Je viens de l'acheter et j'ai bien l'intention d'apprendre à en jouer. Regarde comme elle est belle.

— Depuis quand veux-tu apprendre à jouer de la guitare ? s'enquiert Sylvie, les sourcils froncés.

— Depuis longtemps, mais je n'en parlais pas. Tu sais à quel point j'aime la musique.

— Oui, mais on peut aimer la musique sans vouloir en jouer.

— Depuis que j'ai commencé mes cours de danse, je rêve de devenir musicien.

— Tiens, il me semblait que tu voulais devenir photographe...

— Oui. En réalité, je veux être musicien et photographe.

— Tu ne manques pas d'ambition mais, mon pauvre garçon, tu te prépares un avenir de misère.

— Pas nécessairement. Il y a des tas d'artistes qui vivent très bien. Prends, par exemple, le Normand de Sonia. Il était loin d'être à plaindre.

— Ne me parle pas de lui.

— Tu n'as pas à t'inquiéter, ça ne le fera pas revenir. Quant à mon projet de devenir photographe, mon rêve c'est de travailler pour un journal et de parcourir le monde.

— C'est beau de t'entendre. Il reste seulement à espérer que tu vas pouvoir réaliser tous tes rêves.

— Tu me connais assez pour savoir que lorsque je tiens à quelque chose, je m'arrange pour que ça arrive.

— Je le sais très bien. Mais crois-tu vraiment que tu vas être capable d'apprendre à jouer tout seul de la guitare ?

— J'espère que oui. Sinon, il va falloir que je gagne une couple d'autres concours de photos pour pouvoir me payer des cours. Mais pour le moment, je ne suis pas rendu là. Alors, est-ce que tu la trouves belle, ma guitare ?

— Oui, mais j'ai surtout hâte de t'entendre en jouer. Qui sait, peut-être qu'un jour tu vas pouvoir m'accompagner quand je répète mes chansons ?

— Peut-être bien. Veux-tu que je te joue quelques notes ?

— Pourquoi pas ?

Junior a à peine joué trois notes que les jumeaux et Luc surgissent dans la cuisine. En deux temps, trois mouvements, ils accourent près de leur frère. Ils meurent d'envie de pincer les cordes de la guitare.

Devinant leur intention, Junior s'écrie :

— Défense de toucher aux cordes ! Et tassez-vous, ajoute-t-il en poussant ses frères, je ne peux plus respirer !

Surpris par le ton de Junior, les trois jeunes garçons sont mécontents. Pour une fois, c'est Luc qui réagit le premier :

— Hé ! Tu n'as pas d'affaire à nous pousser ! Tu as failli me faire tomber.

— Pensais-tu vraiment que j'allais vous laisser piocher sur ma guitare neuve sans intervenir ? Je vous le dis une fois pour toutes : je vous interdis d'en jouer, et même de la toucher, sinon…

— Sinon quoi ? demande Dominic d'un air fanfaron.

— Laissez faire les « sinon », déclare Sylvie. Vous avez entendu : Junior vous défend de prendre sa guitare.

— Mais maman, on ne la brisera pas ! proteste François. C'est solide, une guitare.

— Là n'est pas la question, affirme Sylvie. C'est la guitare de Junior, pas la vôtre. Est-ce que je me suis bien fait comprendre ?

Pour toute réponse, Luc et les jumeaux haussent les épaules en faisant la moue. Au moment où Sylvie s'apprête à retourner à ses chaudrons, Dominic dit :

— Ce n'est pas juste ! On n'a jamais le droit de rien faire.

Sylvie se retient d'éclater de rire. C'est chaque fois la même chose : dès que les trois plus jeunes se font interdire quelque chose, ils crient à l'injustice. Elle mettrait sa main au feu que François et Luc sont sur le point de renchérir – ce qu'ils ne manquent pas de faire dans les secondes qui suivent. Là, c'est plus fort qu'elle : elle s'esclaffe. Cela a pour effet d'augmenter la colère des trois garçons.

— Tu n'as pas le droit de rire, c'est loin d'être drôle, se plaint Dominic.

Sylvie se retourne. Entre deux hoquets, elle dit :

— Vous faites vraiment pitié. À vous entendre, on croirait que vous êtes des enfants maltraités, ce qui est loin d'être le cas. Si vous voyiez l'air que vous avez, vous changeriez tout de suite d'attitude. Tiens, je viens d'avoir une idée. Je vais demander à Junior de vous photographier.

— Tout de suite ? demande Junior.

— Oui, mais tu as le temps d'aller chercher ton appareil parce que la bouderie de tes frères dure toujours un bout de temps.

Sa guitare à la main, Junior part en direction de sa chambre. Quand il revient à la cuisine avec son appareil, il est surpris de voir que sa mère est seule.

— Où sont les jumeaux et Luc ?

— Je pense qu'ils sont allés pleurer au sous-sol, répond Sylvie d'une voix enjouée. Tu n'as qu'à y aller, je suis certaine qu'ils ont encore leur air de victime.

— Dans ce cas, je vais descendre.

Sa mère ne s'est pas trompée. Assis tous les trois sur le divan, les bras croisés et le regard noir, ses frères fixent le mur. Ceux-ci sont si concentrés qu'ils réalisent qu'ils ne sont plus seuls seulement lorsqu'une lumière vive les éblouit, le temps que Junior prenne une photo. Furieux, ils se précipitent vers ce dernier dans l'espoir de lui arracher son appareil photo. En voyant leur réaction, Junior décide d'aller se réfugier dans la cuisine, le seul endroit où il sera en sécurité pour le moment.

Quand Sylvie entend le bruit que les garçons font dans l'escalier, elle se retourne. Pendant qu'elle s'essuie les mains, elle voit Junior faire son entrée, suivi immédiatement par les jumeaux et Luc. Les trois plus jeunes sont loin d'être contents. Le temps d'un claquement de doigts, ils entourent leur grand frère. Pas besoin d'être devin pour savoir ce qu'ils s'apprêtent à faire. Alors que Junior fait son possible pour mettre son appareil photo à l'abri des coups, Sylvie lance d'une voix forte et autoritaire :

— Reculez et vite ! C'est moi qui ai demandé à Junior de vous photographier. Je vous conseille de réfléchir avant d'agir parce que je commence sérieusement à en avoir assez de votre attitude. Ma patience a des limites et vous êtes bien près d'en voir le bout. Restez dans votre chambre jusqu'au souper.

— Mais on n'a rien fait ! se lamente François.

— Si je ne vous avais pas arrêtés, je ne sais pas ce qui serait arrivé à l'appareil photo de Junior. Allez réfléchir un peu, ça va vous faire du bien, et encore plus à nous autres.

Quelques secondes plus tard, deux portes de chambre claquent en même temps. Sylvie songe qu'elle n'a pas fini d'en voir de toutes les couleurs avec eux.

Chapitre 39

— Et le grand gagnant de notre concours cette année est un jeune homme très talentueux. Mesdames et messieurs, applaudissez très fort Michel Pelletier pour sa photo *L'amour lui va bien*.

En entendant son nom, Junior se lève. Il est immédiatement imité par Sonia. C'est avec la photo de celle-ci que le garçon a obtenu le premier prix. Sonia saute au cou de son frère et le serre de toutes ses forces.

— Bravo ! Bravo ! Tu as gagné le premier prix. Veux-tu que j'aille avec toi en avant ?

— Crois-tu que ça se fait ?

C'est ensuite au tour de Sylvie de féliciter Junior. Elle le prend dans ses bras et l'embrasse très fort sur les deux joues. Elle ne touche plus terre. Elle sait que son fils a du talent, mais elle n'aurait jamais cru qu'il remporterait un prix de cette importance un jour. Michel le félicite ensuite. Après, ce dernier se dépêche d'essuyer deux petites larmes au coin de ses yeux. Junior se dirige vers la scène pour recevoir son prix, Sonia sur les talons. Quand Sylvie s'aperçoit que la jeune fille suit son frère, elle voudrait la rattraper mais elle est déjà trop loin. Alors, Sylvie se contente de sourire. La complicité qui règne entre ces deux-là la réjouit. Une fois sur la scène, Sonia se place à côté de Junior et regarde dans la salle. Curieusement, elle se sent à l'aise, ce qui la conforte dans son désir de devenir comédienne. Dans quelques années tout au plus, elle jouera dans des salles encore plus grandes que celle-ci.

Junior tient solidement l'enveloppe que le maître de cérémonie vient de lui remettre. Il faut maintenant qu'il s'adresse à l'assistance.

— Je suis vraiment très content d'avoir remporté le concours et je remercie tous ceux qui ont voté pour moi. Ah oui! La fille qui m'accompagne, c'est ma sœur. C'est un peu grâce à elle que j'ai gagné puisque c'était mon modèle. Je suis certain que vous la reconnaissez. Au fait, elle s'appelle Sonia. Merci encore!

Sonia sourit le plus naturellement du monde. Elle est vraiment dans son élément quand elle est devant un public. Elle adore tenir le premier rôle et, par-dessus tout, elle adore le partager avec son frère préféré.

Alors que Junior descend de la scène suivi de Sonia, le maître de cérémonie lui dit:

— En tout cas, monsieur Pelletier, si vous voulez vendre votre photo, sachez que nous avons déjà reçu trois offres.

— Mais je ne suis pas à vendre! s'écrie Sonia suffisamment fort pour que la salle tout entière l'entende.

Instantanément, des rires fusent de partout. Alors que la jeune fille et Junior retournent à leur place, celui-ci se fait féliciter par tout le monde, ce qui le rend très heureux.

Avant de quitter Québec, Michel invite les siens à aller prendre une bouchée au restaurant pour fêter la victoire de Junior.

— À une condition, déclare celui-ci. C'est moi qui paie.

— Il n'en est pas question, refuse Michel. Garde ton argent, tu en auras besoin pour apprendre à jouer de la guitare si tu veux devenir aussi bon dans ce domaine qu'en photographie.

— Merci papa! Alors, ça signifie que tu n'es pas fâché que je me sois acheté une guitare sans t'en avoir parlé avant?

— De quel droit je serais fâché? Tu l'as payée avec ton argent. Pour tout avouer, je t'envie un peu. J'aurais tellement voulu apprendre à jouer de la guitare, mais je n'ai jamais eu le courage de le faire.

— Si tu veux, je peux te montrer tout ce que je vais apprendre.

— Mais je n'ai même pas de guitare.

— Au début, tu pourrais prendre la mienne. Et après, si tu aimes ça, tu pourrais t'en acheter une. Qu'est-ce que tu en dis ?

— Ça me tente pas mal ! Ce serait si agréable de jouer en duo. Alors, quand est-ce qu'on commence ?

— Demain soir, si tu veux. Je pourrais te montrer les notes et deux ou trois accords.

— Parfait ! Bon, qu'est-ce que tu aimerais manger, Junior ?

— Ça fait des jours que je rêve de manger un bon hamburger avec des frites.

— Tu ne risques pas de me ruiner ! J'ai vu un petit restaurant pas loin d'ici.

— On pourrait y aller à pied, suggère Sylvie. Ça nous ferait du bien de prendre l'air.

— Pas de problème ! répond Michel. Tu n'auras même pas le temps d'avoir mal aux pieds tellement le resto est proche.

Voilà maintenant plus de deux heures que Junior est couché et il n'arrive toujours pas à dormir tellement il est énervé. Il a encore du mal à croire qu'il a gagné le premier prix. Il n'a pas téléphoné à Francine en arrivant comme c'était prévu, car sa famille et lui sont rentrés trop tard de Québec. Demain matin, à la première heure, il va l'appeler pour lui apprendre la bonne nouvelle. Il va aussi téléphoner à toute la famille pour la leur annoncer. Il donnera ensuite quelques coups de téléphone pour se trouver un professeur de photographie. Heureusement, il a reçu une liste de suggestions en même temps que son prix. Et, en plus, il va donner son premier cours à son père. Ça le rend vraiment heureux de pouvoir enfin faire quelque chose seul avec lui. Il en rêvait depuis si longtemps. La veille, quand il a entendu son père dire qu'ils pourraient jouer en duo, il était fou de joie. Junior se promet qu'un jour ils se produiront ensemble sur une scène. C'est sur cette dernière pensée que le garçon sombre dans un sommeil de plomb. Il dort si profondément que sa mère est obligée d'aller le réveiller le matin venu.

* * *

Alors que Sylvie se gèle les mains pendant qu'elle étend le linge sur la corde – elle étend toujours dehors sauf quand il neige à plein ciel ou qu'il pleut beaucoup –, Chantal apparaît subitement dans son champ de vision. Elle sursaute.

— Pour réagir comme tu viens de le faire, dit Chantal à sa sœur, tu ne dois pas avoir l'esprit tranquille.

— Salut, ma petite sœur ! Je suis contente de te voir ! Rassure-toi, mon esprit est aussi propre que les draps blancs que je viens d'étendre. Que me vaut ta visite en plein milieu de semaine ?

— Est-ce que ça me prend une raison pour venir te voir ? Franchement, madame commence à être importante.

— Arrête tes niaiseries. Tu sais bien que je suis toujours contente de te voir, d'autant plus que je n'ai absolument rien de prévu cet après-midi à part ramasser le linge quand il va être sec. Je peux donc te consacrer tout mon temps.

— Alors, si tu as tout ton temps, je t'enlève.

— Et où comptes-tu m'emmener ?

— Tu sais que depuis un petit bout de temps je me cherche une maison. Eh bien, je pense avoir trouvé ce que je veux. En tout cas, de l'extérieur, ça y ressemble beaucoup.

— Tu ne l'as pas encore visitée ?

— Non. Ça ne me donne rien de voir l'intérieur si l'extérieur et l'environnement ne me plaisent pas. À cause de tes anciens voisins fous, je suis plus prudente que jamais. J'ai même pensé aller parler aux voisins de chaque côté et en face pour m'assurer que je ne tomberai pas dans un nid de guêpes.

— Je te comprends. Mais on avait frappé le gros lot en matière de voisins malfaisants.

— Alors, est-ce que tu veux venir avec moi ? J'ai deux maisons à te montrer.

— Avec plaisir, même que ça va me faire du bien de sortir. Depuis le début de l'école et de mes répétitions de chant, la vie va tellement vite que j'ai l'impression de toujours courir. Je me change et je suis prête.

— Pas besoin de te changer, tu es parfaite comme ça.

— Laisse faire, tu ne me feras pas le coup une autre fois.

D'un air moqueur, Sylvie ajoute :

— Compte sur moi qu'on va rester dans l'auto.

— Personne ne va savoir que tu as gardé tes petits bas roulés et ton tablier. Mets un foulard sur tes bigoudis et tout va être parfait.

— À cause de toi, je me suis retrouvée dans une galerie d'art attriquée comme la chienne à Jacques. Je te jure que tu ne m'y reprendras plus. Donne-moi deux petites minutes et je suis prête. Tiens, mange des bonbons aux patates en attendant.

Après avoir fait mine de compter les bonbons qu'il y a dans le petit plat, Chantal déclare :

— Dans ces conditions, je t'accorde cinq minutes, mais seulement si tu m'autorises à prendre un verre d'eau.

— Fais comme chez vous, sers-toi !

Lorsqu'elles s'assoient dans l'auto, Sylvie demande à sa sœur où elles vont.

— Patience ! Tu vas le savoir assez vite, c'est tout près.

— Est-ce que ça signifie que tu veux venir rester à Longueuil toi aussi ? Je croyais que tu étais tellement attachée à la ville que tu ne pourrais jamais en sortir…

— Je ne sais pas si c'est parce que je vieillis, mais je commence à trouver que la banlieue a son charme. Blague à part, comme je suis souvent partie, j'ai pensé que ce serait plus facile pour tout le monde si j'achetais de ce côté-ci du fleuve. Je vais avoir besoin de Paul-Eugène et de toi pour jeter un coup d'œil à ma maison quand je serai partie, ce qui arrive plus souvent qu'autrement.

— Quelle bonne nouvelle !

Lorsque Chantal se stationne, Sylvie commente :

— Paul-Eugène habite juste derrière cette maison.

— Oui, c'est d'ailleurs lui qui m'a dit qu'elle était à vendre. Viens, on va aller voir de plus près.

— Qu'est-ce qu'on fait si les propriétaires nous voient et qu'ils sortent de la maison ?

— On leur dira la vérité. Que mon frère habite derrière et qu'il m'a appris que leur maison était à vendre. Je vais demander si je peux visiter.

— Sacrée Chantal ! Il n'y a jamais rien de compliqué avec toi !

— Au nombre de problèmes que je règle quand je travaille, je n'ai vraiment pas envie de m'en faire avec la vie quand je suis en congé. Si les personnes veulent vendre, elles doivent s'attendre à ce que les gens s'arrêtent devant leur maison et que certains, comme nous, aillent marcher sur le terrain pour mieux le voir.

— Tu pourras te vanter de m'avoir fait faire des choses que je ne me serais jamais permises toute seule.

— Imagine-toi seulement que c'est comme la première fois que tu as chanté un solo et tout va bien aller. Tu vas y arriver. Viens avec moi.

— Voir si ça se fait d'entrer dans la cour des gens sans avoir été invité !

Alors que les deux sœurs se promènent sur le terrain de la maison à vendre en regardant partout, une voix de femme les interpelle alors qu'elles sont près de la remise.

— Est-ce que je peux vous aider ?

Sylvie sursaute alors que Chantal sourcille à peine. C'est d'ailleurs elle qui prend la parole d'un ton assuré.

— Mon frère, qui habite juste derrière, m'a dit que vous vendiez votre maison. Alors, je suis venue la voir.

— Aimeriez-vous visiter l'intérieur ?

Sylvie devient rouge comme un homard. Quand elle entend sa sœur confirmer son intérêt, elle voudrait disparaître.

— Venez, les invite l'inconnue. Tout ce que je vous demande, c'est d'être indulgente parce que ça fait trois jours que je me promène entre la maison et l'hôpital.

— Rien de grave, j'espère ? demande Chantal.

— Mon mari est atteint du cancer du côlon et les médecins lui donnent quelques jours seulement à vivre.

Aussitôt, Sylvie perd toute envie d'entrer dans la maison. Alors que Chantal et elle sont encore à une bonne distance de la maison, elle murmure à sa sœur :

— Elle en a déjà assez sur les bras. On reviendra un autre jour.

— Pourquoi ? C'est elle qui nous l'a offert… Suis-moi.

Une fois que les visiteuses se trouvent à la hauteur de la femme, celle-ci leur dit :

— Ça va me faire du bien de parler d'autre chose que de la maladie.

C'est la première fois que Sylvie prend autant de temps pour visiter une maison. S'il s'était agi d'un château, ça n'aurait pas été plus long sauf qu'il y aurait eu plus de pièces. L'inconnue avait vraiment besoin de parler. Au moment du départ, elle dit à Chantal et à Sylvie :

— Je vous remercie de m'avoir écoutée, ça m'a enlevé un énorme poids de sur les épaules. Si vous voulez revenir visiter, vous n'avez qu'à m'appeler. Je vais vous donner mon numéro de téléphone.

Une fois dans l'auto, les deux sœurs sont sans voix. Elles sont bouleversées. Chantal démarre et regarde une dernière fois en direction de la maison.

— Je pense que la prochaine fois, je vais téléphoner avant de me présenter. Si tu veux, on va aller prendre un café dans un restaurant. Je suis tout à l'envers.

— Moi aussi, je me sens mal.

Les deux sœurs reprennent leur conversation seulement devant leurs cafés.

— Il va bien falloir qu'on passe par-dessus, déclare Sylvie. C'est vrai que c'est triste, mais le monde est rempli de choses tristes.

— Avoue que lorsque ça arrive à l'autre bout du monde, c'est pas mal moins difficile à prendre que si c'est dans notre cour. En réalité, on ne sait jamais ce qui se passe dans les chaumières qui nous entourent.

— Voudrais-tu être au courant de tout ce qui passe chez tes voisins ? Pas moi ! Je veux bien aider les gens, mais je sais déjà que je ne peux pas sauver le monde. Alors, il y a des jours où moins j'en sais et mieux je me porte.

— J'ai peine à croire que c'est toi qui parles comme ça.

— Je suis loin d'être parfaite. Plus souvent qu'autrement, j'en ai plein les bras avec tout ce qui arrive dans la famille. Moi, je pense qu'il faut aider les autres, et j'aime rendre service, mais j'ai mes limites. Comme maman disait : « Il faut commencer par aider nos proches avant d'acheter des petits Chinois. » De toute façon, est-ce que quelqu'un nous a déjà prouvé que l'argent qu'on donnait se rendait vraiment en Chine ? Moi, j'ai de gros doutes. Mais changeons de sujet. Que penses-tu de la maison qu'on vient de visiter ?

Après quelques secondes de réflexion, Chantal répond :

— Je l'aime bien. Elle est en bon état, du moins en apparence, et le terrain est beau avec ses grands arbres. Je me verrais vivre là.

— Attends ! Tu vas beaucoup trop vite ! Tu ne peux pas acheter cette maison, car c'est la seule que tu as visitée.

— Faut-il visiter quinze maisons avant d'arrêter son choix ? Tu le sais, je ne suis pas du genre à étirer les choses. Chaque fois que je me suis acheté une auto, une heure après être entrée dans le garage, tout était conclu. Si j'aime une auto et que le prix me convient, tout est parfait pour moi.

— Tu es certaine que tu n'aimerais pas retourner la visiter avec Paul-Eugène ou Michel ?

— Je peux le faire si c'est pour te rassurer, mais pour moi c'est décidé. Je vais soumettre une offre. Écoute, même les murs sont de la bonne couleur partout ; ça vaut de l'or pour moi, car je déteste peindre. Et je vais même offrir aux propriétaires d'acheter leurs rideaux. À part ceux de la petite chambre, ils sont corrects.

— Voyons, tu ne vas quand même pas acheter les rideaux aussi ?

— Pourquoi pas si ça peut m'éviter de courir les magasins ?

— Je vais conclure une affaire avec toi. Si tu veux, je vais m'en occuper. Tu n'auras qu'à me donner un budget et je m'arrangerai avec le reste. Je demanderai à Sonia de venir choisir les rideaux avec moi. Ce sera mon cadeau pour ta nouvelle maison.

— C'est vraiment gentil de ta part, surtout avec tout ce que tu as à faire…

— Laisse-moi gérer mon temps. Si je te l'offre, c'est parce que je peux me le permettre.

— Je serais bien folle de refuser. Je te remercie. Tu es la meilleure des sœurs !

— Tu es drôle, toi ! Par les temps qui courent, on pourrait croire qu'on est seulement trois dans la famille.

— Tu as bien raison. Une chose est certaine, Ginette et sa clique n'ont pas été trop dérangeants dernièrement.

— À tout prendre, je préfère quand on entend parler d'eux. Avec Ginette à la tête du groupe, il peut arriver n'importe quoi au moment on s'y attend le moins. Elle n'a toujours pas digéré que papa ait partagé ses 2 000 dollars entre ses enfants. Sincèrement, je ne lui fais pas confiance, pas plus qu'aux quatre autres d'ailleurs.

— Je suis peut-être trop naïve, mais je ne pense pas qu'ils puissent causer beaucoup de dommages.

— Ne les sous-estime pas. Quand il y a de l'argent en jeu, il y en a qui sont prêts à faire n'importe quoi.

— Tu me donnes la chair de poule quand tu parles comme ça. J'ai même de la difficulté à croire qu'il est question de notre famille. Une chance que maman ne voit pas tout ça…

— Heureusement, sinon ça l'aurait rendue malade, elle qui aimait tant l'harmonie. Tu te rappelles, aussitôt que l'un d'entre nous élevait la voix, elle se dépêchait d'intervenir. Elle disait que ce n'était pas de cette manière qu'on devait traiter les membres de notre famille.

— Je m'en souviens parce que tu m'en as parlé souvent, formule Chantal. Au risque de me répéter, n'oublie pas que j'ai quand même quelques années de différence avec toi, ajoute-t-elle d'un air taquin.

La seconde d'après, Sylvie fait une boule avec sa serviette de table et la lance à sa sœur. Puis, elle commente :

— Avec toi, impossible d'oublier que je suis la plus vieille de la famille !

Chapitre 40

Les jumeaux ne se contiennent plus. Chaque année, c'est pareil depuis qu'ils sont en âge d'aider leur mère à faire la crèche de Noël. Tout a commencé un beau jour chez les Pelletier. Comme à l'époque ils n'avaient pas les moyens d'acheter une crèche, la mère de Michel en fabriquait une nouvelle chaque année ; elle utilisait de la paraffine fouettée, aussi blanche que la première neige. Sylvie a demandé à sa belle-mère de lui montrer comment faire. C'est ainsi que le rituel est passé de Jonquière à Montréal en un claquement de doigts. Certaines années, Sylvie estime que sa belle-mère réussit bien mieux qu'elle ; à d'autres, elle est si fière de sa crèche qu'elle voudrait la garder des années durant. Mais ce genre de matériau vieillit mal ; sa durée de vie est très limitée. La technique est simple… et complexe à la fois. Après avoir recouvert la table de papier journal, Sylvie y dépose tout ce dont elle aura besoin : une boîte de carton du format souhaité pour la crèche, de la paraffine en quantité, du soda et une mixette. Il faut ensuite réfléchir à la forme qu'aura la crèche et tailler la boîte en conséquence puisque c'est celle-ci qui donnera la forme de base au petit bâtiment.

Installé au bout de la table, Luc observe à distance les siens vaquer aux préparatifs. Comme il déteste se salir les mains, cet exercice n'est pas pour lui. Mais il aime regarder faire les autres.

— Votre père a apporté de la suie de poêle hier, explique Sylvie. Il faudrait que quelqu'un aille m'en chercher. Il doit l'avoir laissée près de la porte d'en arrière.

— J'y vais, répond Dominic. Mais ne commencez pas sans moi, par exemple.

— Arrête de parler et vas-y au plus sacrant ! s'écrie son jumeau.

— Pendant ce temps-là, François, lui dit Sylvie, tu pourrais casser les tablettes de paraffine et les mettre dans le plat.

Aussitôt que Dominic revient, Sylvie et les jumeaux commencent la crèche. Au bout d'une heure de travail, celle-ci a pris forme. Elle rappelle ces vieilles étables de rang. Les trois artistes sourient en admirant leur œuvre. De sa place, Luc observe la crèche en silence. Au bout d'un moment, il s'exclame :

— Je pense que c'est la plus belle que vous ayez jamais faite ! On devrait la prendre en photo.

— Pas tout de suite, répond Sylvie. Avant, il faut appliquer de la suie pour lui donner un air vieillot. Va chercher Junior en attendant.

— Je l'ai vu sortir il y a quelques minutes.

— Ce n'est pas grave, la crèche ne s'envolera pas, le rassure Sylvie. Junior a jusqu'à la fête des Rois pour la photographier. Et vous, est-ce que vous êtes satisfaits de ce qu'on a fait ? demande-t-elle aux jumeaux.

— Certain ! répond François.

— Je la trouve vraiment très belle, renchérit Dominic. Mais est-ce qu'on va pouvoir acheter d'autres bergers et des moutons ?

— Ouais ! renchérit Luc. C'est une bonne idée parce que nos moutons ont presque tous les pattes cassées.

— On peut y aller cet après-midi, tout de suite après le dîner, propose Sylvie.

Au moment où Dominic va parler, Junior fait son entrée. Il tient une grande bouteille de jus d'orange dans ses mains. Les jumeaux salivent déjà.

— J'allais justement demander à maman si je pouvais prendre du jus, déclare Dominic. Est-ce que tu veux m'en donner un verre ? Il a l'air bien meilleur que le Tang.

— Ça tombe bien, car je l'ai acheté spécialement pour François et toi.

— Et moi ? s'inquiète Luc. Est-ce que je vais pouvoir en avoir aussi ?

— Toi, tu vas devoir attendre un peu. Ce sont les jumeaux qui ont travaillé avec maman, pas toi. Restez assis, je vais vous servir.

Les jumeaux regardent Junior en se demandant pourquoi il est si gentil… enfin, plus gentil que d'habitude. Le sourire aux lèvres, ils admirent la crèche tout en attendant patiemment. Au lieu de placer les verres devant eux, Junior les dépose dans leurs mains. Il dit ensuite :

— Attendez pour boire. On pourrait faire un concours pour savoir qui est le plus rapide.

— Si tu veux, répond Dominic.

— Moi aussi, j'en voudrais un verre, demande Sylvie.

— Attends un peu, maman. On va faire le concours avant. Un, deux, trois, *go* !

Les jumeaux vident leur verre d'une traite. Lorsqu'ils avalent la dernière gorgée, leurs visages changent complètement.

— Il est tellement mauvais, ton jus, qu'il me donne envie de vomir ! s'écrie Dominic en grimaçant.

— Moi aussi ! s'exclame François. Il goûte si salé… Il faut que je boive de l'eau et vite.

Junior ne peut plus se retenir : il éclate de rire. Les mimiques des jumeaux sont si drôles ! Installés devant l'évier, ils boivent de l'eau comme s'ils étaient restés en plein soleil pendant des heures. Ils sont maintenant trois à rire, car Sylvie et Luc se sont joints à Junior.

Quand elle parvient à se contrôler, Sylvie demande à Junior d'une voix qu'elle tente de rendre sévère :

— Maintenant, dis-moi vite ce que tu as mis dans le jus.

— Ne t'inquiète pas, les jumeaux vont survivre. J'ai juste ajouté un peu de sel.

— Un peu ? s'écrie Dominic. Tu es malade ! On dirait que tu as vidé toute la salière dans le jus.

— En veux-tu un autre verre ? demande Junior à son frère. Je vous donne le reste, à François et à toi.

— Laisse-faire, rouspète François, ce n'est pas drôle. Pourquoi tu nous as fait ça ? On ne t'a jamais joué de tours.

— À moi, non, mais à beaucoup d'autres personnes, oui. Je voulais que vous goûtiez à votre médecine au moins une fois. Comptez-vous chanceux, parce que j'aurais pu faire bien pire que ça. Avez-vous aimé l'expérience ?

— Laisse-nous tranquilles, jette Dominic d'un ton brusque.

— Êtes-vous bien certains que vous ne voulez pas que je remplisse votre verre ? C'est moi qui paie, profitez-en !

Pour toute réponse, les jumeaux lui font une grimace entre deux gorgées d'eau.

* * *

Michel et Paul-Eugène n'ont pas arrêté de la journée. Depuis près de deux mois, leur commerce est très achalandé. Alors qu'ils ne devaient travailler qu'un seul à la fois au magasin, ils n'ont jamais pu s'en tenir à leur programme. Fernand est même venu à quelques reprises leur donner un coup de main. Profitant de la première accalmie depuis l'ouverture de ce matin-là, Michel et son beau-frère s'empressent d'avaler une bouchée.

— Si ça continue, on va devoir ouvrir plus souvent, dit Paul-Eugène.

— Oui et non, répond Michel. Avant d'augmenter le nombre de jours d'ouverture, il faudrait s'assurer que les ventes vont augmenter elles aussi parce que, sinon, on va changer quatre trente sous pour une piastre.

— Tu sais aussi bien que moi qu'on n'a aucun moyen de le savoir d'avance. Depuis qu'on a fait de la publicité dans le journal, ce n'est pas croyable comme les affaires vont bien. Et les clients viennent de plus en plus loin. Moi, je pense qu'il serait temps que l'un d'entre nous fasse le saut.

— Tu veux dire que toi ou moi, on quitte notre emploi? demande Michel, l'air inquiet.

— Oui. On ne fera pas ça demain matin mais, selon moi, il faut qu'on y pense sérieusement. J'ai une idée : demain, on va faire nos comptes. On verra bien si on est capables de payer un salaire à temps plein.

— Si l'un de nous deux commence à travailler au magasin à temps plein, il faudrait réorganiser notre horaire pour que le magasin soit ouvert six jours par semaine. Il faudra calculer soigneusement, parce qu'une fois qu'on aura quitté notre emploi…

— Arrête un peu. On travaille dans la construction. Moi, je pense que si je dis à mon patron que j'aimerais prendre six mois de congé, j'ai de bonnes chances qu'il accepte. Et si ce n'est pas le cas, ce n'est pas le travail qui manque pour des gars comme nous autres.

J'ai bien réfléchi et je serais prêt à courir le risque. Je serais même prêt à baisser de salaire pour un temps.

— Attends un peu! Ce n'est pas à toi de faire tous les efforts. On est deux dans cette affaire-là.

— Je sais tout ça, mais je crois qu'il est temps de bouger. Il faut qu'on fasse notre place avant qu'il y en ait d'autres qui nous imitent.

— Ouais! Ça a bien du bon sens ce que tu dis, mais je ne voudrais pas que les choses tournent mal pour toi juste au moment où tout va si bien dans ta vie.

— Ne t'inquiète pas pour moi. Je n'ai jamais manqué de rien dans la vie et ce n'est pas demain que ça va changer. J'en ai parlé avec Shirley et elle pense la même chose que moi. J'ai aussi eu une idée : on pourrait offrir à nos clients de retoucher certaines pièces pour eux. Pas une semaine ne passe sans qu'une de nos clientes me demande si je connais quelqu'un qui peut réparer, teindre, sabler... Ça nous permettrait d'augmenter nos revenus.

— Il ne faut pas que tu comptes sur moi pour ça parce que c'est la faillite assurée!

— Je te connais assez pour savoir que ce n'est pas ta force. Mais moi, je pourrais m'en occuper, et Fernand aussi.

— Dis donc, à force de réfléchir comme ça, es-tu certain que tu prends le temps de dormir?

— Huit heures par nuit. C'est pendant que je travaille que je pense à tout ça.

— En tout cas, tu as d'excellentes idées. Advenant le cas où on décide d'offrir de nouveaux services, quand serais-tu prêt à faire le saut?

— Pour moi, ce n'est pas un problème. Mais je crois que le meilleur moment ce serait en mars, quand les affaires reprennent après les Fêtes. En plus, on a tout l'espace qu'il faut pour faire le travail. J'en ai déjà parlé à Fernand ; il est très intéressé par mon projet.

— Fernand travaille très bien. J'ai vu des pièces qu'il a retouchées et elles sont magnifiques. Je suis très content de m'être associé avec toi. Dire que je voulais partir en affaires tout seul ! Je n'aurais jamais été capable de suffire à la tâche.

— J'ai pensé à d'autres affaires aussi.

— Retiens ton souffle quelques minutes. Je vais aller nous acheter des petits gâteaux.

Michel revient avec un sac rempli à ras bord.

— Ma foi du bon Dieu, as-tu vidé les tablettes ? s'écrie Paul-Eugène en voyant le format du sac.

— Tant qu'à y être, j'ai décidé qu'il valait mieux en acheter plus que moins.

Paul-Eugène ne peut s'empêcher de penser au diabète de Michel. Alors qu'il s'apprête à faire un commentaire, Michel lance d'un ton autoritaire :

— Et ne viens surtout pas me parler de mon diabète. Je te vois venir avec tes gros sabots.

— Tu te trompes. J'allais juste te demander si je pouvais prendre les petits gâteaux au caramel.

— Si tu penses que je vais te croire… Oui, tu peux les prendre. Est-ce que je t'ai dit que mon père ne pouvait pas aller à Edmonton, chez André ?

—   La dernière fois que tu m'as donné de ses nouvelles, il avait encore espoir que son état s'améliore assez pour pouvoir faire le voyage.

—   En réalité, il ne va pas bien du tout. J'ai parlé à Madeleine hier soir et elle m'a appris qu'il a beaucoup maigri. D'après son médecin, il n'en a plus pour très longtemps à vivre. Il a même dit à maman que c'était probablement son dernier Noël.

—   Voyons donc! La dernière fois que j'ai vu ton père, il était pétant de santé… La vie ne tient vraiment qu'à un fil. Et ta mère, comment vit-elle tout ça?

—   Ma mère fait tout ce qu'elle peut pour garder le moral, mais je vois bien à sa voix à quel point ça l'affecte. Mes parents n'ont rien du couple idéal, mais ils s'aiment profondément. J'aime autant ne pas penser à ce qui va arriver à ma mère le jour où mon père va partir. Une chose est certaine, il va falloir la surveiller de près.

—   Est-ce que ton frère a l'intention de venir passer les Fêtes au Québec?

—   Il ne le sait pas encore. Tu comprends, André possède un gros commerce là-bas, alors ce n'est pas facile pour lui de partir, d'autant plus qu'il est descendu cet été. Mais mon petit doigt me dit qu'il va trouver le moyen de venir voir le père.

—   Ouais, s'il veut le voir avant qu'il s'en aille…

—   Ça me met tout à l'envers de savoir que mon père va mourir bientôt. Ce n'est pas parce que je suis si proche que ça de lui, mais ça me fait beaucoup de peine.

—   Allez-vous à Jonquière pour les Fêtes, ta famille et toi?

—   C'est certain. C'est une sorte de rituel pour nous. Depuis qu'on est mariés, Sylvie et moi, la seule fois où on n'y est pas allés pendant le congé de Noël, c'est l'année passée, et c'est parce qu'on recevait mon frère André. Mais cela m'a fait du bien de rester tranquillement chez nous. Même si on avait de la visite, c'était pas mal moins fatigant que de traverser le parc des Laurentides en pleine tempête de neige ou sur la glace. C'est une maudite belle région, le Saguenay, mais c'est difficile d'y aller chaque année dans les pires températures. Ce qui m'embête un peu, c'est que j'ai peur que ça fatigue le père si on va s'installer chez lui. Mais au nombre de personnes qu'on est, il n'y a pas grand monde qui puisse nous héberger. Remarque qu'on peut toujours se séparer. J'en ai parlé avec ma mère, mais elle m'a dit qu'il n'était pas question qu'on aille dormir ailleurs qu'à la maison. Avant de raccrocher, elle m'a avoué qu'elle a besoin de se changer les idées.

— Allez-vous rester longtemps là-bas ?

— On a prévu s'absenter quatre jours au total. J'ai besoin d'avoir un peu de temps pour me reposer avant de reprendre le travail.

— Si vous voulez, on pourrait fêter le jour de l'An ensemble.

— C'est une bonne idée. Je vais en parler à Sylvie.

Chapitre 41

Quand Sonia raccroche le téléphone, elle sourit à pleines dents. Sylvie ne peut s'empêcher de lui demander ce qui la rend d'aussi belle humeur. Surprise d'entendre sa mère alors qu'elle se croyait seule, la jeune fille se sent rougir jusqu'à la racine des cheveux. Elle pourrait inventer quelque chose pour abréger la conversation, mais elle sait que, cette fois, ses chances sont bonnes d'obtenir le soutien de sa mère.

— Tu ne devineras pas ce qui m'arrive, dit-elle joyeusement. Tu te souviens du vernissage auquel on a assisté ?

— Certain que je m'en souviens ! C'était tout un événement que tu exposes une toile dans une galerie d'art.

— Eh bien, le garçon avec qui j'ai parlé…

Sylvie cherche dans sa mémoire.

— Il s'appelle Antoine, reprend Sonia. C'est le fils du propriétaire de la galerie.

— Oui, oui, ça me revient maintenant. Un beau garçon. Très bien élevé, en plus.

— C'est la deuxième fois qu'il m'appelle. Il m'a demandé si je voulais aller au cinéma avec lui.

— Et puis ?

— Je lui ai dit qu'il fallait d'abord que je t'en parle.

— Est-ce que ça te tente ?

— Je le trouve plutôt gentil et très beau. Il viendrait me chercher au métro et m'y ramènerait après.

— Si j'étais à ta place, je me dépêcherais de le rappeler pour lui dire que j'accepte son invitation avec plaisir. Au fait, quel âge a-t-il, Antoine ?

— Il a seize ans.

— Tu as ma bénédiction. Alors, qu'est-ce que tu attends ?

Sonia ne se fait pas prier plus longtemps. Elle sort un bout de papier de sa poche et compose vite le numéro d'Antoine. La communication ne dure que le temps que Sonia confirme au jeune homme qu'elle va aller le rejoindre sur l'île.

— Je te remercie, maman, dit-elle ensuite.

— Je suis contente que tu t'intéresses à un autre garçon. Il était temps.

— J'aurais été incapable de le faire avant. Je ne me sens pas si brave, mais j'essaie de suivre les conseils de tante Chantal. Chaque fois que je la vois, elle me répète qu'il n'y a rien de mieux qu'un nouvel amour pour oublier l'ancien. J'ai été très franche avec Antoine. Je lui ai avoué que je ne savais vraiment pas si je serais capable de sortir avec lui. Il m'a répondu qu'il ne pouvait pas le prédire lui non plus. Tu sais ce qu'il veut faire plus tard ?

Mais Sonia ne laisse pas le temps à sa mère de répondre. Elle poursuit :

— Il veut être comédien, comme moi. On s'est promis d'aller voir quelques pièces de théâtre cet hiver.

En regardant sa fille, Sylvie songe que le pire est passé. Sonia a le regard pétillant et elle fait des projets. Voir souffrir un de ses enfants est plus douloureux que de souffrir soi-même. Sylvie avait hâte que

Sonia trouve la force de tourner la page, de tenter sa chance avec quelqu'un d'autre. Heureusement que Chantal était là pour conseiller Sonia ; étant donné que Sylvie a épousé le seul homme qu'elle ait aimé, elle se trouvait bien dépourvue pour aider sa fille à s'en sortir. De toute façon, la vie lui a appris qu'il est souvent plus difficile d'accepter l'aide des gens les plus proches de nous. Sylvie ne fait pas exception à la règle. De plus, elle a vite constaté qu'un regard extérieur nous aide à y voir clair parfois. On a besoin de pouvoir compter sur quelqu'un qui ne nous jugera pas. Là-dessus, Sylvie se considère comme bénie des dieux parce que, maintenant, elle a deux bonnes amies sur qui elle peut compter en tout temps.

— Maman, je te parle ! s'impatiente Sonia en secouant le bras de sa mère.

— Oui, oui, je t'écoute, finit par répondre Sylvie.

— Tu devais être pas mal loin parce que ça fait trois fois que je te pose la même question.

— Excuse-moi, mais je ne t'ai pas entendue.

— Eh bien, je te demandais si tu avais besoin d'aide avant qu'on mange.

Cette proposition réjouit Sylvie.

— Tu sais bien que je ne refuse jamais un peu d'aide. Tu pourrais sortir tout ce qu'il faut pour faire un gâteau aux fruits.

— Yé ! se réjouit Sonia. Tu ne peux pas savoir à quel point tu me fais plaisir.

— J'en ai quand même une petite idée si je me fie à la vitesse à laquelle tu manges le gâteau aux fruits d'habitude.

— Voyons, maman! C'est vrai que j'adore ton gâteau aux fruits, mais je ne suis pas la seule dans cette maison. Je pense que Junior aime ça encore plus que moi.

— À vous deux, vous faites toute une paire!

— Est-ce qu'on pourrait faire une recette double? S'il vous plaît, maman!

— On va commencer par faire un gâteau et après, si on a ce qu'il faut, on en fera un autre. Je sais d'avance que je n'ai pas assez d'œufs, par exemple. Il faudra que tu ailles en acheter.

— Pas de problème. Veux-tu que j'y aille tout de suite?

— Il n'y a pas de presse parce que, de toute façon, je ne peux pas faire cuire les deux gâteaux en même temps. Mais, dis-moi, as-tu vu Isabelle ces derniers temps?

— Oui. Elle est enchantée qu'oncle Paul-Eugène habite avec sa famille. Chaque fois que je la vois, elle n'arrête pas de le vanter.

— Tant mieux! Il me semble que ça fait un petit bout de temps qu'elle ne t'a pas donné de vêtements...

— Je pensais que je te l'avais dit, déclare Sonia d'un ton léger. Elle m'a annoncé qu'elle ne me donnerait pas de vêtements de sitôt parce qu'elle les remet à une amie de l'école. Celle-ci en a plus besoin que moi, paraît-il.

— Oh non! se désole Sylvie. Je comptais sur les vêtements d'Isabelle pour t'habiller pour les Fêtes. Tant pis! Il va falloir qu'on aille magasiner si tu veux avoir quelque chose à te mettre sur le dos à Noël.

Si Sonia ne se retenait pas, elle hurlerait de plaisir. Elle va enfin avoir des vêtements neufs. Il va falloir qu'elle raconte à Isabelle que leur petite manigance a marché haut la main.

— À moins qu'on aille voir au vestiaire avant.

Le mot *vestiaire* donne des sueurs froides à Sonia. Elle ne veut plus porter les vieux vêtements d'Isabelle, mais voilà que sa mère est prête à l'emmener dans un endroit miteux rien que pour épargner quelques dollars.

— Je voulais bien hériter des vêtements d'Isabelle parce que je la connais, mais tu te trompes si tu penses que je vais porter les vêtements de parfaits inconnus. Je suis beaucoup trop dédaigneuse pour ça.

— Mais je vais les laver ! s'exclame Sylvie.

— Même si tu les laves dix fois, je ne changerai pas d'idée. J'aime mieux avoir moins de vêtements, mais en avoir des neufs. Je te le répète : je refuse d'aller au vestiaire !

— Inutile de t'emporter de la sorte. Puisque c'est ainsi, je vais te donner un budget. Mais tu devras te débrouiller avec cet argent.

— Merci maman ! S'il en manque, je fournirai la différence.

— Comme tu veux. J'espère que tu vas bien gagner ta vie, sinon tu risques d'être malheureuse. Porter des vêtements usagés n'a jamais fait mourir personne, tu sais.

— Peut-être, mais pour moi, les vêtements usagés, c'est terminé !

— Bon, j'ai compris ! Maintenant, il faut que je te parle de tante Irma.

— Elle n'est pas malade, au moins ? s'inquiète Sonia.

— Non, non. Elle m'a téléphoné ce matin pour nous inviter à manger chez elle.

— Papa et toi ?

— Non, toute la famille. Chantal, Paul-Eugène et Shirley, Suzanne et ton grand-père ont aussi été invités. Elle m'a dit qu'elle avait une grande nouvelle à nous annoncer. Est-ce que tu es au courant ?

— Non, comment voudrais-tu que je le sache ? répond Sonia en haussant les épaules. Qu'est-ce qu'elle peut bien avoir de si spécial à nous dire ?

— Je n'en sais strictement rien. J'ai beau me creuser les méninges, je ne peux pas voir.

— Et c'est quand, ce souper ?

— Demain soir.

— J'ai hâte de savoir ! Ça fait quelques semaines que je n'ai pas vu tante Irma. Chaque fois que j'ai rencontré tante Chantal, on lui a téléphoné pour qu'elle vienne nous rejoindre mais elle n'était jamais disponible. On verra bien ! Mais où va-t-elle tous nous asseoir ? Ce n'est pas grand, chez elle.

— Aucune idée !

* * *

Martin et Alain avaient déjà quelque chose de prévu, Paul-Eugène et Shirley aussi. Sylvie a demandé à Junior de garder les jumeaux et Luc. Tout le monde est entassé dans le petit appartement d'Irma. Plus pimpante que jamais dans sa belle robe de couleur brique, l'ancienne religieuse prend la parole :

— Nous sommes trop à l'étroit ici mais, rassurez-vous, on ira manger au restaurant. D'abord, parce que je déteste cuisiner, ce que vous savez déjà. Ensuite, parce qu'on sera mieux là-bas. Je vous remercie d'avoir accepté mon invitation. Je suis certaine que vous avez hâte de savoir pourquoi je vous ai demandé de venir.

— C'est certain qu'on a hâte, affirme Michel d'un ton sérieux. Moi, j'ai dit à Sylvie que vous allez nous annoncer que vous vous mariez. Mais elle m'a ri au nez.

— Est-ce que je t'ai déjà dit que je commençais à t'aimer ?

— Oui, et même quelques fois ! Alors, allez-vous nous faire patienter encore bien longtemps ?

— Encore une minute, deux tout au plus. Il manque quelqu'un, mais il devrait…

Avant même qu'Irma ne termine sa phrase, la sonnette de la porte d'entrée retentit. Elle se dépêche d'aller ouvrir. Quelle n'est pas la surprise de tous quand la porte s'ouvre sur un homme de grande stature. Un bel homme, juge Sylvie : cheveux gris, pas une once de graisse et un très beau sourire… Loin d'être intimidé, l'inconnu se tient devant les invités et les regarde à tour de rôle en leur souriant.

— Entre, Lionel.

— Bonsoir, tout le monde, dit-il simplement.

Évidemment, chacun fait travailler son imagination pour essayer de trouver un lien entre cet homme et Irma.

— Je ne vous ferai pas attendre plus longtemps, déclare cette dernière. Je vous présente Lionel Gervais. J'espère que vous allez tous bien vous entendre avec lui parce que, dans moins d'un mois, nous allons nous marier. Tu vois, tu avais raison, mon Michel !

Une fois l'effet de surprise passé, tous y vont de leurs commentaires. Ils veulent tout savoir. Irma est heureuse de donner quelques détails.

— Eh bien, je connais Lionel depuis très longtemps, il était aumônier au couvent où j'étais. Je l'ai tout de suite trouvé à mon goût et il paraît que ça a été réciproque.

— Tu permets, Irma ? intervient Lionel.

— Vas-y, je t'en prie.

— C'est la vérité. J'ai aimé Irma dès que je l'ai vue. Comme on s'était engagés tous les deux pour la vie, on n'a jamais parlé de nos sentiments jusqu'au jour où j'ai décidé de ne plus être prêtre – de défroquer, comme disent les gens. J'ai alors pris mon courage à deux mains et je suis allée voir Irma avant de quitter le couvent pour toujours.

— Il m'a avoué qu'il m'aimait, enchaîne Irma. Mais moi, je ne pensais pas encore à sortir du couvent. Après le départ de Lionel, ma vie n'a plus jamais été pareille. Je n'arrêtais pas de penser à lui, mais je ne savais pas quoi faire. Je vous ai déjà raconté comment le nouvel aumônier m'a aidée à quitter le couvent. Comme Lionel était sorti depuis un peu plus de deux ans, je croyais que je ne le reverrais jamais.

— C'était bien mal me connaître, ajoute Lionel. Irma l'ignorait, mais je veillais sur elle à distance et je prenais régulièrement de ses nouvelles auprès de l'aumônier. Un jour, alors que je revenais d'un voyage de plusieurs mois en Europe, celui-ci m'a appris qu'elle était sortie du couvent, mais qu'il ignorait où elle s'était installée. Je l'ai cherchée jusqu'à ce que je la trouve.

— Vous auriez dû voir mon air quand j'ai ouvert la porte et que je l'ai vu. J'ai bien cru que j'allais m'évanouir. On était comme deux enfants. On se regardait dans les yeux, mais on était incapables de bouger. Je ne sais pas combien de temps ça a duré, mais ce dont je me souviens c'est que la petite voisine m'a saluée en passant. Cela a eu comme effet de nous sortir de notre torpeur. Lionel m'a ouvert ses bras et m'a ensuite poussée doucement à l'intérieur de mon appartement.

— Et on est restés ainsi pendant un temps fou, confie Lionel. Je n'osais pas m'éloigner d'elle de peur qu'elle disparaisse. Je l'avais attendue pendant tellement longtemps que je refusais de courir le risque de la perdre.

— C'est là qu'on a décidé de se marier.

— Incroyable ! s'écrie Michel, la voix remplie d'émotion. J'ai rarement rencontré des gens aussi vite en affaires. Finalement, tante Irma, vous m'avez bien eu. Vous êtes vraiment mon idole ! Je te l'avais dit, qu'elle allait se marier ! ajoute-t-il en donnant un coup de coude dans les côtes de Sylvie.

— C'est une très belle histoire d'amour, avoue Chantal en reniflant. Et il est vraiment beau, votre Lionel.

— Je suis parfaitement d'accord avec toi, ma petite fille.

— Ça pouvait arriver juste à vous, une histoire de même, renchérit Sonia. Vous êtes vraiment unique.

— Je suis très content pour toi, ma petite sœur, émet monsieur Belley. Quant à vous, Lionel, je vous souhaite la bienvenue dans ma famille.

— Bon, déclare Irma, c'est bien beau tout ça, mais il faudrait peut-être que vous vous présentiez tous à Lionel. On va commencer avec toi, Camil. Et après, on ira manger.

Pendant toute la soirée, les conversations vont bon train. Tout le monde a tellement de questions à poser à Lionel que celui-ci parvient à peine à manger. Nul doute, il fait déjà partie de la famille.

Quand les Pelletier reviennent chez eux, il est plus de dix heures. Il y a déjà un bon moment que tout le monde dort. Ils sont tellement survoltés qu'ils ne peuvent pas aller se coucher immédiatement. Sylvie fait bouillir de l'eau. Michel et elle vont prendre un thé alors que Sonia boira un chocolat chaud. Assis tous les trois dans la cuisine, ils se remémorent la soirée.

— C'était vraiment une belle veillée, dit Michel.

— Tu m'étonnes, déclare Sylvie. Il me semblait que tu étais contre tous ceux qui défroquaient…

— Je sais, je suis parfois borné. Mais en écoutant ta tante et son futur mari ce soir, cela m'a ouvert les yeux. Je te promets d'être moins tranchant à l'avenir. Je vais essayer de mettre un peu de contraste dans ma vie au lieu qu'il n'y ait que du blanc et du noir.

— C'est bien, se réjouit Sylvie, le sourire aux lèvres. On va finir par faire quelqu'un avec toi! Est-ce que ça signifie que tu vas rester avec nous quand tante Irma va venir manger?

— Juré!

— Il me semblait qu'il ne fallait jamais jurer, ajoute Sonia. En tout cas, je suis très contente pour tante Irma. Si un jour je me marie, je veux que notre amour, à mon amoureux et à moi, soit aussi grand que celui de tante Irma et de Lionel.

Après que Michel a bu sa dernière gorgée de thé, il dit:

— Je vais me coucher. Plus on approche de Noël, plus on travaille fort, comme s'il fallait tout finir avant de partir en congé.

— Le temps de mettre la vaisselle dans l'évier et j'arrive, indique Sylvie.

— Laisse faire, je vais m'en charger, propose Sonia.

Lorsque Sylvie passe devant le téléphone, la sonnerie se fait entendre. Elle regarde Michel d'un air inquiet. Elle déteste au plus haut point recevoir des appels à cette heure.

— J'espère que c'est un faux numéro, dit-elle en décrochant.

À l'autre bout du fil, quelqu'un essaie désespérément de lui trans-
mettre quelque chose, mais Sylvie ne comprend rien. Appuyé sur
le cadrage de la porte de la cuisine, Michel attend patiemment d'en
savoir plus. Pendant ce temps, Sonia ramasse les tasses et les dépose
dans l'évier.

— Qui parle? demande Sylvie.

— C'est Violaine…

— Violaine, c'est bien toi? Mais pourquoi pleures-tu? Est-ce
qu'il est arrivé quelque chose à Martin? Parle!

Mais sa question reste sans réponse pendant quelques secondes
qui lui paraissent durer une éternité. Elle ignore pourquoi, mais
elle sent une grosse boule lui serrer l'estomac. D'un ton autoritaire,
elle répète :

— Parle! Je t'en prie, parle!

— C'est Martin. Il… est… mort.

— Qu'est-ce que tu dis? Voyons, Martin ne peut pas être mort,
il est bien trop jeune!

La seconde d'après, la mère de Violaine prend l'appareil.

— Madame Pelletier, je suis vraiment désolée, mais Violaine
vous a dit la vérité. Martin est mort subitement alors qu'il venait de
sortir de la maison pour rentrer chez vous.

Ce sont les derniers mots que Sylvie entend avant de crier de
toutes ses forces :

— NON!

Puis, elle s'évanouit.